二月河 大河歷史小說

帝王三部曲

절대군주 건륭황제

【일러두기】
· 번역 원본은 1999년 4월 중국 하남문예출판사가 펴낸 제2판 1쇄본을 사용하였습니다.
· 본문에 나오는 인명과 지명 중 만주어를 제외한 모든 한자는 한글발음대로 표기하였으며, 독특한 관직
  명은 이해하기 쉽도록 의역한 부분도 있습니다. 그리고 소설 진행상 불필요한 부분은 축역하였습니다.

(절대군주)건륭황제. 14 / 이월하 저 ; 한미화 옮김. --
서울 : 산수야, 2006
320p. ;22.4cm.

판권기관칭: 二月河 大河歷史小說
원서명: 乾隆皇帝
ISBN 89-8097-138-9 04820 ₩ 8,000
ISBN 89-8097-124-9(세트)

823.7-KDC4
895.1352-DDC21   CIP2005001242

二月河 大河歷史小說

帝王三部曲

絶代君主

건륭황제

14

산수야

二月河 大河歷史小說

절대군주 건륭황제 ⑭

초판 1쇄 발행   2005년 11월 20일
초판 2쇄 발행   2011년 9월 10일

지은이   이월하
옮긴이   한미화
발행인   권윤삼
발행처   도서출판 산수야

등록번호   제1-1515호
등록일자   1993년 4월 30일
주소   서울시 마포구 망원동 472-19호
우편번호   121-826
전화   02-332-9655
팩스   02-335-0674

값   8,000원

ISBN 89-8097-138-9   04820
ISBN 89-8097-124-9(세트)

산수야의 책은 독자가 만듭니다.
독자 여러분들의 소중한 의견을 기다립니다.

14

乾隆皇帝

제5부 운암봉궐(雲暗鳳闕) | 2권

11. 풍진(風塵)

　이시요(李侍堯)는 우민중(于敏中), 기윤(紀昀), 곽지강(郭志强) 등과 함께 형부(刑部)의 대원(大院)을 나섰다. 마당을 희미하게 비추는 등불 밑에서 서로 읍(揖)을 하여 헤어지며 이시요는 잠시 망설였다. 생각 같아선 이네들을 집으로 불러 박주산채(薄酒山菜)라도 간단히 나누고 싶었다. 그러나 우민중의 시큰둥한 표정이 마음에 걸려 그는 이내 그 생각을 접었다.

　"내일 폐하를 알현하면 정표(旌表, 황제의 패방을 세우거나 편액을 걸어 정조를 지킨 사람을 표창함) 명단에 오른 절부(節婦)와 열부(烈婦)들에 대해 아뢰어야겠습니다. 기윤 공께서 올리신 명단을 보니 좀 과하지 않나 하는 생각이 들었습니다. 패방(牌坊) 하나를 세우는데 2백 50냥이라고 봤을 때 홍화(紅花)니 의장(儀仗)이니 합치면 적어도 15만 냥은 필요할 것입니다. 수를 좀더 줄여야겠습니다."

이같이 정중히 주문하며 그는 곽지강에게는 군수(軍需)에 대한 건으로 궁금한 사항이 있으니 내일 군기처에서 보자고 했다. 기윤은 고민해 보겠노라 대답하고는 자신은 푸헝의 집으로 가노라고 했다. 그리고 뭔가 할말이 있는 듯 입술을 실룩거렸으나 끝내 입을 꾹 다물고는 그냥 떠나갔다.

이시요의 집은 승장(繩匠) 골목의 동쪽 끝에 있었다. 때문에 수레에 오른 지 얼마 안 지나 도착할 수 있었다. 문 앞에 나와 이제나저제나 하며 기다리고 서 있던 돌쇠가 다가와 주렴을 걷어 올리고 수레에서 내리는 이시요를 부축해 주었다.

"좀 늦으셨네요. 분명 그런 자리에서 식사도 제대로 못하셨을 것 같아 소인이 주방에 시켜 간단하게 드실 음식을 만들어 놓으라고 했습니다. 녹경원(祿慶院)의 연극이 볼만하다고 하니 식후에 제가 모시고 가 드리겠습니다……."

"팔오와 영수는 집에 있나?"

이시요는 돌쇠의 말에는 대답도 하지 않은 채 대문 안으로 들어서며 다시금 물었다.

"아직 안 왔나?"

그 말이 끝나기 바쁘게 서쪽 별채에서 장영수(張永受)와 이팔오(李八五)가 발을 걷어올리며 나왔다. 그러나 서로 아무 말도 하지 않은 채 문 앞에 드리워진 사등(紗燈) 아래에서 두 손을 모으고 공손히 맞을 뿐이었다.

이시요는 그 두 사람을 힐끗 일별하는 것만으로도 자신있게 풀어놓을 만한 보따리를 챙겨오지 못했다는 걸 알 수 있었다. 좋지 않은 예감이 걷잡을 수 없이 밀려 왔다. 온몸에 닭살 같은 소름이 쫘악 돋는 것 같았다. 그는 잠시 숨을 돌리고 나서 큰소리로 분부했다.

"보이차(普洱茶) 한 잔 짙게 타서 내어오너라!"

"동옹(東翁), 저희들은 지금 막 돌아왔습니다."

자리에 앉자마자 장영수가 서둘러 업무에 대해 보고하기 시작했다.

"오늘 저희 둘은 무려 열 집도 넘게 다녔습니다. 고영귀(高永貴), 방은효(方恩孝), 낙본기(駱本紀), 마효원(馬效援)…… 등등 안면이 있는 집은 다 찾아가 보았습니다. 동옹의 분부대로 집집마다 찻잎 두 근씩을 들고 가서 차라도 한잔 내어주는 집에서는 은근슬쩍 떠보기도 했지만 이렇다 할 답변은 안 나왔습니다. 공왕부(恭王府), 장왕부(莊王府), 이왕부(怡王府), 화왕부(和王府)…… 등 여러 왕부도 물론 다녀왔습니다. 거기엔 아부용고(阿芙蓉膏, 아편)와 서양 유리잔을 선물했습니다. 다행히 다 받아주셨고 거절하는 집은 없었습니다. 몇몇 친한 태감들에게는 은자 스무 냥씩을 찔러주었고요……."

"일일이 보고할 거 없어."

이시요가 그의 말을 잘라버렸다.

"요점만 간단히 말해 보게."

"누군가 동옹께 '눈먼 돌'을 던지네 어쩌네 하는 소문은 태감 고운종(高雲從)에게서 나온 것 같습니다."

장영수가 옆에 서 있는 이괄오를 힐끔 쳐다보며 덧붙였다.

"군기처(軍機處) 장경(章京) 소덕장(小德張)과 돌쇠의 도움으로 겨우 고운종을 만나보게 되었습니다. 저희가 건넨 은자를 받으면서도 기대하는 만큼의 도움은 못 줄지도 모른다고 했습니다. 누군가 폐하께 동옹께서 귀주(貴州)와 광동(廣東)에 있는 동안

부당하게 관직을 팔아 사사로운 이익을 챙겼고 민사소송에 편의를 봐주는 대가로 검은 돈을 받아 챙겼다는 밀주문(密奏文)을 올린 것 같다는 정도밖에 아는 것이 없었습니다."

이시요의 얼굴이 귀밑까지 빨개졌다. 총독은 민사소송에는 관여할 권한이 없었기에 가끔 형명소송(刑名訴訟)이 생겨 청탁을 받을 때면 그는 암암리에 순무를 찾아 '공정한 수사'를 부탁했었고 승소의 대가로 수혜자가 '효도'를 할라치면 물품 같은 건 못이기는 척 받아왔다. 그러나 문제가 될 만큼 거액의 은자를 받은 적은 없었다.

관내에 빈자리가 생길 때면 관직을 팔아온 것도 사실이었다. 조정의 육부구경(六部九卿)에 몸담고 있는 벗들이 소개해 오면 번사아문(藩司衙門)에 '적당히' 압력을 넣어 편의를 봐주고 사후에 '적당한' 사례비를 받으면서도 그는 여타 총독과 순무들에 비하면 자신은 약과라고 생각하여 죄의식은커녕 자신이 지지리도 궁상을 떤다고 생각해왔다.

그런데, 이 두 가지 때문에 누군가 내게 '눈먼 돌'을 던지려 한다고? 달걀로 바위를 치려는 어리석은 것들! 이같이 생각하며 이시요는 코가 떨어져 나갈 정도로 냉소를 터트렸다.

"던지려면 실컷 던져보라고 그래. 어느 쪽이 박살이 나는지 두고 보게! 분명 번대아문(藩臺衙門)에 돈 찔러 주고 아직 이렇다 할 자리를 꿰차지 못한 놈들이 썩은 방귀 뀌고 다니는 거야. 고운종이라……? 태감들 중에 복인, 복의, 복례, 복지, 복신, 왕효, 왕치는 다 알아도 고운종이란 이름은 처음 듣는데?"

"저도 따라가 봤습니다."

옆에 서 있던 이팔오가 끼어들었다.

"푸상댁에 자주 드나드는 걸로 알고 있습니다. 수숫대처럼 비쩍 마르고 얼굴이 밀가루 떡에 파리똥 앉은 것처럼 곰보딱지인 자 있지 않습니까? 보면 기억나실 겁니다. 지지리도 못 생기고 방귀 한번 크게 못 뀔 것처럼 비리비리해 보여도 폐하께 드리는 상주문을 챙기고 황사성(皇史宬)에 문서를 보내는 일을 맡고 있다고 합니다. 태감들 중에서 힘도 있고 인맥도 최고라고 합니다. 이변이 없는 한은 제2의 왕치가 되는 건 시간문제라고 하더군요."

이시요가 히죽 웃었다.

"듣고 보니 꼭 전명(前明) 때 사례감(司禮監)의 병필(秉筆) 태감 같군. 허나 아무리 날고 기어도 한낱 개새끼보다 못한 주제에 감히 조정의 대신들과 내통했다는 사실이 발각되면 그 자식은 곧 죽음이야. 폐하께오서 태감들에 대해선 얼마나 지독하다 싶을 정도로 엄격하신지 몰라서 하는 소리야. 앞으론 궁금해서 죽을 지경이더라도 그런 자와는 얽히지 않는 게 좋아."

이시요가 장영수를 힐끔 바라보며 강조를 했다.

"무슨 말인지 알겠어?"

이에 장영수와 이팔오가 급히 대답했다.

"예, 명심하겠습니다!"

이시요가 자리에서 일어서며 나직이 한숨을 내쉬었다. 이들이 말하는 두 가지가 결코 '눈먼 돌'을 던지는 이유는 못 될 거라고 생각했던 것이다. 이시요는 두 심복에게도 털어놓지 못하는 깊은 심사가 따로 있었다. 광주(廣州) 십삼행(十三行)은 서양인들이 중국에서 고용한 매판(買辦) 대리인 기구였다. 10년 전 광주총독(廣州總督)에 부임되어 갈 때 건륭(乾隆)은 재삼 강조했었다.

"화이(華夷)를 엄격히 구분하여 양교(洋敎)의 범람을 막아야 한다. 이는 국체대정(國體大政)에 관련된 사안이므로 추호의 방심도 용납할 수 없다."

부임 즉시 그는 명령을 내려 이 양행(洋行)들을 철폐시켰고, '양인들의 앞잡이가 되어 천주교를 망령되이 전파했다'는 이유를 들어 이들 통역관 매판을 밀망타진했었다. 그러나 그는 곧 이미 뿌리를 깊이 내린 관행을 하루아침에 바로잡는다는 것이 거의 불가능한 것이라는 걸 깨달았다. 영국, 포르투갈, 불란서, 이태리 사람들은 대부분 선교보다는 무역을 위해 드나들었으니 광주 현지 상인들과의 '결탁'을 뿌리뽑기란 그야말로 하늘의 별 따기였다! 결국 명문화하여 금지시킬수록 음성적으로 더더욱 만연되는 십삼행(十三行)은 사실상 단속을 피해 꽁꽁 숨어 있었을 뿐 '철폐'된 적은 없었다…….

엄금(嚴禁)에서 금지(禁止)로, 다시 한쪽 눈을 질끈 감아주어 모든 것이 원점으로 돌아왔고 그때까지 문제의 심각성을 깨닫지 못하고 있던 이시요는 이임을 앞두고서야 불안해지기 시작했다. 건륭은 분명히 십삼행의 철폐를 명했으나 자신은 그 임무를 수행하지 못했으면서도 여태 그럴싸하게 위장하여 기군(欺君)을 일삼아왔다.

'이제 내가 떠난 자리에 누군가 신임총독이 올 것이다. 설령 지인호우(知人好友)라도 장담할 수 없거늘 자칫 한 하늘을 이고 살수 없다는 '원수'가 뒤를 잇게 되는 날엔 기군죄는 물론 10년 동안 쌓아온 '탁이(卓異)'의 명성도 하루아침에 도루묵이 되어버리고 말 것이다. 지금이라도 어떻게든 십삼행의 '회복'을 주청올려야한다!'

뜨거운 솥뚜껑 위에서 이시요는 팽글팽글 돌아가며 계략을 짜고 방책을 강구했다. 온갖 수단을 동원하여 건륭의 윤허를 이끌어 냈고, 그에 따라 양행(洋行)들은 '백성들을 위해 전전반측하는 진정한 부모관'이라며 '노자' 명목으로 10만 냥짜리 은표(銀表)를 보내왔던 것이다. 이시요가 '눈먼 돌'에 전전긍긍했던 데는 바로 이 10만 냥짜리 은표 때문이었다.

처음 '눈먼 돌' 소리를 들었을 때 그는 마치 바람난 계집이 '샛서방' 소리에 놀라듯 당황을 했었다. 이제 두 심복이 염탐해온 바에 의하면 모든 것이 한낱 자신의 기우에 불과할지도 모른다는 생각에 자조 어린 미소를 지었다. 그러면서 막 "미꾸라지가 버둥거려 봤자지!"라고 운을 뗀 이시요는 그러나 이내 말문을 닫아버렸다. 고운종에게서 들은 말이 얼마나 신빙성이 있는 것인지 장담할 수 없었기 때문이었다. 잠시 생각에 잠겨 있던 그는 미간을 좁히며 입을 열었다.

"우리의 뿌리는 광주에 있어. 북경에 온 지 얼마 안 되는 우리는 뿌리 없는 부평초나 마찬가지이니 매사에 방심은 금물이야. 모름지기 염탐을 계속해! 내가 '눈먼 돌'에 민감해하는 내색을 보여선 안 돼. 은자가 필요한 데는 아끼지 말고 써."

"그렇습니다, 동옹."

장영수가 말을 이었다.

"우린 무슨 냄새를 맡았다 하면 곧바로 소식통을 자처하며 아부를 떨어대는 무리들이 사방에 널려 있는 아계 중당, 기윤 중당과는 견줄 바가 못 됩니다. 동옹께선 북경에 뿌리가 없는 데다 폐하의 성총이 깊으시니 질투의 표적이 될 수 있습니다. 적들은 음지에서 양지에 있는 우릴 감시하고 있습니다. 조심하지 않으면 자칫 저들이 파놓은 함정에 빠지는 수도 있습니다."

그러자 이괄오가 나섰다.

"제가 감히 동옹에게 뭐라 하는 건 아닙니다만 화신(和珅)과 척을 지는 게 아니었던 것 같습니다. 어떻게 보면 이 일은 그 자의 작당인지도 모릅니다. 설령 그게 아닐지라도 팔방미인인 그 자에게 물어보면 사건의 전말이 거울 보듯 훤해질 텐데, 하는 아쉬운 생각이 듭니다. 동옹께선 너무 고지식하고 강직한 것이 때론 이렇게 흠이 될 때가 있는 것 같습니다."

"됐네, 그만하게."

이시요가 듣기 싫다는 듯 손사래를 쳤다. 그리고는 조끼를 껴입고 단추를 잠그며 덧붙였다.

"난 나가서 바람이나 좀 쐬고 올 테니 자네 둘은 대응책을 강구해보게. 누가 찾아오더라도 급한 일이 아니면 내일 군기처에서 보자고 해."

말을 마친 이시요는 곧 뒷짐을 지고 밖으로 나섰다.

때는 이미 유시(酉時)가 지나가고 술시(戌時) 초였다. 바람이 사납게 불고 날은 어두워져 있었다. 작은 구름은 마치 이제 막 그림을 배우기 시작하는 꼬마가 담묵(淡墨)을 살짝 찍어 아무렇게나 칠해놓은 것 같았다. 희미한 달빛이 황달 걸린 사람의 얼굴처럼 생기 없이 어디론가 갈길 급한 구름에 가려져 언뜻언뜻 누런 빛을 던져주고 있었다. 잔설(殘雪)에 비치는 희끗희끗한 나무와 가옥의 그림자들이 마치 괴수(怪獸)들이 숨바꼭질을 하는 것 같아서 섬뜩했다.

문 앞에 잠시 서 있으니 찬바람이 눈보라를 말아 힘껏 날아왔다. 얼굴이며 목에 차가운 느낌이 들어 잔뜩 목을 움츠리며 동쪽을 보니 어둠 저 멀리서 휘반(徽班)이라 불리는 안휘성(安徽省)의 연극단이 북경에 새로 지은 극장에서 오색영롱한 불빛들이 황홀하게 명멸하고 있었다.

잠시 눈 여겨 바라보고 있노라니 바람결에 은근한 여인의 노랫소리가 끊어졌다 이어졌다 간간이 들려왔다. 기왕 나섰으니 어디론가 가보고 싶은 생각에 이시요는 노랫소리가 들려오는 극장을 향해 천천히 걸음을 떼었다. 그 찰나, 그는 길옆 어딘가에서 들려오는 땅이 꺼지는 듯한 한숨소리에 깜짝 놀라 멈춰서고 말았다.

마치 오장(五臟)을 훑어내는 듯한 한숨은 바로 지척에서 들려오는 것 같았다. 오싹한 느낌에 모골이 쭈뼛쭈뼛 일어섰다. 겨우 진정을 취하고 나서 둘러보니 길옆 강절회관(江浙會館)이 있는 곳 어딘가에서 들려온 것 같았다. 희미한 달빛을 빌어 자세히 살펴보니 대문 앞 구석진 곳에서 털북숭이 같은 무언가가 꿈틀거리는 것 같았다.

기척을 내지 않고 살금살금 다가간 이시요는 흠칫하고 말았다. 거기엔 행색이 초라한 것이 거지가 틀림없어 보이는 두 모녀가 서로 껴안고 부들부들 떨고 있었던 것이다. 깜짝 놀란 이시요가 물었다.

"뉘신데 이 추운 날에 여기 이러고 있는 거요?"

"어머!"

여자아이가 깜짝 놀라 비명소리를 지르며 어미의 품에 머리를 묻어버렸다. 그리고는 한참 후에야 빠끔히 고개를 내밀어 경계하는 어투로 반문을 했다.

"누, 누구예요?"

이시요는 소리 없이 웃음을 머금었다.

"난 나쁜 사람이 아니야. 그러니 두려워하지는 말거라! 마왕묘

(馬王廟)가 가까우니 거기 가면 바람막이라도 될 텐데, 어찌 여기서 이러고 있느냐? 너의 어미냐? 병이 들었나 보구나."

"있으면 뭘 해요, 비집고 들어갈 자리도 없는데⋯⋯."

추워서인지 놀라서인지 턱을 덜덜 떨며 여자아이가 말을 이었다.

"아저씨들이 꽉 찬는 걸요! 엄마가 전염병에라도 걸린 것 같다고 우릴 근처에도 못 오게 해요⋯⋯."

대충 듣고 안타까운 사연을 알게 된 이시요는 가슴이 무거웠다. 혼수상태에 빠진 듯 벽에 기댄 채 끙끙 신음하고 있는 여인을 힐끔쳐다보며 탄식을 내뱉었다.

"너나없이 빌어먹는 주제에 어찌 그렇게들 야박할 수가 있는지 원!"

혼잣말처럼 중얼거리며 그는 허리춤을 더듬어 보았다. 전대 안에는 은표(銀票)뿐이었다. 다시 소매 속을 뒤져보니 다행히 서너 냥쯤의 은자(銀子)가 나왔다. 이시요는 그것을 꺼내 아이에게 주었다.

"이걸로 어디 가서 따뜻한 국물이라도 한 그릇 사드리거라. 내가 보기엔 춥고 배가 고파서 기운을 못 차리는 것 같은데⋯⋯."

아이가 누더기 솜옷 속에 꽁꽁 집어넣고 있던 작은 손을 꺼내 은자를 받았다. 그리고는 흐느끼기 시작했다.

"감사합니다, 어르신! 감사합니다⋯⋯."

아이는 그대로 무릎을 꺾었다.

"고마우신 생명의 은인께 제가 엄마를 대신하여 이렇게 머리를 조아립니다⋯⋯. 저희는 동냥하다 이리 된 건 아니옵고 친척을 찾아 북경에 왔다가 노자가 다 떨어지는 바람에 오갈 데가 없어서 그만……."

　이시요는 그 옛날의 자신을 보는 것 같아 가슴이 찡해졌다. 건륭 11년에 그는 북경에 과거 시험을 보러 왔다가 노자가 다 떨어지는 바람에 낡은 절에서 기거하며 몇 개월 동안 친척을 찾아다녔던 적이 있었다. 그 당시 그는 명색이 거인(擧人)임에도 북경에 있는 동년동향(同年同鄕)들에게 외면을 당했었다. 겉으론 반겨 맞으면서도 돈 얘기만 나오면 저마다 뒤통수를 긁고 오만상을 찌푸리며 난색을 표하기가 일쑤였다. 속사정은 알 바 없지만 아무튼 두 모녀에게서 동병상련의 아픔 같은 걸 느낀 이시요가 윗니로 아랫입술을 지그시 누른 채 한참 생각하더니 천천히 입을 열었다.

　"어떻게 되는 친척인데? 잠깐 외출했다는 거야, 아니면 여길 떴다는 거야?"

　그러나 아이가 대답은 못하고 돌아서서 어미를 흔들어 깨웠다.

　"엄마, 이 어르신께서 뭘 물으시는데……."

　"으응……."

　여인이 신음으로 대답하며 힘겹게 실눈을 떠 보였다. 그리고는 맥없이 흰 입술을 움찔거려 대답했다.

　"먼저 도와주셔서…… 감사합니다……. 얘가 몰라서 하는 소리입니다만…… 친척도 아닙니다……. 지금은 저만치 높은 곳에 계시는 분이라…… 우릴 기억 못하실지도 모릅니다. 그나마 임무를 띠고 지방으로 나가셔서 북경으론 다시 언제 돌아오실지도 모른다는군요……."

　그러자 이시요가 빙그레 웃으며 물었다.

　"나도 관원이오. 말해보오, 누군지! 그리 높은 분이라면 웬만해선 다 알겠구만."

"존함이 화신(和珅)이라고 하는, 화 대인입니다……."

여인이 말을 이었다.

"양주(揚州)에서도 저희 모녀를 한번 살려주신 적이 있었죠. 진짜 좋으신 분입니다. 그 분이 아니었더라면 이 아인…… 살아있지 않을 겁니다. 낳자마자 진작에 오통사(五通祠)에서 얼어죽었겠죠……. 은혜를 입어놓고도 갚지는 못할망정 또 이리 염치없이 찾아와…… 받아 주실지도 모르겠습니다……."

이시요는 잠시 할말을 잊었다. 화신이라면 자신과 무척이나 껄끄러운 사이인데, 그런 화신이 모름지기 이렇게 선행을 베풀고 다녔다니 믿어지지가 않았다. 어느새 표정이 굳어진 이시요가 인기척에 고개를 돌려보니 저만치 이팔오가 따라와 서 있었다.

"이리와."

가까이 오라고 손짓을 하고 난 이시요가 여인에게 말했다.

"알고 있다시피 화 대인은 크게 되시어 흠차(欽差)의 신분으로 지방으로 나가셨소. 화 대인과의 관계를 집에서는 모를 테니 받아줄 것 같지가 않구려. 화 대인과 난 호형호제하는 사이요. 괜찮다면 내가 먼저 어디 머무를 데를 찾아줄 테니 약이나 지어먹고 기다리다가 병이 나으면 화 대인을 찾아 떠나든가 어쩌든가 방책을 마련해 보는 게 어떻겠소?"

그러나 여인은 머리를 벽에 맥없이 기댄 채 미동도 하지 않고 있었다. 호흡이 가빠지는가 싶더니 연이어 신음소리가 터져 나왔다. 이시요가 손을 내밀어 그 이마를 만져보니 불덩이 같았다. 냉큼 손을 움츠리며 그는 이팔오에게 분부했다.

"이봐! 애들을 불러다가 방금 내가 말한 대로 해. 온몸이 불덩이야, 불덩이!"

"엄마! 엄마…… 눈 좀 떠봐……. 왜 그래? 엄마…… 제발 죽으면 안 돼……. 소 문둥이가 날 팔아버리면 어떡해? 엄마가 죽으면 소 문둥이는 날 개처럼 여기저기 팔아버릴 거란 말이야……."

살을 에이는 찬바람에 흑흑 숨이 넘어갈 듯 흐느끼며 목을 놓아버린 아이의 울음소리가 섬뜩하여 이시요는 등골이 오싹해졌다. 가인(家人)들이 달려와 들것에 여인을 들어올리느라 수선을 떠는 모습을 보며 이시요의 마음은 더욱 무거워졌다.

쭈그리고 앉았던 무릎을 세워 일어나 돌아가려고 할 때 왼쪽에서 누군가가 환한 등불을 치켜들고 휘청거리며 다가오고 있는 게 보였다. 술에 만취한 것 같았다. 무어라 알아듣지도 못할 소리로 중얼거리고 작은 돌멩이에라도 걸려 넘어갈세라 위태롭게 비틀거리며 다가온 사내의 입에서는 술 냄새가 진동했다. 그는 다짜고짜 들것을 들고 떠나려는 사람들을 막고 나섰다.

"가…… 가긴…… 어딜 가…… 꺼억! 늙은 계집은…… 그새…… 뒈졌군! 어미는 죽었으면…… 갖다버리고…… 요 새끼는 내꺼야, 내꺼! 음…… 그렇고 말고……."

"뭐 하는 사람이오?"

이시요가 차가운 표정으로 쏘아보았다.

"소…… 소…… 소……."

"소 문둥이라는 자인가?"

"껵! 날 아는 사람이오?"

"자네 사람이라고 했지? 잘 됐네, 임자를 만나서!"

이시요가 덧붙였다.

"아직 죽지는 않았으니 의원이나 불러오게."

술이 곤드레만드레 취하여 이시요의 목소리를 알아채지 못한 소 문둥이는 비틀거리며 이시요에게 삿대질을 했다.

"허튼 소리 말고 썩 꺼져! 내가 의원을 불러오든…… 말든…… 네놈이랑 무슨 상관이야…… 저년이 욕심나?…… 데리고 가서 송장이라도 품고 싶으면…… 돈을 내놔……. 그럼 내가 두 손으로…… 받쳐 올릴 테니까……."

이팔오가 욱하는 성미에 주먹을 쥐고 달려들자 이시요가 재빨리 제지했다. 그리고는 물었다.

"……모녀가 얼마나 빚졌는데? 어쨌든 내가 대신 갚아줄 테니 사람이나 내놔!"

"세……."

술김에도 검은 속셈은 여전한 소 문둥이가 "세 냥"이라고 하려던 말을 얼른 도로 삼키고는 열 냥을 더 추가했다.

"열 세 냥이오!"

"이 새끼가? 감히 누굴 등쳐먹으려고 들어!"

이팔오가 앞으로 나서더니 으르렁댔다. 여자아이도 악을 쓰며 대들었다.

"미친 소리 하지마! 열 세 냥? 우리가 호가객잔(胡家客棧)에 빚진 방값은 두 냥 사 전(錢)밖에 안 돼! 약값 20문(文)은 행랑살이로 다 갚았어. 그리고 우리가 빚진 건 호가네인데, 어째서 네놈이 나서서 지랄이야! 천자의 발 밑에서 감히 이런 식으로 외지인을 괴롭혀? 날벼락을 맞을 놈……."

아이의 발악에 소 문둥이는 징그럽게 웃으며 냉소를 터트렸다.

"야, 이년아! 넌 하나만 알고 둘은 모르냐? 호가네가 내게 빚지고, 네년이 호가네한테 빚졌으니 결국은 네년이 나한테 빚진 꼴이 아니냐? 감히 누굴 속이려고 들어? 문두구(門頭溝) 석탄쟁이들한테 팔려가 가랑이 다 찢어지지 못해 환장을 한 게로군."

그 말에 이팔오는 더 이상은 참을 수 없었다. 그는 와락 달려들어 멱살을 움켜잡았다. 그리고는 불이 번쩍 날 정도로 소 문둥이의 뺨을 갈겼다. 엉겁결에 한 대 얻어맞고 비틀거리던 소 문둥이가 삿대질을 해가며 악을 썼다.

"야, 이 거지새끼야! 감히 나 소아무개를 쳤다 이거지? 두고 봐라, 잠자는 호랑이의 코털을 건드린 대가를 톡톡히 치르게 될 것이니!"

감히 덤벼들 엄두는 못 내고 소 문둥이는 허세를 부리며 발을 힘껏 굴러 보였다.

"됐어, 그만해."

이시요가 팔을 걷어붙이는 이팔오를 향해 손사래를 쳤다. 이런 자와 이기고 말고 할 게 어디 있으랴 싶었다. 괜히 잘못 건드리면 골치 아플 수가 있다고 생각한 이시요가 나섰다.

"은자 열 세 냥 줘서 보내버려. 환자를 앞에 두고 말도 안 되는 승강이 벌일 새가 어딨어?"

이팔오가 주머니에서 은자를 꺼내어 세어보고는 땅바닥에 내동댕이쳤다. 문둥이가 흰자위를 희번덕거리며 씩씩거리는 사이 이시요는 벌써 저만치 걸어가고 있었다.

마음이 울적하여 산책 나왔던 이시요는 뜻하지 않게 한바탕 소동을 겪고 나니 오히려 기분이 훨씬 가벼워지는 것 같았다. 돼지비계가 들러붙은 듯 끈적끈적하던 느낌을 떨쳐버리고는 발길 닿는 대로 걸었다. 낮은 처마들을 지나가니 등불이 점점 밝아졌다. 공원가(貢院街)에 들어섰던 것이다.

그러나 정작 공원(貢院)이 위치한 북쪽은 어두컴컴하고 우중충

하여 시커먼 고방와옥(高房瓦屋)들이 마치 괴물 같았다. 빙 둘러
쳐져 있는 담장은 주변 민가(民家)의 그것보다 배는 더 될 것처럼
높았고, 담 위에는 산조(酸棗)나무가 빼곡이 심어져 있었다. 어둠
을 타 보니 마치 담장 위에 자줏빛 밤안개가 자욱한 것 같았다.
중간에 지공당(至公堂), 명륜당(明倫堂)의 비첨(飛檐)들마다 잔
설이 쌓여 있어 하얀 날개를 퍼덕이며 밤하늘 어딘가로 날아가는
듯했다. 그 옆의 용문(龍門) 앞에는 쇠로 조각해 놓은 기린(麒麟)
이 웅장한 모습을 한 채 지키고 있었다. 멀리서 보기에 휘황찬란하
던 불빛은 알고 보니 이곳 백륜당(伯倫堂) 연극무대의 불빛이었
다.

　골목에는 각양각색의 호롱불을 밝힌 노점상들의 갖가지 먹거리
를 파는 호객소리가 시끌벅적했다. 연극이 시작된 듯한 희루(戲
樓) 안에선 생황(笙篁)과 사죽(絲竹), 비파(琵琶) 소리가 어우러
져 분위기가 고조되어 있었고, 공원의 동쪽 담벼락 어딘가에서
애처롭게 떨리는 여인의 노랫소리가 들려왔다.

　　버드나무 긴 언덕에
　　한 줄기 저녁연기가 푸른 잎새를 희롱하네.
　　높이 올라 고국(故國)을 바라보니 경화(京華)의 번화함은 여전한
　데,
　　지친 나그네는 아는 이 아무도 없어라.
　　한가로이 옛 흔적 찾아 떠나니
　　어지러운 술자리에 처연한 곡소리만 높구나.
　　석양은 갈길 바쁘고 봄은 한없이 좋은데,
　　손잡고 거닐던 월대(月臺)는 어디 가고 버들피리 신나던 노교(露

橋)는 또 어디에 숨었나.

　과거를 떠올리니 모든 것이 꿈만 같아

　눈물이 베갯잇을 적시네……

　한참동안 넋을 놓고 있던 이시요가 소리나는 쪽을 향해 걸어가
보니 그 곳은 객잔이었다. 대문 앞에 두 개의 누리끼리한 등불이
내걸려 있었고, '호가객잔(胡家客棧)'이라고 적혀 있었다. 방금 전
에 소동을 피웠던 소 문둥이가 말하던 그 객잔이었다.

　대문을 살짝 밀어보니 열려 있었다. 조용히 들어가 마당에 잠시
서 있노라니 불빛이 환한 방안에서는 시문(詩文)을 논하거나 평
곡(評曲)에 열을 올리는 사람들의 고담준론(高談峻論)이 한창이
었다.

　내친 김에 문을 밀고 들어선 이시요는 흠칫 놀라 주춤하고 말았
다. 안에 있는 십여 명 가운데 대부분이 눈에 익은 얼굴들이었던
것이다. 그중 대여섯은 몇 개월 전에 입경(入京)하는 길에 묵어갔
던 객잔에서 보아 일면이 있는 수재(秀才)들이었다. 오성흠(吳省
欽)과 조석보(曹錫寶)라는 이름까지는 기억났으나 누가 누구인
지는 알 수 없었다. 개중에는 가끔 군기처로 드나들어 얼굴이 익은
예부의 서무관 두 명도 있었다. 이시요를 알아본 두 서무관은 당황
하는 모습이 역력했다.

　이시요가 빙그레 웃으며 먼저 입을 열었다.

　"정백희(丁伯熙) 어른이죠? 이쪽은 경조각(敬朝閣) 선생이시
고? 예부에 탐나는 자리가 생겨 춘위(春闈) 시험에 응시하려나
보죠? 오, 난 호부의 목자요(木子堯)라는 사람이오. 군기처에서
두 분을 본 기억이 나오."

"목자……요 어른이시오?"

정백희는 눈을 끔벅거리며 어리둥절한 표정이었다. 그러나 경조각은 벌써 이시요를 알아보았다. 차림새를 보니 번번이 미역국을 먹은 가난한 효렴(孝廉)의 꼴이었고, 종복들도 데리고 있지 않은 모양이 미복(微服)을 나온 게 틀림없다는 데 생각이 미친 그는 몰래 정백희의 허리를 꼬집었다. 그리고는 짐짓 아무런 내색도 하지 않은 채 일어나 이시요에게 읍해 보이며 예를 갖추었다. 그가 자리에 앉길 기다렸다가 경조각이 아뢰었다.

"이런 데서 만나뵙게 되니 반갑습니다. 목 어른! 우리 둘은 춘위에 응시하고자 관직을 내놓은 상태입니다. 벗들이 회문(會文)하는 자리에 가흥루(嘉興樓)의 명물인 산산(姍姍) 처녀를 불렀습니다. 자리를 같이 한 방영성(方令誠) 형의 홍안지기(紅顏知己)이기도 하죠. 마침 잘 오셨습니다. 들어보시고 품평이나 해주십시오."

이같이 말하며 경조각이 자리에 있는 사람들을 하나씩 소개했다. 마상조(馬祥祖)를 소개하는 차례에 이르러서 그는 웃음을 머금었다.

"이 형은 고금을 아우르는 재학에 충의롭기까지 하여 앞으로 틀림없이 조조(曹操)와 비견되는 인물로 죽백(竹帛)에 큰 이름을 남기게 될 겁니다!"

머리를 끄덕이며 귀기울이는 척하면서도 이시요는 하필이면 '조조에 비견'되는 인물이라는 말이 마음에 걸렸다. 일부러 큰소리로 웃어버리니 비파를 타며 노래를 부르던 산산 처녀가 일어나 술을 권했다. 붉은 손수건에 술잔을 받쳐 올리자 이시요가 그 손을 건드릴세라 조심스레 받고는 농담을 했다.

"비파 타는 재주가 보통이 아니던데? 목소리도 꾀꼬리는 저리 가라였소! 근 20년 동안 이런 묘음(妙音)을 들어본 적이 없어서……. 한 곡 더 부탁해도 되겠소?"

그러자 산산은 수줍게 웃어 보였다.

"별것도 아닌데 그리 칭찬을 하시니 몸둘 바를 모르겠사옵니다. 저는 일자무식이온지라 비파도 비파과수(枇杷果樹)할 때 그 비파인 줄로 알고 있었사옵니다! 못 부르는 노래이지만 일전에 방 어른께오서 가르쳐주신 소자첨(蘇子瞻)의 〈하신랑(賀新郎)〉을 불러 올리도록 하겠사옵니다."

"그것 좋지!"

혜동제(惠同濟)가 손뼉을 치며 덧붙였다.

"방영성이 경사(京師, 북경)에서 홍안지기를 만났노라며 조석보가 방 영감님께 혼인을 허락해 달라고 청하더니 벌써 신랑에게 축하를 하는가?"

이에 방영성이 웃으며 말했다.

"그래서 오늘 내가 술을 산다고 했잖아. 내가 뭐 돈이 남아돌아서 이러는 줄 아나?"

그사이 산산은 벌써 비파를 껴안고 다소곳이 좌중을 향해 예를 갖추었다. 사뿐히 걸음을 떼어놓으며 섬섬옥수는 오현(五絃)을 쓸어 내리고 눈은 가을 기러기 목송(目送)하듯 하니 구름을 찢고 바위를 뚫는 비파소리에 따라 노랫가락이 절로 흘러나왔다.

어린 제비가 화옥(華屋)에 날아오르니 오동나무 그늘진 마당에 기척이 없이 조용하네……. 목욕하고 누워 흰 비단 부채를 만지작거리니 부채와 손이 하나같이 백옥 같네. 외로운 잠자리에 졸음이 몰려와 홀로 잠이 드니 꿈이 익기도 전에 발 걷고 문 여는 소리. 요대곡(瑤臺曲) 끊어버린 그것은 다름 아닌 바람에 대나무 흔들리는 소리였네……. 반쯤 벌어진 석류 사이로 홍건(紅巾)의 수심이 보이는구나……. 바람에 꽃잎 떨어지고 꽃술 망가져도 내 정녕 그대만을 지켜주리라…….

청아하고 유유한 노랫소리가 심금을 울리니 술상을 마주하고 있는 사내들은 저마다 넋이 나간 표정이었다. 오성흠의 곁에 앉아 어딘가 처연하고 쓸쓸한 비파의 여음에 노랫말을 음미해가며 눈을 감은 채 무릎을 두드리며 박자를 맞춰가던 조석보의 두 눈에는 어느새 눈물이 그렁그렁 맺혔다. 그러나 달리 감동이 없어 보이는 오성흠은 입을 헤벌리고 앉아 산산 처녀가 춤추는 모습만 홀린 듯 바라보고 있을 뿐이었다. 따뜻한 눈길로 자신의 여인을 바라보는 방영성의 눈에 애정이 넘쳐흘렀다.

그러나 두 손으로 무릎을 짚고 귀기울여 듣고만 있는 이시요는 하소연을 하듯, 체읍(涕泣)을 하듯 들려오는 간절한 노랫소리에 그저 마음이 심란할 뿐이었다. 천하에 그 명성을 떨친 총독으로서 성충 또한 깊어 만부(萬夫)의 웅심을 품고 입경하였으나 큰 뜻을 펴기도 전에 앞길엔 가시밭길이 심상찮으니 이를 어찌 헤쳐나가랴 싶었다. 서글프고 쓸쓸하고 실의에 빠지려는 마음이 복잡하여 갈피를 잡지 못하고 있을 때 혜동제가 조석보에게 물었다.

"누가 작사한 곡이오? 어디서 많이 들어본 것 같은데."

이에 조석보가 대답했다.

"주방언(周邦彥)이란 수재인데, 송(宋)나라 때의 명사(名士)였지. 역시 그 당시 최고의 기생이었던 이사사(李師師)랑 서로 사랑을 했었는데, 송나라의 휘종(徽宗)이 또 최고의 명기(名妓)를 가만히 놔둘 리가 없지 않은가. 그래서 송 휘종에게 이사사를 빼앗기고 울분에 차 붓을 날렸는데, 휘종의 기휘(忌諱)를 범했다 하여 국문(國門)에서 축출당했었잖아……."

그때의 상황을 떠올리느라 머리를 끄덕이며 생각에 잠겨 있던 이시요의 눈에 문 밖에 서 있는 이팔오가 띄었다. 그는 몰래 밖으로 나와 손짓으로 이팔오를 불렀다.

"무슨 일이야? 애들을 이렇게 많이 데리고."

그러자 이팔오가 히죽 웃으며 대답했다.

"별일이 있는 건 아니고요, 그 문둥이 새끼가 어르신을 찾아와 술주정을 부릴까봐 걱정이 돼서 왔습니다. 들것에 실려간 여인은 이름이 류상수(劉湘秀)라고 하고요, 계집아이는 가하(歌霞)랍니다. 잘 보살펴주고 있으니 염려하지 마십시오. 벌써 밤이 깊었습니다."

그 말이 끝나기도 전에 이시요는 벌써 방안으로 들어가 버렸다. 조석보의 말은 그때까지 이어지고 있었다.

"……방금 산산이 부른 노래는 주방언이 쫓겨나면서 이사사에게 써준 건데, 이사사가 송 휘종에게 보여주었다고 하오. 송 휘종이 감동하여 나중에 주방언을 악정(樂正) 자리에 앉혀주었다고 들었어……."

이시요가 그 말을 듣고는 옆자리에 앉아 있는 경조각에게 나직이 말했다.

"저 형은 대단히 박학다식한 분이시네!"

"그럼요."

경조각이 덧붙였다.

"지난번 강절회관에서 회문하여 방(榜)의 첫머리에 올랐는 걸요."

이같이 운을 뗸 경조각이 갑자기 고개를 돌리더니 방영성에게 말했다.

"이 목 선생께서 조 형이 방 형을 대신하여 쓴 편지를 배독(拜讀)하고 싶다고 하시오. 술도 좋고 산산 처녀의 재주와 용모도 좋은데, 우리 문림(文林)의 가화(佳話)로 회자될 그 편지도 읽어봐야지. 목 선생, 그러니까 그게 뭐냐 하면요, 우리 대청(大淸)의 건륭 39년에 강우효렴(江右孝廉) 방영성이 과거시험을 보고자 입경하였다가 병이 들어 대불사(大佛寺)에서 누웠다지 뭡니까. 그때 절을 찾은 어떤 경성경국(傾城傾國)의 미모를 지닌 여인과 만나게 되어 그 여인의 도움으로 곤경에서 헤어나오면서 둘은 사랑이라는 걸 하게 되었다는군요. 몰래몰래 좋아하다 급기야는 백년해로까지 언약했는데……."

그가 찻집 야담꾼의 어투를 흉내내자 사람들은 좋아라 박수를 치며 신명이 난 표정들이었다. 경조각이 정색을 하며 오른손으로 당목 치는 시늉을 하며 말을 이어나갔다.

"개탄스러운 것은 홍안(紅顔)이 박명(薄命)하다 하여 청루(靑樓)에 몸담고 있는 여인을 방씨네 같은 명문망족(名門望族)이 두 팔 벌려 반겨 맞을 리가 있었겠어요? 대형(大兄)께서 연신 서찰을 보내어 방공자(方公子)를 엄히 꾸짖으시며 오로지 공명만을 목표로 하고 일절 주색을 멀리하라 명하시니 댕기 풀어 백년을 언약한 산산은 옥용(玉容)이 초췌하고 눈물로 지새우는 나날이 이어질 수밖에……."

경조각이 쭛쭛 혀를 차며 그때의 상황을 말하고 있을 때 정백희가 이시요에게 종이 한 장을 내밀었다.

"조 선생이 '방공자'를 대신하여 그 형에게 써보낸 서찰입니다. 읽어보시면 경조각 저 친구가 헛소리하는 걸 듣는 것보다는 나을 겁니다!"

이시요가 무덤덤하게 그것을 받아들었다. 펴보니 깨알같은 장문의 서찰이었다. 경조각이 또 무슨 농담을 했는지 와! 하는 폭소가 터졌다. 그런 가운데 이시요가 읽어보니 내용은 이러했다.

서찰을 잘 받아보았습니다. 번번이 어버이 맞잡이인 형의 엄한 가르침에 감격하고 부끄러움을 금할 길 없습니다. 선친께서 돌아가신 후 형의 헌신적인 이끌어주심이 있었기에 비로소 오늘의 제가 있음에야 어찌 두 말이 필요하겠습니까? 불민한 아우에게 형의 훈회는 우로(雨露)의 영롱함이었고, 뇌정(雷霆)의 일갈이었습니다. 아직 치기(稚氣)는 남아있으나 결코 야수(野水)의 원앙을 좇고 순간적인 어수지락(魚水之樂)에 빠져 한가로이 꽃노래나 흥얼대고 다닐 아우가 아닙니다. 부디 일생에 다시 없을 홀홀(忽忽)한 꿈같은 사랑에 빠진 이 아우의 진심을 알아주십시오.

아우와 해후하여 3년 전 가흥주루(嘉興酒樓)를 나온 얌전하고 착한 고운 여식입니다. 호방교(虎坊橋)에서 함께 지내던 어느 날 홀연 방으로 날아 들어온 버드나무 잎에서 선도(仙桃)가 열리고 탐스런 사내아이가 태어나는 태몽을 꾸었습니다. 슬하가 허전하신 형에게도 희보(喜報)가 아닐 수 없을 거라 믿어마지 않습니다. 형도 숙지하시다시피 세상사는 눈앞에 보이는 것만이 전부는 아니지 않습니까? 진흙에서도 연꽃이 피고 분토(糞土)에서도 귀한 버섯이 납니다.

여기까지 읽어보고 난 이시요가 웃으며 산산을 힐끗 훔쳐보니 과연 아랫배가 조금 불러 있는 것 같았다. 계속하여 읽어보니 형을 설득하기 위한 고언(苦言)이 행간에 역력했다. 말미에는 "아우의 혜안을 믿고 그 선택을 존중하니 제수씨(弟嫂氏)를 데리고 향리로 속히 돌아오길 바란다"는 형의 짤막한 글귀가 적혀 있었다.

서찰을 정백희에게 건네주며 이시요가 말했다.

"방 형, 축하하오! 끝에서부터 읽었더라면 손에 땀은 안 쥐었을걸!"

옆자리의 오성흠과 웃고 떠드느라 정신이 없던 방영성이 이시요가 자신에게 뭐라 하자 돌아앉으며 물었다.

"예?"

이에 이시요가 말했다.

"일단 축하는 해야겠는데, 조 선생이 서찰에서 방 형이 이번에도 미역국을 마시면 신부(新婦)를 쫓아내도 좋다고 군령장(軍令狀)을 세웠으니 이를 어쩌나?"

"목 선생도 참 어찌 그리 교주고슬(膠柱鼓瑟, 고지식하여 융통성이 없음을 비유하는 말)이시오?"

조석보가 술잔을 들어 조금씩 홀짝이며 덧붙였다.

"그때가 되면 벌써 꼬물거리는 조카가 태어나 있을 텐데, 설령 미역국을 마신들 아이를 봐서라도 어찌 어미를 쫓아낼 수 있겠소?"

그러자 방영성이 입을 열었다.

"우리 형은 천성이 너무 착해서 법이 없어도 사는 사람이오. 그런 걱정은 붙들어매시게. 평생을 과거만 보다가 세월을 다 보낸 추풍(秋風)의 낙엽(落葉)이 아우에게서나마 일말의 위로를 얻고자 하는 것이니."

이에 오성흠이 위로의 말을 건넸다.

"꽃같이 아리따운 아내가 떡두꺼비같은 장군감을 잉태하고 있으니 이보다 더한 길조(吉兆)가 어딨겠소? 이번에 방 형은 필히 청운의 꿈을 이룩할 것이오."

하지만 방영성이 자조하듯 쓴웃음을 지었다.

"알다가도 모를 게 세상사이거늘 어찌 그리 호언장담을 할 수 있겠소! 갈 데까지 가보는 거지. 우리 조부님이신 방영고(方靈皐, 강희제 때의 명사인 방포) 옹도 천하의 문단수령으로 20년도 넘게 명성을 날렸고, 강희제 때는 상서방(上書房)에 입직하여 백의재상(白衣宰相)으로 인정을 받았어도 끝까지 용문(龍門)과는 인연이 없으셨잖소. 우리 큰형도 열 세 번씩이나 미역국을 마시고 고사장에서 머리가 희고, 고사장에서 등이 휘었잖소. 이젠 시험의 '시'자만 들어도 넌더리가 난다고 하오! 두광내(竇光鼐)나 왕문소(王文韶), 우명당(尤明堂)과 같이 일로에 춘풍인 행운아들은 필경 손에 꼽을 수 있는 정도지."

처음엔 머리까지 끄덕여가며 공감하던 이시요는 문득 머릿속에 뭔가 쓱 스치고 지나가는 게 있어 가슴이 철렁했다. 건륭은 이미 자신을 이번 춘위의 주시험관으로 점지했거늘 어찌됐건 한무리의 수재들 틈에 끼여 자신이 지금 뭘 하고 있는 건지 알 수가 없었던 것이다. 생각해보니 과전이하(瓜田李下, 오이밭에서 신발 끈을 동여매고 배밭에서 갓을 고쳐 쓰다)의 혐의를 받을 소지가 컸다. 그는 순간적으로 몹시 당황했지만 애써 웃음을 지으며 말했다.

"아니, 아니 하면서 석 잔이라고 하질 않소? 과거시험에 한번 목을 맨 사람은 죽어도 고사장에서 죽게 돼 있소. 낙방할 때마다 시험관이 눈깔이 삐었다느니, 차별한다느니 욕지거리를 퍼붓고 먹을 엎어버리며 다시 이 안에 발을 들여놓으면 무슨 새끼라며 철석같이 맹세를 하다가도 때가 되면 제일 먼저 짐 싸들고 길을 나서는 게 수재의 숙명이오. 아, 참! 내 정신 좀 봐, 급한 길을 깜빡했네! 오늘 만나서 즐거웠소. 그럼 인연이 닿으면 나중에 또 봅시다!"

이시요는 이같이 얼버무리며 서둘러 자리에서 일어섰다.

12. 건륭의 치가(治家)

이시요는 건륭이 조만간 춘위(春闈)와 관련하여 자신과 우민중을 부를 거라는 생각에 연 며칠 동안 군기처에서 자리를 지키고 있었다. 그러나 아무리 기다려도 단독 접견은 없었다. 우민중과 번갈아 가며 육부의 관원들과 함께 불려가면 한 번씩 의견을 물어오는 것이 고작이었다. 누군가 자신의 뒤통수를 겨냥하고 있다는 사실 때문에 전전긍긍하는 그는 건륭이 자신의 비리를 알고 있는지 여부가 못내 궁금했다.

그러나 병부(兵部) 관원들과 함께 들어갔을 때는 조후이와 하이란차, 아계의 전략전술이 주된 논의 사항이고, 어디에 다리를 설치해야 하며 담수 공급과 화약, 방조(防潮) 대책은 어떻게 해야 하는지가 전부였다. 그 이상의 화제는 없었다. 호부(戶部) 관원들을 대동하여 들어갔을 때는 또 으레 재해복구와 춘경(春耕)이 화두였다. 접견이 끝나고 나면 건륭은 번번이 피곤한 기색이 역력하여 손사래를 치며 도무지 곁을 주지 않았다.

그 날은 기윤이 공부(工部)의 관원들을 대동하여 알현하기로 한 날이었다. 그런데 태감 왕치(王恥)가 군기처로 "이시요도 함께 들라"는 지의를 전해왔다.

아침을 먹고 있던 이시요는 숟가락을 내동댕이치듯 던져놓고 벌떡 일어나 따라나왔다. 문밖에서 기다리고 섰던 기윤이 아래위로 이시요를 쓸어보았다.

"입경한 지 얼마 되지도 않은 사람이 어찌 그리 생기가 없어 보이오? 어디 아픈 게요, 아니면 밤잠을 설친 거요? 어서 이 대인께 조주(朝珠)를 걸어드리거라!"

이시요가 그제야 목을 만져보니 아무 것도 없는 게 아닌가! 순간적으로 당황한 그는 태감의 손에서 얼른 조주를 낚아채듯 받아들었다. 조주를 목에 걸고 기윤을 따라나서며 그가 말했다.

"밖에 나오면 챙겨주는 아랫것들도 없고 이리 사소한 것마저 스스로 신경 써야 하니 정신이 없네 그려……. 지난번에 뵙기를 청할 땐 패찰을 잊어버리고 안 가져가 고운종을 못 만났더라면 들지도 못할 뻔했다는 거 아니오."

"그게 바로 경관(京官)과 외관(外官)의 다른 점이 아니겠소."

기윤이 머리를 끄덕였다.

"여긴 군기처의 웬만한 장경(章京)들도 모두 4품관이라오. 군기처에서는 차 마시고 싶으면 스스로 끓이고 빨래도 제 손으로 해 입어야 하는 말단이라지만 지방으로 내려가면 그네들도 어마어마한 대접을 받는다고! 그래서 '입경(入京)한 화상(和尙), 출경(出京)한 관리(官吏)'라는 말이 있잖소. 조주 얘기가 나오니까 생각나는데, 전에 백운관(白雲觀)의 도장(道長)인 장 진인(張眞人)

이 폐하의 부름을 받고 왔다가 조주를 걸지 않고 와서 폐하께 실의(失儀)가 될까봐 당황해하는 걸 보고 내가 그랬소. 당신은 호풍환우(呼風喚雨)의 재주가 있는 기인(奇人)인데 영패(令牌)를 휙 저어 육정육갑(六丁六甲)의 신장(神將)들더러 바람 타고 휙 날아오라고 시키면 되지 않느냐고 했더니 그만 얼굴이 빨개지더군!"

손짓발짓까지 겸한 그 말에 이시요와 두 태감은 동시에 웃음을 터트렸다. 저만치 공부(工部)의 시랑(侍郎)인 진색문(陳索文)과 보원국(寶源局), 하도국(河道局), 화약국(火藥局), 가도아문(街道衙門)의 몇몇 당관들이 양심전 수화문 밖에 서 있는 게 보였다. 몇 발짝 빠른 걸음으로 다가간 기윤이 물었다.

"어이 진색문, 자네 대장은 안 왔나?"

"저희 대장은 상중(喪中)이십니다."

그곳은 내원(內苑)의 금지(禁地)였으므로 정참례(庭參禮)를 행할 수 없었다. 때문에 진색문이 당관들과 함께 허리를 낮춰 공손하게 예를 갖추었다.

"지금은 황극기(黃克己)가 공부아문을 서리(署理)하고 있습니다만 현재는 시공중인 태묘(太廟)를 시찰하러 봉천(奉天)으로 내려갔습니다. 그래서 제가 대신 폐하를 알현하러 오게 되었습니다."

기윤이 웃음기를 거두고 엄숙한 표정으로 말했다.

"따라오게."

사람들을 데리고 들어가니 왕치가 동난각으로 안내했다.

그러나 건륭은 궁전에 없었다. 왕치는 잠깐 기다리라는 말과 함께 주렴을 걷고는 물러갔다. 이들은 팔보유리병풍(八寶琉璃屛風) 앞에서 무릎을 꿇은 채 감히 입도 벙긋하지 못한 채 숨죽이고 있었다. 이런 자리가 처음인 네 명의 당관들은 죽은 듯 엎드려 큰 숨 한번 못 쉬고 있었고, 진색문은 길게 무릎 꿇은 채 눈 한번 깜빡하지 않고 있었다. 이시요 역시 무슨 질문이 떨어질지 어떻게 답해야 할지 잔뜩 긴장하고 있는 가운데 기윤만은 주렴 사이로 화사한 햇살에 얼굴을 맡긴 채 유유자적하게 창밖을 내다보고 있었다. 태감과 궁녀들이 시립해 있고 새소리에 귀가 즐거운 창밖엔 햇살이 눈부셨다. 그렇게 한참을 기다리고 있노라니 밖에서 왕렴의 오리처럼 째지는 듯한 소리가 들려왔다.

"폐하께서 납신다! 찻물과 물수건을 대령하라!"

잠시 후 발걸음소리가 길게 이어졌다. 건륭 혼자만은 아닌 것 같았다. 찻물과 물수건, 인삼탕을 내어오느라 궁녀들이 바삐 움직이기 시작하니 기윤을 비롯한 신하들은 전부 몸을 낮춰 고개를 숙였다.

이어 태감이 주렴을 걷어올리는 소리와 함께 건륭의 발걸음소리가 금전(金甎)을 박은 바닥에 딱딱 못박는 것처럼 들려왔다. 기윤이 머리를 가볍게 조아리며 아뢰었다.

"신들, 폐하께 문후 여쭙사옵나이다!"

"기윤, 자네 들었는가?"

건륭이 덧붙였다.

"공부에서도 여럿이 들었구만. 면례(免禮)하고 난각으로 들게."

가까이에서 들리는 건륭의 말소리는 머리 위에서 진동하는 우렛소리 같았다. 기윤과 진색문이 머리를 조아리며 대답하고 일어서니 건륭은 이미 물수건으로 얼굴을 문지르고 있었다.

인삼탕은 그만 됐다 손사래를 치고 난각으로 들어가는 건륭의 꽁무니를 따라 들어가니 건륭은 자리에 앉으라며 손짓을 해 보였다. 조심스레 엉덩이를 나무걸상에 살짝 붙이고 앉으며 진색문은 몰래 건륭을 훔쳐보았다. 온돌에 올라 다리를 괴고 앉은 건륭 또한 눈길을 쏠어오던 중이어서 눈동자와 눈동자가 정면으로 부딪쳤다. 당황한 진색문이 황급히 시선을 떨구자 건륭이 가볍게 웃음을 터트렸다.

"오늘은 밖에 춘색(春色)이 완연하네. 여러 날 밤잠을 설쳤더니 몸이 찌뿌드드하여 어화원(御花園)으로 가서 황자들이 부쿠[布庫, 무예의 일종] 연습을 하는데 끼어들어 몸을 좀 풀었네. 기분이 날아갈 것 같군. 옹염(顒琰), 옹기(顒琪), 옹선(顒璇), 옹성(顒瑆), 옹린(顒璘)은 안으로 들거라."

옹염의 낮은 대답소리와 함께 황자들이 줄줄이 들어왔다. 온돌에 앉아 있는 건륭을 향해 예를 갖추고는 다들 뒤로 물러나 무릎을 꿇었다. 난각 안에는 사람들이 많아 비좁은 느낌마저 들었다.

모두들 건륭이 입을 떼기만을 기다렸다. 하지만 건륭은 잠시 동안 아무 말도 없었다. 낯빛이 어딘가 불쾌해 보였다. 견디기 힘든 긴 침묵 끝에야 건륭은 비로소 입을 열었다.

"발소리가 어찌 그리 가볍나? 황제의 면전이라곤 하나 신하들 앞이기도 한데, 황자의 늠름한 기품이라곤 터럭만큼도 없어서야 되겠느냐! 그리고, 기윤 역시 육경궁 서재의 사부이거늘 어찌 한 마디 인사말도 없단 말이냐? 응?"

건륭이 신하들 앞에서 이런 식으로 황자들을 꾸짖는 건 처음이었다. 듣는 기윤이 부담스러운 건 당연했고, 이시요와 공부의 관원들도 저마다 가슴이 뛰고 손에 땀이 흘렀다. 얼굴이 하얗게 질린 황자들은 어찌할 바를 몰라했다. 건륭이 치가(治家)에 있어서는 강희(康熙)와 일맥상통하여 외신(外臣)보다 내신(內臣)에 대해 더욱 엄격하고, 가까울수록 가혹하다는 걸 기윤은 익히 알고 있었다. 황자로서의 고매한 기품을 요구하고 사부에게 예를 갖추지 않음을 책하는 데는 잘못된 바가 없으나 많은 사람들 앞에서 꼬집으니 예를 행하는 쪽과 받는 쪽 모두 불편할 건 당연했다. 황자들이 뒤늦게나마 사죄의 예를 갖추려 하자 기윤이 급히 자리에서 일어나 무릎을 꿇었다. 그리고는 조심스레 입을 열었다.

"황자마마들께오서 어쩌다 실수를 하신 것 같사옵니다. 군부(君父)의 면전이라 경외심에 긴장이 앞서 그리된 것 같사오니 용서해 주시옵소서. 정무를 논의하는 자리에서 촌척이 삼엄하시온데 신이 어찌 감히 버젓이 황자마마들의 예를 받겠사옵니까? 통촉하여 주시옵소서……."

"세 살 때부터 글을 익혀 여섯 살에 속발수교(束髮受敎)하였느니, 천지군친사(天地君親師)할 때의 '사(師)'가 분명 오상(五常)에 속하는 줄을 몰랐단 말이더냐? 어찌 그리 경솔하고 태만할 수가 있단 말이냐? 글공부한 자들이 양기수덕(養氣修德)에 힘쓰지 않으면 경거망동(輕擧妄動)하기 십상이니 무지(無知)로 인한 경거망동보다 더 가증스럽다는 걸 명심하거라. 기윤의 청이 간절하니 이번만은 용서한다. 돌아가서 작문을 지어 바치거라."

잠시 생각하고 난 건륭이 덧붙였다.

"제목은 '극기복례위인(克己復禮爲仁), 사선막대언(斯善莫大焉)'이니라. 다 쓰고 나면 어람을 청하도록 하거라!"

"예!"

황자들은 대사면이라도 받은 듯 크게 안도하며 일제히 머리를 조아려 사은을 표했다.

건륭이 그제야 표정을 부드럽게 바꾸며 진색문을 향해 말했다.

"자네가 진색문인가?"

황자들을 대하는 건륭의 추상같은 모습에 잔뜩 겁을 집어먹고 있던 진색문이 화들짝 놀라며 퉁기듯 자리에서 일어났다. 그러자 건륭이 웃으며 눌러 앉히는 시늉을 했다.

"앉게, 앉아서 대답하게. 어찌 다들 허례를 갖춰 벌떡벌떡 일어나고 그러나? 자네는 올 여름에 이부(吏部)의 인준을 받고 공부(工部)로 입직한 걸로 알고 있네."

진색문이 태도가 더없이 온화해진 건륭의 말에 그제야 조금 안심하며 그렇노라고 대답했다. 건륭이 고개를 갸우뚱하며 생각을 더듬는 듯 하더니 물었다.

"복건(福建) 포정사(布政使)가 진색검(陳索劍)인데, 혹시 일가인가?"

"예, 폐하. 폐하의 총기는 실로 놀랍사옵니다. 진색검은 신의 아우이옵나이다."

"대견스럽군! 자네 아비의 가르침이 훌륭한 것 같네. 두 형제를 하나는 방면대원(方面大員)으로, 하나는 조정의 경이지신(卿貳之臣)으로 키워냈으니 말일세."

건륭이 머리를 끄덕이며 흡족해했다.

"실로 흔치 않은 경우이지."

건륭이 자신의 부친을 거듭 높이 치하하자 진색문이 급히 자리에서 나와 무릎을 꿇었다.

"신이 요순지측(堯舜之側)에서 시중들 수 있고, 아우가 일방의 부모관(父母官)으로 거듭날 수 있었던 건 모두 폐하의 홍복과 조상들께서 덕을 쌓으신 덕분이라고 생각하옵나이다. 아뢰옵건대신의 아비 진모조(陳模祖)는 신의 아우가 태어나고 6개월만에 이승을 뜨셨사옵니다. 신과 아우는 어미께서 언 물에 삯빨래를 하고 등잔불 밑에서 밤새워 삯바느질을 하시어 뒷바라지를 해주셨기에 비로소 장성할 수 있었사옵니다. 이제 형제는 출세하여 타의 모범이 되고자 매진하고 있사오나 어머니께선 아직 고명(誥命)에 드시지 못하여 여러 차례 정표건방(旌表建坊)을 신청하였으나 여태 감감무소식이옵나이다……."

이같이 하소연하는 진색문의 눈가에 눈물이 번졌다. 건륭이 슬쩍 기윤을 쳐다보니 기윤은 모르겠다는 듯 머리를 저었다. 이에 건륭이 말했다.

"이런 일은 예부(禮部)에 정해진 규정이 있으니 돌아가 다시 상주문을 작성하여 기윤에게 올리도록 하게. 관련 규정에 따라 은지(恩旨)가 내려질 것이네."

건륭이 좌중을 쓸어보고는 말을 이었다.

"이제 차사(差使, 우리나라 말에서는 중요한 임무를 위해 파견하던 임시직이란 뜻이지만 여기서는 중요한 사안을 말함)에 대해 말해보세."

공부(工部)는 육부(六部)의 말좌(末座)였다. 명색이 '부(部)'라고는 하지만 직권이나 직책상 그 위치는 이부, 예부, 병부, 호부, 형부에 한참 못 미치는 소위 '냉아문(冷衙門)'이었다. 당(唐)나라 때는 아예 동궁(冬宮)이라 했다. 따라서 공부상서는 동궁상서, 시랑은 동궁시랑이라 부를 정도였다. 그러나 명(明)나라를 거쳐 청(淸)나라로 이어오면서 공부의 권력은 당나라 때보다는 커져서 하공(河工), 수리(水利), 해당(海塘), 하방(河防), 선박(船舶), 광물(鑛物)에서부터 둔전(屯田)이니 영작(營作), 수선(修繕), 시탄

(柴炭), 교량(橋樑), 어획(漁獲), 조운(漕運), 군기(軍器), 조전(造錢)…… 등등 크게는 민생국맥(民生國脈)에서 작게는 자질구레한 일까지 책임지고 관리해왔다. 육부의 나머지 다섯 개 아문에서 요직을 맡고 있는 관원들은 이곳 공부에서 몇 년 동안 담금질을 하여 출세한 경우가 많았다. 그처럼 공부는 '실권'도 없고 '실익'도 없지만 없어선 안 되는 곳이었기에 진색문은 건륭이 관심을 가질 만한 하공이나 조운, 둔전, 수리에 대해서만 아뢰었다. 그리고 동행한 가도아문(街道衙門)의 관원더러 원명원(圓明園)을 확장하기에 앞서 민가(民家)를 이주시키는 데 필요한 예산에 대해서 보고를 올리게 했다.

이시요는 열심히 귀기울이며 속으로 계산해보았다. 아무래도 비용이 너무 어마어마할 것 같았다! 민가를 이주시키는 데에만 적어도 은자 4백만 냥은 들 텐데, 지방에서는 엄두도 내지 못할 일을 하고 있으니 역시 천가(天家)는 천가라는 생각이 들었다…….

그러나 기윤은 미리 어디에 얼마의 예산이 필요할지 생각을 해두었던 것 같았다. 자신의 예상을 크게 빗나간다고 생각되는 부분에서는 고개를 갸웃하기도 하고 놀란 표정을 짓기도 하며, 또 때로는 머리를 끄덕이며 귀를 기울였다. 몇몇 당관들의 보고가 끝나자 진색문이 아뢰었다.

"홍과원(紅果園) 서쪽에서 2리쯤 떨어진 곳에 현녀묘(玄女廟)라고 있사옵니다. 성조(聖祖) 때의 가짜 주삼태자(朱三太子) 사건 이후로 거의 피폐하다시피 했사오나 근래에 들어 급작스레 향화(香火)가 다시 성해지기 시작했사옵니다. 요즘은 하루에 현녀묘를 찾는 선남신녀(善男信女)들이 수천 명도 더 된다고 하옵니다. 이곳은 원명원 서문(西門)과 마주하고 있어 이주 대상에 포함되오나 수만 명의 향객들이 저지하고 있어 공부로선 엄두를 내지 못하고 있사옵니다. 순천부 아역들의 가족들 중에도 그곳 신도들이 많다며 전임 공부상서인 왕화우(王化愚)는 강제철거를 했을 시 예상되는 사단이 두려워 철거를 잠시 보류하라고 했사옵니다. 이제 왕화우가 정우(丁憂, 부모상을 당함)로 차사를 그만두었사옵고, 황사랑(黃仕郞)이 봉천으로 외차(外差)를 나갔으니 폐하께오서 지의(旨意)를 내려주시옵소서."

"음…… 현녀묘라고?"

당관들의 보고를 들으며 종이에 무어라 기록하고 있던 건륭이 이 대목에서 붓을 멈추며 기윤에게 말했다.

"현녀묘라면 정사(正祀)인가 음사(淫祀)인가?"

이에 기윤이 재빨리 대답했다.

"현녀(玄女)는 상고(上古)의 신녀(神女)로서, 속칭 '구천낭낭(九天娘娘)'이라고 하옵니다. 〈황제내경(皇帝內經)〉에도 적혀 있는 정사이옵나니다. 하오나 갑작스레 향화가 성하기 시작했다는 데는 뭔가 다른 이유가 있을 것 같사옵니다. 요즘 경사(京師), 직예(直隷) 일대에는 일명 천리교(天理敎)라는 사교(邪敎)가 극성하여 제신(祭神)의 미명하에 선남신녀들을 유혹하고 있다고 하옵니다. 이를 유념해야 할 것 같사옵니다."

건륭이 붓을 내려놓았다. 한참 동안 깊이 생각한 끝에 건륭은 천천히 입을 열었다.

"짐이 유년 시절에 성조에게서 들은 바가 있네. 가짜 주삼태자 양기륭(楊起隆)의 소굴이 홍과원에 있었다고 말일세. 오사도(鄔思道) 선생에게서 주배공(周培公)이 그곳에서 오삼계(吳三桂)의 아들 오응웅(吳應熊)의 난을 평정했었다는 얘기도 들었고…….
이시오!"

"예, 폐하!"

"이는 순천부(順天府)의 차사가 아니네. 경은 이미 보군통령아
문(步軍統領衙門)을 서리(署理)하기로 했으니 이는 자네 구문제
독(九門提督)의 응분의 차사이네."

"예! 신이 즉시 수사에 착수하도록 하겠사옵나이다!"

"수사가 끝나는 대로 아뢰도록."

건륭이 덧붙였다.

"조사 결과 과연 정신(正神)을 모시는 곳이라면 놀라게 해선
아니 되겠네. 예부더러 관원을 파견하여 제사를 지내고 정중히
철거의 불가피성을 알아듣게끔 설명하도록 하게. 원명원 밖에 절
이 있어 문을 수호하는 것도 나쁘진 않을 테니 말일세. 만약 사교
(邪敎)가 절을 빌려 우민(愚民)을 유혹하고, 악을 도모하고 있는
게 사실이라면 절을 철폐시키기에 앞서 사악한 무리들부터 처단
해야 할 것이네."

"예! 신이 철저한 수사를 거쳐 명명백백히 아뢰도록 하겠사옵
니다!"

건륭이 차 한 모금을 마시고는 화제를 원위치로 돌렸다.

"일단 병부의 감독하에 채광용(採鑛用)과 군사용(軍事用) 화
약을 제조해야겠네. 또 제조만 하는 것이 능사가 아니라 납봉(蠟
封)을 두텁게 하여 습기를 철저히 차단시켜야 할 것이네. 안휘(安
徽)와 운남(雲南) 동정사(銅政司)에서 올려온 주장(奏章)을 나
중에 읽어보게. 그곳에서는 장마철에 화약을 제대로 보관하지 못
하여 창고의 화약 전체가 습기가 차 사용이 불가능하게 되었다고

하네. 햇볕에 말려보았지만 폭발력이 훨씬 미약했다고 하네. 그리고 보원국(寶源局)에서 제조하는 동전(銅錢)은 호부에서 감독하여 제조하고 수거하도록. 광주(廣州)에서 동전의 본을 올려왔는데, 그곳엔 시중에 유통되고 있는 동전 대부분이 개인이 주조하여 가볍고 얇아 규격에 못 미친다고 하네. 대체 이는 어찌된 일인가? 호부와 공부에서 합동수사에 돌입하도록 하게. 이시요, 자넨 손사의(孫士毅)에게 서찰을 보내어 제전(製錢)의 유통상황을 소상히 상주하게끔 하게."

이시요가 급히 대답하자 진색문이 나섰다.

"요즘은 동전을 만들 때의 비율이 동육연사(銅六鉛四)이오니 민간에서 대량 수거하여 놋그릇을 만들어 내다 파는 비리를 근절한다는 것은 쉽지는 않을 것이옵니다. 옹정전(雍正錢)은 동사연육(銅四鉛六)의 비례이오니 색상이며 문양은 조금 차도가 있는 반면 상술한 폐단은 없었다고 생각하옵나이다. 일본(日本)엔 동광(銅鑛)이 없음에도 동전이 대량 유통되고 있는 걸 보면 대부분 우리 나라에서 흘러갔다고 해도 과언이 아니옵니다. 매번 선박마다 2백 40근을 넘지 못하게 하고 있사오나 은밀한 불법거래는 여전히 성행하고 있는 실정이옵니다. 게다가 원명원 재건축에 동(銅)이 대량으로 필요할 것이오니 동의 생산량이 배로 늘어도 여전히 넉넉한 형편은 못되옵니다. 신의 우견으론 동전을 제조함에 있어서 다시 선제 때의 비례로 만드는 것이 바람직할 것 같사옵니다."

진색문의 제안은 민생현안과 직결되는 중요한 사안이었다. 옆에서 무릎을 꿇고 있는 다섯 황자 중 의신군왕(儀愼郡王)에 봉해진 옹선은 사고전서(四庫全書)의 편수작업을 도우며 기윤과 자리를 같이하여 현행 제전(製錢)의 폐단에 대해 논해 왔었다. 그러나 번번이 수박 겉핥기였을 뿐 대안을 모색하는 깊이에까지는 미치지 못했었다. 그는 몰래 부친의 안색을 살피며 몇몇 신하들을 쓸어보았다. 마침 기윤과 눈길이 마주쳤으나 이내 피해갔다. 기윤도 무어라 말하고 싶었으나 누군가 건륭의 면전에서 자신을 찌르고 있다는 소문을 들었는지라 발언에 신중할 수밖에 없었다. 옹선이 몇 마디 동조해주었으면 좋으련만 함부로 정무에 대해 왈가왈부해선 아니 된다는 건륭의 엄명이 있었는지라 그는 쉽게 의견을 내지 못한 채 고개만 떨구고 있었다.

"제전법(製錢法)은 쉬이 개정할 수 있는 게 아니네."

한참 침묵하고 있던 건륭이 눈꺼풀을 내리깐 채 말했다. 평소 정무를 논할 때는 용안(龍眼)이 형형하고 풍채가 당당하던 건륭이었다. 그런데, 바로 이 순간에는 노태(老態)가 완연하여 지친 목소리였다. 느리고 무거운 탄식을 앞세우며 건륭은 말을 이었다.

"선제(先帝)께서도 나름대로의 어려움이 있었을 테지. 그러나 짐은 짐이 시행하고 있는 성조 때의 제전법이 바람직하다고 생각하네. 달다 쓰다 말이 많았지만 어언 40년을 사용해온 건륭전(乾隆錢)이네. 이제 다시 구리와 아연을 4대 6의 비례로 바꾼다면 색상도 어둡고 문양도 시원찮아 민간에 유통됐을 시 백성들이 뭔가 변혁을 의미하지 않을까 하여 달리 의혹을 품을 소지가 크네. 외국에서도 건륭전이 유통되고 있다고 하는데, 대국(大國)의 얼굴이 누추해서야 되겠는가? 그리고 설령 외국에 흘러 들어간다고 해도 건륭전 하나에 그 나랏돈 30매를 바꿀 수 있는데, 누가 그걸 녹여서 놋그릇을 만들겠나? 이제 원명원 공사만 끝나면 구리가 대량으로 필요한 경우는 없을 것이니 구리가 부족한 건 일시적인 현상이네. 동광에서는 악의 무리들의 작란(作亂)을 차단하고 광부들을 더 모집하여 채광량을 늘이도록 하게."

그는 길게 숨을 몰아쉬었다. 그리고 또박또박 끊어 말하듯 힘주어 덧붙였다.

"기윤에게 역대의 제전(製錢)들이 다 있으니 가보게. 국운이 창성할수록 제전의 색상이며 모양은 더욱 미려하다는 걸 한눈에 알아볼 수 있을 것이네. 구리의 성분이 얼마냐가 문제가 아니라 치란흥쇠(治亂興衰)가 달린 중대한 과제이네."

난각 안에서 무릎을 꿇고 있던 황자와 대신들은 처음엔 진색문의 건의에 퍽 공감하는 눈치였으나 건륭의 반론을 들어보니 역시 군주로서의 고옥건령(高屋建瓴)이 심모(深謀)하고 원려(遠慮)했다. 이를 먼저 느낀 진색문이 땅에 엎드려 머리를 조아리며 아뢰었다.

"신이 불학무술(不學無術)하여 일엽(一葉)에 눈이 가려 숲의 거대함을 보지 못했사옵니다. 폐하의 훈회를 듣고 나니 먹구름이 걷히고 일월이 비치는 느낌이옵나이다!"

이어 이시요와 기윤 그리고 여러 신하들도 건륭의 '통찰고금(洞察古今)'과 '성명고원(聖明高遠)'을 칭송했……. 건륭은 일순 으쓱하고 득의양양하여 어깨가 올라갔다.

"알았네! 그만 가서 일들 보게. 공부의 차사는 비록 자질구레한 것 같지만 사사건건 민생현안과 직결되어 있는 중대사이네. 조정에서도 예의주시하고 있으니 절대 차사에 소홀히 하거나 태만하는 일이 있어선 아니 되겠네. 진색문, 자네는 돌아가 하공(河工)에 만연된 갖가지 이폐(利弊)를 세세히 적어 어람을 청하도록 하게."

신하들의 칭송에 기분이 좋아진 건륭이 크게 손사래를 쳐 보이고는 명령했다.

"기윤, 이시요와 옹염만 남고 모두 물러가게."

사람들이 저마다 일어나 물러가는 소리에 궁전은 잠시 시끄러웠으나 이내 정적을 되찾았다. 세 사람의 여섯 개의 눈동자가 건륭을 바라보았다. 건륭이 온돌에서 내려섰다.

"바깥날씨가 참 좋네. 숨막히게 궁전 안에만 박혀 있지 말고 짐을 따라 어화원으로 산책을 나가보지 않겠나?"

바깥바람을 쐬고 싶은 마음은 두말하면 잔소리였다. 기윤이 좋은 기색을 감추지 않고 싱글벙글했다. 장화 속을 더듬어 곰방대를 꺼내며 그가 말했다.

"뭐니뭐니해도 이걸 맘대로 먹을 수 있어 더할 나위 없이 좋사옵니다. 어전회의 때 연초(煙草)를 피워도 괜찮다는 윤허를 받았사오나 그래도 독한 연기가 폐하께 해가 될세라 여간 조심스러운 게 아니었사옵니다!"

한편 이시요는 겉으론 전혀 내색하지 않고 있었으나 내심 이 기회에 밖에서 떠돌고 있는 자신에 관한 유언비어에 대해 은근슬쩍 성심을 들춰보아야 하나 말아야 하나를 두고 고민을 거듭하고 있었다. 기윤의 말이 끝나자 이시요가 나섰다.

"신은 진사(進士)에 입격하던 해에 어화원(御花苑)에 들어가 보고 이번이 두번째이옵나이다. 실로 감개가 무량하옵나이다!"

내심으론 좋았으나 옹염은 겉으로 내색하지는 않았다.

"그래도 아직은 잔설도 남아 있고 바람 끝도 차오니 의복을 따뜻하게 입으시옵소서, 아바마마."

그리고는 왕치에게 명했다.

"아바마마의 외투를 꺼내들고 따라나서게."

어화원은 양심전(養心殿)에서 그리 멀리 있지 않았다. 영항(永巷)에서 북으로 조금 가 저수궁(儲秀宮)에서 동으로 꺾어들면 바로 곤녕궁(坤寧門)인데, 그곳 북쪽에 위치해 있었다. 아직 정오 전인 데다 높은 담이 햇볕을 가리고 있어 영항은 찬 기운이 오싹했다. 그러나 어화원의 대문을 들어서니 삽시간에 눈앞이 확 트이게 청명했다. 구름 한 점 없이 맑게 개인 하늘에 동남쪽으로 이제 막 불붙기 시작하는 태양빛에 금빛 기와며 붉은 담벼락이 찬란하게 빛나고 있었다. 정원 안에는 취백(翠柏)이며 창송(蒼松), 무죽(茂竹), 만년청(萬年靑), 금은화(金銀花)…… 등 상록수들의 잎새가 푸르렀고, 수많은 낙엽교목(落葉喬木)들은 비록 연둣빛 새순은 아직 돋아나지 않았으나 아름드리 몸체와 울창한 가지들이 어우러져 용이 하늘로 날아오르는 것 같았다.

건륭은 걸어가며 침묵했다. 시어를 다듬는 것 같기도 하고, 뭔가 생각에 잠겨 있는 것 같기도 했다. 몇 사람은 그림자라도 밟을세라 비켜가며 뒤따랐다. 눈은 경관을 감상하고 있었으나 마음은 건륭의 느닷없는 질문에 대비하느라 손에 땀을 쥐고 있었다. 미소를 머금은 채 어정(御亭)을 한바퀴 돌 때까지 말이 없던 건륭이 돌연 고개를 돌려 기윤에게 물었다.

"조금 전 회의 때 경이 몇 번씩이나 웃음을 참느라 가까스로 애쓰는 걸 보았는데, 어인 이유인가?"

"아…… 예……."

아니나다를까 첫 화살을 맞고 잠시 어리둥절해 하던 기윤이 잠시 더듬거렸다.

"폐하께서 대통을 이어받은 지 40년 동안 춘추가 정성(鼎盛)하시어 천하의 대치(大治)를 이룩하셨는 바 불민한 신의 청승(靑

蠅)의 뜻이 성조(聖朝)의 융화(隆化)에 힘입어 실현되게 되었음을 일신의 광영으로 여기오니 자연히 싱글벙글 나오는 웃음을 참을 수가 없었사옵나이다."

그 말에 건륭은 너털웃음을 터트렸다.

"경이 지금 그런 생각을 했다면 믿겠네. 허나 회의 때 웃었던 건 이유가 다른 데 있는 게 아닌가 생각되네."

건륭은 기분이 좋아 보였다. 이에 기윤이 대답했다.

"신의 천박(淺薄)한 심사는 결코 폐하의 용안을 비켜갈 수 없는가 보옵니다. 사실 신은 공부상서의 이름이 재미있어 아계랑 우스갯소리를 했던 바가 떠올라 웃었사옵나이다."

그러자 건륭도 히죽 웃었다.

"몇 년 동안 정사가 워낙 번잡하여 기효남의 우스갯소리를 들은 적이 오래된 것 같네. 천성이 활달하고 농담을 잘하는 사람이 이젠 푸헝 못지 않게 진지해졌네 그려. 뭐가 그리 웃기는지 한번 얘기나 해 보지 그러나."

"폐하께선 기억하실 줄로 믿사옵니다."

기윤이 말을 이어나갔다.

"공부의 황 상서가 4년 전 북경으로 부임한 후 대리사(大理寺)로 전임시켜 주십사 하고 주청을 올리지 않았사옵니까? 그가 본명이 사랑(仕郞)인 데다 성까지 황씨여서 한어(漢語)로 족제비를 뜻하는 '황서랑(黃鼠狼)'과 음이 비슷하여 모두들 '족제비, 족제비' 하고 신나게 놀려줬던 적이 있었사옵니다. 그게 문득 생각이 나서 웃었을 뿐이옵니다!"

황사랑의 족제비 상(相)을 떠올리며 사람들 모두 웃었다. 건륭 역시 언젠가 면대하여 차사에 대해 주청 올리는 자리에서 모두가 자신의 이름을 가지고 조롱한다며 벌레 씹은 얼굴을 하며 하소연하던 모습이 떠올랐다.

"역시 기윤답네! 그런 엄숙한 자리에서 엉뚱한 생각을 하고 웃다니! 선제 때의 류묵림(劉墨林)이 그랬지. 술 좋아하고 고기 잘 먹고 농담 잘하고⋯⋯."

어느새 건륭은 감개에 젖어있었다.

"눈 깜짝할 사이에 벌써 반백 년이 지났네⋯⋯. 연갱요(年羹堯)의 농간에 넘어가 아깝게 죽었지. 이젠 무덤의 잡초도 키를 넘을 걸세⋯⋯."

한 시대를 풍미한 풍류재자(風流才子) 류묵림에 대해서는 이시요도 어느 정도 알고 있었다. 그는 건륭의 착잡해 하는 심기를 살피며 급히 아뢰었다.

"신이 서안(西安)에 있는 윤계선(尹繼善)에게 군향(軍餉)을 보내주는 길에 선배 선현(先賢)의 주성(住城)에 들러본 적이 있사옵니다. 의외로 주성은 벌초도 잘돼 있고 깨끗했사옵니다. 그 당시의 명기(名妓)로서 깊은 사랑을 나누었던 여인 소순경(蘇舜卿)도 합장(合葬)한 걸로 알고 있사옵니다. 신은 배례하고 두 그루 합환수(合歡樹)를 그 앞에 심어놓았사옵니다. 폐하께오서 지금도 잊지 않고 계신다는 걸 구천(九泉)에서 알고 있다면 대단히 감격해마지 않을 것이옵니다."

소순경. 기윤도 귀에 익은 이름이었다. 그러나 옹정 연간에 뭇 사내들의 애간장을 녹인 그 명기가 류묵림과 그토록 처연하고 애절한 정분을 나누었던 사이인 줄은 정녕 몰랐었다. 어느새 비감에 잠긴 건륭의 표정을 살피며 기윤이 입을 열었다.

"고도(皐陶, 이시요의 호)의 말이 지당하다고 사려되옵니다. 애

석하게 짧은 생을 마친 재자(才子)를 기리는 폐하의 성의(聖意)를 삼계(三界)에서 모두 주지하고 있을 것이옵니다. 류아무개는 물론 소씨도 성총을 입은 광영에 크게 위안을 느끼고 있을 줄로 아옵니다!"

건륭의 표정이 조금씩 밝아졌다.

"비록 조업(操業)이 떳떳하지 못한 소순경이지만 마음에 두고 있는 사내를 위해 절개를 지키고자 죽음을 택했다는 건 열녀(烈女)라고 아니 할 수 없네! 옥에서 티를 찾고 달걀에서 뼈를 바르는 도학자들은 그들을 비난하느라 침이 마르겠지만 사람이 완전무결하면 신선이지 그게 어디 인간인가!"

홀연 진색문이 자신의 모친이 아직 고명(告命)에 들지 못했다 하여 하소연하던 바를 떠올린 건륭이 정색을 했다.

"기윤, 자네는 진색문이 모친의 고명을 주청올린 데 대해 어찌 생각하는가?"

"아뢰옵니다, 폐하."

기윤이 상체를 깊이 숙이며 대답했다.

"진색문의 모친 진안씨(陳安氏)를 고명에 들이느냐마느냐는 20년 전부터 예부에서 고민해 온 바이옵나이다. 그 당시 우명당이 사람을 내려보내 조사해 본 바로 안씨는 진색문의 아비와 혼인하기 전에 비적들에게 나흘 동안 납치 당했다 돌아온 적이 있다고 하였사옵니다. 상식적으로 나흘 동안 비적들에게 잡혀 있었으면 순결을 잃어도 열두 번이라는 주장이 설득력을 얻어 한동안 고명의 인선에 들지 못했사옵니다. 그러자 나중에 진색문의 아비 진씨가 첫날밤의 '증거'를 가져와 확인시켜주기까지 했사옵니다."

사람들이 모두 실소를 금치 못하는 가운데 건륭이 물었다.

"그렇다면 혼전 순결을 지킨 것이 사실임이 백일하에 드러났는데, 어찌하여 여태 정표(旌表)를 올리지 않았단 말인가?"

그러자 기윤이 가볍게 한숨을 내쉬며 대답했다.

"하오나 여인이 언동이 너무 거칠어 정숙하고 단정함을 중요시하는 고명부인(告命夫人)의 조건과는 거리가 있었사옵니다. 조사해보니 기원(妓院)에서 삯바느질과 빨래를 했던 적도 있다고 하여 모두 불결하게 생각하여 도리질을 했사옵니다…… 우민중의 말로는 '명교(名教)'에 있어선 지나치게 지엄하여 물의를 초래할지언정 흠이 있어 추호라도 사람들이 수군대게 만들어서는 아니 된다고 했사옵니다."

건륭이 머리를 끄덕였다. 그리고는 잠시 동안의 침묵 끝에 옹염을 향해 말했다.

"옹염, 넌 올해 벌써 열 다섯 살이야. 지학(志學)에 힘쓸 나이지. 듣자니 하학(下學) 후에도 문을 닫아걸고 들어앉아 글공부만 한다는데, 가상하긴 하나 세상물정을 글로만 익히려고 해선 편파적일 수가 있느니라. 형제들과 왕래도 하고 바깥세상도 직접 체험해야 하느니라. 이번 춘위(春闈)엔 이시요를 고관(考官)으로 임명했는데, 나중에 시험문제를 따로 내어주라고 할 테니 너도 춘위 시험을 보거라."

이같이 말하며 건륭이 태감들을 향해 으름장을 놓았다.

"사는 게 귀찮아진 자가 있으면 밖으로 발설하라, 짐이 당장 없애줄 테니!"

황자가 공차거인(公車擧人)의 신분으로 춘위 시험에 응시한다! 자리에 있던 모든 사람들은 모두 어안이 벙벙해지고 말았다. 기윤은 눈이 휘둥그레져 입을 헤벌리고 있었고, 이시요 역시 바보

같이 멍한 표정으로 있었다. 옹염 또한 건륭이 뜻하는 바를 알 수 없다는 듯한 표정이었다.

"짐이 호기심이 동하여 돌출행동을 한다고 생각하지는 말거라."

건륭이 말을 이었다.

"성조에서 세종 그리고 짐은 모두 질고(疾苦)로 충만된 인간세상의 대풍대랑(大風大浪)을 몸소 겪어왔고, 그 속에서 진정한 치세술(治世術)을 터득해 왔느니라. 너희들은 짐이 육경궁(毓慶宮)에서 사부님의 강학(講學)이나 듣고 성인(聖人)의 서적이나 몇 줄 읽어 오늘의 극성시대를 이끌어 냈는 줄 아느냐?"

그는 자줏빛 등나무가 가득 덮인 궁궐의 담장을 응시하고 있었다.

"……옹린은 아직 너무 어려서 안 되고, 옹선과 옹성은 내일부터 군기처로 들어와 대신들을 보좌하며 정무를 익히도록 하거라. 옹기는 짐이 어제 접견하여 강남(江南)의 청강(淸江)으로 하무(河務)를 시찰하러 보냈어. 짐이 너희들 만할 때는 누가 시키지 않았어도 외차(外差)를 나가길 원했는 바 선제의 윤허를 받아 장대비가 쏟아지고 홍수가 도천(滔天)하는 폭풍취우의 현장에서 직접 수만 명의 하공들을 지휘하여 방죽을 쌓았어. 너희들 같으면 벌써 기절했을 테지! 그 뒤로 높다란 역참(驛站)에서는 또 왕부 호위들에게 명하여 폭동을 일삼은 두목 세 명의 목을 치기도 했어. 너들은 닭 모가지 하나 비트는 데도 진땀을 뺄 것이요, 죽여놓고도 〈왕생주(往生呪)〉니 뭐니 염불을 하느라 여념이 없겠지! 짐이 그런 폐물단지 아들을 둬서 어느 짝에 쓰겠나!"

건륭은 돌연 언성을 높여 일갈했다.

"반드시 절차탁마를 거쳐야 해! 알겠나?"

옹염은 흠칫하며 몸을 부르르 떨었다. 낯빛은 어느새 하얗게 질려 있었다. 무릎을 꿇으려 해도 건륭의 안색을 살펴보니 어쩐지 심상치가 않았다. 감히 꿇어앉을 엄두도 못 내고 엉거주춤하게 서 있다가 황제의 하문에 침묵으로 일관하는 건 예의가 아닌지라 그는 떨리는 목소리로 겨우 아뢰었다.

"무슨 말씀인지 잘 알고, 가슴에 아로새기도록 하겠사옵니다. 소자가 고사장에서 춘위에 응시하는 것도 거사들의 희로애락을 조금이나마 몸소 체험하고 오호사해(五湖四海)에서 온 그네들로부터 세상물정을 귀동냥하는 것도 일종의 연마(錬磨)라고 생각하옵니다. 아바마마, 소자 절대 아바마마의 후망(厚望)을 저버리지 않고 훌륭한 현왕(賢王)이 되고자 백 배의 노력을 기울이겠사옵니다……."

그제야 건륭은 이시요에게로 눈길을 돌렸다.

"옹염이 춘위에 응시하는 목적은 일반 거인들과는 다르다는 걸 염두에 두어야 할 것이네. 거인 신분이 아닌 사람이 응시할 순 없는 바 예부에는 비밀로 하고 경이 알아서 무사히 이번 시험을 치를 수 있도록 하게. 결과에 따라 공생(貢生) 자격이라도 주든지. 남의 이목을 피하려면 그렇게라도 해야 할 것이네. 물론 성적이 따라주어야 공생을 주든지 말든지 하겠지만 말일세. 회시(會試)가 끝나면 산동성 재해복구현장으로 보낼 것이니, 전시(殿試)까지는 치르지 못할 것이네."

"지금 경사(京師) 곳곳에는 회시를 보기 위해 올라온 거인들이 부지기수이옵나이다."

이시요는 그제야 건륭의 깊은 뜻을 알고는 가슴속에 가득했던 의혹을 거둬들였다.

"기왕에 십오황자(옹염)마마께오서 응시를 통해 연마를 하실 것 같으면 문장실력도 중요하지만 사면팔방에서 모여든 거인들과 만남의 장을 마련해 주었으면 하옵나이다. 저녁엔 누추하오나 신의 집에서 머물러 계시다가 낮엔 거인들과 만나 격의 없이 담소를 주고받는 것이 바람직할 것 같사옵니다. 다만 신의 거처가 워낙 누추하여 황자마마께오서 안거하실 수 있을는지 모르겠사옵니다."

이시요가 이같이 말하며 옹염을 바라보았다. 종일 심궁(深宮)에 틀어박혀 정해진 행보와 정해진 규칙에 숨막히게 얽매여 있던 옹염으로선 감옥 아닌 감옥에서 헤어나게끔 해주는 이시요가 더 없이 고마웠다. 날 듯이 기뻐하며 희색을 감추지 못하니 건륭이 손사래를 쳤다.

"연마를 위한 고육지책이거늘 마구간에서 잔들 불편하고 싫을 이유가 어디 있을까! 구체적인 건 둘이서 상의하도록 하고 오늘은 그만 물러들 가게!"

옹염이 이시요를 따라 물러갔다. 그러자 건륭이 태감 왕치에게 명했다.

"너희들도 멀리 물러가 있거라."

말을 마친 건륭은 곧 어정(御亭)을 향해 걸어갔다. 혼자 남은 기윤은 순간적으로 긴장하기 시작했다. 건륭이 자신에게 중요한 얘기를 할 것이라는 예감이 뇌리를 쳤던 것이다! 그러나 무슨 얘기인지는 예측할 수 없었는지라 마음을 다잡고 빠른 걸음으로 따라갔다. 옆에서 비스듬히 따라 걸으며 그는 수시로 건륭의 낯빛을 살폈다.

그러나 건륭은 담담해 보이기만 했다. 천천히 걸음을 옮겨 만년청(萬年靑) 화분을 배열하여 만든 만(卍)자 형태의 좁은 길을 여유 있게 산책하며 걸어가더니 어정 돌계단 앞에 멈춰 섰다. 그리고는 입을 굳게 다문 채 잠시 말이 없었다.

북쪽 일대엔 꽃을 전문적으로 가꾸는 화방(花房)이 있었다. 날이 따뜻하여 덮어놓았던 거적을 벗겨 놓았는지라 수많은 분재와 화훼가 햇볕 아래에서 유난히 싱그럽게 푸르렀다. 잎이 무성하고 빨강, 분홍, 노랑, 백색 등 꽃봉오리가 화려하여 눈 둘 데를 몰라하는 기윤을 보며 건륭이 빙그레 웃으며 물었다.

"이보게 기윤, 자네 군기처에 입직한 지 몇 해나 되는가?"

"아, 아뢰옵나이다, 폐하."

기윤은 적이 당황을 했다.

"군기처에서 업무를 익힌 행주(行走) 시절까지 합치면 25년째이옵나이다."

"25년이라…… 돌이켜보면 순간의 광음(光陰)이지."

건륭이 풀잎 하나를 뜯어 손가락으로 비비며 다시 물었다.

"나이는 몇이나 됐나?"

"신의 견치(犬齒) 올해 쉰하고도 둘이옵나이다."

"벌써 그렇게 됐나? 나이에 비해 건강은 좋아 보이는데, 그래 여전히 곡기보다는 고기 쪽인가?"

기윤은 얼굴 가득 웃음을 지어 보이면서 애써 진정을 취했다.

"무릇 인간이란 곡기를 먹어야 살 수 있거늘 신이 어찌 곡식을 먹지 않을 수 있겠사옵니까? 〈좌전(左傳)〉에는 '고기를 먹는 자는 비천하여 원대한 계책을 논할 수 없다[食肉者鄙, 未能遠謀]'라고 했사옵니다. 신은 효현황후(孝賢皇后)마마의 크나큰 배려로 시위들과 마찬가지로 고기를 자주 먹을 수 있사오나 여타 군기대신들과 달리 비분의 은전(恩典)을 받을 수 없어 요즘은 황후마마에 대한 성경(誠敬)과 근본을 잊지 않는다는 뜻에서 매월 초하루와 보름에 두 번씩만 고기를 먹을 뿐 평소에는 곡기만을 먹기로 했사옵니다."

건륭이 미소를 머금으며 머리를 끄덕였다.

"그래, 근본을 잊지 않는다는 건 바람직한 일이지. 아계(阿桂)와 자네는 동갑이지?"

이에 기윤이 대답했다.

"아계는 신보다 한 살 아래이옵나이다."

건륭이 천천히 걸었다. 이 꽃봉오리를 쓰다듬어 보고 저 잎사귀를 만지작거리며 무성한 화초 사이를 거닐었다. 꽃향기가 그윽한 산책길을 한참 걸으니 마침내 하얀 공터가 보였다. 바윗돌 하나가 있어 손으로 만져보았다. 그리 차갑지 않았다. 건륭은 양지를 마주하고는 그 자리에 앉았다. 그리고는 또 물었다.

"여기가 어딘가?"

기윤이 뻔한 질문을 하는 의도를 알 수 없었지만 공손하게 대답했다.

"어화원이옵나이다."

그러자 건륭이 웃음을 터트렸다.

"짐이 그걸 몰라서 묻는 줄 아나? 지금 이 공터, 이 월대에 무슨 용처가 있는지를 물었네."

"폐하, 이 월대는 배월대(拜月臺)가 아니옵니까?"

기윤이 더욱 조심스러워하며 덧붙였다.

"해마다 8월 중추절이면 항상 여기서 달을 바라보며 신들도 깊으신 성은에 겨워 즐거운 한때를 보냈던 곳인 걸로 기억하고 있사옵나이다……"

건륭이 돌로 쌓아올린 반원형(半圓形) 월대를 오래도록 응시했다. 세월이 깊고 해가 바뀌어 월대 위의 석탁(石卓), 석상(石床), 석안(石案) 아래에 온통 거뭇거뭇 울긋불긋한 이끼가 끼어 있었다. 이름 모를 넝쿨들도 여기저기 길게 뻗어 올라오고 있었다. 한참 후에야 그는 탄식을 했다.

"예전에 여기서 세간에서는 잘 모르는 큰일이 일어났었지. 강희 46년, 성조께선 이곳에서 가연(家宴)을 베푸시어 배월(拜月) 행사를 주최하셨지. 팔숙, 구숙, 십숙, 십사숙이 한편이 되고 둘째, 셋째 백부와 십삼숙이 한패가 되어 치고 박고 난동을 부렸다네……"

어린 눈에 비치던 그때의 추억을 떠올리며 건륭의 얼굴엔 형언할 수 없는 표정이 서렸다.

"자신의 비위와 자존심을 건드렸다 하여 한데 엉겨붙는데 새삼 금지옥엽(金枝玉葉)이 뭐고 천황귀주(天潢貴胄)가 무엇인지 회의가 들더군. 어린 나이에도 말이네. 십숙은 온통 피투성이가 되어 고래고래 고함을 지르고, 십삼숙은 계단에서 뛰어내려 자살한다며 소동을 피웠었지…… 60년도 더 됐는데, 어제 일처럼 생생하네. 여기 올 때마다 짐은 그때의 기억이 선명하여 마음이 아프다네……"

기윤은 마음이 걷잡을 수 없이 무거워졌다. 성조 때 아홉 황자가 처절한 보위다툼을 벌였고, 십 수년 동안의 어룡번복(魚龍翻覆)을 거쳐 사태가 겨우 진정됐었다는 역사를 그는 옹정(雍正)의 〈대의각미록(大義覺迷錄)〉을 읽어 잘 알고 있었다. 그러나 바로 이곳에서 그런 무시무시한 싸움이 벌어졌었다는 얘기는 금시초문이었다! 가슴이 벌렁벌렁 죽 끓듯 끓었으나 기윤은 건륭이 그때의 악몽이 되살아나는 이 자리로 자신을 데리고 온 이유가 더욱 궁금했다. 이는 분명 나라의 불행이자 천가의 '흉'이거늘 어찌 답해야 한단 말인가? 그야말로 막막하기만 했다.

13. 점호(點呼)

　기윤은 그러나 필경 명민하고 눈치가 빨랐는지라 잠시 생각을 거듭한 끝에 건륭의 진의를 파악했다. 두루마기 자락을 움켜잡고 그는 무릎을 꿇었다.

　"폐하께오선 즉위 초에 지의를 내리시어 〈대의각미록〉을 수거하라고 명하시며 동시에 '이관위정(以寬爲政)'을 선언하셨사옵니다. 신은 이 서적이 진실에 어긋나는 부분이 있어서가 아니라 바로 지나치게 진실하여 폐하께오서 관정(寬政)을 시행하시는 대지(大旨)와 부합되지 않기 때문이라고 생각했사옵니다. 공자(孔子)께서 말씀하시길, '백성들은 시키는 대로 할 의무만 있을 뿐 알고자 할 필요는 없다[民可使由之, 不可使知之]'고 했사옵니다. 대도(大道)일지라도 하우(下愚)들에겐 일러줌을 삼가야 하거늘 하물며 천가(天家)의 명쟁암투(明爭暗鬪)야 여부가 있겠사옵니까? 신은 폐하께오서 더 이상 이에 대해 언급하시지 않으셨으면 하옵니다. 신 역시 영원토록 함구할 것을 약조 드리옵니다. 폐하께오선 성효(誠孝)가 하늘에 이르시고 인의(仁義)가 우주에 차고 넘치시옵니다. 아울러 내외 법도가 숙연(肅然)하시고 천하의 태평을 이룩하시었고, 종실(宗室)의 번리(藩籬)가 돈목(敦睦)하시옵니다. 천하 억만 중생의 어버이이신 폐하께오서 강건하시고 달리 의미가 없는 일에 노심초사하시지 않는 것이 천하의 복이옵고 신하된 복이라고 사려되옵나이다!"

"그만 일어나게. 대면하여 아뢰는 자리가 아니지 않은가."

건륭이 빙그레 웃으며 말을 이었다.

"짐의 고굉(股肱)이라는 사람이 짐이 그냥 해본 소리에 어찌 그리 민감하게 반응하는가?"

그러나 기윤은 여전히 무릎을 꿇은 채 머리를 조아렸다.

"폐하, 군자에겐 희언(戲言)이 없다고 했사옵니다."

건륭이 짧게 명했다.

"어서 일어나라고 했네."

기윤이 조심스레 몸을 일으켜 말머리를 돌리고자 할 때 건륭이 입을 열었다.

"바람은 부평초 끝에서 인다고 했네. 짐은 심심해서 무병신음(無病呻吟)하고 있는 게 아니네. 천종(天縱)의 영명함을 지니신 성조께오서도 오로지 〈홍범(洪範)〉에서 논하는 오복(五福) 중의 '종고명(終考命)'밖에 실천하지 못하셨네! 보위다툼으로 피비린내를 풍긴 팔숙, 구숙, 십숙들도 따지고 보면 근본이 나쁜 악인들은 아니었네. 이권에 당면하고 보면 아무도 요지부동일 수는 없는 법이네. 짐이 황자들에게 일찌감치 차사를 내주지 않은 데는 짐이 아직은 그들이 필요하지 않기 때문이네. 또한 '차사(差使)'는 곧

'권력(權力)'이네. 권력을 너무 일찍 줘버리면 무리가 생기고 파벌 간의 다툼이 벌어지기 십상이지. 그렇다고 평생 심궁에만 가둬놓고 한 무리의 무용지물을 만들어버릴 수도 없는 일이니 참으로 쉬운 일이 아니네!"

기윤은 그제야 건륭이 자신을 남게 한 이유를 알 것 같았다. 건륭은 특대의 정무에 대해 자신과 상의코자 함이었다. 인신(人臣)으로서 이보다 더한 믿음과 성총이 어디 있으랴. 그러나 워낙 천가의 골육(骨肉)에 관련되는 사안인 만큼 털끝만큼의 실수일지라도 곧 만겁불복(萬劫不復)의 재화(災禍)를 초래하는 수가 있으니 신중하지 않을 수 없었다! 진이세(秦二世, 진시황의 아들, 즉 호해)의 호해지변(胡亥之變) 때 몽념(蒙恬)이 수난을 당했고, 한(漢)나라의 칠국지란(七國之亂) 때는 조착(晁錯)이 주살(誅殺)을 당했었다…… 자고로 후계자 문제를 둘러싼 천가의 골육상쟁에 끼어들어 선과(善果)를 먹은 사람은 거의 없었다. 고래싸움에 새우등 터진 이들 중에는 재주와 지모가 탁월한 인재들도 없지 않았다!

심각한 표정을 지은 채 오래도록 생각에 잠겨 있던 기윤이 침착하게 입을 열었다.

"폐하, 이런 대사는 오직 성궁(聖躬)께오서 독재(獨裁)하셔야 마땅하거늘 한낱 외신(外臣)이 어찌 감히 위언(違言)을 혀끝에 올릴 수가 있겠사옵나이까? 여러모로 변변치 못하오나 폐하께오서 성총을 아낌없이 내리시오니 신은 우둔한 생각이나마 직주(直奏)하고자 하옵건대 폐하께오선 성려가 지나치게 깊으시옵나이다. 희조(熙朝) 때와 당금(當今)은 크게 다르오니 똑같이 취급할 수가 없사옵니다."

"과연 그러한가? 짐이 매사에 성조의 법을 따르고 성조를 경앙 (敬仰)하거늘 크게 다르다니 그게 무슨 말인가?"

건륭의 물음에 기윤이 허리를 깊숙이 숙이며 대답했다.

"역대의 흥체(興替)에는 칭조(稱祖)한 황제가 한 명뿐이었사 옵니다. 하오나 우리 대청(大淸)은 이미 세 분이 계시옵니다. 태조 (太祖)는 조기지조(肇基之祖)이시고, 세조(世祖)는 개창지조(開 創之祖)이시며, 성조(聖祖)는 수성지조(守成之祖)라고 하옵니 다. 하오나 폐하께오선 만년 후에 '종(宗)'이라 칭할 그 이상도 그 이하도 아닐 것이오니 이것이 성조와의 다른 점이옵니다."

이쯤 하여 기윤이 머리를 들었다. 건륭의 얼굴이 어느새 굳어지 고 있었다. 기윤은 천천히 말을 이었다.

"폐하께오선 '종(宗)'자 때문에 상심하실 필요는 없으시옵니다. 사실 역사상 가장 걸출한 군주는 당태종(唐太宗)이라는 데 이의 를 달 사람은 없을 것이옵니다. 대저 '조(祖)' 황제들의 조우(遭 遇)는 봉연(烽煙)이 사방에 일고 천하가 어지러울 때였기에 각지 의 제후들을 박멸하고 천하영웅들을 거느리며 태평시대를 여는 것이 오히려 상대적으로 쉬웠사옵니다. 백성들이 도탄에 빠져 허 덕이고 세상이 어지러울 때는 조금만 수습을 해놓아도 공로가 쉬 이 드러나게 돼 있기 때문이옵니다. 하오나 폐하께오선 성조와 세종으로부터 꽃 같고 비단 같은 평화롭고 풍요로운 강산을 이어 받으셨사옵니다. 사람들은 창업이 어려운 줄만 알고 수성(守成), 발양(發陽)이 배로 힘든 줄은 모르옵니다. 폐하의 문치(文治)는 한당(漢唐) 이래 비견할만한 이가 없사옵고, 무공(武功)도 세조 와 성조에 버금가옵니다. 천종(天縱)의 영명함을 지니신 천고(千 古)의 일제(一帝)는 이미 정론이 되어 있사옵니다. 이것이 성조와 크게 다른 점이옵나이다. 이게 첫째이옵니다."

"오호, 그럼 둘째도 있단 얘긴가?"

건륭이 웃으며 말했다. 더 이상 굳은 표정이 아니었다.

"둘째뿐만 아니라 셋째도 있사옵니다."

기윤이 침착하게 말을 이어나갔다.

"성조께오선 일찌감치 태자를 세우셨고 황자들에게 차사를 내리심으로써 각자 중권(重權)을 부여하셨사옵니다. 그 당시에는 삼번(三藩)의 난(亂)에 이어 준거얼의 난이 있었고, 대만과도 전쟁을 치러야만 하는 대외적으로 복잡다단한 시기였으니 안방정국(安邦定國)의 차원에서도 그리할 수밖에 없었을 것이옵니다. 하오나 선후로 두 차례씩이나 태자를 옹립했다 폐위시키는 이변을 겪으면서 보위다툼이 극에 이르러 골육상잔의 참변을 초래하기에 이르렀던 것이옵니다. 성조께선 인덕지주(仁德之主)이시고 황숙들 역시 전부 불초한 자식들이었던 것만은 아니었사옵니다. 모두 현실이 그러저러한 유감을 초래하게끔 했다고 생각하옵니다. 폐하께오선 어언 즉위 40년을 맞으셨사옵니다. 미리 금책(金冊)에 대권 승계자를 주명(注名)하시어 궁장(宮藏)하셨기에 황자마마들께서 밖에선 차사에, 동궁에선 공부에만 매진하실 수 있는 장점이 무엇보다 크다고 하겠사옵니다. 보위승계자가 누구인지를 모르오니 부자간에 돈독하시고 내궁(內宮)이 평화로운 바 신은 감히 이 한 목숨 걸고 더 이상의 대권을 둘러싼 불행은 없으리라고 자신하옵니다. 이것이 당금이 성조 때와 크게 다른 두 번째 이유이옵나이다."

기윤은 숨을 고르고 나서 세 번째 이유를 들었다.

"전명(前明)이 멸망한 연유는 많사오나 그 중 하나는 황자들로 인한 내분과 그들의 무능함이었사옵니다. 이에 반해 성조께오선 황자마마들에게 중권을 부여함으로써 태자를 견제하게 하였사옵니다. 그러다 말년의 성조께오서 권정(倦政)하시고 태자가 실덕(失德)하여 두 번이나 폐위당하면서 이로 인한 내분이 일면서 조정은 명쟁암투로 군룡무수(群龍無首)의 난국에 직면할 수밖에 없었던 것이옵니다. 한마디로 성조께오선 황자들의 웅거(雄據)로 인한 해를 크게 입으셨던 것이옵니다. 하오나 당금께오선 그 어떤 형태로든 분권 없이 전권을 독재하고 계시오니 이 역시 성조와 크게 다른 점이 아니겠사옵니까. 신은 오로지 폐하께오서 재위기간이 길수록 스스로 위기의식을 느끼시어 황자마마들의 충정을 의심하시는 일이 없었으면 하옵니다. 그것이 곧 이 나라 종묘사직의 복이 아니겠사옵니까!"

건륭은 열심히 귀기울였다. 청산유수 같은 쾌변(快辯)이었다. 어떤 것은 생각지 못했던 바가 아니나 기윤이 강조하고 나서니 더욱 심목(心目)이 번쩍 뜨이는 것 같았다. 그는 무릎을 치며 감탄을 했다.

"실로 예리한 안목이네! 마음에 추호의 사념이라도 담겨 있다면 이런 얘기는 하지 못할 것이네!"

그러자 기윤이 아뢰었다.

"신이 처음 군기처에 입직할 때 폐하께오선 일찍이 훈회가 계셨사옵니다. 나라를 위하는 일에 있어선 '사(私)'자가 용납될 수 없고, 큰일엔 사소함을 적당히 제쳐둘 줄도 알아야 한다고 강조하셨사옵니다. 그런데, 신이 어찌 감히 그때의 훈회를 잊을 수가 있겠사옵니까!"

건륭이 가볍게 머리를 끄덕이며 잠시 말이 없었다. 한참 후에야 그는 입을 열었다.

"짐은 까닭 없이 누굴 의심하는 게 아니네. 내궁에서는 지금 어느 황자가 유난히 성총이 두텁고 어느 황자는 이미 저군(儲君)감으로 금책(金冊)에 이름이 올라 있다는 등 유언비어가 나돌고 있네. 어찌나 그럴싸한지 날짜까지 꼽아가며 짐이 봉선전(奉先殿)에 들어 배례하고, 어느 날 태묘(太廟)를 찾아 고했으며, 언제 화친왕(和親王)과 빠터얼의 수행 하에 '정대광명(正大光明)'편액 뒤에 금책을 묻어두었노라고 유언비어가 살포되어 있다는 얘기네. 이런 말이 외신(外臣)들에게 흘러가면 필경 사사로운 의견이 분분하고 갖은 문제가 야기될 것이니 차제에 차단시켜야 한다고 생각했네! 그러나 경의 말을 듣고 보니 짐이 지나치게 민감했던 점도 있었던 것 같네……."

"성려가 짐작이 되옵니다. 궁액(宮掖)이 아니라 초야(草野)의 평범한 대호(大戶)들에서도 자손들간에 재산분쟁을 의식하지 않을 수 없거늘 하물며 천가야 오죽하겠사옵니까?"

기윤이 덧붙였다.

"요언을 날조하고 배포하는 건 소인배들의 특기가 아니옵니까! 태감들이 양념하고 요리한 작품일 테니 폐하께오선 이 때문에 황자와 궁빈들을 의심하시어 긁어 부스럼을 만드는 일이 있어선 아니 된다고 생각하옵니다. 태감들에 대한 단속을 강화하고 궁금(宮禁)의 가법에 따라 엄히 처벌한다면 유언비어는 자멸하게 돼 있사옵니다. 사실에 입각하지 않은 맹목적인 추궁은 사태를 더욱 악화일로로 내모는 수가 있사옵니다."

건륭이 홀가분한 표정으로 자리에서 일어났다. 편안한 자세로 두 팔을 앞으로 쭉 뻗어 보이며 그는 웃으며 말했다.

"짐은 그 문제를 며칠동안 고민하고 있었네. 그래서 연이어 몇몇 황자들을 불러 연마 차원에서 차사도 내려가며 안심을 시켰던 것이네. 오늘 좋은 애기 많이 들었으니 자네도 안심하게. 우민중은 사람이 정직하고 제대로 된 도학파이네. 아직 처세에 미숙하여 너무 고지식하고 융통성이 없는 게 문제지만 윤계선의 빈자리가 워낙 크고 푸헝이 저리 골골대는 데다 설상가상 아계까지 천리만리 멀리 나가 있으니 경이 우민중과 잘 상의하여 안팎의 차사에 진력해 주었으면 하네."

이같이 말하며 건륭은 되돌아 서서 오던 길로 걸음을 옮겼다.

기윤은 오늘 뜻하지 않게 평화로운 분위기에서 건륭과 독대를 하고 자신에 대한 성총의 불변함을 확인하는 자리가 되어 대단히 '안심'을 했었다. 그러나 건륭이 갑작스레 우민중에 대한 언급을 하니 그는 마음이 석연찮아지기 시작했다. 우민중이 배후에서 자신을 무어라 비난했을 수도 있고, 건륭이 그냥 노파심에서 신하들 간의 융합을 강조하여 한 말일 수도 있었다. 어느 쪽인지 가늠할 수 없으니 그는 약간 불안해졌다. 그렇다고 대놓고 여쭤볼 수도 없었으므로 더욱 답답했다. 어쩔 수 없이 건륭을 따라 원명원을 나서 작별을 고하고 물러갔다.

영항을 나와 천가(天街) 입구에 다다라 해를 보니 오시(午時)가 가까워오는 것 같았다. 푸헝에게 가보자니 시간이 어중간한 것 같아 잠시 망설이고 있을 때 군기처에서 일제히 "예!" 하는 우렁찬 대답소리가 들려왔다.

회의가 이제 막 끝난 듯 관원들이 삼삼오오 줄지어 나왔다. 장시간 앉아 있던 몸이 뻐근한 듯 팔다리를 놀리는 이들이 있는가 하면 몇몇이서 귀엣말을 하며 담소를 나누는 이들도 있었다. 기윤이 다가가자 저마다 아는 체를 하며 인사를 해왔으나 기윤은 대부분 생면부지의 얼굴들인지라 그저 웃으며 머리만 끄덕였다. 개중에 자신의 문생인 류보기(劉保琪)가 끼어있는 걸 본 기윤은 그를 불렀다.

"자넨 구문제독아문으로 발령 났지? 오늘은 무슨 회의를 했나?"

"별다른 의제가 있었던 건 아닙니다. 해마다 한 번씩 있는 열회(例會)입니다."

장난기가 다분해 보이는 류보기가 웃어서 실눈이 된 작은 눈을 반짝이며 말을 이었다.

"연말도 됐고 원소절(原宵節)도 가까워오니 우 중당께서 순천부와 저희 제독아문의 사관(司官) 이상 관원들을 소집하여 방화(防火), 방적(防賊) 그리고 백련교(白蓮敎) 무리들에 대한 경계를 강화할 것을 강조하셨습니다. 헤헤…… 제가 예부를 떠나니 사부님께선 벌써 절 잊으셨나 봅니다. 오늘 사모님의 생신이라고 들었는데, 제겐 청첩장이 없어서요……."

"자네가 외임(外任) 나갔다는 얘기도 있고 해서 청첩장을 안 보냈네."

기윤이 웃으며 말했다. 그리고는 또 물었다.

"이고도(李皐陶, 이시요의 호)는 안에 있나?"

"이 통수(統帥)는 회의에 참석하지 않았습니다."

류보기가 대답했다.

"통주(通州)에 차사가 있다며 두 명의 친병과 가인들을 데리고 갔다고 합니다. 제가 보기엔 뭔가 심기가 불편해 있는 것 같았습니다."

기윤이 그게 무슨 소리냐는 듯 자신을 바라보자 류보기가 덧붙였다.

"생각해 보세요! 이 통수는 비록 군기대신은 아니지만 엄연히 군기처에서 일하며 폐하를 알현할 수 있는 자격이 있는 분입니다. 그런데 우 중당이, 그것도 경사(京師)의 연말 안전을 대비하기 위한 차원의 회의를 소집하면서 미리 상의하지도 않고 통보하는 식으로 나오니 이 통수 입장에선 화가 날 수밖에요! 그래서 그런 핑계를 대고 가버린 거죠."

기윤이 잠시 생각해보니 그럴 법도 했다. 이시요는 고오(高傲) 하고 발호(跋扈)한 데다 우민중은 고집불통이어서 전혀 양보할 줄을 모르니 둘 사이에 개입하여 화해시킨다는 것도 쉬운 일은 아닐 것이다.

"이시요가 그리 사내답지 못하게 옹졸한 사람이 아니네. 지의를 받은 중요한 차사가 있어서 간 걸로 알고 있네. 상사의 일에 하관 으로서 아무렇게나 왈가왈부해서는 아니 될 것이야."

따끔하게 일침을 놓고 난 기윤은 군기처로 들지 않고 곧추 융종 문(隆宗門)으로 향했다. 류보기가 따라나서며 말했다.

"전 몇 년 동안 도찰원(都察院)에서 한림원(翰林院)으로, 예부 에서 보군통령아문으로 옮겨다니며 관운은 그리 나쁘지 않았던 것 같습니다. 동년배들 중에서 종사품(從四品)은 제가 처음입니 다! 사부님, 전 이 집 저 집 백가반(百家飯)을 먹으며 터득한 심득 (心得)이 있습니다!"

성큼성큼 걸어가던 기윤이 웃으며 물었다.

"심득이 있다고 했나? 뭔지 말해보게!"

"첫째 상사나 동료를 막론하고 무조건 웃는 얼굴로 대하는 겁니다, 웃는 얼굴에 침은 못 뱉는다고 하지 않습니까. 둘째는 상사가 맘에 들든 안 들든 시키는 심부름은 무조건 흔쾌히 하는 겁니다. 셋째, 점호를 하거나 차사에 임할 때는 절대 지각하지 말고, 점호가 끝나면 호붕구우(狐朋狗友)들을 만나 시간을 때우든지 어디로 휠휠 놀러가든지, 정 갈 데가 없으면 집구석에 기어들어가 마누라 발을 닦아주는 한이 있더라도 소리소문 없이 새버려야 한다는 겁니다!"

류보기가 가보(家寶)를 세듯 손가락까지 꼽아가며 말을 이었다.

"아문의 차사는 고무줄이나 마찬가지입니다. 많다면 많고 적다면 적고 없다면 없는 거니까요. 열심히 할라치면 밤을 새워도 다 못하는 게 아문의 차사입니다. 아침에 일찍 나와 상사에게 돈 안 드는 미소나 짓고 얼굴도장을 찍었으면 어디론가 샜다가 끝날 무렵 기어들어 오는 것이 괜히 이 사람 저 사람 부대끼며 거추장스러운 것보다는 훨씬 낫습니다. 육부아문의 아역들이나 주현의 외관들이라면 업적을 쌓는 것이 요구되기 때문에 어쩔 수 없이 매인 몸이 될 수밖에 없다지만 우리는 상사한테만 잘 보이면 끝입니다. 동료들에겐 매타작을 당해도 상사만 엄지를 내두르면 팔자 고치는 건 시간 문제죠."

차사가 워낙 다망하여 몸이 열 개라도 부족한 기윤은 철딱서니 없는 '팔푼이' 류보기의 '고론(高論)'을 들으며 화가 치밀기도 하고 우습기도 했다. 그러나 겉으론 '설익은' 것처럼 보여도 속은 제법 옹골찬 류보기인지라 개중엔 현실에 대한 통렬한 비판도 없지 않다고 생각하여 기윤은 웃으며 말했다.

"자네가 류통훈(劉統勛)이나 류용(劉鏞)과 같은 상사를 만났어야 하는데, 미꾸라지가 어디로 빠지나 보지! 화가 나면 내가 〈사고전서(四庫全書)〉를 편찬하는 부서에 데려와 꼼짝달싹 못하게 책 속에 묻어버릴 테니 조심해!"

"그럼요, 그럼요!"

류보기는 여전히 속 빈 강정처럼 헤헤거렸다.

"그러나 제가 이 아문 저 아문의 동년(同年)이나 지인(知人)들을 두루 만나고 다녀봤어도 류통훈이나 류용과 같은 관원은 태고시절의 유물이 돼버리고 만 것 같습니다. 사부님처럼 국사에 노심초사하시고 진심으로 민생을 챙기시는 분은 더더욱 눈을 씻고 보아도 찾아볼 수 없었습니다……."

그사이 벌써 서화문에 이르니 밖에는 수레와 가마들이 즐비했고, 문 앞에는 접견을 기다리는 관원들도 장사진을 이루고 있었다. 기윤에게 적당히 아부를 떨고 난 류보기는 그때부터는 웃음기를 거두고 공손히 뒤를 따라갔다. 이제 막 서당에 입학한 동몽(童蒙)이 훈장을 따라 문묘(文廟)로 공자를 참배하러 가는 꼴이었다. 서화문을 나서서야 기윤이 히죽 웃으며 말했다.

"자네 사모(師母)의 생일은 사실 내일이네. 누군가 자네더러 헛걸음하라고 거짓말을 한 것 같네. 청첩장은 됐고 그냥 오게, 대문 활짝 열어 놓고 있을 테니. 헌데 축수(祝壽)의 글월을 가지고 오는 건 환영이지만 선물은 절대 사절이네. 괜히 선물을 갖고 왔다가 대문 안으로 발걸음도 들여놓지 못하고 쫓겨나지 말고 알아서 하게!"

"예예! 명심하겠습니다……."

류보기가 연신 굽실거리며 대답하고는 한 쪽으로 물러나 숙연히 서 있었다. 기윤은 곧 수레를 타고 떠나갔다.

한편 통주로 갔다는 이시요는 사실 통주가 아닌 홍과원에 와 있었다. 그곳은 서직문 밖에 위치해 있었다. 전명 때는 서창(西廠)의 소재지였고, 듣기 좋게 '사례감 문서처(司禮監文書處)'라고는 하지만 사실상 내정태감(內廷太監)들의 관할 하에 황제의 이목(耳目) 역할을 하는 곳이었다.

'문서처'에 들어가 보면 '문서'와는 아무런 관련이 없었다. 오히려 '양세삼라전(陽世森羅殿)'이라고 하는 것이 더 적절할 것 같았다. 그 무슨 박피정(剝皮亭)이니, 팽인유과(烹人油鍋)니 도산화해(刀山火海)…… 등등 십팔지옥(十八地獄)에서나 있을 법한 으스스한 이름들이 가득했다. 민간인이나 관원이나 이곳 '공공(公公, 태감)'들이 '불응(不應)'의 죄를 덮어씌우는 날엔 쥐도 새도 모르게 끌려와 껍질 세 겹은 벗겨져야 한다는 곳이었다! 지나가는 행인들이 안에서 들려오는 참혹한 울음소리와 숨넘어가는 비명소리에 모골이 송연해져서 그 자리에서 '실례'를 해버린다는 곳이기도 했다……. 태감들은 끊임없이 사람을 죽이면서도 응보(應報)는 두려운지라 안에 구천현녀낭낭묘(九天玄女娘娘廟)라는 절을 세워 사악한 기운을 누른다고 했다. 명(明)나라가 망한 후에 이곳은 잡초가 무성하고 와석(瓦石)이 피폐하게 널린 황량한 숲으로 변해버렸고, 야생동물들이 밤낮없이 출몰하여 밤에 귀신을 만났다는 소문이 퍼지면서 감히 혼자 지나가는 사람은 없었다.

6년 전 이시요가 처음 입경할 때만 해도 여기는 온통 키를 넘는 잡초투성이였고, 간간이 '바람이 불어 풀이 엎드린' 뒤에야 보이는 몇 칸의 다 쓰러져 가는 단벽잔옥(斷壁殘屋)이 볼썽사나운 곳이었다. 그러나 몇 년이 흘러 다시 와 본 이곳은 그 면모가 일신되어 알아보기조차 힘들 정도였다. 여기가 바로 황초(荒草)가 하늘에 닿고 야분(野墳)이 끝간 데 없던 그 옛날의 홍과원이란 말인가? 풀 덮인 둔덕을 따라 가보니 어지러이 널브러져 있던 서창의 잔원(殘垣)은 전부 헐려 평지가 됐고 발길 닿는 곳마다 풀 썩는 냄새로 진동하던 바닥은 깨끗이 청소하고 석탄재와 자갈돌로 메워서 평탄했다. 그 길로 한 무리의 선남신녀들이 합장한 두 손에 향을 끼우고 삼보일궤(三步一跪), 오보일고(五步一叩)의 절을 올리며 가고 있었다. 또 어떤 이들은 혼자 조용히 염불하며 가족의 길운을 기도하고 세상의 무사태평을 염원했다.

통로 북쪽에는 현녀낭낭신을 모신 정전(正殿)이 있었다. 규모가 그리 크지는 않았으나 삼영(三楹)의 금분벽와(金粉碧瓦)가 아담했고, 담장도 새로이 단장을 한 것 같았다. 산문(山門)과 절 서쪽 일대에는 아직 세우다 만 듯한 담이 낮은 걸로 보아 향객들이 시주한 불전으로 토목공사를 크게 벌여 보수하거나 확장할 모양이었다. 불전(佛殿) 중문 앞에는 웬만한 장정의 키를 넘어가는 무쇠솥[鐵鼎]이 우뚝 솟아있었고, 그 앞에는 향이 모락모락 피어오르고 있었다.

이시요가 멀찌감치 떨어져서 불전 안을 기웃거리니 어두컴컴하여 물체가 뚜렷하지 않은 방안에는 향연(香煙)이 자욱했다. 조금 가까이 가 들여다보니 빨갛고 누런 천으로 공봉(供奉)하고 있는 여신상(女神像)이 어렴풋이 보였고, 양옆의 기둥에는 새로이 고쳐 쓴 듯한 영련(楹聯)이 적혀 있었다. 금빛으로 쓰여져 있어 바깥에서 들어온 한줌의 햇살에 반짝이는 것이 눈이 부셨다.

신광(神光)이 만년을 비추어 창생(蒼生)을 가호(呵護)하니
복된 나날에 유감이 어디 있으랴

영풍(靈風)이 사방을 어루만지니
아프고 굶주린 백성들은 팔방에서 모두 모인다.

글씨체가 힘있고 멋스러웠다. 그러나 제목도 없고 누가 썼는지
낙관도 없었다. 고개를 돌려보니 동쪽 편에 있는 묘축용(廟祝用)
작은방은 너무 작아 설핏 보아 토지묘(土地廟) 같았고, 벽에는
누런 종이에 뭔가 고시문(告示文)이 적혀 있었다. 탁자 위에는
지필(紙筆)이 놓여 있었는데, 탁자 앞에는 일명 공덕상자(公德箱
子)라고 부르는 불전함(佛錢函)이 있었다. 드나드는 향객들이 많
아 복잡했으나 이시요는 저만치에서 인파 속에 섞여 점쟁이의 점
괘를 듣고 있느라 목을 빼들고 있는 자신의 가인(家人) 이팔오를
한눈에 알아볼 수 있었다. 작은방 앞으로 다가가 보니 고시문에는
이렇게 적혀 있었다.

고해(苦海)에서 허덕이는 중생들아! 삼독(三毒)의 죄가 깊고 십악
(十惡)의 한이 무거우니 사후에도 십팔층지옥에 떨어져 갖은 수난을
겪으매 영원토록 편한 날이 없을 것이다. 현세에서 지은 죄는 내세에
서 갚게 돼 있거늘 인과응보에 사로잡힌 불쌍한 중생들아, 너희들을
너그럽게 품어 주고 너희들의 갖은 죄를 사해줄 현녀낭낭의 품에 안
기거라. 그리하면 모든 고통이 사라지고 환희로운 양진가절(良辰佳
節)의 나날들만 찾아오게 될 터이니 부디 현녀낭낭전에 지성을 다하
거라. 나무아미타세존(南無阿彌陀世尊)! 나무관세음자항진인(南無
觀世音慈航眞人)! 나무여순양진인(南無呂純陽眞人)! 나무제전대나
한진인(南無濟顚大羅漢眞人)! 태상노군급급여율령(太上老君急急如
律令)! 도량 위에 억만 신이 신민(信民)들을 위해 기도하니 부디 믿

고 따르면 해가 되는 일이 없으리라.

대충 읽어보고 난 이시요는 하마터면 크게 웃음을 터트릴 뻔했다. 이게 대체 무슨 말인가? 말 그대로 억만 신을 다 불러 돈을 긁어모으려는 수작임이 불 보듯 뻔했다! 그러나 참배하러 온 사람들은 온몸을 비단과 보석으로 도배한 채로 은자 열 냥, 백 냥씩을 아무렇지도 않게 던져 넣고 가는 부자들이건 행색이 남루하여 한두 푼씩 밀어 넣는 궁인(窮人)들이건 하나같이 경건하고 엄숙하기만 했다.

두 묘축(廟祝) 역시 일도일승(一道一僧)의 열댓 살 가량 되어 보이는 소년들이었다. 하나는 합장하고 하나는 지팡이를 든 채 탁자 옆에 서 있었다. 이시요가 눈여겨보니 예배하러 온 사람들은 대부분 부녀자들이었고, 간혹 가족들이 총출동한 경우도 더러 있었다.

아무나 붙잡고 물어볼 수도 없어 잠시 기다리고 있노라니 어떤 중년의 사내가 두 손에 누런 종이봉투를 받쳐들고 다가오더니 무릎을 꿇으며 배례를 하고는 불전함에 돈을 집어넣었다. 경건하게 예를 갖추고 일어나는 사내에게로 다가간 이시요가 말을 건넸다.

"형씨, 불전에 치성을 드리러 오셨나 보오?"

사내가 어리둥절하여 이시요를 훑어보았다. 반쯤 낡은 회색 면포(棉袍)를 입고 굽이 높은 포화(布靴)에 위에 자주색 비단 겉옷을 걸쳐 입고 있으니 언뜻 보아 귀천(貴賤)을 가늠할 수 없는 행색이었다. 과거에 응시하러 온 거인 같은가 하면 나이가 많아 보였고, 그렇다고 저잣거리의 삼류는 아닌 것 같았는지라 사내가 보통의 어조로 대꾸했다.

"난 환원(還願, 감사 참배)드리러 왔소. 그쪽은 공명을 구하고자 하는 것이오? 별 거 없소, 힘닿는 데까지 현녀낭낭을 섬기는 것밖에! 정성을 다하면 필히 효험을 보게 돼 있소!"

사내는 정색하며 불전에 인색하지 말 것을 강조했다. 이시요는 빙그레 웃으며 신전(神殿)을 가리키며 다시 물었다.

"재미는 좀 보았소?"

"그럼, 보다마다! 어르신도 절대 신지(神祇)를 아까워하지 마시오. 모든 것은 내가 공을 들인 만큼 받게 돼 있는 법이거든!"

사내는 떠날 생각도 하지 않고 손짓발짓을 해가며 신이 나서 떠들어댔다.

"난 서직문 밖에서 소토(燒土)를 파는 사람인데, 우리 어머니가 실명위기에 처한 데다 설상가상 마누라까지 애를 낳다가 하혈이 멎질 않는 거요. 덕생당(德生堂)의 호(胡) 태의(太醫)마저 틀렸다며 머리를 절레절레 젓는데, 내가 그만 앞이 캄캄해지더라고. 그래서 밑져야 본전이다 생각하고 열흘 동안 여기 와서 무릎이 까지고 이마가 터지도록 기도하고 우리 어머니가 목숨처럼 아끼시던 패물까지 다 가져다 낭낭께 효도를 했더니, 세상에 이럴 수가! 오늘내일 하던 마누라가 기적처럼 자리를 털고 일어나 아기에게 젖을 먹이고 우리 어머니도 눈이 머루처럼 맑아졌다는 거 아니오! 먹은 건 한줌의 성약(聖藥)뿐인데 얼마나 신기하고 기똥찬 일이오! 그래서 현녀낭낭께 어찌나 고마운지 감사참배를 올리러 온 거 아니오! 지금 마누라는 친정으로 달려갔소. 거기도 중풍을 맞아 입이 비뚤어진 노인네가 있거든. 어서 낭낭전에 데려와 치성을 올려야지. 내가 말한 모든 것은 전부 사실이오! 내가 토끼 눈곱만큼이라도 거짓말을 했다면 우리 일문은 천벌을 받아 죽을 거요!"

사내는 경건한 눈빛에 감격을 가득 담아 신전을 바라보며 중얼거리듯 기도를 했다.

"이제 마누라의 병을 낫게 해주셨으니 세 아이는 돌봐줄 어미가 있고, 이 사람은 늘그막에 등 긁어줄 사람이 있어 실로 얼마나 큰복을 받았는지 모르겠사옵니다. 평생 등이 휘게 고생만 해오신 우리 어머니는 또 낭낭 덕분에 얼마나 큰 고비를 넘기셨는지, 살려 주시고 은혜주신 낭낭의 대덕(大德)을 어찌하면 다 갚을지 모르겠사옵니다…… 죽어 몸이 가루가 되는 한이 있더라도 현녀낭낭의 은혜는 잊지 못할 것이옵니다……."

사내가 눈물 콧물 범벅이 되어 떠들어대는 사이 벌써 한 무리의 구경꾼들이 몰려왔다. 그네들도 누구는 "아버지의 고질병인 천식이 거짓말처럼 낳았다"느니 "우리 형 간질병이 하루아침에 낳아 어제 새장가를 들었다"는 등등 한마디씩 거들었다. "우리 엄마……", "우리 고모부……" 외에 사돈의 팔촌까지 끄집어내는 무리들의 한바탕 소란에 이시요는 정신이 없었다. 들으면 들을수록 점점 더 기상천외한 소리가 흘러나왔다.

이시요는 고개를 돌려 자신의 주위로 겹겹이 몰려든 사람들 틈에서 종복들을 곁눈질로 찾았다. 하지만 이팔오는 보이지 않았다. 겨우 비집고 나오니 이팔오와 돌쇠가 저만치 밖에서 화친왕부의 마름인 왕보와 한담을 하며 기다리고 있었다. 이시요가 인파를 비집고 나오는 걸 본 왕보가 웃으며 다가와 예를 갖추려 했다. 그러자 이시요가 손사래를 치며 물었다.

"자네는 여기 어쩐 일인가?"

"저희 주인께서 신열(身熱)이 대단하십니다."

왕보가 말을 이었다.

"마님께서 초조하고 불안한 마음에 안절부절못하시던 중 이십사세자(二十四世子)의 복진(福晉)으로부터 여길 와 보라는 애길 들었다며 길흉을 점치는 대쪽이라도 뽑아보고 성약(聖藥)을 좀 얻어오라며 보내셔서 왔습니다. 요즘엔 여길 줄기차게 쫓아다니는 편입니다. 방금 마덕옥(馬德玉)도 다녀갔습니다. 대쪽을 하나 뽑아보더니 부랴부랴 가버리는데 뭐라고 적혀 있었는지도 모르겠네요."

그러자 이팔오가 나섰다.

"영험하다고 소문난 곳이니 어르신께서도 하나 뽑아보세요!"

그 말엔 대꾸도 않은 채 이시요가 왕보의 손에 들려있는 대줄기를 내어놓으라며 손을 내밀었다.

"화친왕마마의 대쪽인가? 뭐라고 적혀 있지? 나 좀 보세!"

이시요가 가져다보니 이 같은 시구가 적혀 있었다.

50년 동안 일몽(一夢)은 청정했으나,
황량(黃粱)이 익기도 전에 몇 번의 놀라움을 겪었노라.
의상면류(衣裳冕旒)는 날 때부터 그러했거늘,
더 이상 무슨 앞날이 궁금해서 점괘를 물으시오?

왕보가 말했다.

"제가 안에 들어가 늙은 묘축에게 물었더니 잘 나온 괘라고 했습니다. 헌데 마마께오선 저리 병이 깊어 사람을 알아보지 못하시니 대체 어찌된 영문인지 모르겠습니다."

설핏 보기엔 무난할 것 같은 괘(卦)였다. 그러나, 이시요는 어쩐지 불안한 예감이 들었다. 그렇다고 건륭의 유일무이한 아우의 생사에 대해 감히 무어라 토를 다는 것도 적이 부담스러웠다. 그는 잠시 동안의 침묵 끝에 입을 열었다.

"화친왕마마께오선 몇 번에 걸쳐 자신에게 스스로 장례를 지내신 분이니 '몇 번의 놀라움'이라고 했겠지. 대충 뜻을 보면 길인천상(吉人天相)을 타고나신 분이 더 이상의 전정(前程)은 물어서 무엇하겠냐는 것 같은데……."

왕보는 그저 머리를 끄덕일 뿐이었다. 이팔오 등은 여전히 이시요더러 하나 뽑아 보라며 종용을 했다. 돌쇠가 벌써 공덕함에 불전을 넣고 와서는 이시요를 재촉했다. 못 이기는 척하고 이시요가 탁자께로 다가가 대쪽이 담긴 통을 집어들었다. 여러 번 힘껏 흔드니 그 중 하나가 톡 튀어나왔다. 펴보니 이같이 적혀 있었다.

> 소년 시절부터 주의자귀(朱衣紫貴)하였나니,
> 늠름한 발걸음 용루(龍樓)로 향하네.
> 난간에 기대어 멀리 안개 낀 강물을 바라보니,
> 벽수한풍(碧水寒楓)에 취우(驟雨)가 한창이구나.

그 밑엔 몇 글자 더 적혀 있었다.

> 송사녕(訟事寧), 관운평(官運平), 혼의지(婚宜遲), 신원행(愼遠行)

그냥 주변의 성화에 못 이겨 재미로 뽑아보았으나 막상 읽어보고 나니 이시요는 마음이 그리 홀가분하지만은 않았다. 몇몇 종복들이 무어라 제멋대로 해석을 하며 수선을 떨었으나 그는 멍하니 서 있기만 했다. 한참 후에야 그는 비로소 입을 열었다.

"내가 고루(高樓)에 올라 강색(江色)을 바라보는 걸 좋아하는 건 사실이네. 그런데, 찬비 내리는 강가에 늦은 단풍이 세찬 빗줄기에 시달리는 모습을 상상하니 좀 그렇군."

이같이 말하며 그는 밖으로 나왔다. 왕보가 작별을 고하고 물러가려 하자 이시요가 도로 불러 세웠다.

"돌아가면 마마께 대신 안부를 여쭤주시게. 광주(廣州)에서 마마께 드리고자 빙편(氷片)과 은이(銀耳)를 좋은 걸로 구해왔는데, 나중에 우리 집에 와서 가져가도록 하게. 돌쇠와 이팔오가 자네를 찾아 상의할 일이 따로 있어 왕부로 갈 것이니 그리 알게!"

왕보가 알겠노라며 연신 대답하고는 물러갔다. 이팔오가 이시요의 귓전에 엎드려 나직이 속삭였다.

"어르신, 저쪽에 소 문둥이 자식도 와 있습니다. 절 뒤편에서 장인(匠人)들을 인솔하여 목재를 나르고 도료통(塗料桶)을 옮기느라 정신이 없습니다. 공사책임자인 것 같기도 하고 절의 단월거사(檀越居士)일 것 같기도 하네요."

이에 이시요가 말했다.

"오늘은 주마간산 격이니, 나중에 다시 보세. 밖에 대문짝 만하게 붙어 있는 고시문을 봤지? 어디 또 하나 없나 잘 봐두게. 몰래 뜯어 아문으로 갖고 가면 좋은데……."

이같이 말하며 이시요는 천천히 발걸음을 돌렸다.

이시요가 아문으로 돌아왔을 때는 아직 사시(巳時)가 지나지 않은 시각이었다. 커다란 아문은 횅뎅그렁하여 인기척은커녕 그

흔하던 새소리마저 들리지 않았다. 문지기 친병에게 물으니 아문의 사관과 서무관들은 모두 회의하러 갔다고 했다.

회의라니? 어디서 누가 소집하여 무슨 회의를 한다는 건지 이시요는 궁금해졌다. 옆방으로 가서 막료에게 묻고, 당직을 서는 서무관에게 물어서야 그는 비로소 우민중의 주최하에 연말 경사의 치안관련 회의가 열리고 있다는 것을 알 수 있었다.

낭낭묘에서 돌아오며 은근히 기분이 찜찜하던 이시요는 무어라 형언할 수 없는 화가 버럭 치밀어 "쾅!" 하고 탁자를 힘껏 내리쳤다. 그 바람에 필통이며 벼루, 찻잔이며 손난로가 널뛰기를 했다.

"자네…… 자네 이름이……."

"하, 하…… 하관은 지본청(遲本淸)이라고 합니다……."

서무관은 이시요의 느닷없는 광기에 놀란 나머지 한 줌이 되어 책상다리 밑에 머리를 숨기고 있었다.

"군, 군문…… 하관은 아무 것도 모릅니다……."

이시요를 괴물 보듯 훔쳐보니 시뻘건 얼굴엔 혈관이 퍼렇게 일어서 있었다.

"좋아! 지본청, 자네는 내가 시키는 대로 해!"

"예에……."

"예에?"

"예! 알겠습니다!"

"주방에 연락하여 머리 숫자만큼 밥을 지으라고 해."

이시요가 조금 쉰 목소리로 덧붙였다.

"호위처(護衛處), 문안처(文案處)와 아역의 잡역들을 전부 열을 지어 집합시켜. 자네가 인솔하여 군기처에 회의중인 사람들은 서화문에서 기다리게 하고, 집에 돌아간 자들은……, 지금이 몇시

점호(點呼) 81

야……."

그가 시계를 꺼내 보며 말을 이었다.

"오시(午時)가 일각이 채 못 남았네. 오시 말까지 전부 아문에 모이라고 전해. 이게 두 번째고, 세 번째는 사람을 순천부로 보내어 내가 지의를 받고 차사를 수행하는 중이니 형명막료(刑名幕僚) 세 명을 빌려달라는 나의 명을 부윤(府尹)에게 전하게!"

창자가 빠지는 듯한 훈령에 지본청은 다리가 후들거려 겨우 정신을 가다듬었다. 긴장한 나머지 연신 마른침을 꿀꺽거리며 그는 눈치를 슬슬 살피며 물었다.

"집합시키고 밥을 지으라고 주방에 명을 전하는 것까지는 할 수 있겠사오나 개중엔 몇몇 당관들도 있사온데…… 말단인 주제에 제가 어찌 감히 훈화를 하겠습니까? 제독께서 친히……."

"걱정 붙들어 매!"

이시요가 왼쪽 뺨의 칼자국을 번들거리며 징그럽게 웃었다. 그리고는 종이 한 장을 뽑아서 붓을 들고 먹물을 찍더니 휘갈기기 시작했다.

지본청을 보군통령아문 이사협판(理事協辦)으로 위임하고, 관품을 종육품(從六品)으로 승진시켜 아문의 사무를 협조케 한다. 이를 특별히 명한다.

－이시요

붓을 내려놓은 이시요는 그것을 지본청에게 건네주었다.

"훈화 전에 누굴 시켜 이걸 먼저 선독(宣讀)하게 하도록! 가보게!"

말을 마친 이시요는 이내 공문결재처로 들어가 버렸다.

조용하던 마당에선 일시에 인기척이 들리기 시작했다. 먼저 호각소리가 식당 근처에서 들려왔고, 사람들을 고함쳐 부르고 호응하는 소리와 급박한 발소리가 남쪽으로 달려가고 있었다. 멀리 의문에서 열을 지어 진영을 만드는 구령소리가 바람에 실려왔고, 아문 동쪽의 주방 굴뚝에서는 시커먼 연기가 뿜어 나오기 시작했다.

잠시 소리를 지르고 나니 이시요는 한결 기분이 풀리는 것 같았다. 공문결재처 창가에 서서 바라보니 돌쇠와 호학용(胡學庸), 마옥당(馬玉堂)등 여러 친병들이 처마 밑에서 서성거리고 있는 게 보였다. 그는 손짓으로 그들을 불렀다.

"들어와 봐. 이팔오는 여태 안 왔어?"

돌쇠가 재빨리 대답했다.

"방금 전까지 장 막료랑 얘기중인 것 같았는데, 잠깐 측간에 갔나봅니다. 곧 올 겁니다."

말을 마치기 바쁘게 장영수와 이팔오가 앞서거니 뒤서거니 하며 빠른 걸음으로 들어섰다. 장영수가 베껴온 낭낭묘의 고시문을 책상 위에 펼쳐놓고는 한 걸음 뒤로 물러섰다.

"장영수, 자리에 앉게."

이시요가 두 개의 호두를 손바닥에 움켜쥐고는 소리나게 돌리며 오른손으로 자리를 가리켰다.

"다들 피부로 느꼈겠지만 이곳 북경의 풍수(風水)는 우리 광주하고는 완전히 다르네. 호랑이를 잡아도 친형제간이나 부자병(父子兵)이어야 한다는 옛말이 있네. 자네들은 적어도 날 따른 세월이 6, 7년은 되지 않는가? 아무리 생각해봐도 여기서 푸대접받는 느낌이 들어 부엌의 개보다도 못한 것 같네! 이팔오는 내가 오늘부터 보군통령아문 중군총감(中軍總監)으로 발령을 내겠네. 돌쇠 등 자네들 셋은 천총(千總), 장영수 자네는 참의도(參議道)로 발령내게끔 내가 주청을 올리도록 하겠네. 폐하의 윤허가 떨어지기 전까지는 '서리'하고 있게."

"감사합니다, 군문!"

이시요가 손가락으로 낭낭묘에서 베껴온 고시문을 가리키며 말을 이어나갔다.

"폐하께오서 날 구문제독으로 위임하신 이상 제독아문은 내 손아귀에서 놀 수밖에 없어. 아문 소속 2만 6천 관병들을 내 열 손가락처럼 자유자재로 움직일 수 있도록 만들어야 해! 연말연시에 백련교, 천리회를 비롯한 사교들이 더욱 창궐할 거야. 천자의 연하(輦下)이네. 추호의 방심도 용납되지 않는다는 걸 명심하게. 낭낭묘, 이 절이 수상쩍네. 대체 어느 신을 섬기는 종파인지 그것부터 밝혀내야겠네. 향객들 중에서 비분의 행각을 벌이고 다니는 자들은 없는지 두 눈에 심지 돋궈 똑바로 살피도록. 건전한 종묘라면 내가 금칠이라도 해줄 테지만 우리가 우려했던 바가 현실로 밝혀지는 날엔 내가 그 소굴을 통째로 들어내 버릴 거야."

그가 고시문이 적힌 종잇장을 손가락으로 쭉 밀어버리며 소리를 높였다.

"이걸 보는 순간 느낌이 안 좋았네! 순천부에서 사람이 오면 장영수, 자네가 친히 인솔하여 수사에 착수하도록. 사람이 부족하면 형부로 가서 지원을 요청하고, 황천패(黃天覇)의 제자들이 나서서 도와줄 수 없는지 여부도 알아보게. 아무튼 올해 설은 무사히 쇠어야겠네!"

"예! 군문의 명령에 따르겠습니다!"

"경사는 지방과 달라 군령이 없이는 절대 경거망동해선 아니되네! 매사에 착수할 때마다 지시를 청했을 때에만 혹여 무슨 불찰이 있더라도 내가 감싸줄 수 있다는 얘기네, 무슨 말인지 알겠나?"

"예! 알겠습니다!"

"먼저들 가서 점심이나 먹게."

표정이 조금은 부드러워진 이시요가 덧붙였다.

"밥 먹고 나서 대당(大堂)에 집합하도록! 발포하고 점호가 끝난 후에 늦게 도착한 자는 의문 밖에서 처벌을 기다려!"

"예!"

사람들이 모두 물러가고 이시요는 혼자 책상 앞에 마주앉았다. 먼저 광주에 있는 가족들에게 안부편지를 썼다. 그런 다음 손사의에게 북경에 온 이래 보고 들은 바에 대해 소상히 알려주었다. 그리고는 "차사에 매진하고 매사에 근신하며 소인배를 경계하라"는 주문을 했다. 할말은 많았지만 정작 필묵으로 형언할 수 없는 부분이 있어서 그는 잠시 생각한 끝에 몇 마디만 덧붙였다.

"십삼행(十三行) 제도를 복구하는 것은 폐하의 윤허가 계셨기에 비로소 가능했소. 류동양(劉東洋)이 황은(皇恩)에 감격하여 아문을 수선하라며 은자 10만 냥을 쾌척했었소. 그 돈을 아문의 금고에 넣어봤자 호시탐탐 노리는 무리들만 양산하여 쥐 오줌에 소금 녹듯 하여 빛깔 없이 사라져버리고 말 것 같아서 내가 과이지혐(瓜李之嫌, 오이밭에서 신발 끈을 고쳐 매는 것)을 감내하면서 잠시 우리 집에 보관해 놓고 있소. 이제 손공이 부임했으니 우리 집에서 그 돈을 가져다 문묘(文廟)를 수선하는 데 한몫 보탰으면 하오."

그러나 정작 이같이 적고 보니 어쩐지 불안해졌다. 외성(外省)의 총독과 순무들은 대부분 어마어마한 부를 축재하고 있는데, 설마 고작 10만 냥에 거꾸로 박히랴 싶어서 엉덩이 밑에 깔고 있던 돈이었다. 이렇게 둘러댄들 눈치 빠른 손사의가 진실을 모르랴 싶었다. 그러나 필경 자신의 '호명원리(好名遠利)'는 만천하가 아는 일인지라 설령 손사의가 나쁜 심보로 뒤통수를 갈길지언정 여론은 자신을 편들 거라고 그는 굳게 믿었다……

그렇게 생각하니 마음이 홀가분해졌다. 쓰다만 종이를 구겨 휴지통에 버리고 나니 벽에 자신이 붙여놓은 '일언일자(一言一字)에 조심하자'는 문구가 눈에 띄었다. 한숨을 지으며 구겨진 종이를 주워서 불을 붙였다. 한줌의 재로 까맣게 타버리는 모습을 보고서야 그는 비로소 안심했다.

잠시 후 지본청이 숨이 턱에 닿아 헐레벌떡 달려와 아뢰었다.

"군문! 오시가 거의 지나가고 있습니다. 승아(昇衙)하실 겁니까?"

"당연히!"

이시요가 시계를 바라보았다. 과연 짧은바늘이 '1'자를 가리키고 긴바늘도 거의 '12'에 근접하고 있었다. 벌떡 일어나 벽에 걸려 있는 장검을 내리며 그는 명령을 내렸다.

"발포! 모든 호위와 아역들은 빠짐없이 집결하여 명령을 대기하라!"

의관을 정제하고 허리춤의 보검에 달린 금술을 손으로 정갈하게 펴놓고서야 그는 성큼성큼 걸어서 밖으로 나왔다.

대당(大堂)에는 벌써 삼엄한 분위기 속에 호위와 아역들이 새까맣게 집결해 있었다. 높다란 공안(公案) 밑으로 마흔 여덟 명의 친병과 마흔 여덟 명의 아역들이 두 줄로 쭉 이당(二堂) 입구까지 늘어서 있었다. 아역들은 전부 일명 수화곤(水火棍)이라고 부르는 검정과 빨간색의 군곤(軍棍)을 두 손으로 지팡이 짚듯 땅에 짚고 있었고, 보복(補服) 차림 일색인 친병들은 허리에 대도(大刀)를 지른 채 왕방울 같은 눈에 독기를 품고 아름드리 나무처럼 서 있었다. 두루마기와 가죽신 차림의 서른 명의 서무관과 막료들이 대당의 기둥 서쪽에 길게 늘어서 있었고, 동쪽에는 스물 댓 명 정도 되어 보이는 군복이 멋지고 화령이 눈부신 무관들이 꼿꼿이 서서 명을 기다리고 있었다.

공안 좌측에는 아문 사사(四司)의 당관 가족들, 우측에는 2만여 명의 친병들을 휘하에 거느리고 있는 보군통령아문의 세 부도통(副都統)들이 앉을 자리가 있었다. 이들은 오전에 군기처 회의가 끝난 후 집에 돌아갔는지라 부하 친병들이 술집이며 찻집, 극장 등 사방에 흩어져 있는 걸 지본청이 일일이 통지하여 부르러 다녔다. 류보기는 문안사(文案司)의 당관이었는지라 역시 좌측에 자리해 있었다. 무슨 중요한 공무가 있기에 이같이 성세(聲勢)를 과시하는 건지 그는 고개를 갸우뚱하며 마냥 궁금하기만 했다.

잠시 후 "쾅…… 쾅…… 쾅!" 하는 세 발의 대포소리와 함께 지본청이 목청껏 소리쳤다.

"대군문(大軍門)께서 승당(昇堂)하신다!"

이럴 때를 준비하여 대령하고 있던 아역들이 일제히 "오우……!" 하는 기합소리를 내어 당위(堂威)를 선양했다. 그리고는 끈 달린 목각인형처럼 일제히 뒤로 한 걸음씩 물러났다. 이어 문관(文官)과 무장(武將)들이 "팟! 팟!" 산이 떠나갈 듯한 마제수(馬

蹄袖)를 때리며 앞으로 나왔다. 그와 동시에 이시요가 발소리를 크게 내며 동쪽 측문에서 나와 공안 위로 올라가 섰다.

"군문안(軍門安)!"

수백 명이 일제히 문안인사를 하며 군례(軍禮)를 올렸다. 대당 안팎이 쩌렁쩌렁 울리며 마당의 나무 위에서 놀란 날개를 푸드득대며 무겁게 날아오르는 까마귀 무리들이 새까맣게 하늘을 덮었다.

"모두 일어나게."

이시요의 얼굴엔 표정의 변화 하나 없었다.

"세 장군은 자리에 앉지!"

사람들이 그제야 한숨을 돌리는 듯했다. 북영장군(北營將軍) 무아마, 서영장군(西營將軍) 아청, 조양문장군(朝陽門將軍) 투먼이 위를 향해 공수해 보이고는 두 손을 무릎에 얹고 앉았다. 나머지 문무관원들은 모두 두 손을 앞에 모은 채 숙립하여 수시로 공좌(公座)를 훔쳐보았다. 세 장군이 자리에 앉길 기다린 이시요가 뒤이어 자리에 앉으면서 고개를 돌려 분부했다.

"지본청, 점호 시작!"

"예!"

지본청이 명단을 펼쳐들었다. 그의 얼굴은 긴장하여 하얗게 질려 있었고, 손은 걷잡을 수 없이 떨리고 있었다. 잠시 망설인 끝에야 그는 비로소 용기를 냈다.

"투먼 군…… 문!"

이시요가 즉각 화를 냈다.

"점호하는데 무슨 존칭이야!"

"투…… 먼!"

"예!"

"무아마!"

"예!"

"아청!"

"여기 있습니다!"

세 사람의 대답 중 하나는 성난 호랑이의 포효였고, 하나는 담담한 응답이었고, 하나는 건방진 목소리였다. 마지막의 거들먹거리는 소리에 장내에선 잠시 키득거리는 웃음소리가 들려왔다. 이들 장군들은 만주족의 친귀자제들인지라 자신을 우습게 여기고 있다는 걸 이시요는 알고 있었다. 그러나 짐짓 내색은 하지 않은 채 듣고만 있었다.

"이국강(李國强)!"

"예!"

"풍운외(馮雲畏)!"

"예!"

"관효영(關效英)!"

"예!"

점호 결과 총 15명이 결석했다. 이시요가 화명책(花名册)을 건네 받으면서 손으로 가리키며 물었다.

"이 열 다섯은 어찌된 건가?"

"군문."

지본청이 자신은 최선을 다했다는 듯이 느긋한 표정으로 대답했다.

"본 아문의 아역들 중에선 세 명이 휴가를 내어 자리에 없고, 한 명이 〈사고전서(四庫全書)〉 편수작업에 임시로 투입된 경우만

빼곤 전부 자리에 와 있습니다. 각 대영들에서 몇 명씩 빠진 건 장군과 막료들에게 통지하라고 알렸습니다. 자리에 안 왔다면 불가피한 사연이 있지 않았나 생각합니다."

이시요가 가볍게 콧소리를 내며 화명책을 뒤적였다. 그리고는 다시 물었다.

"무아마, 여기 이 시대기(柴大紀)라는 유격(遊擊)은 왜 안 왔나?"

무아마가 재빨리 대답했다.

"시대기는 서직문의 방무(防務)를 책임지고 있는 사영(四營)의 대장입니다. 그곳은 지방에서 흘러든 유민(流民)들의 집거촌인 바 이번에 사영에서는 순천부와 합동으로 사교(邪敎)의 소굴을 덮쳐 우리 정서에 저촉되는 서적들을 대량 색출해 냈다고 합니다. '즉석에서 소각하라'는 예부의 지시를 받고 사람들을 데리고 임무를 수행하러 갔습니다."

이시요가 머리를 끄덕였다. 그리고는 다시 아청에게 물었다.

"기대발(紀大發), 오성(吳誠), 소득귀(蘇得貴), 풍극검(馮克儉)…… 이들 넷은 자네의 부하들인데, 어디로 새버렸나?"

"외차 보냈습니다……. 외차 보냈다고요!"

아청은 건방진 말투며 비스듬한 자세가 다분히 도발적이었다. 깔보듯 실눈을 만들어 히죽 웃으며 그가 덧붙였다.

"아시다시피 설 명절이 낼모레이지 않습니까? 일년에 한 번뿐인 명절인데, 만 명도 넘는 부하들을 서북풍만 마시게 할 수는 없지 않겠습니까? 그래서 북경성 안에서는 물건 구입이 제한되어 있으니 인근 주현(州縣)들에 가서 돼지나 양, 닭 등 가축들을 구해 오라고 시켰습니다!"

아청은 아계의 조카였다. 그러나 숙부와는 달리 외양이 작고 단단하여 절구통 같았다. 끝이 뾰족하여 우스꽝스러운 머리엔 몇 가닥 남지 않은 가는 머리채가 어깨너머로 축 처져 있었다. 콩알만 한 눈을 반짝이며 그는 마치 희귀동물을 대하듯 이시요를 똑바로 쳐다보았다.

그 시선을 피해 이시요가 마른침을 꿀꺽 삼키며 막 입을 열어 투먼에게 물어보려고 할 때 투먼이 돼지 멱따는 소리를 냈다.

"같아요, 같아! 나도 서산(西山)으로 연화(年貨, 설음식이나 물품)를 장만하러 보냈는데, 이것들이 아직 안 왔네요. 설에 고기국물이라도 마셔보려고 한 개 소부대 전체를 대흥(大興)으로 수렵을 보냈다는 거 아닙니까?"

이시요가 손을 내밀어 힘껏 공안의 모서리를 눌러 잡았다. 그리고는 말했다.

"연화 장만하러 보낸 건 내가 뭐라고 안 하겠다만 수렵을 간 군인들은 즉각 귀대시키게! 내게도 한 개 부대를 전부 수렵장으로 내몰 수 있는 권한이 없거늘 대체 무슨 배짱인가? 도찰원에서 알면 어사들이 당장 붓끝에 먹물을 찍어들고 덤벼들 것이네!"

"어사?"

투먼이 대수롭지 않다는 듯 턱을 치켜들었다.

"어사들도 설 명절이 닥치니 여기저기 돈 만들러 다니느라 정신이 없네요. 누가 누굴 탄핵해요, 탄핵하긴! 탄핵을 빌미로 외관들의 주머니를 터는 데는 선수들인데! 우리 군인들에게야 그 잘난 군향 몇 푼밖에 차려질 게 더 있겠어요?"

그의 말은 사실상 자리한 모든 군인들이 하고픈 얘기였다. 장내는 삽시간에 들끓었다. "돈 주무르는 아문에서는 누구한테 아쉬운 소리를 하지 않을 테고, 사람 갖고 노는 아문에서는 돈 보따리 받아 챙기는 특수를 맞았을 테고, 이것도 저것도 아닌 우리 군인들은 대체 뭐냐"며 울분을 터뜨리는 자들이 대부분이었다. 그런가 하면 "남들처럼 설 명절이라고 바리바리 싸들고 오는 문생(門生)들이 없으면 여타 경관(京官)들처럼 외관(外官)들로부터 빙경(氷敬)이라도 두둑이 생기든가, ×× 이건 완전히 입에 거미줄치게 생겼잖아" 하며 거친 욕설을 하는 이들도 있었다…….

이시요는 분노가 폭발할 것만 같았다. 이 안하무인들을 어찌 혼을 내줄까 속으로 생각하고 있을 때 문정(門政)이 헐레벌떡 달려 들어왔다.

"네 명의 유격이 이제야 도착했습니다. 들여보낼까요?"

"누구 누군데?"

이시요가 물었다.

"채창명(蔡暢明), 나우덕(羅佑德), 소득귀, 시대기 네 사람입니다."

이시요가 세 명의 부장(副將)을 잔뜩 힘준 매서운 눈빛으로 노려보았다. 거짓말이 들통나 다소 당황스러워진 아청이 억지웃음을 지으며 말했다.

"소득귀 그놈이 왔어? 자식이 어째서 벌써 왔지? 돈이 모자라서 왔나? 들이게, 내가 혼을 내줘야겠어!"

그러자 투먼도 맞장구를 쳤다.

"들여보내!"

그러나 문정은 이시요의 낯빛만 살필 뿐 감히 움직이질 못했다.

"들여보내게."

"예!"

"먼저 누구의 명을 받고 무슨 차사를 수행하러 어디에 갔었는지 물어보고, 그걸 보고한 후에 들여보내도록!"

"예!"

그 한마디에 장내의 소란은 일시에 뚝 그쳤다. 한줄기 냉기에 사람들은 모두 목을 움츠렸다.

14. 풍류천자(風流天子)

　잠시 후 문정(門政)이 돌아와 보고를 했다.

　"나우덕과 소득귀는 수렵용 화총과 탄약을 얻으러 병부로 갔었고요, 화친왕의 포의노(包衣奴)인 채창명은 왕부로 문후 올리러 다녀왔고요, 시대기는 무슨 책인가 하는 것을 소각하러 갔다가 병영으로 돌아와서야 아문에서 회의를 소집한다는 사실을 뒤늦게 알고는 달려왔노라고 합니다."

　"뭐라고?"

　이시요가 벌떡 일어났다. 잔뜩 굳은 얼굴이 무섭게 붉어졌다. 이를 악물고 소름끼치는 표정으로 그가 말했다.

　"책을 소각하러 갔다는 말은 사실이니 시대기만 들여보내. 그리고 투먼, 아청! 자네 둘은 어찌하여 거짓으로 나를 기만하려 들었단 말인가?"

　아청이 고드름처럼 차갑고 날카로운 이시요의 시선에 잠시 겁을 집어먹는 듯했다. 그러나 이내 헤헤거리며 이마를 툭 쳤다. 그리고는 변명을 했다.

"아…… 맞다, 맞다! 소득귀는 화약 가지러 갔었구나! 이 정신 좀 봐! 군문, 부디 고정하십시오. 제가 일부러 거짓말을 하고자 했던 건 아닙니다."

그러나 얼굴에 비곗살이 출렁거리는 투먼은 포악한 무부(武夫)답게 목을 비틀어 돌리며 말했다.

"화약 가지러 간 게 뭐가 어때서 그리 설설 기는 거요? 이봐요, 제독 어른! 차사가 있어 늦게 왔든 어쨌든 어차피 회의하기 전이고, 사람이 도착했으면 됐지 뭘 그런 걸 갖고 화를 내고 그러십니까? 점호만 하려고 부른 겁니까?"

이시요가 탁자를 힘껏 내리쳤다. 장내에는 삽시간에 납덩이처럼 무거운 침묵이 흘렀다.

"그래, 점호만을 위해 회의를 소집해도 그건 내 마음이야!"

그사이 시대기가 들어와 군례를 올리자 이시요는 앉으라는 시늉을 하며 악에 받쳐 소리쳤다.

"난 지의를 받고 긴요한 차사를 처리하러 온 몸이야! 그러니, 당신들과 입씨름을 하고 싶진 않아! 어젯밤에 이미 오늘 승당(昇堂)하여 회의를 한다고 미리 통보했거늘 어찌 이렇게 태만할 수 있단 말인가!"

이들 세 명의 부장(副將)들은 부도통(副都統) 계급이었다. 따라서 관품이 이시요보다 반 등급밖에 낮지 않았다. 평소에 아문에서 무소불위의 권력을 과시하던 인물들이었는지라 이시요가 대놓고 삿대질하여 훈계를 하자 저마다 얼굴이 시뻘겋게 달아올라 표정이 심상치가 않았다. 이번에도 투먼이 벌떡 일어나 반항을 해댔다.

"지의를 받았으면 이렇게 경우에 어긋나게 굴어도 괜찮다는 얘기요? 우리도 지의를 받고 임무를 수행하러 온 사람들이오! 혼자 잘난 척 다 하지 마시라고! 아청, 무아마! 가자고! 우리가 왜 여기서 이런 대접을 받아야 해?"

아청이 먼저 따라나섰다. 그러나 무아마는 엉덩이를 조금 떼어 일어나는 듯했으나 다시 주저앉았다.

"가긴 어딜 가?"

이시요가 급기야 버럭 호통을 쳤다.

"돌쇠! 이팔오, 이팔오는 어딨어!"

이시요의 고함소리에 사람들은 모두 그 자리에 굳어져버리고 말았다. 주인의 이런 모습은 처음 보는 이팔오가 놀란 표정으로 덜덜 떨며 한참 후에야 더듬거리며 대답했다.

"차…… 찾아…… 계셨습니까!"

"피를 보여주지 않으면 사람을 우습게 보는 족속들인가 보지."

이시요가 얼굴 가득 험상궂은 웃음을 지어 보이며 죽은 듯한 정적을 깨고 말을 이었다.

"아무리 막가는 사람이라도 까닭 없이 초면인 상사에게 이 같은 무례를 범할 순 없지. 거짓으로 군정(軍情)을 보고한 주제에 적반하장까지? 이는 나 이시요에 대한 항명이 아니라 군법과 폐하에 대한 불경이고 오만이다! 가서 나의 왕명기패(王命旗牌)를 청해 오너라! 대문 앞에서 발포준비를 하고 장군기(將軍旗)를 올리거라!"

이시요가 그래도 멍한 표정으로 있는 이팔오를 노려보며 버럭 일갈을 터트렸다.

"어서!"

"아…… 예, 예! 알겠습니다!"

죽은 듯한 정적이 감도는 실내엔 오싹 소름끼치는 공포가 엄습해왔다. 문관(文官)이나 무장(武將)들은 모두 모골이 송연하여 고개를 무겁게 드리운 채 잔뜩 숨을 죽이고 있었다. 방금 전까지만 해도 안하무인으로 일관하던 투먼과 아청도 낯빛이 황토빛깔로 변해가고 있었다. 한 쪽에 앉아 있는 무아마도 무릎에 올려놓은 꼭 움켜쥔 두 손을 가볍게 떨고 있었다.

잠시 후 이팔오가 두 명의 친병들을 앞세우고 남색의 왕명기패를 정중히 모셔다 책상 위에 세워놓았다. 이시요가 천천히 다가와 기패를 향해 공손히 삼궤구고(三跪九叩)의 대례를 올렸다. 그리고는 공손한 기색을 거두고 경멸에 찬 코웃음을 치며 투먼에게로 다가갔다. 차갑고 섬뜩하여 비수 같은 눈빛으로 아래위를 거듭 쓸어보니 투먼과 아청 두 사람은 벌써 혼비백산하여 사시나무가 따로 없었다.

한참을 그렇게 쏘아보고 있던 이시요가 한결 차분해진 목소리로 말했다.

"방금 얘기했듯이 자네들이 나 이시요와는 척을 지고 말고 할 사이가 아니니 오늘 행법(行法)은 사적인 감정이 발단이 된 건 아니네. 고로 자네들이 죽은 연후에 부의금은 넉넉히 집으로 보내질 것이니 염려하지 마시게."

이같이 말하며 이시요는 확 돌아서며 힘껏 손사래를 쳤다. 그리고는 고함치듯 명령을 했다.

"끌어내! 다음 명령을 기다릴 거 없이 즉각 처형해!"

그야말로 마른하늘에 날벼락이 따로 없었다. 추호의 여지도 없이 단호했다. 벌써 융장패검(戎裝佩劍) 차림의 친병들이 군화발 소리를 요란하게 내며 들어왔다. 위기일발의 순간, 아청이 갑자기 휘청하더니 그 자리에서 허물어지듯 주저앉고 말았다. 얼굴 가득 식은땀이 범벅되어 더듬거리며 애걸복걸했다.

"고, 고도 통…… 통수…… 제, 제, 제…… 발…… 한 목숨만…… 살려주십시오……. 이놈이 술을…… 처먹고…… 잠시 미쳤었나…… 봅니다……. 제발…… 제발……."

이시요가 적당히 겁만 주고 말 거라고 생각했던 투먼도 살기 등등한 태세로 친병들이 달려들자 그만 기겁을 하고 털썩 꿇어앉고 말았다.

"통…… 통수 대인…… 잘못했습니다……. 미친개가 짖었거니…… 생각하시고…… 너그럽게 용서해주십시오. 두 번 다시…… 이런 무례를…… 범하지 않고…… 깍듯이…… 모시겠습니다……."

이시요가 턱을 쳐들고 코웃음을 연발하니 친병들은 벌써 두 사람을 밖으로 끌어내고 있었다. 비록 대경실색하긴 마찬가지였으나 적당히 혼쭐내려는 의도가 담겨 있다고 생각하며 일변 안심하고 있던 무아마도 "다음 명을 기다릴 것 없다"는 이시요의 말에 걸상을 안으며 앞으로 엎어졌다. 정신없이 팔을 허우적대며 그가 소리쳤다.

"잠깐만요!"

무릎걸음으로 몇 걸음 다가가 이시요의 무릎을 껴안고 그는 눈물을 흘리며 간청했다.

"제발 고정하십시오…… 통수 대인……. 하관은…… 말재주가 없어…… 어찌…… 청을 드려야…… 통수 대인의 마음을…… 움직일 수 있을는지…… 모르겠습니다……. 저 둘의 죄는 응분의 처벌을 받아야 마땅하겠으나 소삼(蘇三)의 비적 일당들을 섬멸하는 데 공이 있고, 평소에 치군(治軍)만은 게을리 하지 않는 점을 인정하시어 한 번만 용서해주십시오. 개 눈에 금옥(金玉)이 보일 리가 있겠습니까? 통수께서 이제 새로 부임하시니…… 당치도 않은 배짱을 부려본 것 같습니다. 통수께서도 부임하자마자 대장(大將)들의 목을 친다는 것이 고과에 그리 유리하게 작용하지는 못할 게 아닙니까? 이번 한 번만 너그러이 용서해주시고 지켜보시면 하관이 단언컨대 저들이 감히 두 번 다시는 무례를 범하지 못할 것입니다……."

이같이 간청하며 무아마는 잔뜩 숨죽이고 있는 자신의 부하들을 향해 고함을 내질렀다.

"어서 통수 대인께 간청 올리지 않고 뭘 해?"

스물 몇 명의 장교들이 그제야 제정신이 번쩍 들어 그 자리에 무릎을 꿇었다. 공안(公案) 앞에서 이당(二堂) 입구까지 한번 낫질에 밀이 줄줄이 쓰러지듯 일제히 무릎을 꿇어 투먼과 아청의 죄를 대신 빌었고 용서를 간청했다.

"자네들은 아마 내가 허장성세하여 초장에 기세를 잡으려 든다고 생각했을 테지."

이시요가 두어 번 껄껄거리고는 웃음을 뚝 멈추며 덧붙였다.

"난 자네들이 우습게 여겨 항명해도 될 만큼 호락호락한 상대가 아니야!"

그의 차가운 쇳소리가 대청에 메아리쳤다.

"스물 셋에 천자(天子)의 면시(面試)를 통해 진사(進士)에 합격했고, 스물 여섯에 푸상을 따라 흑사산(黑査山)으로 쳐들어가 비적 두목이었던 표고(飄高)를 생포하고 그 무리 3천 명을 참수하는 쾌거를 올렸지! 그 후에 동정(銅政)을 맡아 두 번씩이나 금천(金川)에 들어가 자네들 같은 어중이떠중이 장군들을 열 명도 넘게 목을 쳐버렸네. 한마디로 난 피비린내를 두려워하지 않는 사람이란 말이야. 내 정자(頂子)는 인혈(人血)로 물들여졌다고 해도 과언은 아니네! 그럼에도 성명하신 폐하께오선 언제 한번 이 사람을 무모하다 벌하지 않으셨지! 부임하기 바쁘게 두 장군의 목을 쳐낸다면 자그마한 처벌은 각오해야겠지. 그러나, 내가 받는 처벌이 뭐가 대순가? 구주만방을 다스리시는 천자의 안거(安居)를 책임지는 구문(九門)을 자네들처럼 무책임하고 태만한 데다 오만불손한 자들에게 맡기는 것보다는 백배 낫지! 아니 그런가!"

발 밑에 무릎꿇은 무리들은 수마가 휩쓸고 간 자리에서 떨고 있는 허리 끊어진 갈대들 같았다.

"하지만 자리한 모든 이들이 이 둘의 구명을 간청한다니 나도 생각을 고쳐 해보도록 하지."

이시요가 천천히 공안(公案) 앞에서 좌우로 거닐었다. 발걸음 한 번씩 떼어놓을 때마다 부하들은 움찔거리며 긴장했다. 그렇게 한참을 오락가락하며 깊은 생각에 잠겨 있던 이시요가 무거운 목소리로 천천히 입을 열었다.

"아무리 피로 정자를 물들였다지만 그래도 난 서생 출신이네. 사람을 죽이는 것이 업인 백정이 아니란 말일세. 죽을죄는 면해주겠다만 이대로 용서할 수는 없어. 낭하로 끌고 가 군곤(軍棍) 40대씩 안기거라! 신음소리나 비명을 지르는 자는 그 자리에서 주검이 될 것이니, 그리 알라!"

밖에서 개 패는 듯한 매타작이 이어지는 동안 이시요는 점차 평상심을 회복해갔다. 부하들더러 "일어나라"고 명하고 난 그는 공안(公案) 앞으로 가 편안하게 자리에 앉았다.

"이번에 폐하를 알현하니 경사(京師)의 각 아문(衙門)의 규율이 산만하여 업무가 정상 궤도에 오르지 못하는 점을 크게 개탄하시었네. 보군통령아문은 도적을 잡고 비적을 소탕하는 주된 업무 외에도 백관들의 기강을 바로 세우고 각 아문의 규율을 정비하는 책임도 있네. 몇 만 명의 친병들을 거느리며 구성(九城)의 호위를 책임진 군무아문에 대한 폐하의 기대는 참으로 크셨네. 그 준엄하신 훈육의 핵심은 바로 우리 내부의 기강을 바로 세워 불온한 무리들을 숙청하여 타의 본보기가 됨으로써 경사의 여타 아문들이 더불어 일신우일신(日新又日新)하는 계기를 만들었으면 하는 것이었네. 이번에 광주에서 나를 따라 온 서른 명의 장교들은 밖에서야 무슨 짓거리를 하고 다니든 간에 누구 하나 부를 때 제자리에 없는 경우가 없네. 앞으로 상사의 말을 우습게 알고 경거망동하는 자들은 저처럼 좋은 꼴을 못 보게 될 것이네."

이시요는 가볍게 헛기침을 한 다음 계속 말을 이어나갔다.

"천리교가 도처에서 민심을 현혹하여 사교(邪敎)를 전염병처럼 퍼뜨리고 있다 하네. 직예(直隸), 산동(山東), 하남(河南)에선 하루가 다르게 세력이 커지니 사태가 심각하다는 보고를 받았네. 경기(京畿) 지역에도 일당들의 움직임이 포착되었네. 이름만 '천리교'라고 바꿨을 뿐 여전히 백련교의 잔당들이니 그 나물에 그 밥이라 하겠네!"

이시요가 목소리에 더욱 힘을 주었다.

"서부(西部)에는 곽집점(霍集占)의 회부(回部)의 난이 한창이고, 대만(臺灣)과 복건(福建) 일대에서는 저의가 불순한 비적들의 움직임이 예사롭지가 않네. 장강(長江) 이북의 여섯 개 성(省)에는 수해와 가뭄이 번갈아드니 백성들은 발붙일 데를 모르고 정처 없이 떠돌아다니고 있네. 그들이 사악한 무리들의 꾐에 넘어가 조정을 향해 도발해오고 악당들의 총알받이로 전락하는 날엔 자칫 삼척(三尺)의 동자(童子)마저 조정의 적으로 변해버리는 비극이 초래될 수 있네. 그리되면 이치쇄신과 민심안정 등을 위해 매진해오신 폐하의 노고가 모두 수포로 돌아가 버리지 않겠는가 말이야. 사정이 이러할진대 우리 신하된 자들이 이렇게 죽치고 앉아 정신이 해이해져 있을 때인가? 경사에 비적들의 수상한 움직임이 있을 시에 폐하께오선 오로지 이 사람의 책임만을 물으시겠다고 못박으셨네. 나 또한 자신 있게 군령장을 내렸고! 폐하께오선 내게 살인권을 주셨네. 내가 어떤 자의 목을 칠 것 같은가?"

서릿발같은 눈빛으로 좌중을 쓸어보며 이시요가 말했다.

"바로 내 차사를 그릇되게 만드는 장본인들이지! 상놈의 새끼들, 내 앞에서 까불었다간 뼈도 못 추릴 줄 알아!"

조용조용히 타이르듯 말하던 이시요가 갑자기 거친 욕설을 하니 부하들은 저마다 당황한 표정이었다.

"설이 다가오긴 했지만 비적들이 우리더러 편안하게 설을 쇠고 놀라고 가만히 놔두지는 않을 테지."

이시요가 말을 이었다.

"그러니 여러분들은 따끈한 아랫목에 엉덩이 붙이고 앉아 작패놀이나 할 생각일랑 일찌감치 집어치우는 게 낫겠네. 난 군기처의 차사도 봐야 하고 다른 업무도 많으므로 매일 아문으로 나올 순 없을 거네. 내가 없을 땐 무아마가 업무를 대리하도록 하세. 유사시 즉각 보고하고 각 병영의 군기를 바로 세워 조금이라도 별다른 움직임이 있을 시에는 절대 간과해선 아니 되겠네. 그리고 내가 자리에 있든 없든 서무관들은 제시간에 나오고 자리를 지켜주길 바라네. 차사가 귀찮아지면 당장 엉덩이 걷어차 내보내줄 테니 언제든지 말하게! 물론 일년에 한 번뿐인 큰명절인데 개가 보름 쇠듯 할 순 없겠지. 내일 내가 무아마, 투먼, 아청을 데리고 순영(巡營)을 하면서 병사들에게 어육(魚肉)이며 채소, 피복을 배분할 것이네. 문관들에게 줄 연화(年貨)는 지본청이 이팔오랑 상의하여 구입하여 나눠주도록 하게. 모두가 편안하고 즐거운 설 명절이 되었으면 하는 것이 우리의 바람이 아니겠나. 내 얘기는 이상 끝!"

말을 마친 이시요는 찻잔을 들어 꿀꺽꿀꺽 삼키고는 손사래를 치며 밖으로 나갔다. 측문 앞에 다다른 그는 소리 낮춰 이팔오에게 분부했다.

"가서 시대기라는 자를 불러오게. 그리고 주방에 연락하여 주안상을 정성 들여 마련해 놓으라고 전하고, 저녁에 내가 투먼과 아청을 불러 위로의 술잔을 돌리려고 하니 무아마더러 남으라고 하게. 우리가 광주에서 올 때 가져온 약재들을 의원에게 주어 보약이라도 한 제씩 지어 돌리라고 하게."

말을 마친 이시요는 뿔뿔이 흩어지는 사람들을 보며 가벼운 웃음을 터트리고는 두루마기 자락을 길게 날리며 떠나갔다.

이시요가 보군통령아문에서 크게 진노하여 휘하의 장군들에게 군곤 40대씩을 안긴 사실은 통령아문이 생긴 이래 처음 있는 일이었는지라 소문은 꼬리에 꼬리를 물고 삽시간에 만천하에 퍼졌다. 이시요가 아침 일찍 군기처에 나오니 벌써 몇몇 장경(章京)들이

문 앞에서 낄낄거리며 그 얘기를 하고 있었다. 개의치 않고 안으로 들어가니 우민중이 온돌에 앉아 책상을 마주하여 있었다. 한 손에 붓을 들고 한 손으로 팔목을 주무르는 모습이며 얼굴이 부스스한 것이 이제 막 잠에서 깬 것 같았다.

"어제도 날밤을 새운 거요? 눈밑이 시커멓게 죽었구만……"

태감 고운종이 웃는 듯 마는 듯 조용히 구석에 서 있는 걸 보며 그는 다시 물었다.

"폐하께 올릴 상주문을 기다리고 있는 중인가 보지?"

"예, 그렇습니다."

고운종이 급히 웃음을 덧칠하여 대답했다.

"우 중당께오선 어젯밤에도 뜬눈으로 지새우셨습니다. 회북(淮北) 일곱 개 현(縣)은 가을에 물난리를 겪었으나 산동 남부의 열두 개 현은 가뭄이 극심하지 않았습니까? 직예의 청하(清河), 헌현(獻縣), 보저(寶邸), 형대(邢臺), 삼하(三河), 무청(武淸), 거록(鉅鹿), 창주(滄州) 등지에서는 비적들이 설을 맞아 더욱 창궐하여 날뛰고 있다는 보고가 올라왔습니다. 우 중당께오선 밤을 새워 수해지역에다가 피해복구에 힘쓸 테니 협조를 당부하는 서찰을 띄우시고 비적들과 사교 무리의 현혹에 넘어가지 않게끔 경계하라는 내용의 공문을 적고 계셨습니다. 폐하께오서 사경(四更)에 기침하시어 서찰마다 주비(朱批)를 달아 주셨으니 이제 6백리 긴급으로 발송하는 일만 남았습니다."

태감의 말을 듣고 있는 사이에 기윤이 들어왔다. 문을 밀고 들어서자마자 그는 웃으며 말했다.

"이고도 자네가 어제 구문제독부를 혼비백산하게 만들었다며? 아침부터 서슬 푸른 자네를 만나고 나니 어째 불길한 예감부터

드는군!"

우민중은 지쳐서인지 아무 말도 하지 않은 채 그저 공감한다는 듯 미소를 지어 머리를 끄덕였다. 자리에서 일어나 온돌에서 내려선 우민중은 무거운 걸음을 터벅터벅 옮기며 방안을 거닐었다. 한참 후에야 그는 비로소 입을 열었다.

"방금 태감 왕렴이 지의를 전해왔소. 춘위 시험문제를 내려나 보오. 자네들이 오자마자 들라고 했으니 어서 들어가 보오."

기윤과 이시요가 급히 알겠노라고 대답했다. 기윤이 말했다.

"우 중당께선 정종(正宗) 도학파(道學派)시네요. 피곤해도 하품을 참고 기지개 한번 못 켜고 어떻게 삽니까? 예의에 크게 어긋나지만 않는다면 공부자(孔夫子), 맹부자(孟夫子)도 설마 뭐라 하겠습니까?"

우민중이 손으로 인당을 지그시 누르며 말했다.

"어려서부터 습관이 들어서인지 괜찮소. 사람이 있으나 없으나 마찬가지요. 공부자는 '할부정불식(割不正不食)'이라고 하여 고기도 네모반듯하게 썰지 않으면 고기 맛이 나지 않는다고 했소. 그건 수행의 규칙이오."

그러자 기윤이 말을 받았다.

"공자는 '도(道)'를 강조했을 뿐이지 그런 뜻은 아닌 것 같소. 열 사흘을 굶어 뱃가죽이 등에 붙은 사람에게 돼지 뒷다리를 가져다주면 과연 네모반듯하게 썰어 먹을 여유가 있을까?"

한마디 던지고 난 기윤은 곧 이시요를 데리고 건륭을 알현하러 갔다.

두 사람이 나란히 양심전 수화문으로 들어가니 태감 왕렴이 나와 맞아주었다. 그는 나직이 문후를 여쭈며 덧붙였다.

"잠깐만 기다리십시오. 폐하께오선 지금 심기가 불편하시어 황자들을 훈육하고 계십니다!"

이시요가 보니 과연 정원에는 시위와 태감들이 새우등처럼 구부정하게 숨죽이고 서 있는 모습이 예사롭지 않았다. 둘은 나란히 낭하에 서서 난각의 동정을 살폈다.

그러나 난각 안에서는 아무런 기척도 들리지 않았다. 둘은 숨죽이고 한참을 그 자리에서 꼼짝도 하지 못하고 서 있었다. 잠시 후 안에서 건륭의 성난 소리가 들려왔다.

"그 두 놈을 들여보내!"

밖에 있는 이시요는 흠칫 몸을 떨었다. 자신과 기윤을 두고 하는 말인 줄로 착각했던 것이다. 놀란 두 눈이 휘둥그레져 기윤을 보니 그가 고개를 저으며 아니라는 손시늉을 해 보였다.

이어 궁전 안에서 왕치의 나지막한 말소리가 들려왔다.

"폐하의 노기가 누그러드셨나 봅니다. 이제 들어가십시오, 두 분 마마! 들어가시어 천 번이고 만 번이고 용서를 구하시면 별일 없을 줄로 아옵니다……."

태감의 잔소리를 들으며 두 황자가 사은을 표하고 일어서 안으로 들어가는 발소리와 함께 머리를 조아리며 사죄하는 소리가 들려왔다.

"소자들이 잘못했사옵니다, 아바마마. 다시는 함부로 출궁하는 일이 없을 것이옵니다. 부디 화를 거두시옵소서. 소자들 때문에 아바마마의 옥체에 해가 된다면 소자들의 죄는 돌이킬 수 없을 것이옵니다……."

그제야 이시요는 두 황자가 착오를 범하여 건륭의 정훈(庭訓)을 받고 있다는 걸 알 수 있었다.

"방금 심한 말도 많이 했다만 너희들의 착오는 단 하나야. 자신의 체통에 먹칠을 했다는 거지."

건륭이 덧붙였다.

"자신의 신분을 망각했다는 것은 곧 명(名)을 잊었다는 거야. 성인께서는 명절(名節)을 중히 여김은 그 무엇보다 우선한다고 훈시하셨다. 명심하거라. '명(名)'은 '절(節)'보다도 더 중요하여 앞에 놓여 있다는 것을!"

"명심하겠사옵니다."

"출궁하여 투계주구(鬪鷄走狗)하고 화류 짓을 하지 않았다면 큰 과실을 범한 건 아니다. 각 부서로 다니며 정무에 대해 귀동냥하고 세상물정을 익힌다는 취지는 바람직하나 요인(妖人)들이 작당하여 물의를 일으키면 즉각 이시요나 지방관들에게 알려 조치를 취하도록 했어야지. 그랬더라면 오늘 이런 자리를 피해갈 수 있었을 뿐더러 짐은 그 행실이 가상하다 하여 상을 내렸을 테지. 헌데 너희들은 시정잡배들처럼 낄낄대며 구경이나 하고 돌아와서는 태감들과 농담이나 하고 있다니, 대국의 황자라고 할만한 자들이 자격이 있다고 생각하느냐?"

"지당하신 훈회이시옵나이다!"

"금지옥엽은 제쳐두고라도 너희들은 국가의 간성(干城)이고 이 나라와 명맥을 같이하는 휴척상관(休戚相關)의 황자들이란 말이야. 이게 바로 명(名)이라는 거다!"

"잘 알겠사옵니다!"

잠시 침묵하는 듯하던 건륭이 다시 말을 이어나갔다.

"게다가 천금지자(千金之子)는 좌불수당(坐不垂堂)이라고 했거늘, 너희들은 어찌 출궁하면서 경사방(敬事房)에 알리지도 않고 사부에게 허가도 받지 않았단 말이냐! 그러다 무슨 일이라도 생기면 어찌 감당할 셈이었더냐?"

그러자 황자 하나가 웃으며 해명하는 것 같았다.

"소자들은 경사(京師)의 연하(輦下)에서 설마 무슨 일이야 있으랴고 경사의 방금(防禁)을 철석같이 믿었사옵니다. 아바마마의 훈회의 말씀을 들으니 이제야 그 깊은 뜻을 알 것 같사옵니다 ...."

"알긴 뭘 안단 말이냐!"

건륭이 일갈하여 말을 잘랐다. 그리고는 냉소를 터트렸다.

"짐이 지금 너희들 신변을 염려해서 이러는 줄 알았더냐? 이시요가 병사들을 풀어 너희들까지 요인(妖人)들 무리에 섞여 있는 것을 목격했더라면 너희들이 앞으로 어찌 천금지자(千金之子) 노릇을 제대로 할 수 있었겠나 이 말이지! 미련한 것들 같으니라고! 가서 너희들의 사부인 기윤에게 물어봐!"

기윤과 이시요는 어리둥절하여 서로를 마주보았다. 왕치가 조심스레 주렴을 걷어올리자 기윤은 급히 이시요의 허리를 쿡 찌르며 함께 들어갔다. 여덟째 옹선(顒璇), 열 한 번째 옹성(顒瑆) 두 황자가 풀이 죽은 채 밖으로 나오고 있었다. 둘에게 길을 비켜주려고 하니 옹선이 말했다.

"사부님! 저희들이 잘못을 범하여 아바마마께오서 돌아가 사부님의 훈회를 들으라고 명하셨습니다."

기윤이 미소를 지은 채 머리를 끄덕이며 미처 무어라 말하기도 전에 안에서 건륭의 목소리가 들려왔다.

"허튼 소리 들어주느라 지체하지 말고 자네들은 어서 들게!"

"예, 폐하!"

기윤이 급히 대답하고는 두 황자를 향해 머리를 끄덕이고 눈짓을 해 보였다. 그리고는 이시요와 함께 난각으로 향했다.

예를 갖추며 훔쳐보니 건륭은 그리 화가 많이 난 표정은 아닌 것 같았다. 서안(書案) 위에 〈태종팔준도(太宗八駿圖)〉가 반쯤 펼쳐져 있었다. 혈옥패환(血玉珮環) 같은 골동품들도 여러 개 놓여 있었다. 보아하니 건륭은 골동품을 감상하던 중에 갑자기 두 황자를 불러 훈책을 했던 것 같았다. 온돌에 걸터앉아 그림 한 모퉁이를 들어 감상하고 있던 건륭이 물었다.

"경들은 지금 입궐했나?"

"신들은 입궐한 지 한참 됐사옵니다."

이시요가 얼떨결에 거짓말이라도 해버릴세라 다급해진 기윤이 먼저 아뢰었다.

"폐하께오서 황자마마들을 정훈하시고 계신 것 같아 감히 끼어들 수가 없었사옵니다."

그러자 이번에는 이시요가 입을 열었다.

"황자마마와 신들 사이에도 군신관계가 엄연하거늘 신들이 자리를 피하는 것이 황자마마들의 체통을 보존하는 데 나을 것 같았사옵니다."

건륭이 미소를 지으며 자리에 앉으라고 명했다. 그리고 숨을 길게 내쉬며 덧붙였다.

"사려가 날로 깊어 가는 걸 보니 이시요 자네도 많이 노련해졌군. 저들이 출궁했다 돌아오는 길에 짐이 거기서 이 그림과 패환들을 구입했다던 말이 떠올라 북옥황묘로 돌아서 왔다지 뭔가. 가서 보니 수천의 인파가 몰린 가운데 어떤 도사가 요술을 부려 약을 엄청나게 만들어내어 시약결연(施藥結緣)이라며 사람들을 유혹

하고 있더라는군. 그래서 시간가는 줄도 모르고 그 틈에 섞여 끝까
지 구경을 했다지 뭔가. 그것도 성에 차지 않아 돌아와서는 다른
황자들을 불러놓고 그 도사가 어찌어찌 '신통'하더라면서 당치도
않은 소릴 했다고 하네. 통 생각이 없는 아이들이라네!"

"마마들께오선 글공부만 하시다보니 여러모로 경험이 부족하
여 그런 실수를 범한 것 같사옵니다. 두 번 다시 똑같은 과오를
범하지 않을 줄로 아옵니다."

기윤이 잠시 뜸을 들이고 나서 덧붙여 아뢰었다.

"전적으로 사부인 신의 책임이옵나이다. 〈자치통감(資治統
鑑)〉을 가르칠 때 역대로 사악한 무리들이 양민들을 현혹하는 갖
은 수법에 대해 미리 가르침을 주었어야 했사옵니다. 부지자불괴
(不知者不怪), 즉 모르고 한 일에 대해선 용서받을 수가 있다고
했사오니 폐하께오서도 너무 크게 책하지는 말아 주셨으면 하옵
나이다."

그러자 이시요가 나섰다.

"순천부에서 이 사실을 신에게 보고했던 바가 있었사옵니다.
그때 신은 천리교(天理敎)든 홍양교(紅陽敎)든 그 실체가 백일하
에 드러나기 전까지는 경거망동해선 안 된다고 했사옵니다. 일단
소굴의 위치를 파악하여 면밀히 감시한 연후에 문제가 됐을 시
일거에 들어내어 버리는 것이 낫다고 생각했사옵니다. 연말연시
가 다가오니 신은 경기(京畿) 지역의 치안에 각별히 신경을 쓰고
있사옵니다. 가능한 한 명절 분위기를 고조시켜 태평성세의 경관
을 과시하면서도 한편으로는 미세한 움직임에도 촉각을 곤두세우
라고 명했사옵니다. 때가 되면 만국의 일취월장하는 기상을 경앙
하여 참배하러 오는 외국사절들이 운집할 텐데, 폐하의 대국(大

局)에 차질을 빚게 하는 날엔 저 이시요는 백 번 죽어도 그 죄를 용서받을 길이 없을 것이옵나이다!"

"역시 사려가 깊고 심지가 곧은 신하로군!"

건륭이 어느새 먹구름이 가신 밝은 표정을 회복하며 흡족한 표정을 지으며 덧붙였다.

"자신의 차사에 국한하지 않고 거국적인 고민을 할 수 있다는 것이 대신(大臣)의 풍모를 닮은 것 같네. 군기대신은 구문제독을 겸할 수 없다는 선제의 뜻에 따라 자네를 군기대신으로 들이지는 않았지만 군사상의 일은 경이 많이 챙겨야 할 것이네. 듣자니 어제 보군통령아문을 한바탕 들었다 놓았다며? 잘했네! 뒤에서 수군댈까봐, 또는 누군가 '눈 먼 돌'을 던질까봐 걱정하고 움츠러들지 말게. 짐이 아무리 관정(寬政)을 정책의 기조로 삼고 성조의 법을 따른다지만 무원칙한 방종은 절대 용납하지 않을 것이네. 인육(仁育)과 의정(義正)은 상부상조하는 것이니 경과 같이 물불 가리지 않고 치고 나가는 신하들이 필요하네! 근본이 뒤틀린 자들이 조정의 신료라며 껍죽대고 다니는 꼴은 결코 좌시할 수 없네!"

건륭의 격려에 이시요는 피끓는 감격에 정신이 황홀해졌다. 한동안 무수한 추측과 초조함에 가슴을 졸여왔던 그는 훈풍과 같이 따사로운 건륭의 말에 모든 불안을 한꺼번에 떨쳐낼 수 있었다. 무어라 사은의 답변을 멋지게 하고 싶었으나 마땅히 떠오르는 바가 없었다. 그러나 일순 건륭이 이치쇄신(吏治刷新)의 어려움을 개탄하니 더불어 깊은 한숨이 새어나왔다. 기윤 역시 가볍게 한숨을 지으며 서글픈 미소를 머금고 아뢰었다.

"양주(揚州)의 어떤 경박한 소년이 유명한 〈누실명(陋室銘)〉을 〈누리명(陋吏銘)〉이라 고쳐 놓아 현지에서 화제가 되고 있다

하온데, 폐하께서 들어보셨는지 모르겠사옵니다. 〈누실명〉에는 '산이 높지 않아도 신선(神仙)만 살면 명산이요, 물이 깊지 않아도 용(龍)만 살면 그만이다'라고 하지 않았사옵니까? 그 구절을 이 소년은 '관직은 높지 않아도 은자만 두둑하면 더할 나위 없고, 공자(孔子)를 몰라도 동자(銅子)만 알면 그만이다'라고 고쳤다 하옵니다."

"실로 신랄한 풍자이고, 정문(頂門)의 일침(一鍼)이 아닐 수 없네 그려."

건륭이 씁쓸한 미소를 지으며 말을 이어나갔다.

"이십사사(二十四史)를 쭉 훑어보면 이치가 중평(中平)이었을 때가 대부분이고 좋을 땐 거의 없었네. 누누이 강조하고 번번이 시도해도 다시 원점으로 돌아오는 그 놈의 이치, 어디 한줌 뿌리면 탐관오리들이 정신이 번쩍 들어 개과천선하는 영단묘약(靈丹妙藥)은 없을까? 됐네, 골치 아픈 얘기는 나중에 하도록 하고 오늘은 춘위의 시험문제 때문에 경들을 들라고 했네. 기윤, 자넨 비록 주시험관은 아니지만 학술이 뛰어나고, 이시요는 수재(秀才)치곤 엉성한 구석이 많으나 둘이 서로의 장단점을 보완하면 훌륭한 주제가 나올 거라 기대하네."

그러자 이시요가 빙그레 웃으며 입을 열었다.

"엉성한 구석이 많다고 하시니 생각나는 바가 있사옵니다. 전에 신이 수재 시험에서 '옹중(翁仲)'을 '중옹(仲翁)'이라고 잘못 적으니 폐하께오서 그 답안지를 읽어보시고 '어찌 '옹중'을 '중옹'이라 하는 착오를 범할 수 있단 말인가! 경의 문장 실력은 한림(翰林)에 들기엔 멀었으니 이따위 실력으로 춘위(春闈)를 범한 죄를 물어 산서통판(山西通判)으로 보낸다!'라고 하시어 신이 산서로 가지 않았사옵니까!"

그 뒤를 이어 기윤이 아뢰었다.

"폐하께서 신의 학술을 칭찬하시니 신은 황감하여 몸둘 바를 모르겠사옵니다. 학술을 논할라치면 폐하를 능가할 신하가 세상 천지에 어디 있겠사옵니까? 수백 년 동안 〈사서(四書)〉만 우려먹 었으니 웬만한 시험문제는 중복되어 응시생들의 실력을 정확히 파악하는 데 무리가 있는 것 같사옵니다. 지금쯤은 응시생들끼리 예상문제를 맞추느라 뇌즙(腦汁)을 있는 대로 짜내고 있을 것이 옵니다. 이럴 때일수록 신은 왕년의 편(偏), 괴(怪), 기(奇) 이 세 가지 출제원칙을 뒤집어 의외로 간단하게 출제하여 그 허를 칠까 생각하고 있사옵니다!"

그러자 건륭이 공감한다는 듯 머리를 끄덕였다.

"그게 좋겠네. 짐이 사서를 위편삼절(韋編三絶)했어도 그 속에 서 응시생들의 숨은 실력을 가감없이 발휘하게끔 출제할 수 있는 내용이 별로 없는 것 같네. 서안 위에 지필(紙筆)이 있으니 기윤, 자네가 적어보게. 첫 번째 제목은 공즉불모(恭卽不侮)가 어떻겠 나?"

이에 기윤이 급히 서안 앞으로 가 붓을 들어 적었다. 그리고는 잠시 생각하더니 아뢰었다.

"취지가 대단히 좋은 것 같사옵니다. 이에 사직천하(社稷天下) 를 연결시키면 뜻이 더욱 심오할 것 같사옵니다. 그리고, 뒤에 '축 타치종묘(祝鮀治宗廟)' 몇 글자를 덧붙이는 건 어떻겠사옵니까?"

"그래! 그게 좋겠네."

건륭이 크게 기뻐했다.

"첫 번째 제목은 이걸로 정하세."

건륭은 고개를 돌려 이번에는 이시요를 향해 말했다.

"자네도 하나 말해보게!"

이에 이시요가 잠시 생각하더니 대답했다.

"'인생칠십고래희(人生七十古來稀)'와 '만승지국(萬乘之國)'을 이어놓는 건 어떨까 하옵니다."

건륭이 머리를 끄덕이는 걸 본 기윤이 이시요가 말한 대로 적었다. 두 제목을 나란히 적어놓고 보던 기윤이 아뢰었다.

"군주와 종묘사직은 모든 것에 우위하니 '만승지국'을 앞에 놓는 게 좋겠사옵니다."

그러자 건륭이 말했다.

"그건 자네 맘대로 하고 하나 더 출제해 보게."

그러자 기윤이 미리 생각해 두었던 듯 곧바로 대답했다.

"방금 불현듯 떠오른 바로는 '천자일위(天子一位)'와 '자복요지복(子服堯之服)'이 어떨까 하옵니다. 성재(聖裁)를 부탁드리옵니다."

이같이 말하며 그는 써놓은 글씨를 건륭에게 두 손으로 받쳐 올렸다.

건륭은 한번 읽어보고는 만족스레 옥새를 꺼내어 힘껏 눌러 찍었다. 그리고는 종이를 조심스레 접어 금띠를 박은 통봉서간(通封書簡)에 넣고 겉봉에 몇 글자 적어 단단히 밀봉했다. 그런 다음에 벽 모서리께에 있는 커다란 금궤(金櫃)를 열고 두 손으로 서간을 받쳐 안에 넣고는 자물쇠를 굳게 잠갔다. 그제야 습관처럼 두 손을 비비며 자리로 돌아와 앉은 건륭이 말했다.

"열쇠는 짐에게만 있네. 태감들이 감히 몰래 열어 보았다간 즉시 죽음이지. 제목은 경들과 짐 세 사람만 알고 있으니 자칫 기밀이 새어나갔을 시엔 군신간의 의(義)도 없고 공(功)과 정(情)도 흔적을 찾아볼 수 없을 줄로 알고 있게. 장정옥(張廷玉)의 동생 장정로(張廷璐)는 바로 시험문제를 유출시킨 혐의로 요참(腰斬)을 당했지. 서시(西市)에서 처형당했는데, 상반신이 저만치에서 따로 나뒹굴어도 죽지 않더군. 그러면서 피를 손가락에 찍어 땅바닥에 비뚤비뚤하게 무려 일곱 개의 '참(慘)'자를 적더군. 경들은 절대 그런 자의 전철을 밟지 않길 바라네!"

건륭이 서글픈 미소를 지으며 옹정(雍正) 연간에 있었던 공포스런 사실을 들려주었다. 도란도란 마치 까마득한 옛 추억을 더듬듯 하는 건륭의 이야기에 귀기울이던 기윤과 이시요는 주체할 길 없이 엄습해오는 한기에 오싹 소름이 끼쳤다. 기윤이 애써 웃음을 머금으며 아뢰었다.

"춘위는 국가에서 인재를 선발하는 중요한 행사이고, 폐하의 막대한 성총과 신임을 입어 기추요무에 참여할 수 있는 것만 해도 일신의 무한한 광영이온데 어찌 신들이 감히 견리망의(見利忘義)하여 자신의 목숨을 희롱할 수가 있겠사옵니까?"

"경들이 절대 그럴 순 없으리라는 걸 알면서도 짐이 노파심에서 한 소리이네."

건륭이 여전히 그 의중을 가늠할 길 없는 미소를 지은 채 화제를 바꾸었다.

"요즘 들어 사교(邪敎)들의 움직임이 예사롭지 않나 본데, 우민중은 그래서 어젯밤에도 뜬눈으로 지새웠다고 하네. 보아하니 조정에도 '연말연시'가 있는 것 같네. 백성들은 빚잔치와 빚독촉에 연말연시를 실감한다고 하더니 조정으로선 악의 무리들이 선량한 양민들을 종용하여 변란을 일으킬 위험수위가 클수록 연말을 느낄 수 있는 것 같네. 그렇다고 일년에 한 번뿐인 큰명절에 백성들에게 일체의 대외활동을 금지할 수도 없고. 말이 좋아 '천리교'지 여전히 백련교의 무리들이 창궐하여 날뛰는 게 분명하네! 서부 변방도 불안하고 산동(山東)은 국태(國泰) 사건으로 복잡하니 문사(文事)이든 무사(武事)이든 간에 각별히 유의해야 할 것이네. 차질이 생기면 그쪽 주관(主官)은 결코 책임을 면키 어려울 것이니 그리 알게!"

"예, 폐하!"

기윤이 급히 대답했다. 그리고는 탐색하듯 여쭈었다.

"류용(劉鏞)이 지금 산동에 있사옵니다. '국태 사건' 때문에 내려간 줄로 아옵니다만 재해복구와 비적들의 동태에 대해서도 함께 처리케 하는 것이 어떨까 하옵니다."

이시요도 동조하고 나섰다.

"국태의 산동순무(山東巡撫) 직책은 아직 박탈하지 않고 있사오니 조사 받는 기간에 불안하여 차사에 진력할 수 있을지가 의문이옵나이다. 류용도 사건을 담당하고 있으니 그곳 민정에 심혈을 기울일 여유가 없을 것이옵니다. 동행한 화신(和珅)이 유능하고 약삭빠르오니 그에게 권력을 내리시어 민정의 공백을 막아 보는 것이 바람직할 듯하옵니다."

건륭은 잠시 생각에 잠기더니 곧 머리를 내저었다.

"짐이 봤을 때 화신 그 친구는 인사(人事)에는 영악하고 능하나 정무(政務)에는 그리 관심을 두는 것 같지가 않네. 작은 일에 능하다 하여 큰일도 거뜬히 차고 나갈 거라는 생각은 오산이네. 우민중이 이 일을 관장하고 있으니 알아서 할 것이네. 그리고 십오황자가 내일 산동으로 출발하니 어느 정도는 독찰(督察)을 할 것이네.

짐으로선 당장 시급한 것이 인재 선발인지라 이번 춘위에 거는 기대가 각별하네. 진정한 석유(碩儒)들은 팔고문장(八股文章)에 서투른 경우가 더러 있으니 고관(考官)들은 그것까지 감안하여 인재를 선발해내는 탁월한 안목이 필요하네. 꼭 시험에만 얽매일 게 아니라 평소에 잘 봐둔 사람이라도 있으면 경들도 짐에게 천거하게."

그러자 이시요가 아뢰었다.

"응시생들 중에는 인재가 제제(濟濟)하옵니다. 신들의 혜안도 필요하겠지만 저들의 운수도 한몫 하리라 생각하옵니다."

이시요가 이같이 말하며 조석보를 비롯한 여러 거인들이 회문(會文)하던 광경을 건륭에게 전했었다. 그리고는 조석보의 문장 실력을 크게 평가하니 귀기울여 듣고 있던 건륭이 웃으며 말했다.

"좋은 문장은 베껴서 짐에게 올리도록 하게! 그럼 오늘은 이만하고 물러가 일들을 보게!"

"예, 폐하."

기윤과 이시요가 예를 갖추며 물러났다.

건륭은 숨을 길게 들이마셔 내쉬며 난각 모퉁이에 있는 자명종을 보았다. 왕치가 종종걸음으로 들어와 얼굴을 온통 웃음으로 도배하고 아뢰었다.

"폐하께오선 어젯밤에도 늦게 침수에 드시고 오늘은 신새벽에 기침하셨사옵니다. 여태 다과를 몇 개 드신 것이 전부이온데, 지금 쯤은 시장하실 것이옵니다. 선(膳)을 부를까요?"

"됐네."

건륭이 자리에서 일어나며 말했다.

"짐은 부처님께 문후 올리러 다녀와야겠네. 부처님께오서도 지금쯤이면 선을 들고 계실 터이니, 거기 가서 얻어먹으면 될 것이네."

말을 마친 건륭은 곧 갱의(更衣)를 명했다. 두 궁녀가 서둘러 옷을 갈아 입혀주는 사이 왕치는 자녕궁(慈寧宮)에 어가(御駕)가 납신다는 전갈을 보내고는 건륭의 담비가죽 외투를 들고 나왔다.

"바깥바람이 차갑사옵니다. 든든히 입으시는 게 좋을 듯하옵니다……."

건륭은 가타부타 아무 대답도 하지 않고 입혀주는 대로 내맡기고는 궁전을 나섰다. 과연 바깥에 나서자마자 찬바람이 정면으로 불어닥쳤다. 고개를 들어보니 반쯤 개인 하늘에 짙은 구름 사이로 태양이 희끄무레하게 보였다. 궁전 입구에서 바람에 몸을 맡기고 잠시 말이 없던 건륭이 입을 열었다.

"왕렴은 내무부 사직고(四直庫)로 가서 담비외투 중에서도 두터운 것으로 세 벌 취하여 병부(兵部)더러 6백리 긴급편으로 서녕(西寧)에 있는 아계, 조후이, 하이란차에게 보내주라고 하거라."

분부를 마치고 그는 서둘러 걸음을 떼었다.

자녕궁은 여느 때와 변함없이 따뜻하고 온화한 분위기가 봄날 같았다. 태후는 침대 위에서 지패(紙牌)를 펴놓고 있었고, 옆에서는 정안태비(定安太妃)가 무릎을 꿇고서 지패를 들여다보고 있었다. 등뒤에는 이십사복진(二十四福晉)이 무릎을 꿇고서 등을 토닥토닥 두드려주고 있었다.

건륭이 들어서는 걸 본 태후가 반색하여 손에 들고 있던 지패를 내려놓으며 말했다.

"어서 오세요, 황제! 아들들을 눈물 쏙 빼게 훈육하더니 어미에게 문후 여쭈러 드셨습니까. 여기서 선을 드시고 싶으시다고요?

여긴 재계(齋戒) 중이라 소찬담미(素餐淡味)뿐이니 먹을 게 없습니다. 그래서 특별히 왕씨를 불러 몇 가지 음식을 새로이 만들어 내라고 했습니다. 이 늙은이랑 몇 마디 주고받다 보면 곧 선탁(膳卓)이 들어올 겁니다."

건륭이 웃으며 태후에게 문후를 여쭈었다. 뒤늦게 조후이와 하이란차의 부인들인 정아(丁娥)와 하운(何雲)도 들어와 있는 걸 발견한 건륭이 웃음을 지어 보였다.

"예는 면하도록 하게. 그렇지 않아도 여기도 추위가 심상찮은데, 청해(靑海)는 혹한이 살인적일 것 같아서 짐이 특별히 담비외투를 자네 남정들에게 하사하기로 했네. 일품명부들이 되더니 복색부터 달라져 어디 한눈에 알아나 보겠는가!"

건륭이 흡족한 미소를 지어 보이며 이번에는 정안태비와 이십사복진을 향해 말했다.

"두 사람은 부처님을 잘 시봉하게. 일부러 내려와서 행례할 거 없네."

이같이 말하며 건륭은 온돌께에 비치된 의자에 앉았다.

"하해 같으신 성은에 삼가 사은을 표하옵나이다."

하운과 정아가 몸을 낮춰 예를 갖추었다. 둘 다 회임 몇 개월째에 접어들었는지라 배가 불룩했다. 건륭의 따가운 눈길이 쑥스러워 둘은 비스듬히 태후 쪽으로 돌아앉아 건륭을 반쯤 등졌다. 하운은 워낙 수줍음을 많이 타는지라 미소를 머금고 있을 뿐 말이 없었지만 정아는 워낙에 하고픈 말은 참지 못하고 다 해야 하는 성격이었다.

"폐하의 성은은 실로 하늘보다도 더 크고 넓사옵니다! 허구한 날 코 빨아먹으며 말썽 일으키는 재주밖에 없는 아들녀석을 차기

교위(車騎校尉)로까지 봉해주시니 실로 그 하늘과 같은 은공을 어찌 갚아야 할지 모르겠사옵니다. 어제 그 녀석을 자기 아비가 있는 곳으로 보냈사옵니다. 모든 것이 네 아비가 빙천설지(氷天雪地)에서 폐하를 위해 목숨걸고 싸워 폐하의 성총을 입은 덕분이니 차기교위를 하사받았다 하여 으스대고 다니지 말고 가서 아비를 거들어드리고 진짜 교위로 거듭나기 위해 피나는 노력을 하라고 등 떠밀어 보냈사옵니다. 화무십일홍(花無十日紅)이요 권불십년(權不十年)이라고, 노력 없이 장구하게 향유할 수 있는 것이 어디 있겠사옵니까?"

그러자 하운이도 뒤를 이었다.

"그렇사옵니다. 신첩의 친정 쪽에 땅이 어마어마하게 많은 만석꾼 부자가 있었사오나 내리막길을 걷기 시작하니 순간이었사옵니다. 그 많던 유모와 시녀들이 온 데 간 데 없고 그 많던 땅들이 전부 남의 손에 넘어가 하루아침에 알거지가 되어 길바닥에 나앉는 것이었사옵니다. 그 콧대 높던 자손들이 뿔뿔이 흩어져 밥 한 술이 아쉬워 남의 집으로 팔려가는 걸 보니 새삼 인생의 무상함에 서글펐사옵니다."

두 여인이 번갈아 가며 의미심장한 이야기를 하는 통에 지패놀이에 여념이 없던 태후도 귀를 기울이느라 멍하니 정신이 팔려 있었다. 눈빛이 형형한 건륭은 연신 머리를 끄덕이며 한숨을 지었다.

"한편의 화려한 문장보다 더 설득력 있는 이야기들이네. 황자들에게도 들려주었으면 좋았을 텐데……. 천명(天命)의 무상함이 얼마나 무서운지를 통 모르는 녀석들이거든!"

이같이 말하던 건륭이 태후를 향해 물었다.

"어마마마, 여덟째와 열한 번째가 문후 여쭈러 다녀갔사옵니까? 또 울상이 되어 아비에게 혼났노라고 고자질이나 하고 갔겠죠? 눈물 쏙 빠지게 혼 좀 내주세요. 옹기는 워낙에 약골이라 그렇다 치고 나머지 사지가 멀쩡한 아이들은 전부 차사를 주어 밖으로 내보낼 생각이옵니다. 하오나 소자가 그 아이들을 너무 혹사시킬까봐 염려하지는 마세요. 어디까지나 사람 만들어 늠름하고 대범한 금지옥엽으로 키우려는 깊은 애정의 발로이니까요."

"염려는 무슨!"

태후가 웃으며 말을 이었다.

"그 아이들이 이 할미에게 고자질한 건 아무 것도 없어요. 문후만 곱게 여쭈고 갔는 걸요."

긴소매를 반쯤 접어 올리고 태후의 등을 토닥여주던 이십사복진은 여러 번 자신을 훔쳐보는 건륭의 눈빛과 맞닥뜨리고는 얼굴이 빨갛게 달아올랐다. 지패를 거둬들이는 태후를 도와 지패를 챙기며 이십사복진이 웃으며 건륭에게 말했다.

"황자마마들께오선 얼마나 착실하고 학문이 깊은데 폐하께오선 만족하지 못하시는 것이옵니까. 옹선의 시와 옹성의 그림을 보니 신첩은 잘은 모르오나 밖에서 명품이라며 사들인 것보다 더 훌륭한 것 같았사옵니다. 그리고 폐하, 옹성이 그러는데 태후부처님을 위해 만들고 있는 금발탑(金髮塔)이 여전히 금이 부족하여 애를 먹고 있다 하옵니다. 신첩이 2백 냥 정도 갖고 있는 걸 내놓겠다고 하니 부처님께오선 웃으시면서 나무라시옵니다. 어디서 몇만 냥 정도만 더 구할 수 없겠사옵니까, 폐하?"

그녀는 강희의 막내아들인 함친왕(諴親王) 윤비(允祕)의 재취복진(再娶福晉)이었다. 만주의 옛 성(姓)은 오아씨(烏雅氏)였다.

건륭의 조모의 친정조카이자 막내숙부의 부인이니 건륭에게는 친
숙모인 셈이었다. 그러나 윤비가 워낙 젊기에 오아씨는 이제 스물
일곱 살밖에 되지 않은 젊은 여인이었다. 성격이 활달하여 늘
웃음을 달고 있고 건륭과 말할 때도 거리낌없는 모습으로 일관해
왔다. 그러는 오아씨를 별로 유의하지 않았던 건륭이지만 오늘따
라 어쩐지 그 맑은 봉황(鳳凰)같은 눈에 추파가 일렁이는 것 같았
고 평소엔 조금 거슬리게 느꼈던 큰 웃음소리도 옥쟁반에 옥구슬
굴러가는 것처럼 듣기 좋았다. 주체할 수 없는 심경의 변화를 느끼
며 그가 말했다.

"염려하지 마세요, 숙모. 그깟 금 몇 만 냥을 어디가면 못 구하겠
습니까? 호부의 금고에서 두어 덩어리만 꺼내 쓰면 될 텐데…….
오늘은 어쩌다 입궐하신 것 같은데, 모처럼 부처님을 즐겁게 해드
리세요. 짐을 대신해 효도해 주신다면 얼마나 좋겠습니까?"

그러자 오아씨가 흘러내린 귀밑머리를 쓸어 올리며 수줍게 볼
우물을 팠다.

"저야 뭐 재잘대는 재주밖에 더 있사옵니까! 이십사숙(二十四
叔)의 병이 어제오늘 더 악화되는 것 같아 화친왕(和親王)의 복진
이랑 같이 낭낭묘로 약을 구하러 가려고 나섰더니 홍주(弘晝)가
절대 그런 사교를 믿어선 안 된다며 방방 뛰는 바람에 그냥 왔다는
거 아닙니까! 영감님은 또 생사가 유명하거늘 약을 먹으면 무얼
하고 병을 봐선 무얼 하느냐며 식음을 전폐한 채 저러고 있사옵니
다. 신을 믿어서도 안 된다, 약을 먹지도 않겠다니요! 그럼……."

오아씨가 급히 입을 막으며 말길을 돌렸다.

"부처님께 여쭸더니 부처님께오서 자녕궁 뒤편의 작은 불당에
서 관음보살에게 향을 사라 발원해 보라고 권하시어 지금 화롯불

을 피워놓고 한기(寒氣)를 쫓고 있는 중이옵나이다!"

온돌에 앉아있는 태후와 정안태비는 노안(老眼)으로 눈이 침침하여 지패를 들여다보느라 여념이 없고, 하운이와 정아는 벌써 건륭과 오아씨 둘 사이에 심상찮은 눈치를 느낀 듯 자리에서 일어났다. 정아가 말했다.

"집에 할 일도 많은데 어딜 가면 이렇게 퍼져 앉아있으니 대책이 없사옵니다. 남정에게 서찰을 보내어 황은에 겨운 즐거움도 쏟아낼 겸 신첩은 이제 그만 물러가야겠사옵니다."

그러자 태후가 웃으며 말했다.

"둘 다 여간 싹싹하고 영악해야 말이지! 이 늙은이가 심심하지 않게 짬을 내어 자주 들게."

건륭도 거들었다.

"필요한 물건이 있거나 집안에 무슨 일이 있으면 입궐하여 황후께 아뢰도록 하게. 직접 내무부에 말해도 좋고. 오다가다 아계의 부인을 만나면 짐의 말을 전해주게."

흡족한 미소를 지어 두 사람이 물러가길 기다렸다가 건륭이 태후에게 말했다.

"금발탑을 만드는 건 소자의 소망이었사옵니다. 빗질에 떨어진 부처님의 모발을 한 올도 빠짐없이 소장할 것이옵니다. 어마마마께서 근검소박하신지라 금발탑을 그리 탐탁하지 않게 여기신다는 건 알고 있사옵니다. 하오나 이는 소자의 효심이고 후세의 태후들로 하여금 어마마마를 부러워하게끔 만들고 싶은 소자의 욕심이옵나이다! 대청의 극성시대를 구가하고 있는 이 시점에서 그 또한 기상의 표현이 아니겠사옵니까! 정 금이 부족하면 탑 밑부분은 적당히 은자를 섞어가면서라도 꼭 완공하고야 말 것이옵니다. 화신이 지금은 외차(外差) 중이오나 그 친구가 돌아오면 무슨 수가 나올 것이옵니다."

말하는 사이 선탁이 들어왔다. 정안태비는 곧 작별을 고하고 물러갔다. 오아씨 역시 "작은 불당에 다녀오겠다"며 물러가자 건륭이 분부했다.

"만선(晩膳)은 황후에게 가서 먹을 것이니 왕씨더러 때가 되면 그리로 가서 시중들라고 하라."

이같이 명하고 난 건륭이 덧붙었다.

"누가 양심전으로 가서 종이를 누를 때 쓰는 여의주(如意珠)를 가져다 작은 불당에 있는 오아씨에게 상으로 내리라고 하라."

그제야 선탁에 마주앉아 수저를 드니 태후가 가볍게 탄식을 했다.

"황제! 이 어미는 비록 바깥출입은 모르고 살지만 문후 여쭈러 드는 사람들에게서 귀동냥한 소리는 꽤 됩니다. 적잖은 곳들이 재해를 입어 난리를 겪고 있다면서요? 어떤 곳은 상황이 극심한 걸로 아는데, 개류절원(開流節源)이 필요할 것 같습니다!"

이에 건륭이 피식 웃음을 터트렸다.

"어머니, 금발탑 하나 만드는데 무슨 개류절원씩이나 운운하십니까!"

"그래도……."

태후가 말을 이었다.

"요즘 재원(財源)이 곤곤래(滾滾來)하는 걸 보면 성조나 선제 때와는 비교도 안 되게 많은 건 잘 압니다. 허나 많이 들어와도 나가는 것 또한 어마어마하답디다! 원명원 재건축도 생각하면 머리가 지끈지끈한데 거기다 서부는 은자를 자루째로 던져도 부족하니 금산(金山), 은산(銀山)을 껴안고 산들 어찌 염려하지 않을 수 있겠습니까! 화신이 돌아오면 방책이 나온다고 하지만 그 사람도 금을 누고 은을 싸지 않는 이상 무슨 뾰족한 수가 있을라고요! 해봤자 그 털 뽑아 그 구멍에 박는 식이겠죠. 이 늙은이는 인간세상의 복이란 복은 다 누려봤으니 이젠 여한이 없습니다. 자나깨나 자손들이 잘되길 기도하고 염원하며 선제에게로 갔을 때 자손들에게 무슨 짓을 했느냐며 꾸지람만 안 들으면 더 이상 바랄 게 없습니다. 우리가 근검절약하여 필요한 곳에 내려보내면 그 돈으로 수많은 사람들이 사지에서 헤어날지도 모르거늘 그만한 적덕(積德)이 어디 있겠습니까?"

건륭이 수저를 놀리며 연신 머리를 끄덕였다. 대충 배가 부르자 상을 물리고 다가가 태후의 등을 토닥여주며 말했다.

"천만 지당하신 말씀입니다. 소자, 가슴에 아로새기겠습니다! 재해복구에 있어 소자는 어마마마 못지 않게 전력투구하는 편입니다! 식량이면 식량, 약이면 약, 의복이면 의복 있는 대로 남김없이 보내주곤 합니다. 그러면 뭘 합니까? 가증스런 아랫것들이 층층이 떼어내고 잘라내니 복분(覆盆)의 대우(大雨)일지라도 저 밑으로 내려가 보면 한낱 가랑비에 불과한 걸요! 소자의 효심은 천성입니다. 소자는 효도에 있어 만천하의 효시가 되고 싶습니다. 효(孝)를 강조하는 것은 효가 있음으로 하여 비로소 충(忠)이 존재할 수 있기 때문입니다. 숭문문(崇文門) 관세(關稅)와 의죄은자(議罪銀子)를 사용하는 것은 물론 따지고 보면 모두 백성들에게서 긁은 혈전(血錢)이긴 합니다만 필경 직접적으로 백성들에게 가렴주구를 안기고 갈취한 돈은 아니라는 겁니다. 화신은 군정, 민정엔 큰 재목감이 못되어도 이재엔 탁월한 재주가 있는 자입니다. 세상이 워낙 크고 신경 써야 할 부분이 워낙 엄청나니 모든 일을 주도면밀하게 챙긴다는 것은 실로 어려운 일입니다. 그럼에도 소자는 모든 일에 만전을 기하고자 이리 밤을 꼬박꼬박 지새워 가며 정무에 매달리는 게 아니겠습니까?"

이같이 말하긴 했지만 건륭으로서도 한편으론 걱정이 없는 건 아니었다. 필경 의죄은자와 관세수입은 공금이니 대내(大內)로 귀속시키는 게 당연했다. 그런데, 어떤 이유에서든지 관은(官銀)을 황실의 '용돈'으로 유용했으니 태후에게야 대충 얼버무려 넘겼다지만 문무백관들은 속일 수 없을 것이다. 이 두 가지 재원(財源)을 명문화하여 조서를 내리지 못하는 건륭의 숨은 고민이 여기에 있었다. 그렇다고 막대한 지출이 들어가는 자금성과 원명원 두 곳의 재정을 당당하게 호부에 손을 내밀 수만도 없는 일이었다.

주거니받거니 모자간에 가사에서 국사를 넘나들며 도란도란 이야기를 주고받는 사이 태후는 어느새 눈꺼풀이 점점 무거워지고 있었다. 진미미(秦媚媚)더러 잠자리를 잘 봐 드리라고 명하고 난 건륭은 조용히 자녕궁에서 나왔다. 시계를 보니 오시(午時) 초였다. 건륭은 궁문 밖에서 시중들고 있는 왕치에게 명했다.

"짐이 피곤하여 여기서 잠깐 쉬었다 갈 테니 너희들은 양심전으로 돌아가도록 하거라. 왕렴더러 종수궁 밖에서 기다리고 있으라고 하라. 미시(未時)에 짐이 궁으로 돌아갈 테니."

왕치는 대답과 함께 물러갔다. 건륭은 홀로 산책하듯 걸음을 천천히 옮겨 영항을 따라 북으로 향했다. 종수궁 문 앞에서 잠시 망설이던 그는 작은 불당으로 들어갔다.

때는 정오인지라 태감들은 점심을 먹으러 가고 없었다. 작은 불당의 몇몇 비구니들도 서쪽 별채에서 공양 중이었다. 담을 사이에 두고 나직이 독경을 하는 소리가 들려 정원은 더욱 한적해 보였다. 건륭은 천천히 걸으며 동학(銅鶴)을 만져보고 향로를 유심히 들여다보며 오아씨가 있을 법한 방으로 향했다.

분재가 여러 개 놓여 있는 방 앞으로 다가가 창문 너머로 보니 과연 오아씨가 관음당 앞에 앉아 있는 게 보였다. 안으로 성큼 들어서며 건륭이 말했다.

"공과(功課)에 열심이시네요, 숙모님!"

"어머, 폐하!"

오아씨는 벌써 건륭의 기척을 눈치채고 있었으면서도 일부러 놀라는 척 호들갑을 앞세우며 부들방석에 무릎을 대고 머리를 조아렸다. 입가엔 주체할 수 없는 미소가 걸려 있었다. 다소곳이 고개를 숙이고 말이 없는 오아씨를 보며 건륭이 웃음을 지어 보였다.

"선탁을 물리고 몇 걸음 산책하던 중이었습니다. 숙모님이 여기서 숙부님을 위해 향을 사르고 계신다는 생각이 불현듯 들어 저도 향이나 하나 올릴까 하여 들었습니다. 따지고 보면 이십사숙은 짐보다도 여섯 살 연하입니다. 어려서는 같이 글공부하고 말 타고 화살을 날리며 그야말로 즐거운 시간을 보냈는데, 숙부님은 벌써 몇 년 동안 병상신세를 지고 있다니 참으로 안타까운 일이 아닐 수 없습니다."

이같이 말하며 건륭은 불안(佛案) 앞으로 다가가 삼주향(三炷香)을 뽑아 불등(佛燈)으로 붙여 두 손으로 향로에 꽂았다. 한 걸음 물러나 두 손을 합장하여 몇 마디 불경을 읊고는 손으로 안내했다.

"동청(東廳)으로 잠깐 드시죠, 숙모님. 오랜만에 숙모님이랑 단둘이서 얘기나 나눠보게."

동청은 관음불당 동쪽에 위치한 휴식처였다. 실은 관음불당과 연결되어 있는 세 칸짜리 대청(大廳)으로서 후궁들이 예불을 마치고 쉬어 가는 곳이었다. 건륭의 참뜻을 벌써 눈치챈 오아씨는 주변에 사람이 있나 없나 그것부터 먼저 살폈다. 가슴이 콩닥콩닥 뛰고 얼굴이 발갛게 상기된 그녀는 망설이는 척하면서도 어느새 자리에서 일어났다. 비구니 하나가 때맞춰 나타나자 그녀는 곧 마음을 다잡고 분부했다.

"폐하께오서 함친왕을 위한 향배를 올리고자 드셨으니 차를 올리거라!"

건륭을 따라 동청에 들어 잠깐 어색한 침묵에 눌려 있으니 비구니가 찻잔을 쟁반에 받쳐들고 들어왔다. 그러자 건륭이 말했다.

"찻잔만 내려놓고 나가보거라. 짐은 조용히 있고 싶으니 따로 시중들 것 없이 멀리 나가 있거라."

비구니가 대답과 함께 물러가자 방안에 있는 오아씨의 얼굴은 더욱 붉어지고 손가락은 애꿎은 옷자락만 감았다 풀었다 하며 몸둘 바를 몰라했다. 그러던 그녀가 갑자기 피식 웃음을 터뜨렸다. 이에 정욕으로 붉어진 눈빛을 반짝이며 건륭이 물었다.

"뭐가 그리 좋은가?"

"폐하께오서……."

여인이 수줍어하면서도 고개를 번쩍 들었다.

"아까 불경을 염송하시는데, 신첩은 하나도 못 알아들었사옵니다."

분홍색으로 물든 봉숭아 같은 얼굴에 애교를 찰랑이며 여인은 어느새 반쯤 허물어지고 있었다. 그러자 건륭이 말했다.

"하기야 짐도 무슨 뜻인 줄 모르니 그럴 법도 하지. 범어경주(梵

語經呪)라는 건데, 재해(災害)를 물리치고 만병을 퇴치시켜 주십사 하는 뜻이 담겨 있다고 들었네."

이에 오아씨가 깔깔대며 웃었다.

"폐하께선 명실공히 거사(居士)이시오니 이제 그 기도를 들으시고 옥황상제께서 이십사숙의 병을 고쳐주실지도 모르겠네요?"

그러자 건륭이 너털웃음을 터트렸다.

"옥황상제까지는 몰라도 관세음보살은 필히 짐의 기도를 들어주실 거네."

이같이 말하며 건륭이 손을 내밀어 차주전자를 잡으려 하니 오아씨가 급히 섬섬옥수를 내밀어 차 한 잔을 따라 올렸다. 그러자 때를 기다렸다는 듯이 건륭이 덮치듯 여인의 손목을 잡았다.

방안은 일순 진공상태에 빠진 듯 굳어지고 말았다.

15. 떠도는 소문

잡힌 손을 빼지도 못한 채 오아씨는 앉지도 서지도 못하고 엉거주춤 허리를 구부리고 서 있었다. 봉숭아처럼 발갛게 달아오른 볼에 수줍은 이팔소녀의 웃음을 띄우며 한참 후에야 그녀는 낮은 소리로 속삭이듯 말했다.

"폐하…… 이러다…… 누가…… 보기라도 하면……."

이에 건륭이 희소(嬉笑)를 터트렸다.

"볼 테면 보라지, 누가 감히 입방아를 찧을까? 주전자 내려놔. 어찌 그리 수줍음이 많아?"

오아씨가 주전자를 잡은 손을 풀고 일어서니 건륭은 순식간에 여인을 와락 품속에 끌어안았다. 도홍(桃紅)의 얼굴에 눈을 반쯤 감은 여인은 사내의 정욕을 사정없이 부채질했다. 가볍게 그 얼굴에 입을 갖다대고 빙그레 웃으며 건륭이 속삭였다.

"숙모는 무슨, 처제라면 모를까! 진짜 오늘 보니 요정이 따로 없군. 이렇게 이십사숙을 홀려 진이 다 빠져서 저리 빌빌대는 건 아닌가?"

워낙에 음기가 성하여 유난히 남정의 품을 밝히는 오아씨였다. 그런 그녀가 수년 동안 과부 아닌 과부 노릇을 하고 있었으니 나이는 윤비보다 몇 살 연상이라곤 하나 보기에 훨씬 어려 보이는 건륭의 넓은 가슴에 안긴 느낌은 황홀함 그 자체였다. 건륭의 손길에 몸을 내맡긴 채 여인은 한줌 솜처럼 나른해져 갔다. 고개를 그 가슴에 힘껏 파묻은 채 어린애 옹알이 하듯 여인은 말했다.

"폐하, 이러시면 아니 되옵니다……. 나이는 어려도 따지고 보면 엄연히…… 숙모 뻘인데…… 어찌…… 처제라 하시옵니까 ……."

"짐이 처제라면 처제인 거야……."

"폐하…… 너무 딱딱하여…… 배꼽이…… 구멍나겠사옵니다……."

"용근(龍根)이야, 용근! 딱딱하고 말고, 완전히 쇠꼬챙이지!"

건륭이 불붙는 여인의 귓가에 음탕한 웃음을 불어넣으며 속삭였다.

"지금은 목이 마른 것 같아. 물 좀 줘……."

접다 만 우산처럼 용포(龍袍)의 앞섶이 건듯 들린 건륭이 아이를 안듯 여인을 안아 침대에 내던졌다. 그리고는 거친 숨을 몰아쉬며 옷을 찢어버릴 듯이 잡아뜯기 시작했다.

"요즘 들어 통 정신이 없어 이런 재미를 본 지도 한참 됐네. 누구하고도 질펀하게 정사를 나눠본 적이 없는데, 자네가 짐의 피로를 덜어주니 실로 공불가멸(功不可滅)이네……."

이같이 말하며 건륭은 벌써 여인의 몸을 사정없이 짓이기며 올라탔다…….

한바탕 번운복우(飜雲覆雨)의 운우지정(雲雨之情)이 끝나고도 둘은 엉켜 붙은 채 떨어질 줄을 몰랐다. 어느새 볼에 한줄기 영롱한 눈물을 달고 있는 여인을 보며 건륭이 혀를 내밀어 날름 핥아내며 물었다.

"어인 이유로 눈물을 보이는 건가? 후환이 두려워서 그러나?"

오아씨가 머리를 저었다.

"그런 건 아니옵니다……. 일개 미천한 여인으로 태어나 폐하의 이 같은 성총을 받으니 곧 죽은들 무슨 여한이 있겠사옵니까……."

"그럼 뭔가?"

"아뢰옵기 민망하옵나이다. 신첩이 경망스럽다 하실까 봐 차마……."

"그럴 리가 있나? 아무튼 들어보기나 하세……."

오아씨가 건륭의 얼굴에 야들야들한 입술을 갖다대며 대답했다.

"그만 일어나서 얘기나 나누는 것이 좋을 듯하옵니다. 괜히 아랫것들에게 들켜 득이 될 일은 아니지 않사옵니까. 신첩은 아무래도 괜찮사오나 폐하의 체통에 금이 갈까봐 심히 염려스럽사옵나이다……."

둘은 서둘러 옷을 입었다. 아직 단추를 잠그지 않은 반쯤 열린 옷 속으로 하얗고 탐스러운 젖가슴을 손으로 쓰다듬으며 건륭이 히죽 웃으며 말했다.

"밀가루를 발효하여 빚어낸들 이보다 더 고울까? 자네는 아직 처녀라고 해도 곧이 듣겠네……."

오아씨가 그 손을 가볍게 밀쳐냈다. 그리고는 얼른 옷섶을 여며 단추를 잠갔다. 날렵한 손동작으로 흘러내린 머리를 올려 비녀를 꽂고 얼굴을 쓸어 내리니 어느새 단정하고 고운 귀부인으로 돌아와 있었다. 미간에 일말의 처연함을 감추지 못하며 살짝 흰 이를 드러내어 웃더니 오아씨는 건륭을 향해 몸을 낮춰 예를 갖추며 꾀꼬리 같은 목소리로 말했다.

"폐하의 우로지은(雨露之恩)을 신첩은 평생을 두고 잊지 못할 것이옵나이다……."

"우로지은이라!"

건륭이 하하하 너털웃음을 터트렸다.

"그냥 해본 소리는 아닌 것 같네 그려."

두 사람은 다시 창가의 의자에 자리해 앉았다. 건륭에게 찻잔을 바꿔 올리고 몸가짐을 단정히 하여 비스듬히 자세를 모아 앉은 오아씨는 어느새 정숙한 '숙모'로 돌아가 있었다. 건륭이 말했다.

"방금 하다 만 말을 계속해보게."

한참 고개를 떨구고 있던 여인이 버드나무 잎처럼 얇은 입술을 떼었다.

"폐하께오서도 아시다시피 먼저 가신 복진은 신첩의 사촌언니였사옵니다. 마흔이 되기도 전에 죽어 신첩이 그 뒤를 잇지 않았사옵니까? 그때 신첩 나이 열 여덟 살이었사옵고, 함친왕은 서른 연상이셨사옵니다. 처음엔 그야말로 '손바닥에 올려놓으면 날아갈까 입에 물면 녹아버릴까' 하며 밤낮 따로 없이 깊은 애정을 주셨더랬죠……."

잠시 숨을 돌리고 난 여인이 말을 이어나갔다.

"남정네들이란 다들 그러한지 시일이 지나 신선한 느낌이 사라지니 영감님은 또 새로운 즐거움을 찾아 연아(燕兒)라는 첩실을 들였지 뭡니까? 그렇게 신첩은 날이 갈수록 찬밥신세로 그 품에서 멀어져갔고 아무리 발버둥치며 마음을 돌려보고자 애써도 소용이 없었사옵니다……."

이쯤 하여 건륭이 말허리를 잘랐다.

"무슨 말인지 알겠네. 자넨 지금 짐 역시 자네를 두 번 다시 찾아주지 않을까봐 전전긍긍하고 있는 게지, 아니 그런가?"

오아씨는 머리를 저었다.

"오늘은 마치 꿈을 꾸고 있는 것 같사옵니다. 아직도 그 꿈속에서 헤어나지 못하고 있사오니 폐하께서 앞으로 신첩을 어찌 대해주실지에 대해선 미처 생각할 겨를이 없었사옵니다. 어쨌든 영감님께선 그러다 나중엔 연아도 싫증났는지 다시 신첩의 처소를 찾아주시더군요."

여기까지 말한 오아씨는 입술을 돌돌 빨며 더 이상 말이 없었다. 하던 말을 매듭짓지 않고 입을 다물어버린 오아씨를 보며 건륭은 궁금증이 솟았다.

"다시 찾아주면 호사(好事)가 아닌가? 헌데 표정이 어찌 그리 어두운가?"

그러자 오아씨가 얼굴을 살짝 붉히며 나직이 대답했다.

"힘 떨어지고 맥이 빠지니 말로만 잘해줘서 무슨 소용이 있겠사옵니까? 남자는 남자 구실을 해야죠. 처음에 신첩은 불여우 같은 연아 그년 때문인 줄 알았사오나 나중에 알고 보니 영감님은 남총(男寵)이 있었던 것이었사옵니다. 희자(戲子)들 중에 설핏 보아 암수를 가리기 힘든 몇몇 구역질나는 것들이 있사옵니다. 저 병이 실은 색을 너무 탐하여 얻은 병이온데 무슨 약을 먹어도 차도를 보이지 않으니…… 대책이 없사옵니다. 실로 오랜만에, 그것도 폐하의 성은을 입어 음양의 조화를 이루고 보니 기쁘기도 하고 괴롭기도 하옵니다. 병상에 누워 계시는 영감님한테는 미안한 마음이 앞서고……. 이번이 처음이자 마지막이었으면 좋겠사옵니다. 두 번 세 번 겁 없이 이어지다가 덜컥 회임이라도 하는 날엔 큰일이옵나이다……."

이에 건륭이 빙그레 웃으며 말했다.

"난 또 무슨 기구한 사연이라도 있는 줄 알았더니, 별 것 아니네 뭘! 걱정 붙들어 매시게. 회임을 하면 낳으면 되고, 낳아 놓으면 패륵(貝勒)이나 패자(貝子)는 떼어 논 당상이고, 노력 여하에 따라 왕(王)으로 봉해질 수도 있는데, 대체 뭐가 걱정이란 말인가?"

"큰세자 홍창(弘暢)이 걸림돌이옵나이다."

오아씨가 손수건을 비틀어 꼬며 말을 이었다.

"자기 부친의 병이 고황에 든 줄을 잘 아는데, 신첩이 회임을 했다면 불 보듯 뻔한 사실을 두고…… 가만히 있겠사옵니까? 아마 신첩을 갈가리 찢어버리려고 할 것이옵니다."

홍창은 윤비의 장자였다. 오아씨의 말에 건륭이 잠시 멍한 표정을 짓더니 이내 웃으며 말했다.

"하룻밤 정사에 무슨 그리 먼 걱정까지 하고 있는가? 설령 원치 않는 일이 발생한다 할지라도 자고로 집안 흉은 덮어 감추면 감추었지 떠벌리는 경우는 없네. 자불언부모지과(子不言父母之過)라고, 자식이 어찌 부모의 허물을 함부로 들추려 하겠나? 홍창이 감히 물불을 가리지 않고 나온다면 짐이 가만 놔둘 줄 아는가!"

오아씨는 저도 모르게 조심스레 복부를 만졌다. 벌써 두 달째 경계(經癸, 생리)가 오지 않았던 것이다. 복중에 태아를 잉태하고 있을 가능성이 컸으니 건륭의 말을 듣고 은근히 기쁨이 클 수밖에 없었다. 그러나 내색은 하지 않고 천천히 입을 열었다.

"폐하께오서 그리 말씀하시오니 신첩은 크게 안도가 되옵니다. 실은 건실한 아들을 낳는 것이 신첩의 오랜 숙원이었사옵니다. 하오나 폐하께서 워낙 다망하시고 궁중의 법도가 엄연하니 이제 헤어지면 언제 다시 뵈올 수 있을는지……."

이같이 말끝을 흘리며 오아씨는 눈물을 떨구었다.

"염려하지 말게."

건륭이 다정한 얼굴로 덧붙였다.

"자네가 자주 입궐한다고 하여 누가 뭐라고 할 사람은 없네. 입궐해서 진미미를 찾으면 짐이 알아서 밀회장소를 마련할 것이니 우리가 서로 간절히 원할 때는 얼마든지 만날 수 있네."

건륭의 위로에 오아씨의 표정이 다시 밝아졌다. 눈물이 그렁그렁하여 고개를 끄덕이며 오아씨가 말했다.

"들리는 소문에 의하면 서부에서 병마를 이끌고 있는 수이허더가 보기 드문 경성(傾城)의 미인을 폐하께 선물했다고 하옵니다. 일명 '향(香)처녀'라고 하는 여인이 이제 곧 북경에 도착한다고 하온데, 그 여인에 비하면 신첩은 한낱 부지깽이에 불과하지 않겠사옵니까! 그래도 구관이 명관일 때가 있을 터이니 폐하께오서 부디…… 단물 빠진 감일지라도 신첩을 종종 불러주셨으면 하옵나이다."

분명 터무니없는 유언비어는 아니었다. 그러나 전해주는 말이 전부 사실만은 아니었는지라 건륭은 천천히 대답을 했다.

"짐이 정이 많은 건 사실이나 호색한은 절대 아니네. 자네가 짐의 성총을 받고 싶으면 미리 알아두어야 할 게 있네. 어떤 경우라도 질투는 금물이네. 이런 말은 틀림없이 어떤 후궁이 참기름 뿌리고 갖은 양념을 쳐서 입방아를 찧은 거겠지. 서역(西域)에 그런 여인이 있는 건 사실이네. 따지고 보면 곽집점 형제와 먼 친척 사이네. 여인의 집안 어른들은 모두 대의(大義)로운 사람들이네. 수이허더의 관군을 협조하여 회부의 난을 평정하는 데 적잖은 공로를 세웠기에 짐이 그 숙부를 왕으로 봉했네. 이런 연유로 그 여인은 입궐하여도 일반 후궁들과는 차원이 다른 대접을 받게 될 것이네. 그 집안 어른들은 조정에 대한 경경(耿耿)의 충정을 맹세하고 중화강토(中華疆土)의 완전무결을 위해 온순한 양이 되겠노라 다짐하여 일찌감치 신하라 칭한 사람들이네. 짐은 아직 말로만 들었지 여인을 본 적도 없네. 허나 자색이 미려하고 그렇지 않고를 떠나 짐은 여인이 입궐하자마자 귀비(貴妃)로 봉하여 그 부족들의 조정에 대한 충정에 회유인애(懷柔仁愛)의 마음으로 보답하고자 하네. 이에 대해 후궁들 중에 누구라도 감히 질투하거나 수군댔다간 짐이 결코 용서치 않을 것이네. 누군가 또 다시 자네에게 이런 얘기를 비춘다면 자넨 방금 짐의 얘기를 그대로 전해주게."

"무슨 말씀인지 잘 알겠사옵니다."

오아씨가 덧붙여 아뢰었다.

"이런 경우를 두고 화친(和親)이라고 하는 것 같사옵니다. 그 옛날에 소군(昭君)이 출새(出塞)하듯이 말이옵니다. 하오나 이 경우엔 소군이 입새(入塞)한다고 말하는 것이 더 정확할 것 같사옵니다. 조정으로선 더할 나위 없이 경사스런 일이 아닐 수 없사옵니다!"

건륭이 한가닥 미소를 머금었다.

"'입새'나 '출새'나 큰 뜻은 별반 차이가 없겠으나 의미는 조금 다르다 하겠네. 필경 나가는 것보다 들어오는 쪽이 덜 처연하고 비참할 게 아닌가."

건륭의 의미심장한 말을 오아씨는 알 듯 말 듯했다. 합장을 하며 그녀가 말했다.

"아미타불! 이제야 무슨 뜻인지 알 것 같사옵니다. 미모의 귀비 낭낭(貴妃娘娘)께서 입궐하시고 이제 곧 태자까지 세운다고 하시니 조정으로선 경사가 겹쳤네요!"

"태자를 세운다?"

밖으로 나가려던 건륭이 다시 의자로 돌아와 주저앉았다. 그리고는 물었다.

"태자 얘긴 어디서 들었나? 누가 물망에 올랐다고 하던가?"

이때 왕렴이 불당 입구에서 머리를 내밀고 기웃거리자 건륭이 손사래를 쳤다.

"아뢸 말이 있어도 좀 기다려!"

큰 음성은 아니었으나 건륭이 이토록 심각하게 물어오니 오아씨는 겁을 집어먹지 않을 수 없었다. 놀란 얼굴에 웃음기가 사라지고 적이 경계를 했다.

"폐하, 신첩이 무슨 착오를 범한 것이옵니까? 설령 실수를 했더라도 무심코 한 말이었사옵니다……. 신첩은 집에서 시중드는 가인들의 입에서 들었사옵니다. 공공(公公, 태감)들이 집으로 약을 나르면서 흘린 것 같사옵니다. 제법 그럴싸하게 어느 황자라고 콕 집어 말하는 것 같았사온데…… 신첩은 그다지 유의해 듣지 않았사옵니다……."

"어느 황자가 유력하다고 하던가?"

건륭이 그 말허리를 잘라내며 물었다. 놀란 마음에 말이 돌올 (突兀, 갑자기 불쑥)하게 튀어나왔다는 느낌을 받은 건륭이 히죽 웃음을 지어 보였다.

"아, 놀랄 건 없네. 자네가 잘못한 건 없네. 이런 말은 원래 자네의 귀에까지 들어가지는 말았어야 하는 바이지만 자네가 듣고 짐에게 아뢰었으니 짐은 상을 내려야 마땅할 것이네!"

이같이 말하며 건륭은 조용히 여인을 쏘아보았다.

"신은 참으로 더 이상은 아는 바가 없사옵나이다."

오아씨가 아랫입술을 지그시 깨물고 기억을 더듬으며 덧붙였다.

"당치도 않은 말이라 사려되었는지라 한쪽 귀로 듣고 한쪽 귀로 내보냈을 뿐이옵나이다. 그 당시 신첩이 가인에게 지나가는 말로 물으니 그네들도 어느 황자라고 꼭 집어 말하지는 못했던 것 같사옵니다. 폐하께서 원하신다면 신첩이 돌아가 가인들을 하나씩 끌어내어 고문을 가해서라도 대답을 얻어내도록 하겠사옵니다!"

그러자, 건륭은 머리를 저었다.

"짐도 설핏 들은 바는 있네. 그렇게 할 것까진 없네. 일을 크게 벌려 황자들 모두가 불안에 떨게 할 순 없네. 앞으로 또 다시 이러한 요언을 살포하고 다니는 자가 포착되면 그때 짐에게 밀주하도록 하게."

이같이 말하며 자리에서 일어난 건륭이 오아씨에게로 다가왔다. 손으로 볼을 꼬집어 비트는 시늉을 하며 그는 웃음을 흘렸다.

"됐네, 더 이상 그 일은 생각하지 말게. 자주 입궐하여 부처님께 문후 여쭙고 심심풀이로 말동무나 해드리도록 하게. 알았지?"

오아씨가 미소지으며 천천히 무릎을 꿇었다. 힘차게 돌아서서 나가는 건륭의 뒷모습을 멍하니 바라보며 그녀는 마치 기이하고 긴 꿈을 꾸고 있는 것만 같았다.

한편 작은 불당에서 오아씨와 한바탕 질펀한 어수지락(魚水之樂)을 나누고 나서는 건륭은 온몸이 날아갈 듯 가벼웠다. 홀로 종수궁(鍾粹宮) 밖에 서 있는 왕렴을 향해 건륭이 물었다.

"아까는 무슨 요긴한 일이라도 있었느냐?"

그러자 왕렴이 굽실거리며 아뢰었다.

"방금 군기처의 기윤이 상주문 절략(節略)을 올려왔사옵니다. 그리고 황후마마께오서도 긴히 여쭐 말씀이 있다고 하시며 폐하께오서 양심전에 계신지 여부를 물어오셨사옵니다."

"그래서? 어찌 아뢰었느냐?"

"폐하께오선 작은 불당에서 이십사황숙과 화친왕, 푸헝을 위해 향을 사라 평안을 기원하고 계신다고 했사옵니다."

왕렴이 조심스레 덧붙였다.

"미시(未時) 초 무렵에 불당에서 나오실 거라고 했사옵니다."

건륭의 얼굴에 쉬이 감지할 수 없는 미소가 순식간에 스치고 지나갔다. 짤막하게 대답하고 익곤궁(翊坤宮)으로 향하며 그는 분부했다.

"짐이 황후한테로 갈 것이니 왕치네더러 와서 시중들라 하고 고운종더러 상주문 절략을 올려보내라고 하거라."

말하는 사이 어느새 체화전(體和殿) 앞의 익곤궁 입구에 다다르니 벌써 나라황후의 몸종시녀인 청아(菁兒)가 마중 나와 있었다. 웃으며 대문 안으로 들어간 건륭이 유리(琉璃)로 된 조벽(照壁)을 거쳐 화초를 키우는 난방(暖房)을 지나가니 안에서 황후의 말소리가 들려왔다. 황자들을 훈육하고 있는 것 같았다.

"……상삼기(上三旗) 여식들 중에서 선발해온 애들이야. 그래도 성에 차지 않아 또 그 짓을 하고 다녔단 말이냐? 너희들은 일반 왕공자손들이 아니라 천하제일의 금존옥귀들이야. 폐하께오선 늘 사람은 자중할 때에서야 타인의 존중을 받을 수 있으며 인간이 자신을 저버렸을 때는 타의 짓밟힘을 받아 마땅하다고 누누이 가르침을 주셨지. 복진에, 측복진에 여우 같은 희첩(嬉妾)들까지, 대체 주변에 맴도는 계집이 얼만데 또 그 짓이냐? 내가 민망스러워 차마 그 말을 입에 올릴 수가 없구나! 명성을 더럽히는 것도 부족해 건강까지 해치고 하나도 득이 될 게 없는 짓을 왜 해?"

건륭은 자신을 닮아 색기(色氣)를 주체할 수 없어 하는 황자들을 나무랄 바가 못 되는지라 히죽 웃고 말았다. 안으로 들어가니 과연 옹염만 빼고 옹기, 옹선, 옹성, 옹린 모두 자리해 있었다. 황후의 훈화를 듣고 있던 황자들이 모두 무릎을 꿇었다. 황후가 표정을 한결 부드럽게 하여 건륭을 맞이했다.

"어제 말씀 올렸다시피 상삼기 여식들 중에서 측복진감을 골라주었사옵니다. 그리 범상치 않은 가문의 규수들이거늘 아이들이 멋모르고 독수공방시키며 박대라도 할세라 미리 주의를 주고 있던 중이었사옵니다."

건륭은 궁녀가 올린 인삼탕을 한 모금 마시고 사발을 내려놓았다. 창문 너머로 이미 당도해 있는 고운종을 불러 상주문 절략을 들여보내게 하고서야 건륭은 비로소 입을 열었다.

"황후의 말은 밖에서 잠깐 들었소. 자식에 대한 어미의 애틋한 정이 느껴지는 훈회였고, '자중(自重)' 두 글자의 깊은 뜻을 아이들이 잘 음미했으면 좋겠네. 백성들이 늘 하는 말 중에 '울타리를 촘촘히 엮으면 들개가 비집고 들어올 수 없다'는 말이 있지. 너희들은 분복을 타고났기에 스스로 신중하고 자중한다면 무망(无妄)의 재해는 초래하지 않을 것이니 명심하거라."

이 화두를 대서특필하여 태자에 관한 요언 일이삼(一二三)에 대해 백일하에 까발리고 싶었으나 건륭은 이쯤 해두는 것이 더 나을 것 같다는 판단 하에 입가에 맴돌던 말을 삼켜버렸다. 그는 더욱 느리게 말을 이었다.

"각자 맡은 바 차사가 있으니 이젠 글공부와 차사에만 전념해야 할 것이니라. 됨됨이가 어줍잖은 불삼불사(不三不四)의 외관들과의 왕래를 금하고 당치도 않은 풍언풍어(風言風語)에 현혹되지 않을 수 있는 수양을 해야 할 것이야. 외관들 중에는 불순한 의도로 권귀(權貴)에 접근하는 무리들이 많으니 각별한 조심을 요하느니라. 무외비군자(務外非君子)요, 수중대장부(守中大丈夫)라고 했다. 고금(古今)의 궁위(宮闈) 암투를 종관(縱觀)하면 부자 간의 이간을 종용한 무리들이 있게 마련이니라. 저들의 불순한 저의로 말미암아 시비를 전도하는 소인배들을 비난하기에 앞서 중용의 도를 지키지 못하여 감언이설이나 교언영색에 쉬이 넘어가는 자신을 돌아보고 반성해야 할 것이야. 울타리가 느슨하면 미친개들이 뛰어 들어와 사람을 물어버리게 돼 있어."

황자들은 가만히 듣고만 있었다. 이미 황후의 훈회 내용과는 십만 팔천리 멀어져 가는 건륭의 말에 황자들은 내심 안도하며 속으로 한숨을 내쉬었다. 건륭의 말은 이어졌다.

"너희들은 아직 짐을 크게 실망시킨 일은 없었다. 옹기는 병중에도 〈고문관지(古文觀止)〉를 베꼈고, 태후마마께 〈금강경(金剛經)〉을 베껴 올리는 효도를 했지. 옹선, 옹성, 옹린은 차사에 진력할 뿐만 아니라 글공부도 열심히 하여 문장 실력이 크게 향상되었으니 이 또한 가상한 일이 아닐 수 없다!"

크게 꾸중을 들을 줄 알았던 건륭의 입에서 칭찬이 나오니 황자들은 저마다 의외라는 표정이었다. 엎드린 채로 건륭의 신색을 훔쳐 살피며 이들은 잔뜩 숨을 죽이고 있었다. 한편 건륭은 그제야 자신이 황후의 훈회와는 동떨어진 방향으로 나아가고 있다는 걸 깨닫고는 말투를 달리했다.

"황후께서 측복진을 선발하고 궁녀들까지 친히 간택하여 들여보내 주는 것은 너희들과 종실의 장래를 위하는 깊은 뜻이 담겨 있으니 황후의 훈육을 가슴속 깊이 아로새겨야 하느니라. 너희들은 모두 가국일체(家國一體)의 금지옥엽(金枝玉葉)들이다. '말에 실수가 적고 행동에 후회가 없으면 인연은 개중에 있다[言寡尤, 行寡悔, 祿在其中]'라는 성현의 참뜻을 잘 헤아리길 바란다. 오늘은 이만 물러가거라!"

황자들은 대사면을 받은 홀가분한 심정으로 머리를 조아리고 조심스레 물러갔다. 그러자 황후 나라씨가 말했다.

"역시 폐하께서 예리하고 명백하게 가르침을 주시는군요. 신첩은 말은 많이 했어도 그리 설득력이 없었던 것 같사옵니다. 언과우(言寡尤)니 뭐니 하는 말은 애당초 무슨 말인지도 모르겠사옵니다."

"그건 성현께서 특별히 사대부들을 가리켜 한 말이네. 말에 실수가 적고 행동에 후회가 없으면 평생 녹명(祿命)을 누릴 수 있다는 뜻이지."

건륭이 빙그레 웃으며 말을 이었다.

"원래는 저녁때나 들어 만선(晚膳)을 같이 하려고 했었는데 황후가 아뢸 말이 있다고 하기에 지나가다 미리 들렀소."

이같이 말하며 건륭은 황후의 탑(榻, 길고 좁게 만든 평상) 위에 앉아 기윤이 보내온 상주문 절략을 읽어보기 시작했다. 깔끔하고 단정한 기윤의 해서체 친필이었다.

첫째, 유림청(楡林廳) 양도(糧道)가 아뢰어 온 바에 의하면 은천(銀川)으로 통하는 90리 길이 풍사(風沙)로 인해 통행에 대단히 어려움을 겪고 있사오니 낙타로 군량을 운송하게 해 주십사 하고 주청을 올렸사옵니다. 낙타로 수송할 시 민부(民伕)들의 인건비는 내년 봄까지 은자 2만 냥 정도가 필요하다고 하옵나이다.

둘째, 하투(河套) 보덕부(保德府)에서 주한 바에 따르면 올겨울은 기온이 지난해보다 낮아 황하가 일찍 결빙되었다고 하옵니다. 내년 봄 해빙 시의 우환을 미연에 방지하고자 하오니 폭파용 화약 8만 근을 지원해 주십사 하고 청을 해 왔사옵니다.

셋째, 조후이의 부대가 벌써 흑수하(黑水河) 헐마도(歇馬渡)에 도착하였사오니 2백 척의 우피선(牛皮船)이 급히 필요하다고 하옵나이다.

넷째, 복건안찰사(福建按察使) 고봉오(高鳳梧)가 주한 바에 의하면 일지화(一枝花)의 잔당인 임상문(林爽文)이 대륙으로 잠입하여 선교하며 은자를 모금하고 있다고 하옵나이다.

다섯째, 류용은 이미 덕주(德州)에 도착하였사옵나이다(따로 문후 상주문이 올라와 있음).

여섯째, 미얀마에서 코끼리 여덟 마리를 공납했사옵니다.

일곱째, 영국 사신인 커마리가 공물을 가져와 태후마마께 헌수(獻壽)하고 대황제를 접견하게 해 주십사 하고 청을 해 왔사옵니다.

여덟째, ······.

종이에는 각종 현안들이 빼곡하게 적혀 있었다. 그러나 모두 간단명료하여 지루하진 않았다. 건륭이 스물 여섯 번째 조항을 가리키며 고운종에게 말했다.

"봉천부(奉天府)의 윤해녕(尹海寧)이 이시요에 대한 탄핵안을 올렸다고 하는데, 밀봉하여 따로 보관하게. 기윤더러 이 사실은 비밀로 하라고 이르게. 영국 사신이 가져온 공물은 목록을 부처님께 드려 손수 마음에 드시는 물건을 고르시게 한 연후에 전부 예부의 창고로 입고시킬 것. 문안 상주문 같은 건 류용이 보내온 것만 남겨놓고 전부 양심전으로 가져다 놓게. 청우표도 가져가고. 짐은 좀 있다 건너갈 것이네."

말을 마친 건륭은 곧 보덕부에서 올린 상주문을 펼쳐보았다. 손을 내밀어 필통에서 붓을 뽑으려 하니 황후가 어느새 붓을 건넸다. 건륭이 웃으며 말했다.

"할말이 있다고 했는데 뭔지 말해보세요, 내가 듣고 있으니."

"새로 입궐시키기로 했다는 회부(回部)의 화탁씨(和卓氏)에 대해 여쭙고 싶은 것이 있사옵니다."

황후가 벼루를 건륭의 손이 닿기 쉬운 곳으로 밀어놓으며 말을 이었다.

"소첩이 서두를 일은 아닌 줄 알고 있사옵니다만 대충 언제쯤 입궐이 가능한지, 어떤 위호(位號)에 봉할 것인지를 미리 알아야 원명원과 궁중에서 모두 그 처소를 준비할 수가 있을 것이옵나이다."

일목십행(一目十行)하여 보덕부의 주장을 읽어보고 난 건륭이 황제가 어비를 달게끔 비워놓은 경공란(敬空欄)에 붓을 내려 이같이 어비를 달았다.

고민하는 바를 알겠다. 허나 민공(民工)들이 폭파물로 작릉(炸淩, 얼음을 깨다)할 시 화약의 유실과 낭비가 심할 테고, 사용이 올바르지 않으면 역대로 사고가 빈번하였는 바 극히 조심스러운 일인 줄로 알고 있다. 가까운 하곡녹영(河曲綠營)에 발문하여 폭파물 다루는 데 능수능란한 병사들의 도움을 청하길 바란다. 비오기 전에 우산을 준비하는 처사에 짐은 커다란 위안을 느끼는 바이다.

붓을 내려놓고 난 건륭이 황후에게 말했다.
"화탁씨는 다른 후궁들과는 좀 다를 것이오. 숙부와 집안 어른들이 조정의 편에 서서 큰 공로를 세웠고, 그 일가는 회부에서도 신망이 높은 귀족집안인지라 일족의 체통을 고려하지 않을 수 없었소. 그래서 입궐하자마자 귀비에 봉해주기로 했소. 원명원에 이슬람 식으로 보월루(寶月樓)를 짓지 않았소? 그게 바로 화탁씨를 위한 특별한 배려였소. 이쪽 금궁(禁宮)에서는 저수궁(儲秀宮)을 처소로 내어줄까 하오. 그러면 후궁들끼리 서로 왕래하는 데 한결 편할 게 아니오. 괜찮겠소?"
아수라천녀(阿修羅天女)인지 못 생긴 오리새끼인지 사람을 보기도 전에 이리도 수선을 떨다니! 나라씨는 가슴 밑바닥에서 올라오는 형언할 수 없는 기분에 사로잡혔다. 그러나 수십 년 동안 건륭을 섬겨오며 그 성정을 누구보다 잘 알고 있는 나라씨였으니 이런 일일수록 처신을 바로 하여 건륭의 흥을 깨는 일은 없어야 한다고 생각했다. 그 옛날 당아와 건륭의 사이를 알고 나섰을 때 '질투를 한다'는 죄명을 덮어씌워 하마터면 쥐도 새도 모르게 낙마당할 뻔했던 아픈 기억이 있는 나라씨로선 더더욱 그러했다. 건륭이 유림청 양도가 올린 주장에 '병부로 하여금 전력 지원을 해주게끔 짐이 조치할 것이네'라고 신경질적으로 붓을 날리자 조심스레 끌어당겨 입김으로 먹물을 불어 말리며 나라씨가 말했다.

"신첩은 대찬성이옵나이다! 화탁씨가 가까이 오길 내심 바라고 있던 중이었사옵니다. 자매간에 자주 왕래하며 정을 주고받는 건 바람직한 일이옵나이다. 새로이 선발한 마흔 여덟 명의 수녀(秀女)들을 화탁씨에게로 보내주어 시중들게 하는 것이 어떨까 하옵니다. 침선(針線)과 등화(燈火)를 챙기는 궁녀들과 유모, 어멈들은 각 궁에서 몇 명씩 보내주는 것이 괜찮을 듯 싶사옵니다. 원래 출궁시키기로 했던 마흔 명의 나이든 궁녀들을 몇 년 더 부리는 것이 재정상 더 유리할 것 같사옵니다. 신첩의 우견을 폐하께오선 어찌 들으셨사온지요?"

"황후답게 사려가 주도면밀하오."

건륭이 류용의 문안상주문에 주비를 달고 있었다.

짐은 강건하네. 날도 차가운데 밖에 나가 있는 경들이 되레 염려스럽네……

이같이 몇 글자 적고 나니 당부의 말은 많았으나 일시에 두서가 잡히지 않았다. 아예 붓을 내려놓고 건륭이 말했다.

"좀더 어린 아이들을 마흔 명 정도 더 입궁시키는 수도 있소. 나중에 종인부(宗人府), 이부(吏部), 예부(禮部)더러 아직 미혼인 팔기 관원들의 명단을 올려보내라고 하세요. 황후와 부처님을 시중드는 궁녀들 중에서 괜찮은 아이들을 선발하여 팔기 시위들과 혼약을 맺어주는 것도 바람직할 것 같소. 꽃다운 나이에 입궁하여 적게는 팔 년, 많게는 십 년을 궁중에서 숨죽이고 살아왔으면 우리도 할 수 있는 일은 해주어야 할 게 아니오?"

그런데, 사실 황후가 뵙기를 청한 데는 다른 이유가 있었다. 옹린(顒璘)을 태자에 점지했다는 전언(傳言)의 실체를 알고 싶었던 것이다. 여러 차례 회임하여 출산을 했어도 낳는 족족 요절하여 그 상심이 이루 말할 수 없는 나라씨였다. 건륭이 혼신의 정력을 정무에 쏟고 있는 모습을 보며 운을 떼기 무엇하여 주저했으나 부부간에 이처럼 오붓한 시간을 가지기란 그리 쉽지 않았고 앞으로는 더욱 어려울 게 분명했다. 때문에 나라황후는 조심스레 입을 열었다.

"폐하께서 방금 황자들을 훈육하시면서 부자간에 척을 지고 형제간에 반목하는 불행한 일이 있어선 아니 된다고 말씀하셨는데, 신첩은 아직도 가슴이 벌렁벌렁 하옵나이다! 또한 소인배들이 '비분의 망상'을 품고 있다고 하셨사온데 뭔가 나쁜 소식을 들으셨나 보옵니다?"

"옹린을 태자에 봉할 거라는 요언이 나돌고 있어요. 짐이 옹린의 이름을 적은 금책을 '정대광명' 편액 뒤에 숨겨두고 있다는 식으로 제법 그럴싸하게 꾸며냈더군."

건륭이 웃으며 말을 이었다.

"염탐하느라 떠보지 말게, 요언을 접해도 황후가 먼저 접했을 테니. 첫째, 이는 전혀 사실무근이오. 둘째, 사실무근인 일을 절대 '사실'로 만들어 버리는 일은 없어야 할 것이오. 셋째, 요언을 날조해낸 자를 색출하여 다른 이유를 들어 목을 쳐 일벌백계해야 할 것이오!"

건륭의 어조는 대단히 단호했다. "목을 친다"는 말에 벌써 소름이 끼친 나라씨는 낯빛이 창백하게 질렸다. 그러나 거기엔 아랑곳하지 않고 건륭의 말은 이어졌다.

"짐이 한창의 십왕팔왕(十旺八旺)의 건재함을 과시하기에 충분하거늘 어인 이유로 벌써 태자를 세운단 말인가? 태자를 일찍 두어봤자 좋은 일은 하나도 없네. 성조 때처럼 형제간에 서로의 눈알을 후벼파고 심장을 찌르는 짓거리가 벌어지는 것을 짐은 두 번 다시 보고 싶지 않네. 태자를 점지했다고 해서 멀쩡한 아비가 언제 저녁에 벗어 놓은 신발을 다시 못 신는 날이 올까만 눈 빠지게 기다릴 비참한 형국을 자초해선 뭘 하겠소? 황후의 앞날에도 관련이 있는 일이니 방심하지 마세요."

나라씨의 겁먹어 헬쑥해진 얼굴을 보며 건륭이 덧붙였다.

"십칠황자는 우리의 막둥이요. 인품이면 인품, 학문이면 학문, 일이면 일 흠잡을 데가 없는 아이지. 짐이 재위 기간이 길어지니 소인배들이 뒤에서 작당을 하는 것 같은데, 이런 식으로 요언이 난무하면 나중엔 그 아이를 저군(儲君)의 위치에 올려놓고 싶어도 절대 올려놓을 수가 없는 법이오. 태감들을 조심해야 하오. 연말연시에 경사방(敬事房), 신형사(慎刑司)에서 태감들을 소집할 때도 황후는 길게 발언하지 말고 태감들과 궁인들 중에 국사를 망언하거나 주군의 시비를 논하는 자는 가차없이 목을 쳐낼 것이며, 제보자는 공로를 인정하여 상을 내린다는 이 한가지만 강조하면 되겠소!"

나라씨는 오싹 소름이 끼쳐 저도 모르게 팔을 감쌌다.

"신첩은 솔직히 어느 아이가 유력할지 궁금했사옵니다. 미리 그 아이에게 점수라도 좀 따놓고 싶은 생각이 잠시나마 들었던 것도 사실이옵나이다. 하오나 폐하의 말씀을 듣고 보니 태자를 세우는 일이 결코 간단한 일은 아니라는 생각이 드옵니다! 태자를

일찍 세워 황자들간에 불화가 일고 황실에 먹구름이 드리우게 해
서는 아니 되옵니다. 신첩이 소인배들의 동향을 잘 살피도록 하겠
사옵나이다!"

"역시 황후는 솔직한 사람이오."

건륭이 빙그레 웃으며 덧붙였다.

"요언은 자생자멸하는 것이니 시일이 흐르면 조용해질 것이오.
그러니 크게 염려하지는 마오. 후궁들이 서로간에 왕래가 잦은
편이니 앞으로 언동에 각별히 조심하라 일깨워주오."

건륭이 이같이 말하며 일어섰다.

"기윤 등이 벌써 양심전에서 기다리고 있을 것이니 건너가 봐야
겠소. 오늘밤은 황후의 처소에 들 것이니 못다 한 얘기가 있으면
그때 하지."

말을 마친 건륭은 곧 자리를 떴다.

기윤(紀昀)이 퇴조(退朝)하여 집으로 돌아왔을 때는 이미 땅거
미가 지기 시작한 무렵이었다. 오늘은 그의 부인의 마흔 살 생일날
이었다. 절대 이 사실을 비밀에 붙이라고 미리 가인들에게 강조했
으나 워낙에 전정이 구만리인 고관이고, 역대로 주시험관을 역임
해오면서 배출해낸 문생들이 만천하에 널려 있는지라 조상의 선
산 치레엔 게을러도 남의 조상 팔대(八代)는 귀신같이 챙기는 무
리들을 당해낼 길이 없었다.

마당에는 벌써 여인네들의 앵성연어(鶯聲燕語)가 한창이었고,
남자손님들은 서로 격식을 갖추며 알은체를 하고 담소를 나누며
주인이 돌아오기만을 기다리고 있었다. 이제나저제나 하던 차에
기윤이 나타나자 우르르 벌떼처럼 몰려든 무리들의 입에선 '기공

(紀公)'이니 '중당(中堂)', '사부(師傅)', '태사부(太師傅)' 등등 별의별 호칭이 다 쏟아져 나와 복잡하기 이를 데 없었다. 저마다 읍을 하거나 공수를 하거나 저만치에서 절을 하는 등 행례하는 방법도 다양했다.

마당 가득 홍등(紅燈)이 불을 밝히고 저마다 웃는 얼굴이 붉게 물들어 환락의 분위기가 도처에 차고 넘치는 모습을 보며 기윤은 잠시 어리둥절해졌다. 앞에서 온갖 재롱을 다 부리는 무리들을 따돌리고 보니 그제야 성조(聖祖) 때의 장원(壯元)인 왕문소(王文韶)와 동년 탐화(探花)인 왕문치(王文治), 사돈인 노견증(盧見曾), 한림원의 진헌충(陳獻忠) 등이 와 있는 게 보였다. 문생들 틈에서 신나게 웃고 떠들던 마덕옥(馬德玉)도 다가와 아부의 말을 늘어놓았다.

"기 상공(相公), 방금 제가 세어보니 춘위 십팔방(十八房)의 고관(考官)들 중에 상공의 문생과 그 자손들만 열 명이 들어 있었습니다. 이번 춘위를 계기로 상공께선 또 이런 자리를 빛내줄 문생들이 구름같이 생겨날 것 같은데요!"

사람들이 워낙 많으니 마덕옥의 말을 듣는 둥 마는 둥하며 그는 빙그레 웃으며 대답했다.

"내무부에서 부탁한 물건을 구입하러 자바국(인도네시아 자바섬)으로 간다고 들었는데, 조심하게. 조정에서 벌어 가는 돈은 전부 원명원 재건축 예산에서 나가는 것이니 그 돈엔 원혼(冤魂)이 도사리고 있다 이거야. 가다가 배 뒤집히는 일은 없어야 할 텐데!"

기윤의 농담에 나이 쉰을 넘겼으면서도 언제 보나 홍광이 만면하여 완동(頑童)같아 보이는 마덕옥은 머리를 흔들며 도리질을 했다.

"폐하의 홍복이 뒷받침해 주는 한 절대 그런 불상사는 없을 것입니다. 게다가 이번에는 부처님의 팔십세 성탄(聖誕) 때 필요한 물건을 구입하러 가기 때문에 배가 뒤집히기는커녕 승관(昇官), 발재(發財)에 도화운(桃花運)까지 파도처럼 몰려올 것입니다!"

지극히 마덕옥다운 말을 듣고 난 기윤은 한바탕 너털웃음을 터뜨렸다.

"그랬으면 오죽 좋겠나! 맛있는 거 있으면 챙겨오는 걸 잊지 말고 잘 다녀와!"

일명 '갈곰보'라 불리는 내무부 서무관이 몇몇 사람들과 무어라 귀엣말로 숙덕거리는 걸 본 기윤이 다가가 물었다.

"이봐 갈화장(葛華章), 무슨 비밀 얘기를 하기에 그리 숙덕대는 거야!"

그러자 갈화장이 씩 웃으며 대답했다.

"사모님께서 건강이 안 좋으시다는 소식을 접하고 저희 안사람이 매일 대각사(大覺寺)로 가서 향을 사르고 발원을 했었습니다. 이제 사모님께서 쾌차하셨으니 부처님께 사은을 표하는 차원에서 환원(還愿)을 해야 하지 않겠습니까? 그래서 여럿이 힘을 합쳐 희자(戲子)들을 불러 연극을 준비해볼까 상의하고 있던 중입니다! 설날에 맞춰 가인들을 전부 데리고 사부님 댁에 전원 출동할 테니 근사하게 한턱 내실 준비나 하십시오!"

그러자 옆자리에 있던 왕문치가 왕문소에게 말했다.

"선배님, 이래서 유유상종이라는 말이 나왔나 봅니다! 그 스승에 그 제자라고, 기효남이니 저런 장난꾸러기 제자들을 두었지 않았겠습니까!"

벌써 고희를 넘긴 왕문소는 폭포처럼 가슴께까지 드리운 흰 수염을 쓸어 내리며 조용히 미소를 지을 뿐이었다.

저마다 웃고 떠들며 기윤을 따라 윗방으로 들었다. 주인이 지정해 준 자리에 앉으니 한쪽에서는 가인들의 움직임이 바빴다. 홍촉(紅燭)이 대낮 같은 실내엔 화롯불이 활활 타올라 봄날처럼 따뜻했고, 육향(肉香)과 주향(酒香)이 어우러져 융융(融融)한 분위기가 그만이었다.

왕문소를 비롯한 여러 대 숙유(宿儒)들이 자리해 있었는지라 부인 마씨는 그 면전에서 인사 받기가 불편할 것 같았다. 어쩔 수 없이 문생과 동년들이 스무 명씩 무리를 지어 들어가 배례하기로 했다. 그사이 다른 사람들은 벌써 수저를 들고 있었다. 그러나 군침을 꿀꺽꿀꺽 삼키면서도 먼저 음식을 집어먹을 수는 없는지라 죽을 지경이었다.

그 중에서도 진헌충은 체구가 작아 땅딸막한 데다 까무잡잡하기까지 하여 '밤톨'이라는 별명을 달고 있었다. 소매를 높이 걷어 올리고 두 손으로 탁자를 짚고 서서 킁킁대고 냄새를 맡으며 먹고 싶어 어찌할 줄을 몰라했다.

"와! 차라리 곤장을 맞고 말지 이 고문은 참을 수가 없구만!"

자리에 앉은 사람들 중에 진사가 아닌 사람은 마덕옥뿐이었다. 그는 웃음을 지으며 왕문소에게 말했다.

"대장원께선 문화전 대학사까지 지내셨으니 둘째가라면 서러우실 도리만천하(桃李滿天下)이지 않습니까? 전 운 좋게 대장원의 연석(宴席)에도 초대받은 적이 있으나 저리 버릇없는 학생은 처음 봅니다!"

이에 왕문소가 히죽 웃으며 대답했다.

"사람은 저마다 타고난 성정이 있는 법이지. 실은 나도 허물없고 편안한 분위기를 좋아하는 편이네. 농담에 자신이 없고 성정에 소탈한 면이 부족해서 그렇지."

일시에 모두 술잔을 들어 부인의 '수비남산(壽比南山)'을 기원하고 나니 굉주(觥籌, 술잔과 젓가락)가 교차하고 잠시 동안은 쩝쩝대며 음식 먹는 소리밖엔 들리지 않았다. 언제나 그러하듯 술이 서너 순배 돌아가고 나니 그제야 다소 조심스러워하던 사람들이 언제 그랬더냐 싶게 담소를 즐기고 주령(酒令)까지 외쳐대며 만당(滿堂)에 희락(喜樂)이 차고 넘쳤다.

주석에 앉은 기윤이 일일이 술을 따라 권주를 하고는 슬그머니 사돈인 노견증에게 눈짓을 보냈다. 그리고는 '실례' 좀 하겠다며 먼저 밖으로 나왔다. 한참 기다리고 서 있으니 노견증이 따라나와 물었다.

"춘범(春帆, 기윤의 호), 무슨 일이오?"

기윤은 말없이 노견증을 데리고 창고 뒤편으로 왔다. 사람이 있나 없나 여러 번 확인한 후에야 그는 비로소 물었다.

"사돈이 염도(鹽道)로 있을 때 재정적자가 어느 정도 남아 있었지?"

"십사만 냥인가 십오만 냥인가 아마 그 정도 될 걸?"

노견증이 턱을 치켜올려 잠시 생각하더니 덧붙였다.

"그 속엔 고항이 저질러 놓고 간 것도 상당수 포함되어 있지요. 전임 염도가 5만 냥 적자를 남겼으니 내겐 3만 냥 정도밖에 없는 셈이오. 왜? 조사를 할 것 같소?"

기윤이 노견증의 물음엔 대답하지 않고 다시 물었다.

"하남성(河南省) 신양(信陽)에서 차(茶)를 실어다 고북구(古北口)에 군마 3백 필을 바꿔준 것이 사돈의 손을 거친 일이죠?

당시 차인(茶引, 찻잎으로 마필을 교환할 시 지방정부에서 내주는 허가증)을 소지하고 있었소?"

"물론이죠."

"마필과 찻잎의 숫자가 병부와 신양부에서 알고 있는 숫자와 대충 들어맞지?"

이에 노견증이 가볍게 실소를 터트리며 대답했다.

"사돈은 지금이 찻잎이면 찻잎, 마필이면 마필, 숫자가 뚜렷한 강희 연간인 줄 아세요? 찻잎만 해도 수십 종류이고, 몽고의 왕을 통해 좋은 마필을 구하려면 그 마름에게 뭐라도 좀 찔러주지 않고 일이 성사되는 줄 아세요? 턱도 없어요! 오는 길에 층층시하 장애물은 또 어찌나 많은지……. 신양에서 고북구까지 오는데 이런저런 명목으로 주머니 털어내는 자들이 초소를 수십 개씩이나 쳐놓고 있더라니까! 거기다 인부들의 인건비도 얼마나 올랐는지 그 심부름하고 적자 내지 않는 사람이 있으면 나와 보라고 하세요."

"그럼 고북구에 군마를 해결해주면서 생긴 적자는 얼마나 되오?"

"못돼도 1, 2만 냥은 될 테지!"

기윤이 잠시 침묵하더니 말했다.

"오늘 다섯째 황자를 만났소. 그런데 병부와 호부에서 감사가 있었는데, 사관(司官)들이 차사를 보고하면서 사돈의 재정적자에 대해 언급하더라 이거야. 그러면서 황자마마가 내게 '노견증이라면 기공의 친척이 아니냐'며 반문하는데, 순간적으로 가슴이 철렁했소."

그러자 노견증이 흥분을 했다.

"그것들이 뭘 안다고! 믿지 못하겠으면 나랑 한번 다녀오자고

해보세요. 애 안 낳아본 년이 배아파 새끼 낳는 고통을 모른다더니, 나 원 참……."

"우릴 위해서 하는 소리겠지!"

기윤이 한마디로 그 불평을 막아버렸다.

"그렇게 황자마마를 나무라면 듣는 이 사람의 기분이 좋겠소? 내 입장에서 그런 소릴 듣고 사돈간에 가만히 있을 수도 없고! 내 생각엔 사돈이 북경에서 이렇게 죽치고 있지 말고 어서 임지(任地)로 돌아가 차사를 투명하게 처리해 놓았으면 하오. 만에 하나 무슨 일이 생기면 난 신분이 신분이니 만큼 도저히 도와줄 수가 없소! 밖에서 보기엔 군기처에 몸담고 있다니 대단할 것 같지만 군기대신? 그거 한마디로 폐하의 주구(走狗)에 불과한 거요! 사냥개나 똥개나 애견(愛犬)이나 한번 실족하여 미끄러지면 상갓집 개 신세는 저리 가라지!"

자기도 모르게 흥분하여 말하던 기윤이 저만치에서 들리는 발자국 소리에 뚝 말을 멈추었다.

두 사람이 '실례'를 하고 정청으로 돌아오니 방안에는 주흥이 도도하여 분위기가 점점 무르익고 있었다. 수석자리의 몇몇 나이든 숙유들은 가끔씩 문생들의 축하주를 받아 마시며 조용히 담소를 즐겼다. 누구네 자손이 어느 고위직에 올랐다는 둥 요즘엔 누구의 시사(詩詞)에 매료돼 있다는 둥 도란도란 이야기꽃을 피우고 있었다. 자리로 돌아온 기윤이 옆 식탁에서 한껏 열을 올리는 류보기(劉保祺)를 향해 물었다.

"뭐가 그리 신이나 떠들어대나? 또 누구의 졸작을 논하고 있었나?"

그러자 류보기가 대답했다.

"저희들은 지금 춘위 시험 예상문제 맞추기 놀이를 하고 있습니다."

별 생각 없이 이같이 말하며 류보기는 두 손으로 기윤에게 술을 따라 올리며 덧붙였다.

"사부님, 사모님과 더불어 백발제미(白髮齊眉)하시고 수비남산(壽比南山)하시길 기원하는 뜻에서 제자의 축하주를 한잔 받으십시오!"

"천자(天子)의 만년을 기원해야지!"

기윤이 웃으며 말을 이었다.

"앉다보니 자네들 탁자엔 춘위의 고관들이 바글바글 모인 것 같은데, 폐하를 위해 공정하게 인재를 선발해주길 바라겠네!"

여부가 있겠느냐며 홍광이 만면한 무리들은 술잔을 부딪쳐 시원스레 건배했다. 술기운이 올라 얼굴이 벌개진 류보기가 기윤에게로 다가와 나직이 말했다.

"방금 '밤톨'이 응시생들 중에 사부님의 친지는 없는지를 물어 왔습니다. 그래서 제가 사부님은 대청의 으뜸가는 재자(才子)이신데, 그 친지들이라면 적어도 제2, 제3의 대학문가들이 아니겠냐고, 그런 분들이 뭐가 아쉬워 자네에게 잘 봐달라 부탁하겠느냐며 핀잔을 주었습니다. 그리고, 설령 뭐가 있다고 해도 논할 자리가 아니고요!"

그러자, 기윤은 히죽 미소를 지어 보였다.

"귓불 씹어가며 그 얘기했나? 올해 주고(主考)는 내가 아니니 시험문제를 논해도 무방하네. 난 자네들에게 특별히 부탁할만한 사람은 없네. 있다고 해도 감히 부정을 저지를 순 없지. 나 자신이 박빙의 나날을 사는데, 가족들이 내 이름 걸고 발호하는 걸 내가 간과할 줄 아는가?"

이같이 못박으며 그는 싱긋 웃어 보이며 자리로 돌아갔다.

막 엉덩이를 붙이고 앉으니 류보기가 갈화장을 닦달하는 소리가 들려왔다.

"방금 하다가 만 얘기를 계속해봐. 자네 말대로라면 화신과 그 왕비 사이가 끈적끈적하다는 얘기가 아닌가?"

이에 갈화장이 술 냄새를 뿜어내며 대답했다.

"그 정도까지는 잘 모르겠소. 이십사황숙의 희자들에게서 들은 소리인데, 내가 두 눈으로 똑똑히 보지 않은 이상 믿을 소리가 어디 있겠소!"

기윤은 짐짓 못들은 척 하면서도 그쪽으로 귀가 솔깃해지는 건 어쩔 수 없었다. 대충 화신과 이십사복진인 오아씨를 의심하는 내용이었으나 건륭의 성총이 남다른 화신을 자칫 잘못 건드렸다간 본전도 못 건지는 수가 있으니 신중하지 않을 수 없었다. 이목이 잡다한 자리에서 함부로 성총이 깊은 사람을 논한다는 것이 위험천만하다고 생각한 기윤이 큰소리로 너스레를 떨었다.

"자자, 남의 얘기는 아무리 좋은 소리라도 뒤에서 하면 흉이 되니, 좋은 날에 그런 얘긴 집어치우고 우리 술 마시며 주령(酒令)이나 하지!"

"그럼요, 그럼요!"

문생들이 저마다 공감하여 호응해왔다. 갈화장이 먼저 입을 열었다.

"허튼 소리를 먼저 꺼낸 쪽은 저이니 제가 먼저 벌주 한 잔을 마시고 주령을 시작하겠습니다!"

통쾌하게 잔을 비워낸 갈화장은 손등으로 입을 닦으며 말했다.

청지녹엽(靑枝綠葉)에 붉은 꽃이 피었구나!
정원으로 옮겨 심었더니,
어느 날 홀연 꽃은 지고
쩍 벌어진 과일이 달려 있었네!

"석류(石榴) 얘기로군."
진헌충이 이같이 말하며 주령을 이었다.

청지녹엽(靑枝綠葉)에 꽃이 피지 않았구나!
정원에 옮겨 심었더니,
어느 날 대풍이 불어닥쳐……

큰소리치며 운을 뗐으나 뒤를 잇지 못한 진헌충이 커다란 왕방
울 눈을 깜빡거리자 옆에서 류보기가 재촉했다.
"뭔데? 빨리 말해, 뜸들이지 말고!"
다급한 나머지 진헌충은 느닷없이 내뱉었다.

거뤄거뤄거뤄!

"그게 무슨 뜻인가?"
상석의 왕문소가 웃으며 물었다.
그러자, 진헌충이 술잔을 들어 비우며 대답했다.
"대나무입니다. 바람에 대나무 흔들리는 소리요."
장내는 삽시간에 사람들의 조롱으로 소란스러웠다. 한마디로
순 억지라는 반응이었다. 두 손을 마구 저어 소란을 잠재우며 류보

기가 막 주령을 이으려 할 때 갑자기 가인 하나가 종종걸음으로 들어왔다. 기윤의 귓가에 엎드려 몇 마디 귀엣말을 하니 기윤이 천천히 자리에서 일어섰다. 그는 먼저 왕문소에게 읍해 보이고는 좌중을 향해 말했다.

"푸상이 위급하다고 하오. 폐하께오선 이 사람더러 푸상 댁으로 가서 마지막이 될 것 같으니 영결을 고하고 오라는 지의가 계시오. 모처럼 스승과 제자들이 즐거운 자리를 가졌는데, 피치 못할 사정으로 오늘은 이만 자리를 파해야겠소. 다들 본연의 위치로 돌아가 근로왕사(勤勞王事)하여 문생이라면 스승의 체통에 먹칠을 하는 일은 없어야겠네."

그가 말하는 사이 사람들은 벌써 저마다 자리에서 일어나 작별을 고하기 시작했다.

16. 금지옥엽(金枝玉葉)

　푸헝이 위급하다는 소식을 듣고 건륭은 하루 동안 철조(輟朝)를 명했다. 진시(辰時)도 채 못 되어 건륭은 푸헝의 집으로 떠날 채비를 하라고 분부했다. 후궁들 중에선 귀비 위가씨(魏佳氏)가 푸헝네와의 관계가 가장 밀접했으니 은의(恩義)상 만사를 제쳐두고라도 당아(棠兒)를 위로하러 다녀와야 함이 마땅했다. 그러나 전날 밤 건륭은 위가씨의 주청을 윤허하지 않았다. 그 이유인즉 이러했다.

　"짐이 친히 거동하는 것 자체가 그들에겐 엄청난 수은(殊恩)이거늘 후궁들까지 벌떼처럼 몰려가면 가솔들이 더욱 경황이 없어 허둥지둥할 게 아닌가? 그건 미류(彌留) 중의 환자를 배려하는 게 아니라 되레 해하는 거나 마찬가지네. 십오황자가 원행(遠行)을 앞두고 있는데, 모자간에 따로 나눌 얘기도 있을 테고 일단 그 아이부터 잘 배웅해 보내도록 하게. 사가(私家)에 있을 때 푸헝

네로부터 큰 은혜를 입었던 건 알고 있으나 은공을 갚는다 하여 허례에 매달릴 필요는 없네."

사정이 이러하니 위가씨는 새벽같이 일어나 소세(梳洗)를 마치고 불당(佛堂)으로 갔다. 재계하여 푸헝의 평안을 기원하는 삼주향(三炷香)을 사르고 저수궁으로 돌아와 묵묵히 타좌(打座)하여 있으니 지나간 추억들이 그림자처럼 언뜻언뜻 뇌리를 스쳐갔다. 폭설이 내리는 어느 날 집에서 쫓겨난 모녀가 오갈 데 없이 동사(凍死) 직전에 내몰렸던 아픈 기억이며, 다행히 푸헝의 집에 기거하며 그나마 풍의족식(豊衣足食)한 나날을 보내다 당아의 추천으로 입궁하여 오늘날의 부귀를 누리게 된 희노애락의 편린들이 떠올랐다. 처량한 감정에 사로잡혀 있으니 일순 감개가 무량하고, 다시 은인을 영영 저승으로 떠나보내야만 하는 아픔이 파도같이 몰려와 위가씨는 눈물이 그렁그렁 앞을 가렸다. 이때 태감이 들어와 아뢰었다.

"귀비마마, 십오황자마마께오서 오셨사옵니다!"

이어 무겁지도 가볍지도 않은 발소리만으로도 짐작이 가능한 아들의 기척이 가까워왔다. 급히 눈물을 닦고 미소 띤 표정으로 바꾸며 하녀에게 분부했다.

"계향(桂香)아, 십오마마께오서 오셨다니 서랍 속에서 용정차(龍井茶)를 꺼내어 끓여 오너라!"

그사이 주렴을 걷고 안으로 들어선 옹엽(顒琰)은 예를 갖춰 모친 위가씨에게 인사를 올렸다.

"그새 강녕하셨습니까, 어머니. 오늘 이경(離京)을 앞두고 작별 문후를 올리러 들었습니다."

몸을 일으키며 위가씨의 낯빛을 살펴 본 옹엽이 말을 이었다.

"어째서 안색이 창백해 보이십니까? 어젯밤 잠자리가 불편하기라도 하셨는지요? 낙루하신 흔적도 역력하고요."

"앉거라."

위가씨가 담담하게 입을 열었다. 그리고는 말없이 원행을 앞두고 있는 아들을 정겨운 눈매로 뜯어보았다. 천자의 교자(驕子, 잘난 아들)이자 엄연한 국가사직의 기둥이었다. 그러나 한편으론 자신이 태비(太妃)로 물러난 후에 믿고 기댈 기둥이기도 했다. 그러나 건륭이 훈계할 수 있고 황후와 동궁의 사부들이 훈계할 수는 있어도 명색이 '모친'인 어미는 명분과 지위상 '권계(勸誡)' 정도가 고작이니 가깝고도 먼 아들을 대하는 어미의 심정은 자애와 부드러움, 애정과 관심, 그리고 끝없는 그리움과 염려로 범벅이 되어 무어라 형언할 수가 없었다.

이제 열 다섯밖에 안된 아이가 어찌나 늠름하고 풍채가 좋은지 어엿한 청년 같았다. 사가에서라면 원행 보내는 어린 아들을 껴안고 모자간에 한바탕 눈물로 애틋한 석별의 정을 나눌 것 같았지만 그리할 수 없는 보이지 않는 장벽이 둘 사이를 가로막아 그저 이렇게 바라볼 수밖에 없는 것이 안타까웠다.

그러나 옹염이 어미의 이 같은 복잡한 심경을 읽어낼 리가 없었다. 어리광이 무엇이고 애틋함이 무엇인지 모르고 자란 심궁(深宮)의 금지옥엽답게 아이는 대수롭지 않게 어미의 눈길을 받으며 말했다.

"이렇게 뵈었으니 갈 때는 문후를 올리지 못하고 그냥 떠날 것 같습니다. 길에서 가끔씩 문안을 여쭙는 상주문을 올리겠으나 어머니에게만 단독으로 올릴 순 없을 것입니다. 부디 보중(保重)하십시오."

"난 만사에 걱정이 없는 궁중에서 잘먹고 잘 있을 것이니 어미 걱정은 말거라. 네가 무사하면 어미도 무사하고, 너의 신변이 불안하면 어미도 따라서 불안해지니 그리 알거라."

위가씨는 자꾸만 약해지는 마음을 굳게 다잡았다. 현실은 냉정하여 모성을 허락하지 않으니 대세에 따르는 수밖에 없었다. 가벼운 한숨과 함께 미소를 지으며 위가씨는 덧붙였다.

"폐하께 문안 상주문을 올릴 때 이 어미의 안부도 함께 물어주면 그걸로 어미는 만족한단다."

"알겠습니다."

"명색이 흠차이니 역도(驛道)로 가며 역관(驛館)에 머무르겠지?"

"흠차에 대한 의장(儀仗)이 따로 있으니 염려하지 마십시오."

옹염은 모친의 실낱같이 떨리는 목소리를 들으며 가슴이 뭉클해졌다. 눈동자가 벌겋게 되어 정중히 절을 하며 말을 이었다.

"전 육경궁(毓慶宮)의 시독(侍讀)인 왕이열(王爾烈)이랑 노새 타고 다니며 백성들 속으로 깊이 들어가 민풍(民風)을 두루 살필 것입니다. 달리 어려움은 있을 수가 없습니다."

그 말에 위가씨의 얼굴에 미소가 번졌다.

"민풍이 별거냐? 어미가 그 속에서 나왔거늘 궁금한 게 있으면 어미에게 물어보면 될 거 아니냐. 왕이열이라? 전에 너한테서 들은 바가 있는 것 같구나. 건륭 39년의 진사이지? 그래봤자 서생이니 차사에 대한 조언은 해줄 수 있겠다만 그 기간 동안의 음식기거(飮食起居)를 제대로 챙겨줄 수 있을지가 걱정이구나. 밖에는 비적들이 창궐하여 흉흉하다 들었거늘 수행이 얼마나 되는지는 모르겠으나 만에 하나 불상사라도 생기는 날엔 하늘이 노래지도록 통곡한들 무슨 소용이 있겠느냐!"

이같이 말하며 위가씨는 끝내 눈물을 보였다. 이에 옹염이 위로를 했다.

"왜 또 그러세요, 어머니. 씩씩한 사내로 장성해야 한다던 평소의 훈회를 잊으셨습니까? 어머니의 간난신고 과거사를 들으며 소자는 얼마나 굳세졌는지 모릅니다…… 역시 어머니 훈회대로 사람은 고생을 해봐야 총기도 좋아지는 것 같습니다. 이제 평소에 갈고 닦은 실력을 검증 받으러 나가는 것이니 모친께선 오로지 대견스러워하실 뿐 상심하지는 마십시오!"

"그래, 그래! 그런 줄 알면서도 워낙 울보라서 끝내 눈물을 보이고 말았구나."

이같이 말하며 손수건으로 눈곱을 찍던 위가씨는 흐르는 눈물을 더는 주체할 수 없어 아예 거침없이 쏟아내고 말았다.

"어미야 어디 비빌 언덕이 있었더냐, 비바람 피할 데가 있었더냐? 불우하게 자랐으니 금지옥엽의 너만은 바깥세상의 험한 꼴 보지 말고 편안하게 살았으면 해서 그랬지."

옹염은 다시 가슴이 뭉클해졌다. 계향이 받쳐 올린 물수건을 받아 위가씨에게 건네주고 자리로 돌아와 앉았다.

"어머니를 뵈러 온 것이 괜히 어머니의 깊은 상심을 건드렸네요! 신변보호는 왕이열이 알아서 호위대를 배치할 것이니 염려 놓으십시오. 거쳐가는 곳의 관도(官道)에도 강양대도(江洋大盜)들이 출몰한다는 소리는 못 들었습니다. 노하역(潞河驛)에 가보시면 아시겠지만 강남(江南)이나 안휘(安徽), 산동(山東), 심지어는 저 먼 남쪽의 광동(廣東), 광서(廣西), 운남(雲南)에서까지 상인들이 크고 작은 보따리를 들고 북경으로 밀려들고 있습니다.

그네들도 겁 없이 휩쓸고 다니는데 소자가 과연 그런 객상(客商)
들 보다도 못하겠습니까?"

어느새 장성하여 되레 어미를 위로하고 나서는 늠름한 아들의
모습에 위가씨는 적이 위안을 느꼈다. 그녀의 표정은 그새 훨씬
밝아졌다.

"그래, 역시 너다운 모습이다. 하는 짓을 보면 마냥 어린애 같아
도 사려 깊고 웅심이 깊은 아이이지. 형이나 아우보다 더 검소하고
억울해도 목표를 달성하기 위해선 끝까지 인내하는 모습이 어미
는 늘 대견스러웠단다. 낳아놓으니 덜컥 천연두에 걸려 어미가
눈물로 지새우니 남순 중이시던 폐하께오서 천 리 길에 엽천사(葉
天士)를 파견하시어 너의 목숨을 구해주셨지……. 너를 못 믿는
건 아니지만 어미의 노파심에 세상물정을 잘 아는 사람이 너를
수행해 주었으면 싶구나."

위가씨가 한숨을 지으며 덧붙였다.

"푸상의 병세가 저리 악화되지만 않았어도 복강안(福康安)이
나 복륭안(福隆安)을 딸려 보내달라고 청을 드리면 될 텐데……."

"필요 없습니다. 그들이 없어도 소자는 얼마든지 차사를 훌륭히
완수할 수 있습니다."

복륭안은 공주의 액부(額駙)이고, 복강안은 일찍이 공로를 인
정받은 바 있는 종실의 자제였다. 둘 다 사치에 물들었을 뿐더러
자신감이 충만하다 못해 거만하기까지 하다고 옹염은 생각해왔
다. 더욱이 어려서 함께 글공부를 하고 기마술(騎馬術)을 익혀오
면서 여타 대신의 자제들과는 달리 사사건건 앞장서서 주목받으
려 하고 황자들 앞에서도 추호도 기죽는 법 없이 되레 당당하기만
했던 두 형제였으니 옹염으로선 그리 좋은 인상을 품고 있지 않았

다. 모친의 체면만 아니었다면 멱살을 잡아도 열두 번이었을 옹염이었다. 모친이 자신의 속내를 간파할세라 옹염은 한가닥 미소를 거둬들였다.

"그들의 부친에 대한 애정이 극진함은 소자가 아바마마에 대한 효심이 지극한 것과 매일반일 것입니다. 푸상이 미류의 위태한 상태가 아니고 단순한 풍한(風寒)에 걸렸을지라도 소자는 아비의 병석을 지키는 복강안이나 복룡안을 불러 함께 길을 떠날 생각은 없습니다."

아들의 진정한 속내를 알 길 없는 위가씨는 못내 대견스러워했다.

"넌 정말 사려가 깊은 걸 보면 꼭 애늙은이 같은 느낌이 드는구나. 거창하게 입신양명까지는 바라지 않으니 그저 무사히 어미 곁으로 돌아와 주기만 한다면 더 이상 바랄 게 없겠구나."

이같이 말하며 안방으로 들어간 위가씨가 자그마한 보따리 하나를 들고 나왔다. 어젯밤에 밤을 새워 가며 준비해둔 것들이었다. 풀어보니 맨 위에는 '호신평안부(護身平安符)'라는 부적이 든 노란색 봉투가 있었다. 빨갛게 백운관(白雲觀) 도장(道長)의 인(印)이 선명하여 피를 보는 것 같았다. 그 밑에는 자그마한 나무함이 있었다. 위가씨가 가볍게 건드리며 말했다.

"이 속엔 자금활락단(紫金活絡丹)이 들어 있고, 저기 저 종이 꾸러미 속엔 금계랍(金鷄蠟)이 들어있느니라. 학질이 완쾌되지 않았으니 발병할라치면 즉시 먹도록 하거라……."

그밖에도 크고 작은 봉투가 여러 개 있었다. 열어보니 자잘한 금과자(金瓜子)며 푼돈에 해당되는 몇 냥짜리 은자들이 가득 들어 있었다. 위가씨가 유감스런 표정으로 한숨을 내쉬었다.

"부처님과 황후마마랑 지패놀이를 하면서 딴 것들이니라. 많았었는데, 이럴 줄 알았으면 남에게 주지 말고 모아 두었을 걸! 월례를 아껴 모은 돈은 3만 냥 정도 있는데, 괜히 네가 사람들 입에 오르내릴까 봐 주고싶어도 조심스럽구나……."

옹염은 모친의 염려가 당치도 않다는 듯이 그저 빙그레 웃기만 할뿐이었다. 모친의 끝없는 당부와 염려의 말을 듣다보니 옹염은 자신이 흠차대신(欽差大臣)이 아닌 소문소호(小門小戶)의 코흘리개가 먼길을 떠나는 것 같은 느낌이 들었다. 자신이 기침만 해도 금세 독감 걸려버릴 무리들이 많은데 어머니는 한낱 세 살배기 취급을 하니 못내 우스웠다. 아무렇지도 않다는 듯 애써 웃음을 지어 보이며 그는 말했다.

"흠차의 숙식과 기거 일체는 방문지의 역관들에서 마땅히 책임지게 돼 있습니다. 제가 조금만 조심하면 문제될 게 추호도 없으니 제발 심려를 놓으십시오."

그러자 위가씨가 말했다.

"어미도 모르는 바는 아니지만 어째 이리도 마음이 불안하냐. 이럴 줄 알았더라면 미리 참한 계집아이를 머리 올려 널 시중들게 하는 건데……. 시중드는 데는 그래도 여자가 낫지."

이에 옹염이 웃으며 말했다.

"아무리 칠처팔첩(七妻八妾)이 있다고 해도 흠차의 원행에는 호종(扈從)할 수 없습니다! 가인들 중에선 왕소오(王小悟)가 호종할 겁니다. 재작년에 복령안(福靈安)에게서 선물 받은 자인데, 영악하고 제법 쓸만합니다."

"그래, 알았다."

위가씨가 자리로 돌아와 앉으며 결연히 손사래를 쳤다. 그리고는 덧붙였다.

"아무쪼록 별탈 없이 무사히 다녀오너라!"

그로부터 일주일 후, 옹염 일행 넷은 창주(滄州)에 당도했다.
때는 음력 12월 한겨울이었는지라 물이 부족한 메마른 계절이었
다. 조양문(朝陽門)에서 통주(通州)에 이르는 구간의 운하는 물
이 줄어 하상(河床)이 훤히 들여다보였다. 순천부(順天府)에서
징집한 민공들이 운하를 따라 개미같이 달라붙어 하상의 진흙을
쳐내느라 여념이 없었다. 통주를 지나 천진위(天津衛) 부두에 이
르는 구간은 결빙이 되어 거울처럼 반들거렸으므로 배가 운행하
는 건 애당초 무리였다. 원래는 통주에서 작은 도로로 접어들어
주변의 민풍을 살피려 했다. 그러나, 흠차가 모일 모시에 그곳을
경유한다는 식의 보고를 이시요(李侍堯)로부터 미리 전해들은 지
방관들이 탐마(探馬)를 통해 일행의 행적을 사전에 파악하고는
영접을 서두르는 통에 그리할 수가 없었다.
　청의소모(靑衣小帽) 차림에 조용히 '사사로운 방문'을 하고자
했던 옹염은 아첨을 한 수레씩 실어 나르는 무리들을 외면할 수도
없고 적당히 대응하느라 진땀을 뺐다. 청현(靑縣)을 지났어도 운
하는 여전히 결빙되어 있었다. 그러나, 다행히 하심(河心)은 견빙
(堅氷)이 아니어서 겨우 군함이 통과할 수는 있었다.
　이 시각, 흠차의 전용선(專用船) 선실 밖에서 난간을 잡고 선
옹염은 멀리 시선을 두었다. 양안(兩岸)의 푸른 어둠이 깃든 촌락
은 소슬하기만 했다. 눈길 닿는 곳마다 잎새 떨어진 나목(裸木)들
이 찬바람을 온몸으로 받으며 진저리를 치고 있었다. 가까이 잡초
가 무성한 양안에는 놀란 까마귀들이 떼로 오르내리며 저물어 가

는 차가운 밤을 더욱 쓸쓸하게 만들었다. 잔설(殘雪)이 드문드문 한 밭에 한 뼘도 되나마나한 겨울철의 밀이 퍼렇게 떨고 있었다.

홀연 기척을 느끼고 멀리서 시선을 거둬들이니 이번 차사를 위해 형부에서 임시로 불러온 시위 임계발(任季發)이 등뒤에 서 있었다. 동행한 가인 왕소오는 한쪽에서 엉덩이를 잔뜩 치켜올린 채 탄불을 살리느라 양볼이 터질 듯 입김을 불어댔다. 작은 불꽃이 미약하게나마 일어나는 것 같았다. 한참 승강이 끝에 되살아난 화로를 선실 안으로 들여보내는 왕소오를 옹염은 손사래쳐 물리쳤다. 옆에는 임계발만 남았다.

회색 두루마기에 바짓가랑이는 끈으로 묶어서 잘록했다. 스물 대여섯은 족히 되어 보이는 임계발은 타고난 동안인 데다 큰 입과 둥근 코, 팥처럼 작은 눈이 우스꽝스러워 나이가 그리 들어 보이지는 않았다. 영악하고 날렵하여 어딘가 한군데만 톡 건드려도 수십 리 밖으로 튕겨 나갈 것만 같았다.

외차 나가는 대신들을 수없이 따라다녔어도 용자봉손(龍子鳳孫)을 가까이에서 시중드는 건 처음인 듯 그 역시 옹염을 눈여겨 보았다. 도중에 만난 관원들을 접견할 때는 손을 굳게 잡아 악수하고 어깨를 두드려 격려하는 모습이 소탈하고 대범하며 평이하여 가까이 하기 쉬울 것 같았으나 홀로 있을 땐 한 시간이고 두 시간이고 침묵하는 모습이 퍽 인상적이었다. 음식이 구미에 맞지 않아도 수저를 놓아버리면 그만이지 언제 한번 요리사를 불러 훈책하거나 다시 끓여 오라고 호통치는 법이 없었다. 입성은 새것이 아니어도 늘 깔끔하게 빨아 입었다. 유별난 데는 없어도 그리 범상치도 않았다. 옹염의 눈길이 자신에게서 비켜갈 줄 모르자 임계발은 고개를 내리며 조용히 웃었다.

"임계발이라고 했나?"

옹염이 드디어 입을 열었다. 그러나 말투는 여전히 담담했다.

"형부의 시위라고 알고 있는데?"

침묵의 중압감에 내심 숨통이 막혔던 임계발이 몰래 안도의 숨을 내쉬며 공손히 아뢰었다.

"소인 임계발은 전에는 황천패(黃天覇)의 제자였사옵니다. 류용과 복강안 대인을 호종하여 공로를 세운 바 있어 복 대인이 형부 집포사(緝捕司)에 이름을 걸어주셨을 뿐 엄격히 따지면 시위라고 할 수도 없사옵니다. 마마께오선 앞으로 소인의 관명(官名) 대신 원숭이라고 불러주시면 되겠사옵니다!"

"원숭이라?"

옹염이 실성한 듯 웃었다.

"필시 영악하고 무예가 출중하여 그런 별명이 붙은 게로군."

그러자 임계발이 익살스레 웃어 보였다.

"과찬이시옵니다. 황천패의 십삼제자들을 소인은 전부 숙부라고 불렀사옵니다. 그 분들이 이 흠차, 저 대인을 따라 외차를 다녀오면서 죽고 다치고 잇따른 불상사를 겪게 되니 절름발이들 속에서 장군 뽑듯 사지가 성한 소인이 발탁되었을 뿐이옵니다. 순 눈먼소 뒷발질에 쥐 잡은 격이죠. 별로 영악하지도 못하고 무예도 특출한 편은 못 되옵니다. 다만 역마살이 끼어 많이 싸돌아 다니다보니 흑백 양도(兩道)에 낯설지 않다는 것이 장점이라면 장점일까요, 헤헤!"

말이 이어지고 있을 때 왕이열이 들어섰다. 원숭이는 곧 입을 다물고 한 쪽으로 물러섰다.

서른을 넘긴 중년의 사내였다. 어중간한 체구에 몸은 다소 마른

편이었다. 회색 비단 두루마기에 자줏빛 허리띠를 두르고 있었다. 네모난 하얀 얼굴은 턱이 조금 위로 올라가 있어 강한 인상을 풍기고 있었다. 말끔한 얼굴에 세모진 눈이 날카로웠다. 주렴을 걷고 들어서는 그를 보며 옹염이 멀리 창 밖을 가리키며 물었다.

"왕 사부님, 밖이 엄청 추워 보이는데 결빙되지 않은 건 어인 영문이죠? 방죽 너머의 저 일망무제한 황야들을 좀 보세요. 허옇게 서리가 앉은 것 같네요. 저 넓은 땅에 작물을 심지 않고 어째서 방치해 두었을까요?"

호기심을 연발하며 그는 맞은편의 의자를 가리키며 권했다.

"앉으세요."

왕이열이 자리에 앉았다. 얼어서 굳어진 손을 비비며 그는 미소를 머금으며 대답했다.

"저 땅은 염성(鹽性)이 높아 농작물을 심을 수가 없사옵니다. 한랭한 날씨에도 결빙하지 않는 것도 물 속에 소금 성분이 녹아 있기 때문이옵니다. 운하의 일부 구간에서 행선(行船)이 가능한 것도 염수(鹽水)가 운하로 흘러들었기에 가능했던 것이옵니다. 남으로 내려갈수록 기온은 북방에 비해 높아도 얼음이 채 해빙되지 않아 선박이 운행하는 데 다소 어려움을 겪게 될지도 모르옵니다. 저의 고향 요양(遼陽) 일대에도 이런 땅이 적잖이 있사옵니다."

귀기울여 듣고 있던 옹염이 한참 후에야 또 물었다.

"그럼 이곳 사람들은 거의 짠 음식을 먹는다는 얘긴데, 대책은 없습니까?"

"이곳 상황이 어떠한지는 잘 모르겠사옵니다. 저의 향리에서는 전 고을이 총출동하여 깊은 우물을 판 덕분에 첨수(甛水)는 해결

할 수 있었사옵니다."

왕이열이 대답했다. 옹염이 의아해 하는 표정을 지어 보이자 그는 웃으며 보충설명을 했다.

"소위 '첨수'라는 건 곧 담수(淡水)를 뜻하옵니다. 무릇 수마가 할퀴고 간 땅에는 염분의 농도가 짙어 축생들의 사료가 될만한 사초(飼草)나 땔감나무들을 심는 수밖에 없사옵니다……."

연신 머리를 끄덕이고 있던 옹염이 돌연 고개를 돌려 수행 태감인 왕충에게 물었다.

"지금 어느 경내를 통과하고 있나?"

"아뢰옵나이다, 마마."

왕충이 급히 아뢰었다.

"아직 직예 경내에 있사옵니다."

옹염이 한가닥 미소를 흘리며 말했다.

"직예 경내인 줄을 몰라서 묻나? 어느 현을 통과하고 있나 이 말이지."

그 질문에 왕충은 바보처럼 웃기만 할뿐 답변을 하지 못했다. 그러자 원숭이가 대신 대답했다.

"아직 청현 경내에 머물러 있사옵니다! 여기서 수로로 50리만 더가면 창현(滄縣)이옵니다. 이곳은 사정이 괜찮은 편이옵니다. 창현에서 동남쪽으로 대랑정(大浪淀) 일대에 가면 백리 길에 인가(人家)라곤 없이 온통 소금밭이 마치 백설이 뒤덮인 것 같사옵니다!"

표정이 어두워진 옹염이 말했다.

"사부님, 우리 하선합시다. 전용선과 호위선 모두 정박하라!"

옹염이 뒤이어 왕충에게 명했다.

"자네는 배를 타고 곧장 주행하게. 창주에서 덕주에 이르는 구간에서 지방관들은 만날 거 없네. 덕주에서 회합한 연후에 구체적인 방안을 상의토록 하세. 류용(劉鏞)과 화신(和珅), 전풍(錢灃)에게는 우리의 노선을 알려주게."

말을 마친 옹염은 이내 옷을 갈아입었다.

말이 떨어지기 바쁘게 행동에 옮겨버리는 옹염의 모습에 왕이열은 적이 놀랐다. 호종(扈從)들을 따돌리는 것도 좋지만 아직 날이 완전히 어두워지지도 않았는데 하선하여 뭍으로 올라갔다가 사람들의 눈에 띄기라도 하는 날엔 어찌 '사사로운 방문'이 가능하단 말인가! 그러나 그는 곧 자신의 염려가 부질없음을 깨달았다.

바깥은 춥고 바람이 거셀뿐더러 날도 완전히 어두워지기 직전이었다. 꽁무니 물고 추격전 벌이듯 거칠게 몰아붙이는 황사(黃沙)의 포효가 을씨년스러운 가운데 인적은 거의 찾아볼 수 없었던 것이다. 운하 방죽의 저편 역도에 간혹 수레를 몰고 가는 농부와 늦은 길을 재촉하는 지게꾼들이 뒤뚱거리는 모습이 보일 뿐이었다. 여기서 하선한다면 바람막이 하나 없이 추위에 노출되는 것이 문제될 뿐 누군가의 이목이 두려운 건 없을 것 같았다. 이같이 생각하며 왕이열도 서둘러 사복으로 갈아입었다.

그사이 언덕으로 통하는 갑판이 놓여지고 원숭이와 왕소오가 옹염을 부축하여 하선하기 시작했다. 왕이열도 뒤따랐다. 그러나 배에 싣고 온 두 마리의 노새가 아무리 잡아끌고 엉덩이를 걷어차도 쭈뼛쭈뼛 뒷걸음만 칠뿐 감히 좁은 갑판을 통과할 엄두를 내지 못했다. 호위들 여럿이 한참 진땀을 빼서야 노새는 간신히 언덕에 올라올 수 있었다. 방죽에 오르기 앞서 옹염이 손짓으로 왕충을 불렀다.

"여섯 척의 호위선과 나의 전용선은 우리 왕부의 소유로 돼 있
는 것도 있고 대내, 예부 그리고 종인부의 소유도 있네. 누구라도
내가 하선했다는 기밀을 유출했다간 흠차를 모해하려 들었다는
죄명을 덮어씌워 가차없이 목을 칠 것이니 그리 알아!"

"예! 명심하겠사옵니다!"

왕충이 추위와 경기가 겹쳐 두 다리가 휘청거렸다. 하지만 중심
을 잡으며 급히 대답했다.

"소인, 마마의 지시를 받들어 모시겠사옵니다! 다만 내정(內
廷)에서 유지(諭旨)가 내려지면 소인이 어디 가서 마마를 찾아뵈
면 되겠사옵니까?"

그러자 옹염은 냉랭하게 대답했다.

"때가 되면 내가 알아서 연락을 취할 테니…… 그리 알고 가보
게!"

호호탕탕한 흠차의 전용선과 호위선들이 미끄러지듯 수면 위에
서 움직이기 시작했다. 점점 멀어져 가는 선대(船隊)를 보며 옹염
은 고삐 풀린 망아지처럼 해방된 느낌에 세 살난 꼬마처럼 좋아했
다. 사정없이 몰아치는 서북풍도 추위도 잊은 채 그는 두 팔을
쭉 뻗어 당장 환호성이라도 지를 태세였다. 두루마기 자락을 길게
날리며 왕이열을 향해 웃으며 그가 말했다.

"사부님, 전 자유자재로 날아다니는 새들이 참으로 부러웠습니
다. 한시라도 어멈들의 귀따가운 잔소리에서 놓여나고 싶었고 태
감들이 에워싸고 있는 현실에서 탈출하고 싶었습니다."

이에 왕이열이 웃으며 말했다.

"물론 글공부를 하라는 사부의 잔소리도 신물이 나고, 수면제
같은 강학(講學)도 내팽개치고 싶으셨겠죠."

"물론이죠."

옹염이 웃으며 머리를 끄덕였다. 비스듬히 경사진 언덕길을 내려오며 그는 말했다.

"아무리 금의옥식(錦衣玉食)에 기거팔좌(起居八座)가 근사해 보여도 심궁에 갇혀 행동에 제약을 받는다는 것이 얼마나 괴로운지 겪어보지 않은 사람은 모를 겁니다. 외관(外官)들의 눈에는 경외의 대상인 금빛 찬란한 용루봉각(龍樓鳳閣)도 눈에 익으면 한낱 홍장황와(紅墻黃瓦)의 사각천(四角天)에 불과하죠. 그래서 저희 황자들은 해마다 한 번씩 있는 추렵(秋獵)을 학수고대하고 있지요. 목란(木蘭)이나 열하(熱河), 봉천(奉天)으로 수렵을 갈 때면 며칠 전부터 가슴이 벌렁벌렁 흥분되어 불면의 밤을 지새우기가 일쑤죠. 그러나 목란이나 열하도 황가(皇家)의 금원(禁苑)인 이상 인공적인 조식(彫飾)의 맛이 점차 농후해져 이처럼 꾸밈없는 자연의 품과는 비할 바가 못 되는 것 같네요!"

옹염은 날개라도 돋쳐 어디론가 훨훨 날아갈 것만 같았다.

"기효남 공에게서 들으니 원명원에도 민간의 양식을 그대로 옮긴 촌락을 만든다고 하네요."

이에 왕이열이 빙그레 웃으며 입을 열었다.

"주방(酒坊)이니 요릿집, 밥집이며 희원(戲院), 다관(茶館) 등 없는 게 없이 들어설 거라고 들었사옵니다. 나중에 완공되면 구경 좀 시켜주십시오."

그러자 옹염이 머리를 저었다.

"글쎄, 폐하의 적막감을 어느 정도 해소해 줄지는 모르겠으나 금원에 진정한 의미에서의 촌락이 만들어질 수 있다고 생각하십니까? 고작 태감들이 촌부(村夫) 역할을 하고, 궁녀들이 촌고(村

姑) 역을 맡아 그럴싸하게 꾸며내는 수준에 불과할 텐데. 폐하께오선 〈홍루몽(紅樓夢)〉에 심취해 계시더니 대관원(大觀園), 도향촌(稻香村)의 모습을 재현해 내고 싶으셨나 봅니다."

옹염은 때론 허리 굽혀 겨울철 밀의 성장을 눈여겨보기도 하고 두 손을 이마에 대고 멀리 내다보기도 했다. 걸음에 바람이 일고 다리를 높이 들어올리는 양이 꼭 마치 춤추는 것 같았다.

관도(官道)로 내려와 한참 걸으니 왕래하는 차교(車轎)와 화차(貨車)들이 점차 많아지기 시작했다. 왕이열이 옹염을 노새에 태우고 다른 한 노새엔 짐을 실어 왕소오더러 끌고 가게 했다. 원숭이는 옹염의 옆에서 출싹대며 따라갔다. 옹염은 지나가는 동네마다 일부러 왕소오를 시켜 들어가 물 한 그릇씩을 얻어오게 했다. 마셔보니 과연 물맛 좋은 담수(淡水)도 있었고, 짜고 떫은 함수(鹹水)도 있었다.

무모하게 민가에 쳐들어갈 수는 없어 밖에서 '주려간산(走驢看山)'하며 보니 가축들의 여물을 먹이러 나온 농부의 호두껍질같이 주름진 얼굴이 그렇게 편하고, 낡고 해어진 입성으로 병아리 모이 주러 나온 전족(纏足) 여인의 모습이 그렇게 한가롭고 여유 있게 느껴질 수가 없었다. 왕소오를 보내 알아보게 하니 과연 아직 청현(靑縣) 경내라고 했다. 왕소오가 채찍으로 남쪽 방향을 가리키며 아뢰었다.

"여기서 5리쯤 가면 창현(滄縣) 황화진(黃花鎭)이라는 곳이옵니다. 오늘 황화진에서 묵어 가면 내일 오전엔 창현 현성(縣城)에 도착할 수 있을 것이옵니다."

일행이 황화진에 당도했을 땐 유시(酉時) 정각 무렵이었다. 이제 막 장이 파한 듯 지게에 팔다 남은 과일이며 채소를 넣어 어둠을 가르며 총총한 걸음을 옮기는 사람들의 움직임이 바빴다. 길에는 온통 가축들의 분비물이 진흙에 범벅이 되어 있었고, 주인에게 끌려가면서까지 뚝뚝 떨궈놓은 분비물에선 흰 김이 모락모락 피어오르고 있었다. 원숭이가 머무를만한 객잔을 찾아 몇 군데 다녔으나 모두 '객만(客滿)'이라는 팻말이 내걸려 있었다. 까닭을 자세히 알아보니 창현과 창주부(滄州府)에서 나온 아역들로 꽉 찼다는 것이었다.

"십오황자가 지의를 받고 산동 순시 길에 올랐다"는 소문을 접한 이들은 운하가 있어 옹염이 필시 이곳을 경유할 거라는 확신을 하고 연일 출동하여 밤낮 따로 없이 치안유지에 힘쓰고 있다는 것이었다. 옹염이 히죽 웃으며 말했다.

"웃기는 친구들이구만. 헌데 우린 이제 어떡하지?"

이에 왕이열이 대답했다.

"이들도 상부의 명령을 받고 임무를 수행하는 중이니 용뺴는 수가 있겠사옵니까? 어디 자그마한 객잔이라도 깨끗하기만 하면 두 칸을 얻어 대충 하룻밤 묵어 가시죠."

점심을 배 안에서 부실하게 먹은 옹염은 먼길을 걸어오다 보니 벌써 배가 출출해졌다. 코앞에 꽤 큰 식당이 있어 사발모자를 쓴 장삼단삼(長衫單衫)들이 쉴새없이 드나들었으나 그 무리들 속에 끼어선 음식이 넘어갈 것 같지 않았다. 설핏 보니 왼쪽으로 자그마한 초가 이엉을 올린 두 칸짜리 가게가 있었다. '식사가능'이라고 적힌 팻말이 바람에 흔들거리고 있었다. 마당은 깔끔하게 비질을 한 모습이었다. 옹염이 주춤하며 말했다.

"왕소오, 자넨 가서 방을 잡고 오게. 우린 여기서 저녁을 먹으며 기다리고 있을 테니."

"예, 알겠사옵니다!"

왕소오가 대답과 함께 껑충대며 달려갔다. 원숭이가 짐승을 붙들어매게끔 세워둔 막대기에 노새를 단단히 매어놓고는 옹염과 왕이열을 따라 가게로 들어왔다. 안에는 두 칸뿐만 아니라 안쪽으로 암실(暗室)이 두 칸 더 있었다. 엄격히 따지면 가게라고 할 수도 없는 길가의 민가(民家)에 불과했다. 내부는 더욱 옹색하여 한 사람이 겨우 들어갈 수 있는 손바닥만한 주방에 네 개의 자그마한 탁자가 고작이었다. 하지만 식탁보며 의자, 바닥 등은 모두 깨끗했다. 사환도 없이 50대 중반으로 보이는 노인이 두루뭉실한 솜옷 차림에 소매를 걷어붙이고 사발을 닦고 있었다. 일행이 들어서자 노인은 급히 땟물이 반지르르한 앞섶에 손을 닦으며 굽실거리며 반가이 맞아주었다.

"어서 오십시오, 고귀하신 어르신네들. 편한 대로 앉으세요. 보시다시피 누추하기 이를 데 없습니다. 끓여 놓은 죽을 데우는 중이옵고, 집에서 절인 반찬에 뒤뜰에서 뜯어온 몇 가지 채소가 고작입니다. 재료는 부실하지만 정성껏 만들어 올려보겠습니다."

그러자 원숭이가 죽이 벌렁거리며 끓기 시작하는 가마솥으로 다가가 국자로 휘휘 저어보더니 말했다.

"좁쌀녹두죽이네요. 아휴, 소금냄새야. 여기 물도 소금기가 대단한가 봅니다. 고기 반찬도 없고…… 다른 집으로 옮깁시다."

일순 노인의 얼굴에는 실망하는 기색이 역력했다. 옹염은 원숭이의 말에 마음이 동하지 않은 건 아니나 어찌할 줄 몰라 두 손을 비비며 난감해하는 노인을 보며 생각을 바꾸었다. 그는 짐짓 웃음을 지어 보이며 말했다.

"깨끗하고 아늑한 게 좋은데 뭘 그러나! 난 소식(素食)이 좋으니 고기가 먹고 싶으면 주인더러 수육 몇 근 사다 달라고 하면 될 게 아닌가?"

옹염이 이같이 말하며 걸상에 걸터앉았다. 왕이열도 따라 앉으며 말했다.

"저도 고기 생각은 별로 없습니다. 있는 대로 먹읍시다."

그사이 노인이 차주전자를 가져다 한 잔씩 따라주며 원숭이에게 물었다.

"돼지머리, 오향양두(五香羊頭), 우육(牛肉)은 어떤 걸로 얼마나 사올까요?"

"삶은 우육 다섯 근."

원숭이가 내뱉듯 말했다. 찻잔을 들어 마시려던 옹염이 흠칫 놀란 표정을 지으며 원숭이를 쳐다보았다. 왕이열과 주인 역시 눈이 휘둥그레져 자신을 바라보자 원숭이가 덧붙였다.

"어찌 사람을 그리 괴물 보듯 하오? 이 동네는 우육 파는 데가 없소?"

그제야 주인이 제정신이 돌아온 듯 연신 굽실거리며 대답했다.

"암요, 있고 말고요! 쇤네가 세상물정을 몰라 어르신같이 배포 크신 분은 처음 뵙는지라 그만……."

주인이 말끝을 흐리고 돌아서더니 안방을 향해 큰소리로 외쳤다.

"혜아(惠兒)야, 가서 삶은 우육 다섯 근 떠오너라. 돈은 손님들이 가신 뒤에 갚아준다고 하거라!"

"예, 가요."

대답과 함께 열댓 살 가량 되어 보이는 계집아이가 발을 걷어올리고 나타났다. 나이보다 성숙해 보이는 모습이었다. 머루 같은 눈을 깜빡이며 세 손님을 바라보던 아이가 노인의 곁으로 가서 나지막한 소리로 말했다.

"그 집에 아직 빚이 200문이나 있는 걸요! 엄마 약 지은 빚도 못 갚았는데, 또 먼저 달라고 하면 그쪽에서 뭐라고 안 하더라도 제가 창피해서 말을 못 꺼낼 것 같아요……."

이같이 말하던 아이가 고개를 돌려 추호도 쭈뼛거리는 법 없이 활발하게 세 사람을 향해 몸을 낮춰 인사하며 말했다.

"죄송하옵나이다! 보시다시피 하루하루 먹으며 겨우 연명해 나가는 형편이라 창피한 말씀이옵니다만 고기 사올 돈이 없사옵니다. 대인께서 미리 돈을 주셨으면 하옵니다."

심궁에서 자라며 주변에 유모, 어멈, 궁녀 등 다양한 이름의 여인들이 많았어도 이처럼 가까이에서 똑바로 자신의 두 눈을 응시하는 경우는 없었는지라 옹염은 일순 어색함을 감출 수 없었다. 허리춤을 만져보니 하필이면 전대(錢袋)가 없었다. 귀찮다며 떼어 말안장에 있는 주머니 속에 집어넣어 버렸던 것이다. 눈치 빠른 원숭이가 벌써 한 냥짜리 은자 몇 개를 내밀었다. 그리고는 밝게 웃어 보이며 말했다.

"이참에 원래 있던 빚도 다 갚으렴. 착실한 사람들 같아서 내가 주고 싶어 주는 거니까 거슬러올 필요는 없어."

혜아가 좋아라 분홍빛 혀끝을 날름 내밀어 보이고는 세 사람을 향해 다시 예를 갖춰 사은을 깍듯이 표하고는 물러갔다.

잠시 후 주인은 정성껏 밀어서 만든 칼국수를 내어왔다. 빨간 고추와 파를 송송 썰어 넣어 볶다가 된장을 조금 풀어 시원한 맛을 낸 국수를 보니 향과 색의 조화가 그만이었다. 곁들여 먹게끔 작은 접시에 조금씩 담아낸 오이지무침과 절인 배추가 아삭아삭 씹히며 새콤달콤하여 입안이 상쾌했다. 시원하고 담백한 칼국수 맛과 어우러지니 옹염은 난생 처음 먹어보는 맛이 그렇게 좋을 수 없었다. 왕이열이 긴 국수가닥을 입에 문 채 연신 엄지를 내둘렀다.

"일품이야, 일품! 꼭 마치 집에서 엄마가 해주시는 걸 먹는 느낌이네!"

옆에서 곰방대를 빨며 맛있게 먹어주는 손님들을 기분 좋게 바라보던 노인이 말했다.

"물이 지랄이라서 그렇지 물만 좋으면 더 맛있을 텐데 말입니다. 저희들은 이제 적응이 돼서 잘 모르겠습니다만 외지인들은 좀 맛이 이상할지도 모르겠습니다."

그러나 세 사람은 노인의 푸념을 듣는 둥 마는 둥 연신 후루룩대며 국수가닥을 빨아들였다.

상을 물리고 한담을 하다보니 옹염은 노인의 성이 노씨(魯氏)라는 걸 알 수 있었다. 치천(淄川)에 있는 고향에서 2년 전 심한 황충(蝗蟲) 피해를 입어 살길 찾아 피난하여 대충 정착한 곳이 이곳이라는 것이었다. 근처에 염지(鹽地) 다섯 무(畝)를 개황(開荒)해 놓고 피난 오며 끌고 온 얼마 안 되는 가산을 전부 팔아 길가에 이렇게 두 칸 짜리 초가집을 지었다는 것이었다. 이에 옹염이 물었다.

"염지 개황이 가능하다면 많이 좀 하지 고작 다섯 무에서 무슨 소득을 기대할 수 있겠소?"

"저기 보이는 저 땅입니다."

노씨가 곰방대로 문 밖 어딘가를 가리키며 말을 이었다.

"이곳 땅은 소금 성분이 많아 물로 충분히 씻어낸 후라야 붉은 옥수수나마 심어 먹을 수 있죠. 땅을 물로 씻어내고 나면 토질이 안 좋아지는데 다행히 여기는 주변에 말똥이나 소똥이 많아 여기 저기서 손수레에 실어다 시비(施肥)할 수 있습니다. 한번 뭔가를 심어 먹으려면 남보다 열 배의 공은 더 들어가는데 설상가상으로 애 엄마가 건강이 나빠져 걱정입니다. 그래도 집사람이 삯빨래를 하고 남의집살이를 하여 겨우 목숨을 부지해 왔는데…… 휴!"

굵은 주름이 호두껍질 같은 노인의 시름이 대단히 깊어 보였다. 역한 담배연기를 왈칵왈칵 토해내며 땅이 꺼져라 한숨을 내쉬는 모습이 고통스러워 보였다.

"이대론 도저히 연명해나갈 방도가 없습니다. 애들 외삼촌이 그러는데, 덕주 쪽은 사정이 훨씬 낫다고 하더군요. 일자리가 많아 저 계집애하고 아들녀석을 보내면 충분히 먹고 살 수 있을 거라고 하네요. 사내놈은 목수 일을 배웠으니 공사장에 나가 일하고, 계집 아이는 어미를 닮아 솜씨가 여물어 바느질을 잘 합니다. 그래서 노자나 마련해서 보내려고요!"

허옇게 마른 입술을 혀로 적셔 축이며 노인은 더 이상 말이 없었다.

왕이열은 노인의 하소연을 들으며 궁리를 해보았으나 이들에게 는 살길이 과연 막막하기만 했다. 그는 물었다.

"이곳 창현이 치천 쪽보다 못하다면 차라리 고향으로 돌아가지 그러오? 아무럼 뿌리 박고 살던 곳이 낯설고 물선 타향보다야 낫 지 않겠소? 아직 어린애들만 덕주에 보낸다는 건 좀 그런 것 같은 데?"

이에 노씨가 말했다.

"여긴 그래도 관도에 인접해 있고 운하를 끼고 있으니 북경, 남경 등지를 왕래하는 사람들이 많아 적어도 굶어 죽진 않을 것입니다. 누가 압니까? 마음씨 착한 대관(大官)을 만나 이놈의 지지리 궁한 인생 종지부 찍는 날이 올는지도? 그러나 고향엔 몇몇 부자들이 관리들과 놀아나고 비적들과 내통하여 갖은 패악무도한 짓을 저지르고 다니니 단 하루라도 맘 편히 살 수가 없습니다. 이런저런 명목의 가렴주구는 물론이고 혜아만한 계집아이는 바깥에 간장 심부름조차 시키기가 겁이 난답니다. 우리 가난뱅이들은 어딜 가나 봉입니다, 봉!"

노씨가 한숨 깊은 하소연을 하고 있을 때 혜아가 쟁반에 수육을 받쳐들고 들어섰다. 이제 막 건져낸 듯 김이 모락모락 나는 고기 향이 구미를 자극했다. 원숭이가 군침을 꿀꺽 삼키며 장화 속에서 칼을 꺼내더니 죽죽 몇 등분 그었다. 그리고는 말했다.

"먼저 우리 주인께 갖다드리거라. 나머지는 내가 다 없애버리더라도!"

"아니, 난 이미 배가 부르네."

옹염이 연신 손을 내저었다. 그러자 왕이열도 같은 의견이었다.

"며칠 동안 배 멀미에 시달렸더니 시원한 것만 먹고 싶지 고기 생각은 전혀! 혼자 다 먹는다고 샀으니 어디 한번 먹어보시지!"

그러자 원숭이가 웃으며 말했다.

"이 정도야 게눈 감추듯 먹어치우는 건 일도 아니죠! 고기 다섯 근도 못 먹고 어디서 힘이 나 주인을 잘 모시겠습니까?"

말이 떨어지기가 바쁘게 원숭이는 칼끝으로 고기를 찍어 고개를 쳐들고 크게 한 입 베어 물었다. 양 볼이 불룩하여 우물우물 씹어 목구멍 좁은 게 한스럽다는 듯이 꿀꺽 넘기고는 얇게 구운 떡에 파를 말아 된장을 찍어 뚝뚝 뜯어먹었다. 그리고는 죽 그릇을 들어 후루룩 한입 마시고는 다시 고기를 뭉턱뭉턱 베어먹기 시작했다. 주위의 놀란 시선에는 전혀 개의치 않고 숨돌릴 새도 없이 허겁지겁 먹어대더니 눈 깜짝할 사이에 쟁반의 고기는 동이 나고 말았다. 연신 놀란 숨을 들이마시며 지켜보던 사람들은 두 눈이 휘둥그레지고 말았다. 옹염이 놀란 표정으로 말했다.

"우육 다섯 근에 소병(燒餠) 일곱 장, 죽 네 그릇을 다 비웠단 말이지? 설마 창자에 구멍이 나서 먹는 족족 어디로 새는 건 아니 겠지? 진짜 잘 먹는다, 배도 완전히 나룻배 수준이네! 아이 끔찍해 라, 보는 것만으로도 배가 터지겠어!"

이에 원숭이가 대수롭지 않다는 듯 기름기가 번지르르한 입을 손등으로 쓱 문질러 닦으며 입을 열었다.

"주인께선 저의 칠숙(七叔)이 먹는 걸 못 봐서 그러십니다. 비 계가 이렇게 두꺼운 돼지고기를 그 자리에서 여덟 근을 해치우고 도 배 문지르면서 한다는 소리가 '얼추 요기는 했으니 대여섯 근 떠가지고 길에서 먹자'고 하는 사람입니다."

사람들은 모두 기가 막힌다는 표정이었다. 옹염은 웃으면서도 속으론 염지(鹽地)에 대해 생각하고 있었다. 그사이 거처를 알아 보러 갔던 왕소오가 돌아왔다. 주인더러 칼국수 한 그릇 더 내어달 라고 분부하고 난 옹염이 말했다.

"방금 염지를 물로 씻어내면 그나마 작물을 심을 수 있다고 했 는데, 그럼 운하의 물을 방출하여 강우량이 많은 여름철에 집중적 으로 헹궈버리면 경작지를 엄청나게 확보할 수 있을 게 아니오?"

그러자 노씨가 대답했다.

"그렇지 않아도 전임 현령이 그렇게 추진을 시도했었습니다. 백성들도 크게 기뻐하며 돈은 없어도 품은 기꺼이 내놓겠다며 적 극적으로 호응하고 나섰죠. 염수를 운하로 방출하려면 하류지역에 있는 청현에서 배수로를 파야 한다더군요. 그런데 청현 현령이라는 자가 은자 10만 냥을 내놓지 않으면 허락할 수 없다며 버티는 바람에 결국 무산이 되고 말았지 뭡니까? 지금의 가(柯) 현령은 염수를 가열하여 소금을 만들어 보자고 팔을 걷어붙였습니다만 그것도 기술이 필요하고 땔감이 만만찮게 들뿐더러 작방(作坊)을 따로 만들어야 하니 결코 쉬운 일은 아니었습니다."

노씨가 말을 이어나갔다.

"황화진의 노인네들의 말에 따르면 30년 전까지만 해도 여긴 선택받은 곳이라고 할만큼 살기가 좋았다고 합니다. 대랑정 위아래 지역 모두 운하가 통하고 양안에는 일망무제한 유채밭이 이어져 개화(開花) 시기만 되면 동네 전체가 노란 물이 들어 선경(仙境)도 그런 선경이 없었다고 합니다. 그러다 운하가 황하의 모래로 인해 하상(河床)이 높아지면서 여러 차례 보수 공사를 했고, 염분이 점차 쌓이면서 오늘날 이 지경에 이르렀다고 합니다."

노씨의 말을 듣고 있는 사이 왕소오는 수북하게 담은 국수 한 그릇을 뚝딱 비우고는 트림을 하며 일어났다.

"어르신, 뒷골목에 전씨네 객잔이라는 곳에 방을 잡았습니다. 늦었는데 들어가 더운물에 시원하게 목욕이나 하고 주무시죠. 내일도 종일 길에서 헤맬 텐데!"

옹염이 그제야 웃으며 일어섰다. 그리고는 왕이열에게 말했다.

"본분에 충실한 양민들이네. 은자가 있으면 몇 냥 더 상으로 내리게!"

부녀의 오체투지에 가까운 배웅을 받으며 가게를 나서니 하늘은 잔뜩 흐려 있었고, 어두컴컴한 길에는 행인들이 거의 없었다. 인근 민가들에서 희미하게 새어나오는 불빛을 보니 아직 그리 늦은 시각은 아닌 것 같았다. 가끔 멀리서 컹컹 개 짖는 소리가 몇 번 들려오다가도 금세 멎으니 되레 더욱 쓸쓸하고 처량하게 느껴졌다. 홀연, 커다란 눈꽃 하나가 툭 얼굴을 스치고 떨어졌다. 옹염이 미처 반응하기도 전에 왕이열이 등뒤에서 소리쳤다.

"눈이 내리네요!"

왕소오가 앞에서 안내하고 원숭이가 짐을 실은 노새를 끌고 뒤에서 따랐다. 가게에서 한참 이 골목 저 골목을 빠져 나오니 마침내 큰길이 나타났다. 골목 몇 개를 사이에 두고 여기는 완전히 다른 세계라는 데 옹염은 적이 놀랐다. 보아하니 이곳은 부자들의 집거촌인 것 같았다. 집집마다 고광대궐에 등촉이 대낮 같았고, 으리으리한 가게들이 즐비했으나 어디에도 왁자지껄하게 떠드는 모습은 없었다. 간혹 홍등이 몽롱한 주루(酒樓)에서 나온 취객들이 기생들을 껴안고 낯뜨거운 짓을 하는 게 눈에 띌 뿐이었다.

네 사람이 격세지감을 느끼며 두리번거리는 사이 어디선가 홀연 두 여자가 총알같이 달려왔다. 하나는 왕이열의 목을 껴안고 "쪽쪽" 소리나게 빨아 뺨에 시뻘건 입술자국을 만들었고, 다른 하나는 옹염의 허리를 붙잡고 개미허리를 요동쳐 비틀며 아양을 떨어댔다.

"아휴, 이 오라버니는 어쩜 이리 귀공자처럼 생겼을까? 확 깨물어 주고 싶네, 그냥! 잠깐 쉬었다 가요. 백번 봐도 싫지 않은 걸 보여줄게요!"

느닷없이 이런 꼴을 당해보기는 처음인지라 옹염과 왕이열은 당황하여 어찌할 줄을 몰라했다. 왕소오와 원숭이가 주먹을 휘두르며 달려들어 기생들을 거칠게 떠밀어 버렸다.

"이년들이 미쳤나? 그 더러운 주둥이를 어디다 갖다대!"

그사이 왕이열은 손수건을 꺼내어 인상을 잔뜩 찡그리며 뺨을 빡빡 문질러 닦았다. 옹염은 얼굴이 붉어져 연신 이마를 만지작거리며 기생들의 음탕한 웃음소리가 저만치 멀어져 갈 때까지 몸둘 바를 몰라했다.

"퉤!"

왕소오가 기생들의 등뒤에 가래침을 모아 뱉으며 소리쳤다.

"어디서 저리 누린내 나는 암캐들이 기어 나왔죠? 어딜 가든 저런 것들을 조심해야 해요!"

그러자 원숭이가 말했다.

"놀라셨죠! 창부들도 삼육구등(三六九等)이 있습니다! 저것들은 일명 야계(野鷄)라고 불리는 쌍것들이지요. 제남당(濟南堂)에 가서 그곳의 시서(侍書)들을 보십시오. 어느 대갓집의 천금(千金) 같은 규수(閨秀)에 못지 않을 겁니다!"

아직 놀라움이 채 가시지 않은 옹염이 짧게 내뱉었다.

"그런 데는 절대 안 가!"

공감하여 머리를 끄덕이던 왕이열이 홀연 어느 집 외벽에 붙어 있는 대문짝만한 고시문을 발견하고는 미간을 좁히며 들여다보았다.

"저기 관부의 고시문이 붙어있네요, 뭐죠? 심심한데 보고 가시죠?"

자신의 뜻을 물어오자 옹염은 말없이 머리를 끄덕이며 따라갔다.

가까이 가보니 벽에는 덕지덕지 붙인 데 또 붙이고 너덜너덜한 종잇장들이 잔뜩 도배되어 있었다. 춘약(春藥)이니 무좀약, 고약...... 각종 약을 판다는 고시와 함께 그 옆에 한눈에 띄는 고시문이 있었다. 읽어보니 내용은 이러했다.

　　부흠차 화신 대인 유(諭) :

　　당금의 대청(大淸)은 열성조들의 심인후택(深仁厚澤)에 앙뢰(仰賴)하여, 당금 천자의 수십 년 소간근정(宵旰勤政) 덕분에 전무후무의 성세가도를 달리고 있음은 만천하가 주지하는 바이다. 덕주는 세 개 성(省)의 요충지대에 위치하였는 바 운하와 역도가 사통팔달한 교통편에 힘입어 사해(四海)의 부자(富者)들이 운집하고 오호(五湖)의 현자(賢者)들이 왕래하는 선택받은 곳이라는 데 이의를 달 사람은 없을 것이다. 그러나 그 혁혁한 명성에 걸맞지 않게 장구한 역사를 자랑하는 학궁(學宮)이 폐가(廢家)는 저리 가라 할 정도로 위태롭고 묘우(廟宇)와 원림(園林)들이 장시간 방치되어 볼썽사납게 돼 있으니 이는 지역유지들의 체면에 먹칠을 하는 격이 아닐 수 없다. 천혜의 땅에서 엄청난 부를 축적한 상인들은 지역발전에 소홀히 한 책임을 져야 마땅할 것이다. 덕주의 18행업(十八行業) 업주들은 십시일반 힘을 모아 공묘(孔廟)를 비롯한 묘우와 학궁을 덕주의 명성에 걸맞게 일신시키는 데 기여하길 바란다. 지금은 동한기(冬閑期)라 사방에 석공(石工), 목공(木工), 잡부(雜伕)들이 넘쳐나니 고시문을 읽고 의향이 있는 자들은……

　　그 밑은 찢겨져 있었다. 그러나 뜻은 분명했다. 덕주는 대흥토목(大興土木)을 앞두고 있었다. 그것도 부흠차 화신의 이름을 걸고 당당하게! 혜아 남매가 일자리를 찾아 덕주로 간다는 말이 실감이 났다.

　　읽어보며 생각에 잠긴 옹염의 얼굴이 서서히 굳어졌다. 그는 말없이 돌아서서 걸어갔다. 무엇이 이 '귀공자'로 하여금 심기를 다치게 했을까? 짐작이 가지 않는 왕소오가 급히 뒤따라갔다. 왕이열과 원숭이도 울퉁불퉁한 골목길을 허둥대며 쫓아갔다.

일행은 멀리 '전씨네 객잔'이라는 글씨가 쓰여진 등롱이 바람에 흔들리는 걸 보며 말없이 걷기만 했다. 도착하니 벌써 나무꼬챙이에 자그마한 유리등을 걸고 사환이 기다리고 서 있었다. 기다리다가 눈이 멀었노라며 사환이 너스레를 떨자 왕소오가 말했다.

"내가 정은(定銀)까지 내놓고 갔는데, 안 오면 더 좋지 뭘 기다려?"

퉁명스런 왕소오의 말에도 아랑곳하지 않고 사환이 꼬리를 흔들며 발 밑에 감겨드는 강아지처럼 굽실거렸다.

"아휴, 농담도 잘하십니다. 그게 아니고요, 어르신께서 가시고 나서 비단장수들이 우르르 몰려왔거든요. 사람이 많은 데다 물건까지 있어 큰방을 고집하니 기다려도 어르신은 안 오시고 어쩔 수가 없어서 소인이 큰방을 그쪽에 내주었습니다. 서원(西院)에 방이 있긴 한데 좀 작아도 네 분이 쓰시기엔 무난할 겁니다……."

그 말에 왕소오의 낯빛이 순식간에 변했다.

"그런 게 어디 있어! 내가 먼저 돈 내고 예약했는데 어떻게 허락도 없이 맘대로 방을 옮겨버릴 수 있단 말이야? 왜? 번들번들한 비단장수들이 더 있어 보였어?"

사환이 난색을 표하며 사정을 하자 더욱 약이 오른 왕소오가 그 가슴팍을 힘껏 밀치며 소리쳤다.

"주인 불러! 이리 돈밖에 모르니 성도 전씨(錢氏)겠지!"

그러자 옹염이 말렸다.

"됐네! 방이 좀 작으면 어때, 하룻밤 묵어 가는데. 괜히 긁어 부스럼 만들지 말고 화 풀어."

성이 머리끝까지 치밀었으나 왕소오는 투덜대며 물러설 수밖에 없었다. 옹염의 명이 워낙 단호했던 것이다.

한편 사환은 안도의 숨을 내쉬며 등촉을 밝힌다, 세수물을 떠온다 하며 한바탕 수선을 떨어댔다. 왕이열과 옹염이 더운물에 발을 담그고 있으니 왕소오는 엎드려 옹염의 발을 문질러 씻어주었다. 가인(家人)의 본색이었다.

17. 인면수심(人面獸心)

옹염과 왕이열은 동쪽 방에 여장을 풀었다. '집에서는 어미에 기대고, 밖에선 벽에 기댄다[在家靠娘, 出門靠牆]'는 옛말이 있었으니 당연히 옹염은 벽 아랫자리를 차지했다. 왕이열의 침대는 출입문 쪽에 있었다. 워낙 손바닥만한 방에 침대 두 개를 놓고 탁자와 의자까지 들여놓으니 과연 답답한 느낌이 들었다.

배에서 내려 반나절을 걸어다니다 보니 다리는 혹사시켰어도 배멀미의 고통이 없으니 왕이열은 한결 살 것 같았다. 머리도 맑고 얼굴엔 붉은 혈색이 돌아 건강해 보였다. 벽을 마주하여 침대에 앉아 그는 유등(油燈)의 빛을 빌어 조용히 책을 읽었다. 옹염은 두 손으로 찻잔을 감싸쥔 채 뭔가 깊은 생각에 잠겨 있었다. 이윽고 왕이열이 책에서 시선을 떼었다.

"십오마마, 다들 마마를 근신(謹愼)하고 고지식하다는 쪽으로 평하고 있으나 제가 봤을 땐 그렇지 않은 것 같습니다. 동궁(東宮)

에는 사부만 열도 넘고, 시강(侍講)도 스물 몇 명이나 있지 않습니까? 황자마마와 종실의 자제들이 몇십 명은 되오니 평소엔 개개인의 성정을 제대로 알 기회가 없었습니다. 이번에 며칠동안 수행하고 보니 성정이나 행동거지에 평소 못 느꼈던 또 다른 면이 있는 것 같습니다. 겉으로 요란하기보다는 안으로 단단하고, 마음속에 명산(名山)을 품고 계시는 우직함이 돋보이옵니다."

"책이나 읽으세요. 과찬을 들으니 부끄러워 얼굴이 붉어지네요."

옹염이 가볍게 미소를 지었다. 눈빛에 반짝이는 일섬(一閃)이 사라지고 그는 담담하게 입을 열었다.

"사부님께서도, 저희도 서로를 모르긴 마찬가지 아니겠습니까? 육경궁의 법도가 워낙 지엄하여 사생(師生, 스승과 제자) 관계가 엄연하니 글공부하는 것 외엔 예를 갖춰 읍양(揖讓)하는 것밖에 개개인의 성정을 더듬어 알 길이 없지요. 십수 년을 매일같이 대면해도 백두여신(白頭如新)이니 말입니다."

그는 평소에 왕이열에 대해 잘 모르고 있었다. 육경궁은 강희 연간에 태자들이 글공부하는 곳으로 유명했다. 옹정조 이후에는 그 법도가 갈수록 엄하여 촌척(寸尺)의 진퇴에도 규칙이 엄연했다. 총사부(總師傅, 太傅로도 부름), 소부(少傅), 시강(侍講), 시독(侍讀) 등 층층시하에 대빈(大賓)을 대하는 듯한 예를 갖추어야 하며, 스승과 문생 사이에 사적인 관계란 있을 수 없었다. 왕이열에 대해서 옹염은 '그저 그렇고 그런 사람'이 있다는 정도만 알고 있었다. 북경을 떠나 며칠 동안은 왕이열이 심한 멀미로 고생했으니 진정 두 사람이 자리를 같이하는 건 반나절밖에 안 되는 짧은 시간이었다. 일단 옹염으로선 왕이열의 꾸밈없이 솔직한 모습이 좋았다. 그러나 나이에 비해 소년노성(少年老成)하다는 말을 듣는 옹염은 일부러 친근한 내색을 비추지 않았다. 그는 말했다.

"하선(下船)하여 반나절밖에 안 됐는데, 벌써 세태의 온량(溫涼)이 피부로 느껴지네요! 대궐 못지 않은 집에서 사는 부류들이 있는가 하면 노씨처럼 하루 세 끼가 걱정인 가난뱅이들도 있으니 말입니다. 오는 길에 접견했던 관원들의 천화(天花)가 분분(芬芬)한 소리를 듣다가 백리 황지(荒地)를 보니 실로 이 기분을 무어라 형언할 길이 없네요. 도처에 재해가 들어 이재민들이 속출하는데 화신(和珅)은 하필이면 이때 대흥토목(大興土木)을 주장하여 지방관들의 허영에 부채질을 하니 참으로 답답합니다! 오늘밤에 내 명의로 류용(劉鏞)에게 서찰을 보내주세요. 부흠차가 밑에서 당치도 않은 짓거리를 하고 다닐 동안 흠차라는 사람은 대체 뭘 하고 있었느냐고 따끔하게 훈책을 해주세요!"

왕이열은 책을 내려놓았다. 탁자 위에 비치되어 있던 벼루에 찻물을 부어 먹을 갈기 시작하며 그는 잠시 생각에 잠기더니 이윽고 입을 열었다.

"마마, 그쪽도 엄연히 지의(旨意)를 받고 출두한 흠차이십니다. 서찰을 보내어 훈책을 한다는 것은 예의가 아니라고 생각됩니다. 외차에 아무런 경험이 없는 화신이 저리 겁 없이 나올 때는 류용의 수긍이 없이는 불가능하다고 저도 생각합니다. 하오나 일단 만나서 자초지종을 들은 연후에 조치해도 늦지는 않습니다. 저의 소견으론 먼저 폐하께 문후 상주문을 올리시어 이 사실을 비롯하여 그 동안의 견문에 대해 두루 상주하시는 것이 바람직할 것 같습니다. 지금 올리면 우리가 덕주(德州)에 도착할 즈음하여 폐하의 어비가 내려올 것입니다. 다만 이 상주문은 마마께오서 친히 작성하시는 것이 좋을 것 같습니다. 제가 먹을 갈고 종이를 펴 드리겠습니다."

"지당한 말씀입니다. 그게 좋겠습니다."

옹염이 의자를 당겨 탁자 가까이에 앉았다. 그는 붓끝이 뭉툭하여 쓸 수 없게 돼 있는 것을 보고는 왕소오를 불렀다. 말안장 주머니에 들어있는 붓과 종이를 가져오게 했다. 상주문 전용지가 아니어서 마음에 걸려 그는 잠시 망설였다.

"밖에 나가서 모든 것이 여의치 않은 사정을 누구보다 잘 아시는 아바마마이시니 지질(紙質)이 안 좋다 하여 문제 삼으시진 않을 겁니다."

붓에 먹물을 살짝 찍어 들고 잠시 생각하더니 그가 덧붙였다.

"사부님, 막상 붓을 들고 보니 여쭐 말씀이 너무 많아서 두서가 잡히지 않네요. 그 넓은 염지(鹽地)에 어떻게 하면 다시 초록이 넘실대고 유채꽃이 만발하게 만들 수 있을는지 모르겠네요! 뭔가 건의사항을 진언해야 할 것 같지만 정작 어디서부터 어떻게 운을 떼어야 할지 모르겠습니다."

왕이열은 가슴이 뭉클해졌다. 사실 그는 황자들 중에서 특히 여덟째 옹선(顒璇)을 사랑스러워 했다. 문장 실력도 빼어나고 재화(才華)도 특출한 데다 매사에 대범하고 늠름하면서도 귀공자들의 대명사와도 같은 오만과 불손, 횡포가 전혀 없었던 것이다. 그러나 이제 보니 백성들의 고초를 진심으로 염려하는 진솔하고 따뜻한 옹염(顒琰)에게 더 친근감이 느껴졌다. 잠시 멈추었다가 왕이열이 대답했다.

"저도 오면서 그 생각을 많이 했습니다. 이 구간의 운하는 남고북저(南高北低)인지라 대랑정(大浪淀)의 염수(鹽水)를 빼내려면 반드시 청현에서 배수로를 파 운하로 유입하게 하는 수밖에 없습니다. 청현(靑縣)은 천진도(天津道)에 속하고, 창현(滄縣)은 창주부(滄州府) 관할 하에 있습니다. 이 문제를 근본적으로 해결하려면 먼저 청현을 창주부의 관할로 편입시켜야 합니다."

왕이열의 말에 옹염이 눈빛이 반짝거리더니 이내 머리를 힘껏 끄덕였다.

"그래요! 이 두 현의 마찰을 어떻게 해결하나 생각하고 있었는데, 그 방법이 있겠네요. 제가 청현을 창주로 편입시켜 사권(事權)을 통일시켜 주십사 하고 주청을 올리겠습니다."

옹염이 다짜고짜 붓을 집어들고 쓰려고 하자 왕이열이 빙그레 웃으며 아뢰었다.

"마마, 더 어려운 일도 있습니다. 방금 말한 대로 추진하면 사실상 이 구간의 운하를 두 부분으로 나누어 놓는 격입니다. 그리되면 운하상의 항운(航運)이 문제가 됩니다. 창현에서 남으로 덕주에 이르는 구간의 운하에는 물을 엄청나게 주입시켜야 이쪽에서 빠져나가고도 항운에 지장을 초래하지 않을 수 있습니다. 고로 상류의 운하는 대대적인 소준(疏浚) 작업을 거쳐 수역을 넓혀야 합니다. 이는 거대한 공정입니다. 어마어마한 예산이 필요할 겁니다. 예산을 어찌 충당하며, 누가 이를 도맡아 하겠습니까? 우리는 수리(水利)를 모르니 수리에 정통한 관원들을 파견하여 실사를 하게 해 주십사 주청을 올려 윤허부터 받는 것이 순서라 하겠습니다. 한마디로 운하의 정상적인 기능에 지장을 초래하지 않는 선에서 대랑정 지역의 염수를 씻어 운하로 방출해야 합니다."

옹염이 붓을 내려놓고 깊은 생각에 잠겼다. 한참 후에야 그는 웃으며 입을 열었다.

"백성들을 위해 실질적인 도움을 준다는 것이 참으로 어렵네요! 방금 계산해보니 계획대로 추진했을 시 새로이 얻게 되는 경작 가능한 땅은 적어도 백만 무(畝)는 더 될 것 같은데, 1무당 평균 시가로 은자 일곱 냥씩 받고 판다고 해도 7,8백만 냥의 수입이 들어오네요. 이 돈이면 운하 소준(疏浚) 작업을 마치고도 남음이 있겠습니다만 먼저 조정에 손을 내민다는 것이 간단치가 않을 것 같습니다. 이 정도 액수면 부의(部議)를 거쳐 예산집행 여부를 검증 받아야 하거든요. 거기다 칼국수집의 노씨 말대로라면 해마다 한 번씩 씻어내고 시비(施肥)해야 한다니 너무 번거롭네요."

그러자 왕이열이 대답했다.

"해마다 그럴 필요는 없습니다. 활수(活水)가 상류로 흐르게끔 하고 배수로를 깊이 파서 염분을 방출하여 소금기가 쌓이지 않으면 몇 년에 한 번씩만 해도 될 겁니다. 계획대로 추진된다면 10년 후에 다시 왔을 땐 이곳은 또 하나의 어미지향(魚米之鄕)으로 자리매김을 하고 있을 것입니다!"

"어서 상주문을 올려야겠습니다!"

흥분하여 볼이 발그레해진 옹염이 눈빛을 반짝이며 말을 이었다.

"천추만대에 길이 회자될 좋은 일을 가지고 머뭇거릴 이유가 없죠. 우리가 자신할 수 있는 부분은 주청을 올리고 긴가 민가 하는 건 폐하께서 부의를 통해 의견을 광범위하게 수렴해 주십사 하고 청을 드리는 것이 바람직할 것 같습니다. 북경을 떠나 처음 시도하는 차사인지라 떨리네요. 내가 써놓을 테니 사부님께서 윤색해 주세요. 왕소오더러 오면서 보았던 고시문을 떼어오라고 해서 함께 동봉하여 보내야겠어요."

왕이열은 말없이 붓을 들었다. 경각의 필주용사(筆走龍蛇) 끝에 그는 벌써 고시문을 정확하게 재현해 놓았다. 토씨까지는 정확 여부를 맞춰볼 수 없었으나 그 놀라운 총기에 옹염은 벌어진 입을 다물 줄 몰랐다…….

밖에는 바람이 갈수록 광기를 부렸다. 비단을 갈기갈기 찢어버리는 듯한 아찔한 소리가 들리는가 하면 새끼 잃은 원숭이의 처량한 오열과 굶주린 이리의 포효가 멀리서 들려오는 것 같기도 했다. 창호지가 금방이라도 찢길 듯 위태롭게 진저리쳤다. 눈발인지 사석(沙石)인지 모를 것이 창틀이며 문짝을 힘껏 때리고 지나갔다. 얼마나 낡았는지 나무판자로 만든 집은 바람의 횡포를 이기지 못하고 사방에서 삐걱대며 신음하고 있었다. 바람이 거세고 날이 추운 음력 12월도 다 지나가는 어느 날이었다. 화롯불조차 겁을 먹었는지 빨갛게 타오르지 못하고 누리끼리하게 죽어가는 것 같았다.

열심히 써 내려가던 옹염이 뼛속까지 스며드는 한기에 붓을 멈추었다. 왕소오더러 화롯불을 보라고 부르려 할 때 원숭이가 들어왔다. 옹염이 잘됐다는 듯이 말했다.

"화로에 탄을 더 올리게. 자네들 방도 따뜻하게 데워놓고 자게. 그런데, 낯빛이 왜 그 모양인가? 무슨 일이라도 있는 건가?"

"별일 아닙니다."

원숭이가 덧붙여 아뢰었다.

"북원(北院)의 서쪽 별채에서 누군가 나쁜 일을 도모하고 있는 것 같아 우리가 나서야 할지 말아야 할지 여쭈러 왔습니다."

옹염과 왕이열의 놀란 눈빛이 마주쳤다. 의자등받이를 잡고 일어서는 옹염은 벌써 놀란 표정이었다. 왕이열이 물었다.

"혹시 여기가 흑점(黑店, 비적들이 출몰하는 가게)인가? 비적들이던가?"

"너무 당황하진 마십시오."

원숭이가 말을 이었다.

"비적들은 아닌 것 같고, 제가 보기엔 인신매매꾼들인 것 같습니다. 여기서 사들인 열 몇 명의 계집아이들을 광주로 데려다 팔아넘긴다고 했습니다. 웰슨이라는 영국 아편상이 고가에 사들이기로 했다면서 아이들을 속여 광주로 데려가 넘겨버리면 일인당 2천 냥씩 남는 장사라고 했습니다. 신이 나서 속닥대며 말하는 걸 제가 귀를 바싹 붙이고 엿들었습니다. 그리고 충격적인 건 착하디 착한 노씨의 처남이 그 속에 들어있다는 것입니다! 친조카까지 팔아먹는 비정한 삼촌이 어디 있느냐며 누님인 노씨 마누라가 알면 거품 물고 쓰러지겠다며 저들끼리 비아냥 섞인 소리를 하는 걸 들었습니다. 그러자 노씨의 처남인 듯한 자가 낄낄대며 '누워 똥오줌 받아내는 년이 알면 또 어쩔 거야? 내가 두 자식 출세시켜 준다고 호언장담을 했으니 걱정 말아!' 라고 하는 겁니다! 아휴, 개새끼가 그냥! 들어가서 죽사발을 만들어 놓고 싶은 걸 참느라 혼났다는 거 아닙니까!"

"청평세계에 과연 그런 일이 있었단 말인가!"

하얗게 질렸던 옹염의 얼굴이 삽시간에 벌겋게 달아올랐다.

"이 객잔에 창주부의 아역들이 대거 투숙해 있다고 했지? 나의 명함을 갖고 가서 아역들더러 그 자들을 전부 연행하라 이르거라!"

그러자 왕이열이 나섰다.

"별로 어려울 것 없습니다. 제가 가서 처리하고 오겠습니다!"

그러자 원숭이가 말했다.

"연행은 재고해봐야 하겠습니다. 그 속엔 창주부아문에서 나온 자들도 끼어 있었습니다. 말끝마다 '우리 부존(府尊), 우리 부존' 하면서 '현에서 힘껏 밀어줄 테니 잘해 보라'고까지 했습니다. 저 것들은 전부 한통속입니다. 앞뜰과 뒤뜰의 아역들을 합치면 몇십 명은 족히 될 텐데, 자칫하다가는 우리가 욕을 보는 수가 있습니다!"

왕이열과 옹염의 시선이 마주쳤다. 관부(官府)와 인신매매꾼들이 한통속이 되어 양민들을 양인(洋人)들에게 내다판다는 사실은 실로 등골이 오싹한 충격이 아닐 수 없었던 것이다! 탄이 타닥타닥하며 타들어 가는 소리에 옹염은 흠칫했다! 심각한 표정으로 깊은 사색에 잠겨 있던 왕이열이 그제야 입을 열었다.

"저 친구 말이 맞습니다. 이럴 때일수록 무리한 시도는 금물입니다. 왕소오를 시켜 흠차 전용 선박으로 가서 십오마마의 명의로 창주 지부에게 발문을 하여 창현 현령으로 하여금 그리로 알현하러 오게 하여 함께 황화진으로 와 즉석에서 요리하는 것이 바람직할 것 같은데, 마마께오선 어찌 생각하십니까?"

"아니 됩니다."

옹염이 단호하게 부정했다.

"이 정도면 그 자들도 한통속이 아니라고 장담할 수는 없는 일입니다. 창현 현령이 지금 황화진에서 진두지휘하고 있는지도 모릅니다! 지금은 타초경사(打草驚蛇)할 필요는 없습니다. 몰래 첩자를 붙여 그 자들의 동태를 예의주시하는 겁니다. 광주로 가려면 배편으로 갈 터이니 덕주까지 왔을 때 일망타진해버리는 것이 바람직할 것 같습니다."

원숭이가 그 말에 동조하고 나섰다.

"그럴 것 같습니다. 혜아의 외삼촌이라는 자가 말하는 걸 봐선 저 자들이 떠날 채비를 서두르는 것 같습니다!"

이에 옹염이 적이 당황하며 말했다.

"우리가 거기서 저녁을 먹었는데, 그때까지만 해도 혜아 남매가 떠날 채비를 하는 것 같진 않았는데?"

왕이열이 대답했다.

"왕소오더러 노씨네 문 앞에서 지키고 있다가 무슨 움직임이 있으면 즉각 보고하라고 해야겠습니다."

그러자 원숭이가 말했다.

"방금 북원(北院)으로 해서 한바퀴 돌아보니 아직 불이 훤히 밝혀져 있었습니다. 스무 명 남짓한 계집애들은 팔려가는 줄도 모르고 좋아라 웃고 떠들며 잔뜩 들떠있는 것 같았습니다. 왕소오는 제가 이미 노씨네 집으로 보냈습니다. 한밤중엔 제가 교대해서 지키도록 하겠습니다."

원숭이의 말이 떨어지기 바쁘게 밖에서 발소리와 함께 왕소오가 불쑥 들어섰다. 두툼한 솜옷을 입고 있었으나 추위에 꼬부라진 홍당무가 되어 있었다. 콧물을 훌쩍거리며 연신 재채기를 하더니 열고 보고를 했다.

"임 어른(원숭이)은 과연 강호의 맏형답습니다. 어쩌면 예감이 그리 귀신같을 수가 있습니까! 혜아의 그 빌어나 처먹을 외삼촌이란 자가 가게로 찾아와 문을 두드리며 '천성아! 혜아야! 승선(乘船) 준비를 서둘러야 한다'고 부르는 걸 보고 이리로 달려왔습니다. 세상에, 세상에! 천리왕법(天理王法)이 없어도 유분수지, 인간이 어찌 인두겁을 쓰고 저 같은 상천패륜(喪天悖倫)을 저지를 수가 있단 말입니까!"

"하늘이 천벌을 내릴 것이야!"

옹염이 이를 악물고 움켜쥔 주먹에서 따다닥 관절이 꺾이는 소리가 들려왔다. 그 찰나에 왕이열은 옹염의 눈에서 전에는 본 적 없는 비수 같은 서슬을 보았다. 미처 무어라 말하기도 전에 옹염은 두루마기를 걸치며 서둘러 밖으로 나섰다.

"자, 가봅시다!"

칠흑같이 어두운 밖에는 엄동의 추위가 기승을 부렸다. 모래알 같은 눈 알갱이가 바람에 섞여 때려오니 볼이 얼얼했다. 목을 잔뜩 움츠린 채 옹염과 왕이열은 찬바람을 맞아 헉헉대며 한참을 걸어서야 겨우 어둠에 익숙해졌다. 인적 없는 저 멀리 어둠 속에서 야경꾼의 딱따기 소리가 이따금씩 들려왔다.

두 사람이 말없이 빠른 걸음을 옮기고 있을 때 갑자기 골목에서 뭔가 시커먼 그림자가 사정없이 옹염에게로 덮쳐들었다. 두 다리를 번쩍 쳐든 모습이 사람 같지는 않았다. 대경실색한 옹염이 본능적으로 뒷걸음치며 두 손으로 얼굴을 가렸다. 비명에 가까운 소리로 "개, 개!" 하고 외치며 그는 벌렁 나가떨어져 엉덩방아를 찧고 말았다.

짐승이 으르렁대며 다시 덤비려 할 때 원숭이가 날렵하게 덮쳤다. 눈 깜짝할 사이에 두어 번 주먹을 휘두르니 놀랍게도 길길이 날뛰던 짐승은 꼼짝 못하고 그 자리에 널브러지고 말았다. 널뛰는 가슴을 진정시키며 옹염이 다그쳐 물었다.

"개 맞지? 아니, 이린가?"

"이립니다."

원숭이가 덧붙였다.

"아사(餓死) 직전인 것 같습니다. 뭔가 잡아먹지 못해 눈빛이 달아오른 놈인데, 어디 다치신 데는 없습니까?"

"다행히."

옹염이 떨리는 목소리로 대답했다.

"간 떨어지는 줄 알았네! 이놈의 축생도 사람을 차별하나 보지? 사부님이 바깥쪽에서 걸어가는데 사부님을 지나쳐 나한테 덮치는 걸 보니!"

그러자 왕이열이 히죽 웃음을 지어 보였다.

"이리는 겁이 많을 것 같은 사람을 기가 막히게 알아낸다고 합니다. 저희 고향에서는 가을에 타작을 하면 남녀노소가 노천에서 도정할 미곡을 지키는 게 습관처럼 돼 있습니다. 그럴 때면 어른이 밖에서 자고 아이들이 어른들 틈에 끼여 자는데, 산에서 내려온 이리들은 하필이면 그 틈새로 비집고 들어와 아이들을 물어간다니깐요! 오늘 다행히 원숭이가 있었기에 망정이지 하마터면 전 영생토록 면죄 받을 수 없는 죽을죄를 지을 뻔했습니다!"

그러자 원숭이가 너털웃음을 터트렸다.

"고기 다섯 근 먹고 주린 이리 하나도 못 당하면 죽어야죠."

그사이 일행은 어느덧 노씨네 가게 앞에 당도했다. 안에는 과연 불이 밝혀진 가운데 창호지 너머로 언뜻언뜻 서너 명의 그림자가 비치고 있었다. 원숭이가 다가가 들여다보고는 돌아왔다.

"노씨의 처남놈 말고도 두 놈이 더 있습니다. 인신매매꾼들이 틀림없습니다. 지금 두 아이가 짐을 꾸리는 걸 거들어주고 있는 것 같은데, 쳐들어갈까요?"

옹염이 그에게 물었다.

"혼자 저들을 당해낼 자신이 있나?"

그러자 원숭이는 히죽 웃어 보였다.

"저런 놈들은 셋이 아니라 서른 명이 달려들어도 겁날 게 없습니다. 다만 전 한바탕 소동에 아역들이 출동하고 난리북새통에 마마께서 다치실까봐 걱정될 뿐입니다."

"그건 염려하지 말게."

어둠 속에서 옹염의 눈빛이 햇빛에 반사된 유리처럼 빛났다.

"오면서 생각해봤는데, 크게 소동이 일어나도 상관없네. 난 이곳의 주현관들이 이럴 때 어떻게 나오나 한번 보고 싶네."

왕이열은 옹염의 충동을 말리고 싶었다. 그러나 한편으론 어린 황자의 담력과 패기가 어느 정도인지 알고 싶은 마음에 잠자코 다가가 문을 두드렸다.

문을 연 사람은 노씨였다. 저녁나절에 보았던 일행을 알아보고 노씨는 어리둥절한 표정을 지었다. 어쩐 일이냐는 듯한 눈빛으로 옹염을 보며 그가 물었다.

"늦은 밤에 추위를 무릅쓰고 다시 오실 만큼 무슨 급한 일이라도 있는 겁니까?"

안에서는 세 사람이 탁자에 마주앉아 저마다 차를 마시고 있었다. 그 가운데 마흔 살 가량 되어 보이는 사내가 바로 그 비정한 '외삼촌'일 것 같았다. 일행을 보자 그는 험악한 인상을 더욱 흉물스럽게 구기며 손사래를 쳤다.

"가, 가! 장사 끝났어! 지금이 몇 신데 우물에 와서 숭늉 달라는 거야!"

"할말이 있어서 왔소."

왕이열이 노씨를 향해 머리를 끄덕여 보였다. 그리고는 막무가

내로 비집고 들어갔다. 이어 옹염과 원숭이, 왕소오도 한줄기 눈바람을 달고 따라 들어왔다. 찬바람에 등잔불이 꺼질 듯 흔들렸다. 이마에서 왼쪽 뺨까지 길게 베인 칼자국이 섬뜩한 '외삼촌'이 오만하게 턱을 치켜올리며 물었다.

"뭐 하는 사람들이오? 장사 끝났다고 분명히 말했는데, 야밤 삼경(三更)에 들이닥친 이유가 뭐냐고?"

옹염이 눈싸움에서 지지 않으려는 듯 지그시 노려보며 물었다.

"그쪽이 혜아의 외삼촌이오?"

"근데, 왜?"

"외람되지만 존함이라도 알고 싶소."

"이 할애비 대명(大名)을 알고 싶다? 좋아, 알려주지. 엽(葉), 영(永), 안(安)! 됐어?"

"덕주에서 하는 일이 뭔지 궁금하오."

"항창양행(恒昌洋行)의 구매담당이야! 그건 또 왜?"

"어떤 물건을 어디서 구매하려는 거요?"

"생사(生絲), 찻잎, 대황(大黃), 비단, 자기 등 돈이 되는 거면 뭐든지 다 사고 팔지. 북경(北京), 남경(南京), 천진위(天津衛) 어디든 안 누비고 다니는 데가 있을까? 그게 장사꾼 아닌가? 그러는 당신네들은 뭐 하는 사람들이오?"

옹염이 잠시 말문이 막혔다. 아무리 당당하고 어른스러워 보여도 필경은 심궁에서 자라 세상물정을 모르는 열 다섯의 소년이었다. 엽영안의 가늘게 좁힌 미간 사이로 비수 같은 빛이 섬뜩하게 새어나오고 있었다. 옆자리의 두 사내들도 험상궂기는 마찬가지였다. 금세라도 마수를 뻗치며 달려들 것 같은 험악한 인상에 옹염은 일순 공포에 사로잡혀 버리고 말았다! 이를 눈치챈 왕이열이 가볍게 코웃음을 치며 나섰다.

"우린 관부에 몸담고 있소! 작간(作奸)하는 악당들을 붙잡아 죄를 묻는 차사를 맡고 있지. 묻겠는데, 당신의 두 조카를 얼마나 받고 어디에 팔아 넘기려고 했던 거요?"

청천벽력 같은 소리에 옆방에서 자식들이 떠날 채비를 거들어 주고 있던 노씨 여인이 대경실색하여 두 아이와 함께 뛰쳐나왔다. 한 쪽에서 듣고 있던 노씨도 두 눈이 휘둥그레졌다. 일가족 넷은 '외삼촌'과 옹염 일행을 번갈아 보며 어느 쪽을 믿어야 할지 못내 당혹스러워했다.

한참 후에야 여인이 병약한 목소리를 가늘게 떨며 물었다.

"영안아, 너 혹시 덕주 도박판에서 빚지고 조카들을 팔아 넘기려 하는 건 아니겠지?"

"그럴 리가 있습니까, 누님! 지금 이것들의 미친소리를 믿는 거요?"

엽영안이 표독스럽게 왕이열을 노려보며 소리쳤다.

"내가 이 바닥에서 잔뼈가 굵은 세월이 30년이야! 별의별 짓거리로 주머니 노리는 자들을 봐왔지만 당신네들처럼 간덩이가 부은 자들은 처음이야! 흥, 관부에서 나왔다고? 그럼 이 둘은 어디서 나왔나 물어보시게나!"

엽영안이 당치도 않다는 듯이 코웃음을 치며 말을 이었다.

"이 친구는 사효조(司孝祖)라고 지부아문에 있고, 이쪽은 탕환성(湯煥成)이라고 덕주의 염사아문(鹽司衙門)에서 우두머리지! 그쪽은 어느 아문인데?"

"알 거 없어! 인신매매와 이통외국(里通外國)은 둘 다 사형감인 거야!"

왕이열이 겁 없이 치고 나가자 그제야 두려움을 떨쳐내고 담력이 생긴 옹염이 엽영안을 손가락질하며 일갈했다.

"인신매매꾼 주제에 감히 누구의 내력을 물어? 두 말이 필요 없어, 체포해!"

옹염의 명령이 떨어지기 바쁘게 원숭이는 대답과 동시에 훌쩍 반쯤 허공으로 몸을 솟구쳤다. 팽이 돌리듯 360도 공중회전을 해 보이고 나서 왼발을 땅에 딛는 순간 번개처럼 오른 주먹을 날렸다. 눈치 빠른 사람은 그것이 일명 '난점매화보(亂點梅花譜)'라고 하는 황문(黃門)의 절기(絶技)라는 걸 알 수 있었다. 그야말로 눈 깜짝할 사이에 갈구리 같은 손가락으로 여기저기를 쿡쿡 찔러버리는 통에 사효조와 탕환성, 엽영안은 반항 한번 못해보고 혈(穴)을 찍히고 말았다. 그들은 땅바닥에 널브러진 채 한 덩어리로 오그라들어 신음을 했다!

그 중 엽영안은 쿵푸를 조금 할 줄 아는 것 같았다. 그 와중에도 사력을 다해 꿈틀거리더니 이를 악물고 일어났다. 그러나 상반신은 뻣뻣하게 굳어 움직이질 못했다. 석고를 붙인 듯 굳어진 고개를 간신히 돌리며 엽영안은 씩씩대며 으르렁댔다.

"××놈들, 어디 두고 봐라! 조상 팔대(八代)까지 불알 까버릴 새끼들! 너희들 조심해, 감히 내 코털을 건드렸어?"

그러자 원숭이가 소름끼치는 웃음을 터트리며 독수리 부리 같은 손으로 그의 멱살을 움켜잡았다. 서슬 푸른 비수를 턱끝에 대고 쓱싹해버리는 시늉을 했다.

"우리 어르신께서 묻는 말에 고분고분 대답하지 않고 까불었다간 끽소리 못하고 개죽음당할 줄 알아! 알았어?"

"낮에 운하를 통과하는 선대(船隊)를 보았지? 우린 흠차 차사를 수행하러 나오신 십오황자마마의 호위들이야."

왕이열이 금세라도 동공이 터져버릴 것만 같은 노씨를 보며 덧붙였다.

"이놈들은 그야말로 인두겁을 쓴 짐승들이오! 우리가 입수한 정보에 의하면 이 자들은 자네의 금쪽 같은 아들딸을 광주에 있는 코쟁이들에게 팔아 넘기려고 음모를 꾸미고 있었소. 아들은 뼈가 으스러진다는 공사장에 팔아먹고 딸은 코쟁이의 소실로 넘긴다는데, 그래도 괜찮겠소?"

노씨가 분노에 치를 떨었다. 뻘겋게 충혈된 매서운 눈빛으로 한참 엽영안을 노려보더니 물었다.

"이 사람아, 과연 이 모든 것이 사실인가? 내가 굶어죽게 생겼어도 자네의 도박빚을 얼마나 갚아주었는데, 그 은공을 이런 식으로 갚는단 말인가?"

그러자 엽영안이 발뺌을 했다.

"이봐요, 매형! 제가 아무리 망나니기로서니 어찌 조카들을 팔아 넘기는 패악무도한 짓을 일삼을 수가 있겠습니까?"

평소의 소행으로 보아 자신의 아우를 믿을 수 없는 아낙이 아들딸의 부축을 받으며 힘겹게 걸음을 떼어 다가왔다. 아이들의 손을 힘껏 뿌리치고 덮치려 했으나 그만 힘없이 그 자리에 쓰러지고 말았다. 아낙은 그 자리에서 땅을 치고 가슴을 쥐어뜯으며 통곡을 하기 시작했다.

"아이고, 하늘이시여…… 어찌 이리도 무심하십니까…… 저 자식…… 저 짐승보다 못한 자식을…… 왜 일찌감치…… 십팔층지옥으로 처넣지 않으시는 겁니까! 큰누이, 셋째누이 다 잡아먹더니 이젠 성치 않은 병신누이까지 잡아먹으려는 게냐, 이런 짐승 같은 놈아! 인두겁이 아깝다, 아까워! 이 꼴 저 꼴 보지 말고 죽어버렸어야 하는 건데……."

혜아 남매의 충격도 이루 말할 수 없었다. 분노와 슬픔으로 교차된 표정이 얼굴 가득 서려 있었다. 사내아이가 쏜살같이 주방으로 달려가더니 칼을 들고 나와 다짜고짜 덮쳐들었다.

"어쩐지 처음엔 덕주로 간다고 했다가 또 새삼스레 광주로 간다고 말을 바꾼다 싶었어! 뭐? 광주가 덕주에서 십리 길밖에 안 된다고? 월 스무 냥 은자는 떼어 논 당상이고, 비단 두르고 호의호식할 수 있다는 게 고작 양인들에게 팔아넘기는 거였어? 이런…… 개보다 못한 자식, 그러고도 네가 우리 외삼촌이냐?"

아이는 무섭게 칼을 휘두르며 달려들었다. 그러나 원숭이에게 팔목이 잡혀버리고 말았다. 옹염이 말했다.

"왕소오는 우리가 투숙한 객잔으로 가서 아역 두목을 불러와!"

그러자 사효조라는 자가 부스스 일어나며 비뚤어진 입을 놀려대기 시작했다.

"그래, 좋아! 우리편들이 오면 네놈들은 작살이야, 작살!"

사효조의 발악이 이어지려고 할 때 밖에서 웃고 떠드는 인기척이 들려왔다. 이어 누군가 문을 밀고 들어서며 소리쳤다.

"이봐, 이래도 되는 거야? 우리더러 부두에서 기다리라고 해놓고 자기네들은 손난로 껴안고 앉아 세월아, 네월아 하고 말이야. 의리는 밥 말아먹은 게로군!"

"잘 왔어, 전씨(錢氏)!"

갑자기 엽영안이 목청을 높였다.

"어서 아문에 달려가 보고해. 여기 비적들이 떴어!"

그제야 땅바닥에 쓰러져 꼼짝 못한 채 신음하고 있는 일당 두

명을 발견한 전씨가 크게 놀라 문을 박차고 나가려 했다. 원숭이가 덥석 뒷덜미를 잡았다. 그러나, 이내 미꾸라지처럼 빠져나간 전씨는 펄쩍 뛰며 고함을 질러댔다.

"이거 진짜 잘못 걸려들었네! 비적들이 떴다! 오성귀(吳成貴), 전대발(田大發)…… 어서 우리 사람들을 불러와!"

저만치에서 뒤따라오던 두 사내가 그제야 농담이 아님을 직감하고는 꼬리를 빳빳이 세워 도망가며 귀신이 울부짖는 듯한 괴성을 질러댔다.

"노씨네 가게에 도둑이 들었다! 도둑 잡아라……."

삽시간에 읍내는 조금 전의 평온을 잃고 말았다. 대문 삐걱대는 소리며 개 짖는 소리가 사방에서 들려오고 멀리서 야경꾼들이 치는 징 소리도 자지러지게 울려 퍼졌다…….

한편 방안에서는 잠시 무거운 침묵이 흘렀다. 원숭이가 먼저 분위기를 깨버렸다.

"이 화냥년의 새끼들이 아문과 내통하고 있는 게 분명합니다. 호한(好漢)은 눈치를 보는 게 아니라고 했습니다. 저랑 왕소오가 남아 뒤처리를 할 테니 두 분께선 먼저 떠나가십시오. 물을 거슬러 가기에 우리의 선대(船隊)가 아직 멀리가지는 못했을 겁니다. 충분히 따라붙을 수 있습니다!"

그러자 왕이열이 말했다.

"우린 길이 익숙하지 않아 자신이 없네. 자네 둘이 가서 배를 추격하도록 하게. 내가 마마를 호위하여 여기서 버티고 있을 테니 얼른 다녀오게. 설마 저자들이 우리 몸에 손이야 대겠나!"

이에 왕소오가 앞장을 섰다.

"제가 혼자 다녀오겠습니다! 원숭이는 남아 있는 게 두 분의 신변에 이로울 것입니다. 내일 우리 사람들이 당도하면 저 자들은 난도질을 당해 고래밥이 될 것입니다!"

잠시 승강이를 벌이는 사이 옹염이 결정을 내렸다.

"그래, 그럼 왕소오 혼자서 다녀와!"

옹염의 허락이 떨어지기 바쁘게 왕소오는 벌써 문을 박차고 나갔다.

각자 자신의 무리들을 불러오기로 했으니 한치의 양보도 없는 팽팽한 대결이 예상되었다. 노씨 일가는 갈수록 어안이 벙벙해졌다. 쌍방 모두 충천의 기세가 여전하니 이러다가 자신의 집이 전쟁터로 변해버릴 수 있다는 두려움에 노씨가 한참 후에야 겨우 사정하듯 한마디했다.

"세 분 어르신, 서로 반목하는 까닭은 잘 모르겠사오나 하루살이 신세인 저희 가난뱅이들은 여기서 이러는 것이 참으로 불안하고 부담스럽습니다. 귀하신 분들 같은데, 대체 뭘 하시는 분들인지요?"

그러자 옆에 있던 혜아가 아비를 말렸다.

"아버지, 염려하지 마세요. 이 귀공자 좀 보세요. 저랑 나이가 비슷해 보이잖아요. 이 나이에 산 속의 대왕(大王) 노릇을 하는 사람 봤어요? 설령 이들이 비적이라면 아문에서 나온다는데 겁 없이 기다리고 있을 수 있겠어요?"

그러자 엽영안이 욕지거리를 해댔다.

"야, 이 썩어문드러질 계집애야! 네가 뭘 안다고 함부로 주둥이를 나불거려? 못된 송아지 엉덩이에 뿔난다더니, 계집애가 상판대기 반반한 건 알아 가지고! 이 자들은 틀림없이 강양대도(江洋大盜)들이야. 방금 나간 자는 무리들을 대피시키러 간 거고. 네년이

꽤 쓸만해 보이니 어떻게든 꼬셔서 산채(山寨)로 들어가려는 수
작이 뻔하거늘 되레 이것들 편을 들어? 에라, 이 등신 같은 년아!"

'외삼촌'의 거친 욕설에 만성이 된 듯 소녀는 아무렇지도 않은
표정이었다. 별꼴 다 본다는 듯이 샐쭉 흘겨보고는 대꾸했다.

"오히려 난 그쪽이 호인(好人)같지가 않아요!"

쌍방은 서로 호시탐탐 노려보며 때를 기다렸다. 노씨네 가족까
지 열 사람이 작은방에 목석처럼 굳은 표정으로 들어앉아 있었다.
그사이 밖에는 벌써 사람소리가 요란하고 횃불과 등롱이 대낮처
럼 밝아졌다. 2백여 명이 가게를 포위하고 있으니 되레 방안이
어둡게 느껴졌다.

"창문의 문판(門板)을 전부 거둬주시오."

막상 위기에 직면하고 보니 차분하고 대담해진 옹염이 분부했
다.

"노씨, 초가 있으면 몇 개 더 가져다 불을 밝히시오. 사부님은
나서서 저들과 담판을 지으세요. 필요하다면 사부님의 신분을 밝
히세요."

왕이열은 긴장하여 온몸이 식은땀으로 후줄근히 젖어 있었다.
무리들이 이성을 잃고 쳐들어와 어둠 속에서 물불 가리지 않는
교전을 치르게 되는 날엔 수적 열세가 현저하니 상상하기만 해도
끔찍한 사고가 날 가능성도 얼마든지 있었던 것이다. 다행히 아문
의 그늘에서 아쉬운 것 없이 고이 밥만 축내온 아역들은 안에 비적
들이 있다는 말에 감히 쳐들어올 엄두도 못 내고 밖에서 고함을
지르며 떠들어대는 게 고작이었다.

창문에 끼웠던 문판이 걷히고 자그마한 방안에 대여섯 개의 굵
직한 촛불을 밝히니 마치 대낮 같았다. 환한 촛불의 빛을 한 몸에

받으며 가운데 정좌하고 있는 옹염에게선 감출 길 없는 용자봉손의 기백이 흘러나왔다. 위험에 직면하여 오히려 당당하고 담대한 그 모습을 보며 왕이열은 내심 감복해마지 않았다. 옹염을 향해 정중히 예를 갖춰 인사하고 그는 천천히 가게문을 열고 나갔다.

바깥의 소란이 뚝 멈췄다. 수백의 시선이 횃불의 포위 속에서 당당한 중년의 사내를 주시했다. 기침소리 하나 들리지 않는 장내는 죽은 듯한 정적이 감돌았다.

"난 북경 한림원의 편수(編修) 왕이열이란 사람이오."

왕이열이 자신의 신분부터 밝히고 나섰다.

"건륭 36년에 이갑(二甲)의 수석으로 진사에 합격했지."

순간 사람들 속에서 가벼운 소동이 일어났다. 저마다 눈이 휘둥그레져 자신의 귀를 믿을 수 없다는 표정들이었다. 놀라운 경탄과 도저히 믿을 수 없다는 의혹이 교차했다. 이들의 의혹을 불식시키려는 듯 왕이열이 큰소리로 말을 이었다.

"이 자리에 창주 지부와 현령이 있으면 나와보시오!"

그러나 같은 말을 몇 번 반복해도 응답하는 이가 없었다. 무리들이 서로를 번갈아 보며 고개를 절레절레 젓고 있을 때 누군가의 째지는 듯한 목소리가 들려왔다.

"우리 고(高) 지부는 지금 류과부네 집에서 달콤한 꿈나라에 빠져 있을 걸요?"

그 말에 아역들이 왁자지껄하게 폭소를 터뜨렸다. 누런 이를 드러내고 바보처럼 웃는 이가 있는가 하면 수화곤(水火棍)을 짚고 흐느적거리는 이들도 있었다. 일측즉발의 험악한 분위기는 웃음소리와 함께 깡그리 날아가 버렸다. 그러자 방안에서 바짝 바닥에 엎드려 있던 사효조가 욕지거리를 해댔다.

"이봐 은수청(殷樹青), 은 막료! 내가 지금 이 지경이 돼 있는데 웃음이 나와? 도둑 잡으러 온 거야, 아니면 놀러온 거야?"

고래고래 호통이 이어지는 동안에도 몇몇 아역들은 입을 감싸 쥐고 키득거렸다. 이때 무리들 뒤에서 누군가의 고함소리가 들려왔다.

"우회청(尤懷淸), 몇 사람 데리고 쳐들어가!"

삽시간에 폭탄을 맞은 듯한 소동이 벌어졌다. 서로 소매를 걷어 붙이고 칼과 몽둥이를 휘둘러대며 쳐들어가겠노라고 자천하여 나섰다. 기세가 등등한 것이 모두 한꺼번에 쳐들어갈 태세였다.

"어떤 놈이 감히 쳐들어와!"

원숭이가 돌연 벼락치듯 고함을 지르며 한 손에 사효조를 움켜잡고 솜뭉치 내던지듯 홀쩍 밖으로 내던졌다. 비를 맞아 후줄근한 쌀자루 같은 사효조의 등허리를 다시 한 번 움켜잡아 일으켜 세우며 원숭이가 말했다.

"다들 귀 씻고 잘 들어! 난 십오황자마마의 수행호위야! 너희들의 대가리더러 나오라고 해! 잡동사니들과는 볼일이 없으니 주관(主官)을 내보내라고! 멸문지화를 당하고 싶은 자가 있으면 나와봐!"

그 서슬에 감히 쳐들어올 엄두를 내지 못한 아역들은 서로 밀고 밀치며 비실비실 뒷걸음쳤다. 그러자 시간이 흘러 저절로 원숭이에게 잡힌 혈도(穴道)가 풀린 탕환성이 돌연 벌떡 일어나 바깥으로 뛰쳐나오더니 두 팔을 휘저어가며 외쳤다.

"우리 염정사(鹽政司)에서 비적 한 놈 생포하는 데 은자 3천 냥씩 상으로 내릴 것이니 용감한 자에게는 운도 따르는 법이다! 이 세 놈 빼고 부두로 나간 연락책 한 놈이 더 있는데, 그놈을 붙잡아오는 자에겐 5천 냥, 5천 냥을 상으로 내릴 것이다!"

그러자 돈독이 오른 2백여 명의 무리들이 괴성을 지르며 조수처럼 밀려들었다. 순식간에 방안에는 등촉이 일제히 꺼지고 일순 암흑천지가 되어버리고 말았다. 다급해진 옹염이 큰소리로 불렀다.

"사부님! 어디 있어요, 사부님!"

하지만 목청이 찢어지도록 불러도 사나운 인파에 묻혀 왕이열의 목소리는 전혀 들리지 않았다. 탕탕! 우당탕! 창문을 부수고 기물을 때려 엎는 아수라장에서 헤어나고자 몇 번이고 문께로 향했으나 그는 번번이 인파에 밀려 제자리로 돌아오고 말았다.

경황이 없어 갈팡질팡하고 있을 때 누군가 팔을 덥석 붙잡는 느낌이 들었다. 원숭이가 귓전에 엎드려 나직이 말했다.

"제가 있으니 두려워하지 마십시오. 뒷문으로 빠져나가시죠."

옹염이 미처 대답하기도 전에 원숭이는 대뜸 한 손으로 그의 허리를 감아 옆구리에 끼고는 날 듯이 자리를 떴다. 이래저래 놀란 옹염은 그저 귓전에 쌩쌩 스치고 지나가는 바람소리만 느낄 뿐 아무런 감각도 없었다. 머리가 어지러워 한참 눈을 꼭 감고 있으니 어느새 원숭이는 가게를 저만치 뒤로 한 곳에 옹염을 내려주었다.

"횃불은 폼으로 들고 있어? 샅샅이 뒤져! 길목에 나가 지키고 사방에 사람을 풀어 추격해!"

노씨네 마당에서 들려오는 고함소리가 악에 받쳐 있었다.

"여긴 오래 머무를 곳이 못됩니다."

횃불이 사방으로 흩어지며 점점이 포위망을 좁혀오는 걸 보며 원숭이가 말을 이었다.

"저것들! 집에까지 불을 질렀네요. 불에 타 죽은 시체라도 건지겠다는 모양인데……."

옹염이 원숭이가 가리키는 방향을 보니 노씨네 가게에서는 과연 불길이 치솟기 시작했다. 불은 이미 처마 밑에까지 날름거리고 있었다.

"노씨네가 무슨 죄가 있다고 애꿎은 가게를 불살라!"

옹염은 분노에 들끓었다. 이에 원숭이가 말했다.

"황자마마께오선 심궁에서만 계셨으니 바깥세상이 얼마나 무법천지인지를 모르실 겁니다! 어르신께 방화죄를 덮어씌우려는 심산일 수도 있고, 탕아무개가 후한 은자를 상으로 내린다고 했으니 저리 미쳐 날뛰는 거겠죠."

두 사람은 높낮이가 일정치 않은 황야를 동서남북 분간할 사이도 없이 내처 달렸다. 숨이 턱에 차 헐떡이며 반시간쯤 달리던 원숭이가 뭔가 이상한 듯 주위를 두리번거리더니 낙심천만하여 털썩 자리에 주저앉았다.

"마마…… 이를 어쩌면 좋습니까…… 밤길을 정신없이 달리다 보니 제자리로 돌아와 버리고 말았습니다. 저기가 전씨네 객잔이고, 연통(煙筒)에 연기가 나는 곳이 노씨네 집이잖습니까?"

옹염이 보니 과연 빙빙 돌아 다시 원점으로 돌아온 것이 분명했다. 그제야 제정신이 들어 숨을 헐떡이며 둘러보니 그사이 눈이 제법 내려 집집마다 지붕에 온통 흰눈을 뒤집어쓰고 있었다. 낮에도 눈길은 헷갈리는 수가 있거늘 밤중에, 그것도 쫓기는 느낌에 허둥지둥하다 보니 있을 수 있는 일이라고 그는 내심 위로를 했다. 찬바람이 뒷덜미를 훑고 들어가 끈끈한 식은땀을 더욱 차갑게 했다. 얼음물에 빠진 느낌에 옹염은 온몸을 사시나무 떨듯 심하게 떨었다. 읍내에선 아직도 사방에서 개 짖는 소리가 요란했고, 쾅쾅

쾅 대문 두드리는 소리가 심심찮게 들려왔다.

점차 오그라드는 가슴을 부여잡고 옹염이 걱정스런 얼굴로 입을 열었다.

"정신이 없어서 사부님을 챙기지 못했어…… .포박을 당해도 열 두 번은 당했을 테지……. 왕소오는 또 어찌됐는지……."

그러자 잠시 침묵에 잠겨 있던 원숭이가 말했다.

"왕 사부는 틀림없이 붙잡혔을 것 같습니다. 상금 5천 냥을 걸었으니 왕소오도 위태로울 것 같습니다."

잠시 말을 멈추었다가 그는 다시 말을 이었다.

"강호바닥에서 20년을 넘게 휩쓸고 다녔어도 이 같은 경우는 처음입니다. 저것들이 과연 멸문지화를 입는 것도 두렵지 않다는 뜻일까요?"

"그러니 아랫것들이 얼마나 무법천지인가!"

옹염이 추워서 껴안고 있던 두 팔을 쓸어 내리며 덧붙였다.

"은자. 오로지 은자만 챙길 수 있다면 아비도 팔아먹을 태세인 걸! 지금쯤은 우리를 놓쳐서 저희들끼리 난리가 났을 거야. 이곳 현령이 평이 괜찮은 것 같던데, 날이 밝으면 뭔가 해결의 실마리가 보이겠지."

목을 잔뜩 움츠린 채 두 팔을 감싸안고 덜덜 떠는 옹염을 안쓰러워하며 주위를 유심히 살피던 원숭이가 서북쪽 어딘가를 가리켰다.

"저쪽에 천막이 있는 것 같습니다. 바람막이라도 될 수 있을 것 같은데, 저리로 가시죠."

그러나 옹염은 아무 응답도 없이 되레 그 자리에 천천히 쭈그리고 앉기 시작했다. 마치 햇볕에 녹아 내리는 눈사람처럼 조금씩 내려앉던 그는 갑자기 기우뚱하더니 아무 소리도 없이 땅바닥에 쓰러지고 말았다!

"마마, 십오마마!"

원숭이가 크게 놀라 비명을 지르며 덮치듯 옹염에게로 다가갔다. 가볍게 흔들어보고 인중을 누르고 맥을 짚어보고는 연신 물었다.

"괜찮으십니까? 왜 그러십니까?"

당황하여 어찌할 줄 모르며 원숭이는 울먹거렸다.

"눈 좀 떠 보십시오, 마마……."

눈물을 찔끔거리며 원숭이가 간절히 들여다보고 있으니 옹염이 조금씩 움직이며 희미한 소리로 대답했다.

"학질(瘧疾)이…… 재발한 것 같네. 왜 하필이면……."

무어라 말을 하니 원숭이는 그나마 안심이 되었다.

"제가 안고 천막 안으로 들어가겠습니다. 그리고 어떻게든 읍내로 들어가 약을 구해보도록 하겠습니다."

이같이 말하며 옹염을 번쩍 쳐들어 안고 그는 성큼성큼 천막으로 다가갔다. 그러나 막 그 앞에 다다라 미처 발을 들여놓기도 전에 갑자기 안에서 고함소리가 들려왔다.

"누구야? 감히 한 발짝이라도 들여 놓았다간 내 가위에 찔릴 줄 알아!"

안에 사람이 있을 줄은 전혀 생각지 못했던 원숭이가 흠칫 놀라며 뒷걸음쳤다. 그러나 목소리가 귀에 익어 걸음을 멈추고 부드러운 목소리로 물었다.

"혹시 혜아 아니냐? 네가 왜 여기 있어?"

"누군데요?"

"난…… 저녁에 너희 가게에서 칼국수를 먹은 사람이야!"

"근데 안고 있는 건 뭐예요?"

"아! 우리 주인이셔. 날도 추운데 설상가상 학질까지 도지셨
어……."

그러자 혜아가 잠시 생각하더니 문을 열어주었다.

"그럼…… 들어오세요……."

이곳은 농사꾼들이 가을에 추수를 하면서 망을 보기 위해 지어
놓은 농막(農幕)이었다. 안에는 볏짚을 두텁게 펴놓았고, 두 줄로
옥수숫단을 '인(人)'자 형으로 쌓아 만든 천막이었다. 춥긴 마찬가
지였으나 바람막이라도 있으니 훨씬 따뜻하게 느껴졌다.

원숭이는 옹염을 구석에 뉘여 놓고 유심히 살피면서 바람이 드
는 곳에는 볏짚을 쑤셔 넣어 하나씩 막아버렸다. 자신의 솜옷을
벗어 이불 삼아 덮어주고는 말했다.

"당장 어떻게 할 수도 없군. 어디서 따뜻한 물 한잔이라도 구할
수 있으면 좋을 텐데……."

한 걸음 물러서서 원숭이의 행동을 유심히 지켜보던 혜아가 한
참 후에야 물어왔다.

"대체 뭘 하는 사람들인지요? 지금 읍내에서는 세 사람을 붙잡
으려고 집집마다 수색하고 있어요! 착한 사람들이라면 어찌 아문
에서 나서서 붙잡으려고 하는 것이며, 저들의 말대로 나쁜 사람들
이라면 어찌 멀리멀리 도망가지 않고 여기 있는 건지……."

이에 원숭이가 대답했다.

"아문에서 붙잡는 사람이라고 모두 나쁜 사람인 줄 알았어? 솔
직히 너의 창주 지부가 우리 주인 앞에선 고양이 앞의 쥐일 수밖에
없어! 그 이유는 차차 알게 될 테지만! 너희들만 아니었다면 이런

일은 없었을 거다."

"그쪽이 아니었다면 우리도 이 엄동설한에 집도 절도 없이 밖으로 내몰리지는 않았을 거예요."

혜아가 한숨을 내쉬며 말을 이었다.

"우리아버지는 비적들과 내통했다며 포박당해 끌려갔어요. 집도 잿더미가 됐고요. 오라버니는 엄마를 업고 어디로 도망갔는지 모르겠어요……. 여기도 날이 밝으면 안전한 곳이 못 돼요……."

"날이 밝으면 두려울 게 없어."

원숭이가 덧붙였다.

"우리 사람들이 들이닥치면 저것들은 뼈도 못 추리게 될 테니까! 지금 당장은 우리 주인이 큰일이야. 따끈한 물이라도 좀 마시면 훨씬 나을 텐데……."

혜아는 아무런 말이 없었다. 원숭이도 달리 방책이 없었다. 상황이 이러할진대 어디 가서 더운물을 얻어온단 말인가? 잠시 침묵에 잠겨 있던 혜아가 조금 망설이는 듯하더니 곧 밖으로 나갔다. 원숭이가 다급히 물었다.

"어딜 가?"

그러자 혜아가 말했다.

"숨소리가 너무 거칠고 무겁네요. 발열이 심한 것 같아요! 아까는 경황이 없어서 몰랐는데 지금 생각해보니 우리 양아버지도 학질을 앓고 있었던 것 같아요. 양엄마, 양아버지 댁이 그리 멀지 않거든요. 제가 가서 물이라도 얻어올 게요. 약이 있으면 더 좋고……. 혹시 제가 가서 고자질이라도 할까봐 그러세요? 믿지 못하겠으면 같이 가요."

원숭이가 만져보니 옹염의 이마는 과연 불덩이였다. 갈수록 호흡이 가빠지며 가슴이 세차게 오르내리고 있었다. 여기서 이러고 있다간 큰일나겠다 싶어서 원숭이는 뭔가 결단을 내린 듯 입을 힘껏 모으며 혼수상태에 빠져 있는 옹염에게 말했다.

"도련님, 제가 안고 읍내로 들어가겠습니다. 염려하지 마십시오. 누가 감히 도련님의 털끝 하나라도 건드렸다간 제가 이 한 목숨 걸고 그 자들과 진검승부를 벌이겠습니다!"

말을 마친 원숭이는 곧 자신의 솜옷에 옹염을 감싸 번쩍 들어올렸다. 그 어깨에 맥없이 머리를 기댄 채 옹염은 짧은 신음소리를 냈다.

"좀 어떠세요?"

원숭이가 다급히 물으니 옹염은 그저 한마디를 하고 고개를 툭 떨어뜨리고 말았다.

"머리가 빠개질 것처럼 아프네……."

원숭이는 다급한 마음에 혜아를 따라 성큼성큼 읍내로 향했다.

길눈이 밝은 혜아를 따라 한참 눈길을 걸어가니 어느 집 앞에 다다랐다. 토담이 낮은 초가집이었다. 걸음을 멈추고 문틈에 눈을 바짝 붙이고 들여다보던 혜아가 나직이 말했다.

"양아버지는 벌써 일어나셨네요. 하기야 주인집 소를 사육하니 지금쯤은 일어날 때가 됐어요."

그러자 원숭이가 문을 두드리라는 식으로 턱짓을 했다.

혜아가 작은 주먹을 들어 조심스레 문을 두드렸다. 다른 누군가에게 들킬세라 너무 작게 두드린 것 같아 조금 더 힘을 주어 두드렸다. 그러자 안에서 어떤 노인이 중얼거리며 문을 열었다.

"간밤에도 잠도 못 자게 문을 두드려대더니 새벽까지 이 난리야! 거 누구요?"

그러자 한 쪽에 비켜 서 있던 혜아가 말했다.

"아버지…… 저예요, 혜아."

그제야 노인이 혜아를 알아보았다.

"혜아야……, 너희 집에 도둑이 들었다며? 안 그래도 네 외삼촌이 널 찾으러 방금 다녀갔다. 헌데 저 사람은 누구냐?"

"들어가서 말씀드릴게요."

혜아가 다짜고짜 원숭이를 잡아끌고 안으로 들어갔다. 따끈한 아랫목에 옹염을 내려놓게 하고서야 혜아는 원숭이에게 말했다.

"이 분이에요. 성은 황씨이고, 이 동네에선 황칠(黃七)이라고 불려요. 전씨네 객잔에서 수레를 몰아주는 일을 하며 입에 풀칠하고 있지요. 아버지, 어째서 이리 일찍 일어나셨어요? 벌써 소꼴 먹일 시간이 됐어요? 이 두 어른은 북경에서 오신 손님들이에요. 어젯밤 어떡하다 도둑들을 만나 우리 집에 왔었는데…… 아무튼 자초지종을 말씀드리자면 길어요. 지금 이 분이 학질이 도져서 고생하는데, 따끈한 국물이라도 있으면 한 그릇 데워주세요. 없으면 물이라도요. 아버지께서 드시던 약이 있으면 더 좋을 텐데……. 날이 밝으면 여길 뜰 거예요."

황칠이 주름이 쪼글쪼글한 얼굴로 두 사람을 한참 뜯어보더니 천천히 입을 열었다.

"아랫목이라서 여긴 뜨거울 정도로 따스하니 이불을 덮어주어 먼저 땀을 쫙 빼야 하느니라. 이 병은 화타(華佗, 중국 제일의 명의)가 다시 살아온다고 해도 어찌할 도리가 없을 것이다. 너의 외삼촌이 너만 찾으면 떠날 텐데 하며 발을 동동 구르다 갔다. 널 찾든 못 찾든 떠나겠다고 하더라. 요즘 세상엔 마적(馬賊)이니 관부(官府)니 선교(宣敎)하는 것들이니 어디 하나 믿을 구석이 있어야지.

하는 짓거리들을 보면 대체 호인, 악인을 구분 짓기가 어렵단 말이지. 강희부처님 때는 참으로 태평스러웠는데, 어디 이런 경우가 있었겠어. 휴! 말세가 오려나봐……."

황씨는 이같이 중얼거리며 땔감을 더 넣으러 나갔다.

엽영안이 혜아를 못 찾아도 이곳을 뜬다는 말에 원숭이와 혜아는 적이 놀랐다. 그러나 그 일에 대해 깊이 생각할 여유가 없었다. 옹염의 이불깃을 여며주고 일어난 혜아는 아궁이에 불을 지펴 물을 끓이고 약을 달이기 시작했다. 마음씨 좋아 보이는 황칠의 부인이 달걀을 쪄내고 담백하게 칼국수 한 그릇을 끓여냈다. 방안에는 훈기가 돌기 시작했다.

따끈한 아랫목에서 솜이불을 두텁게 덮고 있으면서도 옹염은 이빨까지 쪼아가며 부들부들 떨고 있었다. 두통이 극심한 듯 가끔씩 얼굴이 고통으로 일그러졌다. "아바마마"에 이어 "어마마마"를 부르고 "사부님, 사부님"을 애타게 부르기도 했다. 그사이 약이 다 끓고 김이 모락모락 나는 칼국수가 올라왔다.

원숭이가 조심스레 옹염을 흔들어 깨웠다. 겨우 눈을 뜬 옹염을 일으켜 약을 먹이고 억지로 칼국수도 두어 가락 빨아들이게 했다. 그러고 다시 이불을 덮고 한참을 누워 있자 옹염의 혈색은 눈에 띄게 좋아지기 시작했다. 숨소리도 훨씬 고르게 변해갔다.

쌕쌕거리며 시간 반 남짓 자고 난 옹염이 조금씩 실눈을 떴다. 주위를 두리번두리번 하더니 옹염이 물었다.

"원숭이…… 우리가 지금 어디 있는 건가? 오! 혜아도 있네?"
적이 안도하며 원숭이가 밝게 웃으며 대답했다.

"도련님, 염려하지 마십시오. 좋은 분들을 만났으니 다른 생각일랑 마시고 푹 쉬십시오."

옹염이 머리를 끄덕였다.

"내 감합(勘合)과 인장(印章), 그리고 상주문이 모두 전씨네 객잔에 있는데…… 어떻게든 찾아와야 할 텐데…… 악인들의 수중에 들어가는 날엔 큰일이야……."

이때 갑자기 밖에서 거친 발걸음소리가 들려왔다. 대뜸 경계를 하며 벌떡 일어나 창밖을 내다보던 혜아의 낯빛이 창백하게 질렸다.

"우리 외삼촌이에요! 어쩌죠?"

18. 대난불사(大難不死)

마당에 들어선 사람은 과연 엽영안이 틀림없었다. 등뒤에는 한 사람이 더 있었다. 발을 탕탕 구르고 몸에 묻은 눈을 털어 내며 그는 원망스런 투로 말했다.

"소셋째가 평생 오호사해(五湖四海) 부두를 주름 잡고 다녔어도 이렇게 개꼴을 당해보긴 처음이야! 천하의 소셋째가 엉성한 놈들을 만나 쫓기는 신세가 되다니!"

그러자 앞에서 눈을 털던 엽영안이 말했다.

"이봐요 소 어른, 냉수 마시고 정신 차리세요! 지금 날 탓할 때요? 홍과원(紅果園)에서 사단이 생기지만 않았으면 우리가 팔인교(八人轎)를 대령한들 날 따라 올 소 어른이오? 아무튼 이번엔 내 탓도 소 어른 탓도 아니오. 다 그놈의 탕환성이 범인을 잡아야 한다며 끝까지 우기는 바람에 이렇게 됐지."

이같이 말하며 문고리를 잡으려고 손을 내밀던 엽영운이 그만

입이 쩍 벌어지며 그 자리에 굳어지고 말았다. 문을 열어 주고 얼굴 가득 소름끼치는 냉소를 걸고 자신을 호시탐탐 노려보고 있는 원숭이를 발견했던 것이다!

"이래서 원수는 외나무다리에서 만난다고들 하지!"

원숭이가 엽영안에게서 칼날 같은 눈빛을 거둬들였다. 그리고는 짤막한 한숨과 함께 조금 누그러든 투로 말했다.

"인두겁을 쓰고 어찌 그런 짓을 할 수가 있지? 성치 않은 몸을 이끌고 남의집살이를 하여 평생 아우의 도박빚이나 갚아주고 다닌 누이의 은공을 고작 그런 식으로 갚는다는 게 말이나 되는 소리요? 아무리 돈독이 올라 발광한다지만 그래 생떼 같은 조카들을 은자 2천 냥에 팔아먹고도 천벌이 무섭지 않았냐고! 그러고도 감히 우리를 비적으로 몰아세워?"

처음에 노씨네 가게에서 볼 때와는 달리 엽영안은 잔뜩 겁을 먹은 모습이었다. 동공이라도 후벼팔세라 매섭게 삿대질을 해가며 다가서는 원숭이를 힐끗힐끗 훔쳐보는 눈빛에 두려움이 가득했다. 양 볼의 근육이 움찔거렸다. 두 다리를 후들대며 원숭이가 다가서는 만큼 뒷걸음치던 그가 마침내 털썩 무릎을 꿇어버리고 말았다. 팔을 길게 휘둘러 자신의 왼뺨 오른뺨을 번갈아 후려치며 정신없이 머리를 조아리며 사죄를 했다.

"제발 목숨만 살려주십시오, 대인! 제발, 제발……. 이놈은 인간 말종이고, 개새끼 소새끼 돼지새끼입니다……."

이 광경을 멍하니 지켜보던 소셋째가 그제야 사태의 심각성을 깨닫고는 "아이쿠! 잘못 걸렸어!" 하는 한탄을 내지르며 돌아서서 도망가려고 했다. 그러나 단박에 쫓아간 원숭이에게 덜미가 잡혀 빈 자루처럼 구겨져 저만치 내던져지고 말았다. 개가 똥 먹는 자세처럼 우스꽝스럽기 그지없었다! 심한 충격에 끙끙 엎드려 신음하는 소셋째를 원숭이가 단으로 묶은 땔감을 집어오듯 건뜻 들어 방안으로 끌고 왔다. 그사이 엽영안은 혜아의 앞에 무릎을 꿇은 채 뾰로통한 혜아가 피하는 곳마다 무릎걸음으로 따라다니며 용서를 빌었다.

"너한테 죽을죄를 지었다. 도저히 용서가 안 되겠지만 모든 걸 떠나서 나랑 너의 엄마가 친형제간이라는 점을 생각해서라도 제발 용서해다오……. 처음부터 너희들한테 나쁜 심보를 품었던 건 아니다. 잠시 악인들의 꾀임에 빠져 미쳤을 뿐이야……. 여기 이분은 귀인이시니 너만 이 외삼촌을 용서해준다면 이 분도 날 용서해주실 거야……."

엽영안은 이마를 소리나게 찧으며 눈물콧물 범벅이 되어 애걸복걸했다.

"혜아야…… 외삼촌이 나쁜 사람이 아니라는 건 너도 알고 있을 거다……. 네가 어릴 적에 삼촌이 목마 태워 묘회(廟會)에 나가고 머리 빗겨 땋아주던 기억이 나지? 삼촌은 그놈의 아편에 손대면서 이렇게 일보일보 패가망신의 수렁으로 빠져들었단다……. 제발 이 못난 삼촌을 한 번만 용서해다오……."

뾰로통하던 혜아의 얼굴에 슬픈 기색이 돌더니 급기야 눈물이 볼을 타고 흘러내렸다.

"입 닥쳐! 그래도 죽긴 싫은가 보지? 사내가 돼 가지고 구구하게 목숨을 연명하는 게 죽는 것보다 나은 줄 알아? 아무튼 우리 주인이 깨어나면 그때 봐!"

원숭이가 버럭 고함을 질렀다. 그제야 소셋째를 눈여겨보니 바가지를 뒤집어쓴 것처럼 머리털 하나 없는 민둥산이었다. 원숭이는 히죽 웃음을 터트렸다.

"이건 또 어느 절의 화상(和尙)이야! 어째 절밥이 신물이 났나 보지? 성냥팔이도 아니고 인신매매꾼으로 나선 걸 알면 부처님이 무척이나 대견해 하시겠다!"

소셋째는 원숭이의 비아냥거림에도 꼼짝하지 않고 죽은 듯 땅바닥에 엎드려 있었다. 그 꼴을 보던 혜아가 미어져 나오는 웃음을 참았다. 그때 옹염이 힘겹게 몸을 뒤적였다. 그러자 혜아가 급히 다그쳐 물었다.

"어르신, 추우세요?"

"아니…… 더워서 그래."

옹염의 말소리는 한 줄기 연기처럼 미약했다.

"날 일으켜서 앉혀주게. 물 좀……."

일어나려고 온돌을 짚은 옹염의 팔이 후들거렸다. 혜아가 급히 부축하여 일으켜 앉히니 황칠이 마실 물을 내어왔다. 그는 밤사이 눈동자가 우묵하게 들어간 옹염을 보며 안쓰러워했다.

"나도 같은 병을 앓아봐서 아는데, 지금 냉수를 벌컥벌컥 들이키고 싶으실 겁니다. 당분간은 시원하고 좋지만 오한이 나고 더 괴롭습니다. 냉수생각 나더라도 온수를 많이 마셔야 합니다……."

옹염은 머리를 끄덕이며 혜아가 숟가락으로 떠 넣어주는 물을 달게 받아 마셨다. 꿀물을 마신들 그보다 달콤하랴 싶었다. 무거운 겉옷을 벗어 던지고 단추를 두어 개 풀었어도 여전히 더웠다. 혜아가 옆에 있으니 더 벗을 순 없었으나 머리는 한결 맑아진 느낌이었다. 물 한 사발을 거의 마시고 난 옹염이 말했다.

"방금 어렴풋이 들었는데, 외삼촌이라는 자가 울고불고 용서를 구하느라 꼴이 말이 아니더구나. 혜아야, 인간 말종이라도 살려

주고 싶은 거니 아니면 어떻게 벌해야 네 속이 편할 것 같으냐?"

혜아가 단두대에 올려진 것처럼 사시나무 떨 듯 하는 엽영안을 한동안 째려보았다. 한숨을 쉬며 고개를 떨구고 한참 생각에 잠겨 있더니 물었다.

"우리 엄마 어디 있어요?"

사색이 되어 퀭한 눈으로 혜아를 바라보던 엽영안이 급히 대답했다.

"엄마, 아버지, 오라버니는 모두 무사하셔! 방금 류 대인한테 불려갔어. 뭔가 불길한 예감이 들어 우린 먼저…… 도망쳐 나왔던 거야……."

"류 대인이라고 했나?"

옹염이 물었다.

"류용 말인가?"

"어…… 어르신…… 류 대인의 관명은 모르겠습니다. 다만 덕주에서 흠차대신을 영접하려온 류 대인이라고만 알고 있습니다……."

"동행한 사람은 있었나?"

"그건 잘 모르겠습니다……. 창주 지부의 고(高) 태존과 위(魏) 현령도 함께 소환당한 걸로 알고 있습니다. 북경에서 대관(大官)이 행차하신 것 같습니다……."

류용 일행이 창주로 마중 나온 게 틀림없었다. 옹염은 물론 원숭이도 내심 크게 안도했다. 원숭이가 말했다.

"지금은 심신의 안정이 필요한 시점이오니 정력을 소모해가며 인간 말종과 말씀하시지 마십시오. 이런 놈은 살아있으면 얼마나 많은 사람을 해코지하고 다닐지 모르니 아예 없애버리는 게 나을 것 같습니다!"

그 말에 엽영안은 혼비백산하여 혜아의 다리를 부둥켜안고 애걸복걸했다. 그러자 마음의 동요를 느낀 혜아가 옹염을 향해 낯을 붉히며 나직이 말했다.

"하고 다니는 짓거리를 봐서는 삼촌이라고는 해도 백 번 죽어 마땅하옵니다. 생각하면 치가 떨리도록 분개하는 것도 사실입니다. 피 한 방울 안 섞인 남남 사이에도 멀쩡한 사람을 불구덩이 속으로 밀어 넣는 짓은 못할 텐데, 삼촌이 조카를 팔아 넘긴다는 것이 말이나 됩니까……."

혜아가 울먹이며 말을 이었다.

"그러니 어쩌겠습니까? 필경은 엄마가 자식 대신으로 애지중지 하며 키운 아우인 걸요! 집 팔아 놀음 빚 갚아주면서 엄마는 원수 덩어리라며 치를 떨다가도 늙으신 외할머니를 앞서가는 불상사라 도 생길까봐 가슴을 졸여 왔답니다……. 저래 봬도 집에 아직 어린 남자아이가 둘씩이나 있는 가장입니다. 저 목을 치는 건 순간이지 만 어린것들이 불쌍해서 어떡합니까……."

그럼에도 친정(親情)을 저버릴 수 없어 용서를 구하고 나서는 혜아의 말에 마침내 양심의 가책을 받은 듯 엽영안이 흑흑 흐느끼 더니 아예 목을 놓아버렸다.

"혜아야…… 정말 미안해……. 난 사람도 아니야……. 그냥 죽 어버리게 내버려두렴……. 시간 끌지 말고 어서 칼침이나 놔주세 요……."

"진작에 그리 나올 일이지."

피가 물보다 진하다는 사실을 혜아에게서 새삼 실감하며 옹염 이 말했다.

"내가 혜아를 봐서 살길은 내어주겠다만 단지 구차하게 목숨을 부지하기 위해 감언이설을 하는 건 아니겠지? 나중에 또다시 육친불인(六親不認)하는 짓을 일삼지 않는다고 누가 보장할 수 있겠는가!"

"어르신, 어르신께서 이렇게 두 번 태어날 은혜를 내리시는데 완전히 구제불능이 아니고서야 어찌 또 그런 짓을 저지를 수가 있겠습니까? 단 한 번만 용서해주시면 제가 환골탈태하여 새사람으로 거듭날 것을 약속 드립니다. 저희 일가를 살려주신 대인께선 필히 공후만대(公侯萬代)하실 것입니다……."

"교언영색! 내가 누군지나 알고 싸구려 아첨을 하려드는 게냐? 난 당금의 십오황자야! 두 번 다시 천량(天良)을 상실한 짓거리를 하고 다녔다간 단칼에 네놈의 목을 쳐버릴 것이야!"

옹염을 어느 부잣집의 귀공자쯤으로만 알고 있었던 엽영안과 소셋째, 그리고 혜아는 모두 두 눈이 휘둥그레지고 말았다! 더 이상의 충격은 없을 것 같았다! 어느 고관대작의 제자로서 친척나들이를 하러 북경을 가는 줄로만 알고 있었던 혜아는 옹염의 부드럽고 온화한 미소년 기질에 반하여 호감을 품고 있던 중이었다. 은근한 설렘으로 가슴이 온통 분홍의 화사함으로 물들어가던 소녀는 작은 거인처럼 늠름해 보이는 옹염을 훔쳐보며 형언할 수 없는 텅 빈 공허감에 사로잡히고 말았다.

소녀는 삽시간에 대단히 멀게 보이는 옹염을 자꾸만 훔쳐보며 애꿎은 옷자락만 감았다 폈다 했다. 입술을 잘근잘근 씹으며 발끝은 어느새 땅을 후벼파고 있었다. 그런 소녀의 마음을 아는지 모르는지 옹염이 소셋째에게 물었다.

"자넨 이름이 뭔가?"

"아…… 예……."

소셋째가 당황해하며 연신 머리를 조아렸다. 그리고는 대답했다.

"소인은 북경 서직문에서 잡화(雜貨)를 취급하고 있사옵니다. 그럭저럭 호구에 어려움은 없었으나 탕 막료가 떼 부자가 될 수 있는 좋은 거래가 있으니 같이 하자며 바람을 넣는 바람에 멋도 모르고 따라오게 됐던 것이옵니다. 그때까지만 해도 그들이 인신매매를 하는 줄은 전혀 몰랐사옵니다! 소인은 무식하고 잡초처럼 살았어도 죄 짓고 산 적은 없는 본분에 충실한 양민이옵니다. 현녀묘에서 부처님을 시봉하여 덕을 쌓고 나름대로 열심히 살아왔사옵니다. 운이 사나워 도둑 배에 올랐으니…… 한 번만…… 단 한 번만 용서해 주시옵소서……."

눈물콧물이 범벅이 되어 죽어라 머리 조아리는 소셋째의 두루뭉실하여 곰 같은 뒷모습을 보며 원숭이가 터져 나오는 웃음을 억지로 참으며 소리쳤다.

"지금 마마께서 하문하시는데 감히 동문서답을 하고 있어? 이름이 뭐냐고 했잖아?"

그제야 소셋째가 재빨리 머리를 조아렸다.

"이놈은 소치국(小治國)이라고 하옵니다. 다들 뒤에서는 소문둥이라고 하옵죠……."

그 입에서 '현녀묘'라는 말을 듣고 보니 옹염은 그가 어딘가 눈에 익어 보였다. 그러나 고개만 갸웃거려보아도 얼른 떠오르는 것은 없었다. 아직 몸에 열이 남아 있고 머리도 지끈거려 기억을 더듬고 말고 할 생각이 나지 않았다. 그는 손사래를 쳤다.

"저 둘을 묶어 처마 밑에 무릎 꿇어 있게 하게……."

기운 없이 벽에 무거운 머리를 기대며 그는 황칠에게 말했다.

"한 가지 청이 있소. 어떻게든 류…… 류 대인을 찾아봐 주오……. 금계랍(金鷄蠟, 염산퀴닌)…… 금계랍……."

말을 잇지 못하고 그는 다시 정신을 잃어버렸다. 눈을 감고 무어라 중얼거렸으나 입술조차 움직이지 않는 그 소리를 알아들을 길이 없었다……. 혜아가 금계랍이 뭐냐고, 그걸 어떻게 하라고 하느냐며 다그쳐 물었으나 옹염은 대답이 없었다. 원숭이가 대신 대답했다.

"우리 마마께오서 드시는 약이야. 전씨네 객잔에 둔 채로 나왔거든. 대백(大伯, 아버지뻘 되는 사람에 대한 존칭)께서 류 대인을 찾아 얘기하면 압니다. 어서 다녀오십시오!"

황씨가 대답과 함께 서둘러 나갔다. 혜아와 황칠의 부인은 옹염의 이마에 물수건을 번갈아 가며 올려준다 더운물을 떠 넣어준다 하며 시중들기에 바빴다. 멀리서 수탉이 홰치는 소리가 은은히 들려왔다. 벌써 여명이 밝아오고 있었던 것이다.

……옹염이 다시 의식을 차렸을 때는 황칠의 집이 아닌 다른 곳에 와 있었다. 아직 눈앞이 몽롱한 가운데 가벼운 발소리가 들려왔다. 이층 계단을 밟는 소리 같았다. 자신이 허공에 떠 있다는 생각을 하면서도 눈꺼풀이 무거워 힘껏 밀어 올릴 수가 없었다. 잠시 후 귓전에 작은 목소리가 들려 왔다.

"간밤에 열은 좀 내리셨나?"

"아직 미열이 남아 있는 것 같습니다."

한껏 숨죽인 혜아의 목소리였다.

"다행히 두어 시간 전부터는 잠꼬대도 하지 않으시고 편히 주무

시는 것 같았습니다. 중간에 소금물을 두 번에 걸쳐 조금씩 드시게
했습니다."

"아무쪼록 정성 들여 간호하도록 하게. 나는 아래층에 있을 테
니 무슨 일이 있으면 즉각 알려주게."

"예."

"내려가 볼게. 음…… 남쪽 창문이 너무 밝아 마마께오서 깨시
면 눈이 부실 것 같네. 내가 사람을 시켜 가리개용 천을 사오게
했으니 잘 걸어놓거라. 나무 계단이 오래돼 삐걱대니 오르내릴
때 조심하고."

"예……."

이어 사람이 일어서는 기척이 들렸다. 누군지 못내 궁금하여
옹염이 안간힘을 다해 눈을 떠보니 그는 다름 아닌 화신(和珅)이
었다.

"화신, 자네 왔나?"

"예! 마마, 화신이옵나이다."

계단을 내려가려던 화신이 옹염의 부름을 받고는 허둥대며 돌
아와 무릎을 꿇었다. 그리고는 옹염의 침상 앞에 엎드렸다.

"괜찮으시옵니까? 두통과 어지럼증은요?"

"앉게……."

"예, 마마……."

옹염이 힘겨운 숨을 몰아쉬며 미력한 눈빛으로 둘러보니 과연
이층이었다. 바닥은 홍목(紅木) 일색이었고 세 칸짜리 방이 두
개의 자색 단목(檀木) 병풍으로 칸막이가 돼 있었다. 남쪽 창가에
홍동(紅銅) 목탄화로가 세 개 놓여 있었고, 빨갛게 작열하는 목탄
사이로 파란 불꽃이 팔랑이고 있었다. 탄기(炭氣, 가스)가 걱정돼

서인지 몇 개의 쪽창은 반쯤 열려 있었다. 창문 너머로 백설이 애애(皚皚)한 창 밖의 풍광을 한눈에 볼 수 있어 가슴이 조금 트이는 것 같았다. 방안의 꾸밈새는 간단한 가구와 일용품들이 두루 갖춰진 가운데 사치스럽지도 요란스럽지도 않아 마음이 편했다. 널찍하면서도 융융한 봄기운이 감돌 듯 따사로워 휑뎅그렁한 느낌은 들지 않았다. 왕소오가 두 아랫것을 데리고 계단 아래에서 지키고 서 있는 게 보였다. 옹염이 만족스러워 머리를 끄덕이며 분부했다.

"화로 위에 물주전자를 올려놓게, 방안이 좀 건조한 것 같네."

분부를 마치고서야 그는 비로소 화신을 향해 말했다.

"오래간만이네. 난의위(鑾儀衛)에서 한 번 보고 1년도 넘었지?"

"예, 그렇습니다."

화신이 미소를 머금으며 의자에서 몸을 숙여 보였다.

"숭문문 쪽에 있으면서 워낙 차사가 잡다하다 보니 통 문후 여쭈러 갈 새가 없었사옵니다. 좀 어떠시옵니까?"

옹염이 한 쪽에서 얌전히 두 손을 모으고 서 있는 혜아를 향해 웃음을 지어 보였다.

"미안하지만 화 대인께 차 한잔 내어주시게."

그러자 화신이 아뢰었다.

"제가 불러다 시중들게 했사옵니다. 소호(小戶)의 여식이 마마를 시중드는 것이 얼마나 큰 광영이온데 마마께오선 어찌 '미안하다'는 말씀을 하시는 겁니까?"

이에 옹염이 웃음기를 거둬들이며 말했다.

"아무리 소문소호(小門小戶)의 여식이라도 내겐 시녀가 아닌

환난지교이네. 아무렇게나 마구 부려먹을 순 없네. 류용(劉鏞)은 어디 있나? 전풍(錢灃)도 같이 왔나? 어제 일을 자네들은 어찌 알았지?"

그사이 혜아가 쟁반에 찻잔을 받쳐들고 왔다. 화신에게 받쳐 올리고 나서 한잔 남은 찻잔을 만지작거리더니 옹염에게 물었다.

"십오…… 마마, 안색이 좋아 보이시옵니다. 차를 조금 드릴까요?"

옹염이 미소를 지으며 머리를 끄덕였다. 애써 일어나 앉으려고 하자 혜아가 급히 쟁반을 내려놓고 다가가 부축하여 일으켰다. 그리고는 이불을 당겨 꼼꼼히 어깨에 둘러주고는 찻잔을 들어 위에 떠 있는 찻잎을 조심스레 호호 불었다. 그러나 옹염이 받을 생각을 하지 않고 있자 얼굴을 붉히며 찻잔을 받쳐든 채로 침상 옆에 서 있었다. 옹염을 향한 소녀의 순정을 알아차린 화신이 짐짓 찻잔을 들어 마시는 척하며 아무렇지도 않게 옹염의 물음에 대답했다.

"이곳은 황화진(黃花鎭)에서 가장 큰 택원(宅院)이옵나이다. 잠시 흠차행원으로 빌렸사옵니다. 석암(石庵, 류용의 호) 대인과 전풍, 왕이열은 모두 앞마당에 들어 있사옵니다. 한쪽에서는 악인 일당을 심문하고, 다른 한쪽에서는 그 동안 십오마마의 조우에 대해 폐하께 올릴 상주문을 작성하고 있사옵니다. 저희들은 12월 13일에 직예총독아문으로부터 소식을 접했사옵니다. 날짜를 꼽아 보니 어제쯤 창주에 당도할 것 같았습니다. 연말연시를 기해 홍양교(紅陽敎) 무리들의 움직임이 예사롭지 않고 덕주의 4천 기민(饑民)들이 무척 신경 쓰여 마마의 도래 시점에 맞춰 철통수비를 명령해 놓았사옵니다. 하오나 그저께 창주까지 마중 나와서야 비로소 마마께오서 중도에 하선(下船)하셨다는 사실을 알게 되었사옵니다. 그때 놀란 가슴이 채 진정되기도 전에 황화진의 치안을 맡겼던 창주 지부가 악인들과 내통했다는 사실이 백일하에 드러나지 않았습니까! 어찌나 충격을 받았던지 십년은 감수한 것 같사옵니다. 하오나 마마께오선 대난불사(大難不死)하셨사오니 필히 장명백세(長命百歲)하실 것이옵니다. 이는 하늘의 조화이옵나이다."

간단한 몇 마디에 적당히 '위로'를 빙자한 아부도 들어 있고, 듣는 기분 또한 나쁘진 않았다. 매사에 적당하게, 분수를 지킨다는 것이 얼마나 중요한지를 알 것 같았다. 전에는 비록 일면식이 있었으나 어쩐지 혐오스러운 느낌을 지울 수 없었던 화신이었다. 그러나 1년만에 다시 보니 놀랍게도 호감이 앞섰다. 그는 머리를 끄덕이며 미소를 지으며 말했다.

"원래는 무사할 수 있었는데 내가 자초한 일이네. 이런 게 바로 불경(佛經)에서 소위 말하는 '심생종종마생(心生種種魔生)'이 아닌가 싶네. 난 지금까지 무모하게 무슨 일을 강행한 적이 없는데, 이번엔 자네들이 와서 요리해도 충분할 걸 긁어 부스럼을 만들어 버렸으니 이 또한 무슨 조화인지 모르겠네. 명색이 금지옥엽이라는 자가 밤중에 쫓겨다니다 병까지 얻어 한바탕 곤욕까지 치르고 말이야."

그러자 화신이 위로를 했다.

"마마의 안에 내재되어 있던 인애지심(仁愛之心)이 결정적인 순간에 표출되어 불의에 타협하지 않는 타고난 영웅본색과 어우러져 이런 일이 있었던 것 같습니다. 수적인 우세가 현저한 흉흉한 무리들에 둘러싸였어도 그나마 무사할 수 있었던 건 마마의 지성

(至誠)이 감천(感天)했기 때문이라고 생각하옵니다. 만약 신들이 요리했더라면 창주부(滄州府)의 진면모를 이처럼 적나라하게 간파해내진 못했을 것이옵니다. 비록 일신의 고초를 겪긴 했사오나 일방의 백성들을 위해 원악(元惡)을 제거함으로써 타의 귀감이 되어 널리 회자되게 되었사옵고, 심신을 연마하는 계기가 되었사오니 득이 실보다 크다고 하겠사옵니다."

옹염은 빙그레 웃기만 했다. 내심 기분이 좋은 모양이었다.

화신이 웃으며 무어라 말을 이어나가려 할 때 홀연 여러 사람이 계단 밟는 소리가 들려왔다. 화신이 자리에서 일어섰다.

"석암 대인과 전풍, 왕 사부께서 올라오시는 것 같사옵니다!"

말이 떨어지기 바쁘게 과연 류용이 앞서고 전풍과 왕이열 두 사람이 뒤따라 올라왔다. 화신이 두어 걸음 앞으로 나가 반갑게 맞이했다.

"하늘이 도와 십오마마께오선 이미 쾌차하신 것 같습니다. 앉아 담소를 즐기고 계신 지 한참 됐습니다!"

류용이 옹염의 기색부터 살펴보고는 아뢰었다.

"마마께오서 위험을 무릅쓰고 정면에 나서시는 바람에 신들은 저마다 십년씩은 감수했을 것입니다! 그나저나 뵙기에는 괜찮아 보여서 다행이옵니다."

류용이 안도의 숨을 크게 내쉬며 무릎을 꿇어 예를 갖추었다.

"어서들 일어나세요! 어서요!"

옹염이 침상에 누운 채로 손을 들어올리며 덧붙였다.

"왕 사부님은 저랑 사생의 명분이 엄연한데 무릎을 꿇으시면 더더구나 아니 됩니다. 왕소오, 대인들께 앉을 자리를 마련해 드리거라!"

이같이 분부하며 그는 왕이열에게 물었다.

"어젯밤에는 경황없이 뿔뿔이 헤어졌으나 여태 얼마나 가슴 졸였는지 모릅니다. 그 자들이 특별히 괴롭힌 건 없죠?"

이에 왕이열이 대답했다.

"다행히 류 대인 일행이 축시(丑時)에 당도하신 덕분에 괴롭힘을 당하진 않았습니다. 창주 지부 고옥성(高玉成)이라는 자는 저대로 내버려둘 순 없겠습니다. 전씨네 객잔에서 우리의 인장(印章)과 감합(勘合)을 훔쳐가고 짐을 다 어디다 숨겼는지 알 수가 없습니다. 그러고는 살인하여 증거를 인멸시키고자 인력을 총동원시켜 마마를 찾아 나섰습니다! 현령인 위붕거(魏鵬擧)가 객잔에서 어떤 서류들을 보았느냐고 물으니 자기는 아무 것도 못 봤다며 얼버무렸다고 하옵니다. 죽기를 각오하지 않고서야 저리 담대한 짓거리를 할 수가 있겠습니까!"

왕이열이 분노가 치밀어 올라 말을 이어나갔다.

"마마께오서 돌연 발병하신 건 지금 돌이켜봐도 끔찍하옵니다. 명색이 흠차의 수행관원으로서 사려가 주도하지 못하여 이 같은 화를 불러온 책임을 통감하옵고 부끄러워 쥐구멍에라도 들어가고픈 심정이옵니다. 백무일능(百無一能)의 늙은 서생의 불찰을 엄히 다스려 주시옵소서!"

그러자 옹염이 말했다.

"내가 주장하여 일어난 일인데, 사부님께서 어찌 그리 자책하십니까? 그런 말씀은 하지 마십시오. 그리고 하루 이틀 앓은 병도 아니고 전에는 쓰러질 정도로 심했던 적은 없었는데, 이번에는 유난하네요. 눈감고 누워 있을 땐 빙빙 돌다가도 막상 눈을 뜨고 있으면 오히려 어지럼증이 사라지는 것 같습니다. 이상하지 않습니까?"

이에 류용이 입을 열었다.

"방금 의생에게 물어보니 이번엔 학질과 상한(傷寒) 증세가 겹치시어 더욱 힘들었다고 하옵니다. 며칠 더 몸조리를 하시면 완쾌가 가능하다고 했사옵니다."

옹염이 말없이 머리를 끄덕였다. 류용을 보니 한창의 나이에 등이 구부정하니 휘어 있고 어깨가 삐딱한 데다 눈동자가 움푹하게 꺼져 들어간 얼굴엔 피곤한 기색이 역력했다. 옹염을 비롯하여 여러 황자들은 비록 대신들과의 사적인 왕래가 전무하다고 해도 과언이 아닐 정도이나 평소에 황자들끼리는 식사 후에 차를 마시면서 활동이 활발한 대신들에 대해 가끔씩 논하는 편이었다. 저마다 구비(口碑)가 다르고 평이 천차만별이었으나 오직 류용에 대해서만은 황자들의 평이 만장일치했다. 공충근능(公忠勤能)하고 덕이 있고 배포 있는 호인이라는 데 이의를 다는 사람은 아무도 없었다. 화신과 류용을 비할라치면 아무래도 류용의 온건한 기질이 더욱 마음에 드는 옹염이었다. 그는 말했다.

"오늘은 차사에 대해선 논할 수 없을 것 같네. 여러분들 권유대로 먼저 자리를 털고 일어나는 게 중요하네. 나도 비록 흠차라고는 하지만 아직 어려 정무를 배우는 수준에 불과하니 산동순무 국태의 사건을 비롯하여 각종 민생현안들은 석암 대인이 주지해 주어야겠소. 나와 왕 사부는 옆에서 관망하며 석암이 미처 챙기지 못하는 부분을 참찬(參贊)하여 건의토록 하겠소. 류 대인, 비록 우리 평소에 사적인 자리를 가진 바는 없으나 영존대인(令尊大人) 류통훈(劉統勛) 중당은 나의 태부(太傅)이셨소. 글공부에 재미를 붙이지 못하고 산만하기 그지없는 내게 때론 엄하게 때론 부드럽게 대해주며 끝내는 번번이 학당에 맨 먼저 들어가 앉아있는 모범생으로 변모하게 해주셨지. 손잡고 서예를 가르쳐 줄 때마다 까칠까칠한 수염이 볼에 닿아 따가워 피하던 기억이 어제처럼 생생하오. 그래서인지 세형(世兄)에겐 남다른 정을 느끼오. 그러니 절대 날 어려워하지 말고 여태까지 잘해왔던 대로 담대하게 차사에 응해주길 바라오. 정도를 걷는 사람에게 난 힘껏 도와주면 주었지 팔꿈치를 잡아당기는 일은 없을 것이오."

사실 류용은 황자들 중에서 누군가가 흠차로 파견되어와 사사건건 간섭하고 '팔꿈치'를 당겨 자신을 '꼭두각시'로 전락시킬까봐 적이 걱정했었다. 결국 그의 우려는 현실로 돼버렸으나 이 자리에서 어린 옹염의 격려를 받는 순간 그는 그 동안의 고뇌가 가신 듯 사라지며 가슴 훈훈한 감동을 느꼈다. 부친에 대해 말하는 대목에서 그는 잠시 자리에서 일어나 상체를 숙여 예를 갖추었다. 그리고는 다시 앉으며 아뢰었다.

"아무리 신에 대한 마마의 믿음이 굳건하시더라도 신은 절대 월례(越禮)하는 일은 없을 것이옵니다. 유사시에는 필히 마마께 보고 올리고 지시에 따라 움직이도록 하겠습니다. 마마, 아직 미력해 보이시는데 안심하시고 정양(靜養)하십시오. 차사를 마무리지은 연후에 촛불 심지를 자르며 밤새도록 얘기를 나누는 자리를 가지는 게 어떻겠습니까?"

옹염은 알겠다는 듯이 쾌히 머리를 끄덕였다. 떠나올 때 건륭은 특별히 "너를 파견함은 류용이 못미더워서가 아니니 도움을 주지 못할지언정 해를 끼쳐선 절대 아니 될 것이야. 전명(前明)이 망한 수많은 이유 중 하나는 바로 군주가 정직한 조신(朝臣)을 믿지 못하여 심복 태감들을 여기저기에 꽂아 감시토록 했기에 환관들의 전횡이 날로 창궐해지면서 각종 불협화음을 자초했기 때문이지"라고 강조하며 훈회를 내렸었다. 그는 예를 갖추고 물러가려는 류용을 다시 불러 세웠다.

"급한 일이 없으면 서두르지 말고 잠깐 더 앉았다 가세요. 사부님은 그 동안 우리의 조우에 대해 상주문을 작성하세요. 부풀리지도 말고 빼지도 말고 있는 그대로 주하도록 하세요. 그리고 밀주함에 넣어 발송하세요. 우리끼리는 흥이 안 되더라도 밖에 소문이 새어나가면 어떤 식으로 와전될지 모르니까."

"예! 지당하신 말씀입니다."

왕이열이 덧붙여 아뢰었다.

"좀 있다 아래 내려가서 써오도록 하겠습니다. 마마께오서 먼저 읽어보신 연후에 발송하겠습니다."

그러자 화신이 입을 열었다.

"저희들도 나름대로 상주문을 작성했습니다. 읽어보시겠사옵니까, 마마?"

이에 옹염이 말했다.

"됐어요. 각자 알아서들 하세요. 좋기는 그것도 밀주함에 넣어 보내는 게 좋을 겁니다. 류 대인, 율령(律令)에 비춰보면 이 인신매매꾼들은 어떤 죄에 해당하는지요?"

찻잔을 받쳐들고 있던 혜아의 손이 떨렸다. 그 흔들림에 쏟아진 찻물이 손등에 닿는 느낌이 차가웠다. 급히 주전자의 더운물로 찻물을 바꿔오며 그는 류용의 말을 유심히 들었다.

"형부에서는 해마다 60건의 유사사건을 접수받곤 합니다. 대개의 경우엔 흑룡강으로 유배되어 황무지 개간을 하게 됩니다."

"그렇다면 이번에도 예외는 아니어야 하네."

옹염이 덧붙였다.

"나 때문에 통례를 깨는 일이 있어선 아니 되겠네."

류용이 잠시 생각을 하더니 천천히 대답했다.

"이번 난동의 주범은 은수청이라는 자입니다. 지부아문의 막료이죠. 비적들과 한통속 되어 인신매매를 일삼고 지부인 고아무개와 낭패위간(狼狽爲奸)하여 난동을 부렸으니 그 죄질은 대단히 무겁다 하겠습니다. 게다가 하필이면 매매의 상대가 양인(洋人)들이었으니 국체(國體)에 먹칠을 한 격이 아닐 수 없습니다. 저런 자의 목을 쳐내지 않으면 앞으로의 기강확립에 큰 어려움을 겪게될 것입니다. 사효조라는 자 역시 인신매매에 가담했을 뿐더러광주 십삼행과 결탁하여 아편을 판매하였는지라 그 죄 또한 용서받기 힘들 것입니다. 사건은 아직 심의가 끝나지 않았사옵니다. 자백을 받아내고 취조를 마치는 대로 마마께 보고 올리고 충분한상의를 거친 연후에 폐하께 상주하여 최종 결정을 내릴 것입니다. 조목조목 규정이 엄연하니 이 때문에 노심초사하시지는 마십시오."

"이 정도 사건으로 아바마마까지 경동(驚動)시킨단 말입니까?"

옹염이 물었다.

"폐하께오선 양인들과 광주 십삼행에 대해 유난히 민감해하십니다."

류용이 웃으며 말을 이었다.

"이고도(이시요)가 광동에서 이임하면서 십삼행의 복원을 주청올려 윤허를 받은 지 이제 몇 개월이나 됐다고 벌써 인신매매에연루된 혐의를 받고 있다니, 어찌 그 자들을 순수한 상인이라고 볼 수 있겠습니까? 철저히 수사해야 할 것입니다."

　자신의 눈치를 보지 말고 소신껏 처신해줄 것을 주문하긴 했으나 내심 엽영안에게 활로만은 남겨줄 것을 기대했던 옹염은 뭔가 할 말이 있는 듯 입술을 실룩거렸다. 그러나 류용의 말에는 가격할 만한 추호의 틈새도 없었다. 건륭은 처음부터 엄격하게 화이(華夷)를 구분했고, 양인들이 선교활동을 벌이고 예배당을 짓는 것에 대해 민감해했다. 광주 사람들이 양인들에게 현혹당하여 입교하고 교회당을 출입하는 데 대해 가차없이 목을 치라는 엄명을 내렸거늘 순진무구한 아이들을 꼬여 양인들에게 팔아 음락(淫樂)의 상대로 전락케 했다는 사실을 건륭이 가볍게 치부해 넘길 리가 만무했다! 주장이 올라가면 이번 사건에 가담한자들은 누구 하나 사죄(死罪)를 면하기 어려울 것이다. 그렇다면 죽을죄만은 면하게 해준다고 혜아에게 약조했던 바는 한낱 식언(食言)이 돼버린단 말인가. 한 쪽에서 옹염의 표정을 유심히 살피고 있던 화신이 진작에 그가 고민하는 바를 점치고는 아뢰었다.

　"십오마마의 뜻은 충분히 알 것 같습니다. 마마께오선 이 사건을 떠들썩하게 만들고 싶지 않을 뿐더러 살인을 너무 많이 하는 것도 원치 않으십니다. 여러 의견을 참작하여 공정하고 투명한 수사를 할 것을 약조 드리오니 너무 심려치 마십시오. 오반(午飯)을 드신 후에 좀 주무시는 게 피로회복에도 좋을 것입니다. 저희들은 돌아갔다가 저녁에 다시 문후 여쭈러 들도록 하겠습니다."

　세 사람은 동시에 일어나 작별을 고했다. 왕이열도 상주문을 작성한다며 계단을 내려왔다.

　사람들이 전부 물러간 자리에 홀로 남은 옹염은 그야말로 손가락 하나 까딱할 힘조차 없는 무력감에 사로잡혔다. 오전에는 내내

혼수상태에 빠져 있었던 데다 깨자마자 장시간 대화를 하고 나니 피로가 주체할 수 없이 몰려왔던 것이다. 그러나 졸음은 오지 않았다. 두 눈을 멀뚱거리며 천장에 시선을 박은 그는 뭔가 생각에 잠겨 있는 것 같았다. 혜아가 금계랍을 먹게 하고 미리 끓여 적당히 식혀 놓은 은이탕(銀耳湯)을 쟁반에 받쳐 내어왔다. 숟가락으로 가볍게 저으며 혜아는 수줍은 표정으로 입을 열었다.

"십……오마마."

아직 쑥스럽기만 한 호칭을 연습하듯 가만히 불러보며 아이는 또 얼굴을 붉혔다. 그러나 옹염은 전혀 대수롭지 않은 표정이었다. 그래서 되레 편한 혜아가 이번에는 좀더 자연스럽게 불렀다.

"십오마마, 이것도 화 대인께서 보내오신 겁니다. 조금 맛보니 맛이 그만이었사옵니다. 청열해독(淸熱解毒)에 기가 막히게 좋다고 하옵니다. 이걸 드시고 푹 주무시고 나면 한결 좋아지실 것이옵니다."

"기막히게 좋다고 화신이 그러던가?"

옹염이 가늘게 미소를 지으며 말을 이었다.

"그렇게 좋으면 자네가 마셔버리게. 난 마시고 싶지 않네. 화신 그 친구는 아무리 생각해봐도 큰그릇은 못될 것 같네. 영악하고 세심한 것도 지나치면 옹졸하고 좀스러워 보이거든."

그러자 혜아가 말했다.

"그래도 제가 어찌 이리 귀한 음식을 먹을 수가 있겠사옵니까? 천장을 보며 생각에 잠겨 계시더니, 그 사람을 저울질하고 계셨사옵니까? 자상하고 온화하여 친근해 보였사온데 마마께오선 되레 혹평을 하시네요?"

이에 옹염이 웃으며 대답했다.

"혹평까지는 아니네. 사직(社稷)의 대기(大器)가 되기엔 너무 가벼워 보인다 이거지. 누군가의 비위를 거스르지 않으려고 항상 살얼음 위를 걷는 조심성을 보이고 마음에도 없는 소릴 남발하는 것이 결코 정인 군자가 취할 바가 아니지. 한 예로 은이탕이 아무리 몸에 좋은들 맛이 '기막힌' 정도까지는 아니거든! 자상하고 온화하여 친근해 보이는 거? 그건 궁중의 태감, 내시들을 능가할 사람 있을 줄 아는가? 자네 말대로라면 궁중엔 제명에 못 죽은 태감 없고, 사느니 차라리 죽는 게 나을 법한 내시들이 없겠네?"

"내시…… 태감요?"

"그래. 엄시(閹侍), 엄인(閹人), 당인(璫人)이라고도 하지."

"전 뭐가 뭔지 통 모르겠네요."

"혹시…… 연극 구경한 적 있나?"

"예."

연극이라는 말에 혜아의 눈은 심지 돋군 촛불처럼 빛났다.

"관제묘(關帝廟)에 묘회(廟會)가 있을 때 한 번 구경한 적이 있사옵니다. 〈십옥탁(拾玉鐲)〉, 〈쇄린낭(鎖麟囊)〉, 〈궤중록(櫃中緣)〉, 〈타금지(打金枝)〉……."

"그래, 〈타금지〉에서 공주가 등롱을 내걸라고 분부하고는 부마(駙馬)를 집에 가지 못하게 막고 있는 장면이 있지? 그때 궁등을 내걸던 사람을 태감이라고 하는 거네."

"아…… 생각났어요!"

혜아가 박수를 치며 좋아했다.

"그건 공공(公公)이라고 하잖아요! 궁중에서 심부름하는 사람 말이에요. 그네들은 언제나 주인에게 굽실거리며 시키는 일은 뭐든지 가리지 않고 잘하는 곧고 바른 사람들인 것 같은데, 어찌

나쁘게 생각하시는 겁니까?"

머루처럼 까만 두 눈을 깜빡이며 고개를 갸웃거리는 계집아이
는 바보스러울 만큼 순진무구했다. 입 막고 웃고 다소곳이 숨죽여
없는 듯 늘 그 자리에 있는 궁녀들만 보아왔던 옹염에겐 깔깔대며
소리내어 웃고 박수를 치며 방방 뛰는 혜아의 모습이 그렇게 보기
좋을 수 없었다. 절로 기분이 좋아진 옹염이 웃음을 터트렸다.

"태감들은 곧고 바르지 못해. 그들은 전부 폐인이거든."

"폐인이라고요?"

혜아의 눈이 휘둥그레졌다.

"전부 절름발이, 귀머거리 아니면 장님이라는 거예요? 연극에
서 나오는 태감들은 그렇지 않았사옵니다!"

"그걸 다 잘라냈거든."

"그거라뇨?"

"사지가 멀쩡하고 열 손가락도 다 있었는 걸요. 혹시 발가락이
없나?"

고개를 갸웃하고 사뭇 심각하게 고민하고 있는 계집아이를 보
며 옹염은 달리 설명할래야 설명할 길이 없었다. 한가닥 미소를
흘리며 그는 말했다.

"좀 더 크면 절로 알게 될 거야. 오늘은 입을 많이 놀렸더니
벌써 배가 고프네? 이봐, 왕소오! 먹을 거 좀 올려 보내라고 하게."

계단 입구에서 두 사람의 대화를 엿들으며 손으로 입막고 키득
거리던 왕소오가 급히 올라와 여쭈었다.

"특별히 드시고 싶은 거라도 있사옵니까?"

그사이 화롯불에 숯을 올리던 혜아가 힘차게 일어나는 불꽃을
보며 아직 무얼 먹을지 모르는 옹염을 향해 웃으며 말했다.

"이제 구미가 돌기 시작하는 것 같사오니 기름진 음식보다 담백한 쪽으로 드시는 것이 좋을 것 같사옵니다. 참기름을 두어 방울 넣고 송송 썬 파를 넣어 볶다가 다진 생강과 마늘을 넣고 시원하게 육수를 만들어 칼국수 한 그릇 끓여내는 것이 아직 입맛이 완전히 돌아오지 않은 지금 드시기엔 최고일 것 같은데요!"

요리 얘기가 나오자 자신에 찬 표정으로 변하는 혜아를 보며 왕소오가 말했다.

"그럼 네가 직접 주방에 들어 마마께 칼국수를 맛있게 끓여 올리려무나!"

"못할 것도 없죠!"

혜아가 왕소오의 말속에 숨은 뜻은 조금도 못 알아들은 채 대답했다.

"물은 끓여 놓은 게 있겠다 밀가루도 준비돼 있으니 십 분이면 충분하옵니다. 마마, 좌우지간 음식 생각이 난다는 건 병이 다 나았다는 증거이옵니다. 아미타불, 진작에 음식을 든든하게 드셨으면 좋았을 걸!"

동네의 어느 아낙처럼 중얼거리며 혜아는 벌써 계단을 내려가고 있었다. 몸을 움직여 침대를 내려서고자 하는 옹염에게 신발을 신겨주고 허리띠를 매어주며 왕소오가 아뢰었다.

"소인이 보기에 저 애가 비록 출신은 빈한하나 외모도 얌전하고 심성도 대단히 착해 보이옵니다. 마마께서 곁에 두시는 것이 어떨까 하옵니다. 태감도 있고 주변에 시중드는 이들이 많사오나 아무래도 여자가 훨씬 섬세하고 알뜰살뜰하지 않겠사옵니까?"

창밖엔 백설이 분분했다. 왕소오의 어깨를 짚고 일어선 옹염은 계단을 내려가 낭하에서 설경을 감상하고 싶었으나 속이 비어 기운이 없는지라 계단을 내려갈 자신이 없어 탁자 옆 의자에 앉아버리고 말았다.

"맞는 말이네. 그렇게 하려면 일단 집안에 우환이 없어야 하지 않겠나. 소문내지 말고 몰래가서 류 대인을 만나 어떻게든 혜아 외삼촌의 사죄(死罪)를 면해주도록 상의해보게. 내가 약조를 해 둔 탓에 식언할 수가 없지 않은가? 자세를 낮춰 청을 드리는 식으로 잘 말해보게, 류 대인의 기분이 상하지 않게. 절대 강압적으로 밀어붙인다는 인상을 주어선 아니 되겠네. 그 문제가 해결된 연후에 혜아의 의사를 타진해 볼 거네. 설령 흔쾌히 따라준다고 해도 앞서 말했듯이 난 일반시녀 취급은 안 할 거네. 날 시중드는 혜아에게도 두 하녀를 붙여주겠네. 나머지 일은 귀경하여 상황을 봐서 처리할까 하네. 무슨 말인지 알겠나?"

왕소오가 미처 대답하기도 전에 다시 계단 밟는 소리가 들려왔다. 둘은 뚝 입을 다물었다. 쟁반에 김이 모락모락 나는 향기 좋은 칼국수 그릇을 받쳐든 혜아였다. 조심스레 옹염의 앞으로 그릇을 밀어놓으며 계집아이는 한 쪽으로 물러나 엄지의 손톱을 잘근잘근 씹으며 옹염을 훔쳐보며 수줍게 웃었다.

옹염도 히죽 따라 웃으며 사발을 들었다. 입김으로 후후 불어 국물부터 후루룩 마시니 담백한 맛이 그야말로 일품이었다. 연신 후후 불어가며 국물을 반쯤 마셔버리고 난 옹염이 송골송골 땀 밴 이마를 닦으며 엄지를 내둘렀다.

"정말 일품이네! 칼국수라는 걸 몇 번 먹어봤어도 이렇게 맛있게 먹어보는 건 처음인 것 같네! 궁중에서 발병 시엔 태의의 말이 곧 왕법이거든! 태의의 입에서 '발열'이라는 말만 떨어지면 빈방에 가둬놓고 하루 세 끼 냉수만 퍼주고 아무리 배고파 울고불고해도 먹을 건 안 주거든. 그러다 진짜 뱃가죽이 등으로 돌아가 붙었을 때에야 죽 한 그릇 넣어주는 게 고작인데, 이렇게 든든히 먹고 나니 당장 힘이 솟네!"

연신 맛좋다며 국수를 건져먹던 옹염이 그러나 반도 채 비우지 못하고 수저를 내려놓았다. 어려서부터 '절식석복(節食惜福)'이라며 소식(小食)을 '강요'받아 왔기 때문이었다. 수건으로 연신 얼굴의 땀을 문질러 닦으며 그는 말했다.

"잘먹었어, 다음부터는 발병하면 무조건 칼국수야!"

"어찌 그리 불길한 말씀을 하시는 겁니까."

혜아가 수저를 챙겨 쟁반에 올려놓으며 애교 섞인 목소리로 덧붙였다.

"아직 쾌차하시기도 전에 '다음 발병'을 운운하시다니요! 불경스럽게!"

비록 짧은 시간이지만 둘은 벌써 대단히 가까워져 있었다. 옹염은 애교 있게 눈까지 흘기는 혜아의 모습을 귀여운 듯 바라보고 있었다.

그 후로 사나흘 동안 혜아의 극진한 간호를 받으며 몸조리를 하고 난 옹염은 거의 완쾌된 듯 혈색이 건강해 보였다. 병상을 차고 일어나기 바쁘게 옹염은 덕주로 갈 채비를 서둘렀다. 손바닥만한 황화진에 두 흠차가 머물러 있었다. 게다가 그 중 하나는 '황자(皇子)'였고 현령과 세 막료, 일곱 명의 인신매매단을 관제묘 밖의 빙천설지(氷天雪地)에 항쇄를 채워 단죄를 기다리게 했다. 이는 그리 흔한 경우가 아니었다.

하지만 발 없는 말이 천리를 간다고, 아무리 기밀에 붙였어도 벌써 사리팔향(四里八鄕)의 백성들은 좋은 구경거리가 생겼다며 수십 리 눈길을 걸어 사면팔방에서 몰려들었다. 현지의 몇몇 실세들이 공동으로 뵙기를 청하여 영행(榮行)에 보탬이 되고 싶다며 은표(銀票)를 내놓기도 하고 부세(賦稅)를 면제해 주십사 하고 떼로 몰려들어 청원하는 농부들도 있었다. 심지어는 어느 향리에 가족끼리 사소한 분쟁이 있어 가정불화가 생겼으니 흠차께서 이를 중재해 주십사 하는 기막힌 사연도 있었다.

흠차가 머물러 있는 전씨네 객잔의 눈 덮인 골목 앞은 방문객들로 인해 얼음판같이 반들거렸고, 길다란 낭하에는 비단 골동품을 비롯하여 값나가는 물건은 없는 게 없이 쌓여 있었다. 웬만한 무역양행(貿易洋行) 뺨치는 수준이었다. 처음엔 어쩔 수 없이 찻잎 두어 봉지를 받아두었으나 옹염은 막무가내로 밀려드는 고가의 물품들을 밀어낼 재주가 없었다. 다급해진 그는 사람을 시켜 류용을 불러오게 하고 왕이열까지 불러 상의하기로 했다.

"이제서야 청관(淸官)이 된다는 것이 얼마나 어려운지를 알 것 같습니다. 과연 하늘에 오르느니보다 더 어려운 것 같습니다."

옹염이 왕이열을 향해 웃음을 지어 보이며 말을 이었다.

"심지어는 극단을 통째로 내주겠다는 자들도 있었습니다. 절대 사적으로 처리할 순 없으니 이를 어찌 요리하는 것이 바람직할는지 몰라 사부님을 뵙자고 했습니다."

보기에 혈색이 전날보다 훨씬 좋아 보이는 왕이열이 빙그레 웃으며 대답했다.

"호부에 상납하여 호부로 하여금 황상(皇商)들을 통해 내다 팔아 은자를 입고(入庫)시키는 수가 있겠고요. 지방 관아더러 물품을 확인하여 목록만 만들어주고 물건은 그네들더러 알아서 처리하게끔 하는 방법도 있을 것 같습니다."

"호부에 맡긴다고 하셨습니까? 그건 고양이에게 생선가게 맡기는 꼴이죠. 안 그래도 연말연시가 가까워오니 어디 슬쩍할 데가 없을까 혈안이 돼 있는 자들인데 어찌 믿습니까! 지방관에게 맡기는 것도 마찬가지예요."

옹염이 말을 이어나갔다.

"사부님이 보시기에 이 일은 요리하기에 쉬울 것 같으십니까?"

이에 왕이열이 대답했다.

"좀 번거로워서 그렇지 어려울 것도 없습니다."

그는 잠시 침묵하더니 천천히 말을 이었다.

"얼추 계산해보니 은자로 환산하면 2, 3만 냥은 될 것 같았습니다. 어육 같은 건 60세 이상의 노인들에게 한 근씩 나눠주고 명절도 임박한데 내친 김에 술도 한 근씩 상으로 내리는 게 좋겠습니다. 물건을 판 돈으론 쌀을 사 명절이 괴로운 적빈호(赤貧戶)들이나 살길을 찾아 외지에서 유입한 유민들에게 나눠준다면 이 얼마나 보람된 일이옵니까!"

그 말이 끝나기도 전에 옹염은 벌써 찬성을 하며 엉덩이를 들썩거렸다.

왕이열이 말을 이었다.

"그밖에 금은보석 같은 경우엔 보석상에 팔아 자금을 류 대인에게 맡겼다가 현(縣)에서 문묘(文廟)를 수선할 때 요긴하게 쓰라고 보태주는 것도 좋을 것 같습니다. 그리고 여윳돈이 있으면 주머니 사정이 빈약하여 설 명절이 괴로울 주현(州縣)의 교유(敎諭)와 훈도(訓導)들에게 조금씩이라도 쥐어준다면 금상첨화가 아니겠습니까? 절대 지방관들이 이 일에 관여하게 해서는 아니 됩니다.”

옹염이 연신 머리를 끄덕였다. 그리고는 편각의 침묵 끝에 말했다.

“이는 실로 공덕이 무량한 선거(善擧)로 많은 사람들에게 기억될 것입니다! 허나…… 사전에 류 대인과 공동으로 포고문을 내붙여 이는 조정의 은덕이고 폐하의 권권애민지심(拳拳愛民之心)의 발로임을 강조하는 것이 좋을 것 같습니다.”

옹염이 한마디 덧붙였다.

“전 공로를 독식하고 싶지 않습니다.”

어린 나이에 꽤 치밀한 옹염의 모습에 왕이열은 내심으로 적이 놀랐다. 옹염의 말이 끝나길 기다려 그가 물었다.

“폐하께 상주문을 올려 이를 아뢸까요?”

“그럴 필요는 없습니다.”

옹염이 말을 이었다.

“아무리 차사에 거세가 없다지만 사사건건 주할 순 없습니다. 왼손이 한 일을 오른손이 모르게 하랬다고, 자그마한 선행 한 가지 베풀었다고 하여 수선을 떨어댄다면 너무 유치해 보일 게 아닙니까!”

왕이열의 얼굴이 붉어졌다. 자신의 실언을 자각했던 것이다. 명색이 동궁의 세마(洗馬)라곤 하지만 황자들이 궁중에서 어떤 훈도(薰陶)를 받으며, 후궁들의 명쟁암투로 인한 황자들간의 경쟁이 얼마나 치열하며, 그로 말미암은 본능적인 일신의 방어 기능이 얼마나 대단한지를 바깥사람들은 절대 알 수가 없었던 것이다. 옹염은 자신이 어떤 식으로 처리하든 어찌 겸손하게 나오든 류용은 절대 자신과 ‘공을 나누려고’ 하진 못할 거라고 확신했다.

"사부님, 무슨 생각을 하고 계십니까?"

옹염이 멍하니 생각에 잠겨 있는 왕이열에게 물었다.

"부끄럽습니다……."

왕이열이 멀리 가 있던 생각을 당겨오며 대답했다.

"소싯적에 학당에서 시험을 봐서 일등을 했다고 껑충껑충 뛰며 집에 돌아와 부모님께 자랑하고 동네방네 떠들어댔던 기억이 새삼스럽습니다. 아직 연치가 어린 십오마마의 대범한 흉금에 비하니…… 부끄럽기 그지없습니다."

"그런 말씀 마세요."

옹염이 부드러운 어투로 말했다.

"그건 사부님의 효심이 지극했음을 단적으로 보여주는 사례입니다. 일등을 한 사실을 한시바삐 부모님에게 알려 즐겁게 해드리고자 함이 아니었겠습니까?"

옹염이 가볍게 웃음을 지어 보이며 말을 이었다.

"촌척의 공로를 과시하여 큰그릇이 되어주길 기대하시는 아바마마께 실망을 주지 않고자 했던 저의 소행도 실은 효심의 발로라고 할 수 있습니다."

왕이열은 십오세 소년답지 않은 옹염의 '점입가경'에 연신 놀라며 그 사려 깊은 언동에 적이 감동을 받았다. 감개가 무량하여 뭔가 칭찬의 말을 하려고 할 때 혜아가 계단을 밟고 올라왔다. 깔끔하게 세탁한 세탁물을 안고 올라오며 그는 종복에게 분부했다.

"전씨네 객잔으로 가서 인두 좀 빌려오게. 십오마마, 아래층에 류 대인 등이 와 계십니다."

"오후 내내 안 보이더니 빨래하러 갔었던가?"

옹염이 그새 못 본 혜아가 그렇게 반가울 수 없다는 듯 희열이 반짝이는 눈빛으로 바라보았다.

"손이 다 얼었네, 바짓가랑이도 젖고! 이런 일은 아랫것들한테 맡겨버리지 그랬어? 날도 추운데 상한(傷寒)에라도 걸리면 어쩌려고!"

안쓰러운 기색이 역력하여 이같이 말하며 자리에서 일어난 옹염이 왕이열에게 말했다.

"사부님, 먼저 내려가 계십시오. 전 의복을 갈아입고 나가겠습니다."

그 말이 떨어지기 바쁘게 두 태감이 기다렸다는 듯이 다가와 시중을 들었다. 조관(朝冠), 조주(朝珠), 조복(朝服)에 조화(朝靴)까지 신으니 옹염은 순식간에 완전히 다른 사람으로 변모해 있었다. 황금색(黃金色) 망포(蟒袍)에 금실로 구망오조(九蟒五爪)가 수놓아져 있었고, 노란 허리띠에는 보석이 눈부셨다. 가까이에서 이 같은 황실의 화려한 복색을 보는 건 난생처음인지라 혜아는 그만 넋을 잃고 말았다. 옹염이 그런 혜아를 향해 빙그레 웃어 보이고는 발소리도 가볍게 계단을 내려갔다.

아래층엔 벌써 사람들이 가득했다. 여덟 명의 태감들이 두 손을 모은 채 숙립해 있었고, 동쪽 기둥에서부터 벽을 따라 서쪽 끝의 처마 바깥까지 예부와 병부에서 시종(侍從)한 호위와 친병들이 두 줄로 길게 장사진을 치고 있었다.

옹염이 보니 왕이열과 류용 그리고 화신과 전풍이 나란히 자세를 바르게 하고 서 있었다. 그 뒤에는 복색으로 보아 현아문의 관원들로 점쳐지는 몇몇 관원들이 있었다. 저마다 고개를 깊숙이 숙이고 있었다. 느낌으로 옹염은 염무(鹽務)와 조운(漕運) 관련

관원들도 자리해 있다는 걸 알 수 있었다. 등을 새우처럼 굽힌 원숭이가 류용에게 무어라 낮은 소리로 말하던 중 옹염이 내려오는 걸 발견하고는 급히 뒷걸음쳐 왕이열의 등뒤로 물러났다. 이윽고 화신이 외쳤다.

"흠차마마께오서 납시었다!"

이어 류용이 힘껏 마제수를 때리며 먼저 엎드렸다.

"신…… 류용이 폐하의 문후를 여쭈옵나이다!"

그러자 낫질에 보리 넘어가듯 수십 명이 일제히 무릎을 꿇었다. 마제수(馬蹄袖) 때리는 소리가 오래도록 메아리쳤다.

"성궁안(聖躬安)!"

옹염이 남쪽 방향을 향해 태연스레 수례(受禮)를 하고는 일어나라는 시늉을 했다. 얼굴 가득 미소를 머금고 그는 류용에게로 다가가 그를 부축하여 일으켜 세웠다.

"석암 공, 덕분에 순조로운 출발을 하게 됐습니다!"

짤막하게 인사말을 건네고 난 그는 줄지어 일어서는 사람들을 쓸어보았다. 미소를 거둔 얼굴은 어느새 근엄한 표정으로 바뀌어 있었다. 그는 고개를 돌려 물었다.

"덕주 염운사(鹽運使)는 자리에 있나?"

피구(皮球) 같은 땅딸보가 사람들 틈에서 데굴데굴 굴러 나왔다. 입이 비죽이 돌출되어 있고, 두루뭉실하게 생긴 것이 영락없는 두꺼비였다. 다짜고짜 사지를 땅에 붙이고 길게 엎드린 채 사내는 죽어라 머리를 조아리며 심하게 더듬거렸다.

"이이이 이놈…… 꾸이칭아가…… 십십십오마마께…… 죄를 청하옵나이다!"

"과연 무슨 죄를 지었기에 이러는가? 대체 무슨 죄가 있단 말인가?"

"탕탕탕, 탕환성은…… 저저저, 저희 아문의 마마마…… 막료이
옵나이다. 그그그…… 자가…… 비비비 비적들과…… 내내내 내
통하여 마마를 시시시 시해하려고 음모를 꾸몄다 하오니…… 시
시시 실로 천벌을 받아 마땅한 짓이옵나이다. 이이이……이 모든
것이…… 아랫것 단속을 제대로 못한…… 이놈의 죄이옵나이
다…… 그그그…… 그리고……."

목을 기우뚱하고 말이 제대로 나오지 않아 얼굴이 벌겋게 달아
올라있는 사내는 조급할수록 말을 더 심하게 더듬었다. 이렇듯
심하게 더듬거리는 경우는 처음 보는지라 옹염은 화가 나기도 하
고 우습기도 했다. 그는 차갑게 내뱉었다.

"됐네! 혀가 얼었나본데, 잘 녹인 후에 다시 주하도록 하게!
왕소오!"

"예! 찾아계셨사옵니까?"

"저 자의 정자(頂子)를 떼어내거라!"

"예!"

숨쉬는 소리조차 들리지 않는 정적 속에서 왕소오는 큰 걸음으
로 꾸이칭아에게로 다가갔다. 두 손을 심하게 떨며 관모를 벗은
꾸이칭아는 절로 정자를 떼어 왕소오에게 건넸다. 한숨을 지그시
눌러 내쉬는 사내의 얼굴에 두 줄기 눈물이 굴러 내렸다.

"청승 떨지 말고 저리 물러가!"

옹염이 일갈을 퍼부었다.

"부하에 대한 실찰은 곧 업무에 대한 태만이요, 호가호위하는
아랫것에 대한 방치는 곧 범죄에 대한 종용이다. 당신의 막료인
탕환성이 가슴팍을 치며 무어라고 호언장담을 했는지 아는가? 나,

왕 사부, 원숭이 셋을 하나 붙잡는 데 은자 3천 냥씩 상으로 내리고, 부두로 연락하러 간 왕소오를 붙잡아오면 상금 5천 냥을 상으로 내린다고 했네! 만에 하나 우리 넷이 다 잡혔더라면 상금만 자그마치 1만 4천 냥이란 얘긴데, 염정사(鹽政司)가 통이 큰 줄은 알았어도 이 정도인 줄은 내 미처 몰랐네!"

19. 일석삼조(一石三鳥)

 류용과 화신, 전풍 그리고 왕이열은 옹염이 틀림없이 그냥 조용히 넘어가지 않으리라는 건 알고 있었다. 하지만 원흉인 창주부(滄州府)의 아역들을 제쳐두고 염정사(鹽政司)부터 칼을 댈 줄은 전혀 몰랐다. 거기다 정자(頂子)를 떼고도 혁직(革職)은 하지 않았고, 탕환성과 꾸이칭아가 내통했는지 여부는 추궁하지도 않고 먼저 돈의 출처에 대한 의혹부터 제기하고 나서자 더욱 어리둥절해졌다.

 류용은 아직은 차사의 경험이 전무하다고 해도 과언이 아닌 소년이 자신과 미리 상의하지도 않고 판을 벌여놓은 데 대해 적이 걱정이 앞섰고, 그 젊음의 '객기'가 썩 마음에 들지 않았다. 그러나 이미 엎질러진 물이었으므로 그 수습에 최선을 다하는 수밖에 없었다. 왕이열과 전풍 역시 금은동철광(金銀銅鐵鑛), 차마염삼목(茶馬鹽蔘木) 마음만 먹으면 이익을 얼마든지 챙길 수 있는 재원

(財源)이 많은데, 은자 1만 4천 냥의 출처에 대해 추궁하고 이를 꼭 염정사의 불법자금이라는 식으로 밀어붙일 수도 없다고 생각했다. 이제 알고 지낸 지 며칠밖에 안 되는 두 사람은 그저 제자리에서 눈빛을 주고받을 뿐이었다.

한편 화신은 나름대로의 속셈을 하느라 여념이 없었다. 꾸이칭 아와 창주 지부인 고옥성은 벌써 사적으로 만나 '의죄은자(議罪銀子)'라며 황금 5백 냥을 건넸고, 나머지 5백 냥은 한달 내에 만들어 올리겠노라고 했다. 건륭이 태후를 위한 금발탑(金髮塔)을 지으면서 금이 부족한 줄을 아는지라 화신은 쾌히 받아 챙겼다. 따라서 이제 고옥성과 꾸이칭아의 죄를 면제해주어야 할 의무가 남아 있었다. 하지만 지금 상태론 옹염과 꽤 신경전을 벌여야 할 것 같았으므로 머리가 지끈거렸다.

"그리고 창주 지부 고옥성, 이 자는……."

옹염은 사람들이 제각각 어떤 심사를 품고 있는지는 전혀 개의치 않고 서안(書案) 위에 놓여있던 화명책(花名册)을 펴보며 말을 이었다.

"체포했겠지?"

옆에 앉아 있던 전풍이 급히 몸을 숙이며 대답했다.

"예, 이미 혁직하여 지금은 자신의 죄를 인정하는 자백서를 쓰고 있습니다."

"흠차의 주필(駐蹕)을 책임지고 일방의 치안을 도모하라고 했더니 계집 품고 낮잠이나 자고 잘한다!"

옹염이 시퍼렇게 굳은 표정으로 덧붙였다.

"비상시기에도 하는 짓이 이러한데 평소엔 어떻겠나! 이곳 백성들이 뭐라고 하는 줄 아나? 억울한 일이 있어 혼자 가슴을 쥐어

뜯는 한이 있더라도 절대 고옥성에게는 찾아가지 말라고 하네. 일엽지추라고, 하나를 보면 열을 알 수 있지 않겠나? 이번 일이 아니더라도 그 자는 결코 용서받을 수 없을 거네!"

잠시 숨을 돌리고 약간 누그러진 어조로 옹염은 말을 이어나갔다.

"처음부터 큰 소리를 내서 미안하오. 내가 유난히 성정이 각박해서 이러는 건 아니오. 이곳 창주의 이치(吏治)가 이 정도로 엉망인 데 대해 정말이지 큰 충격을 받았기 때문이오. 도처에 부패와 전횡이 판을 치고 있으니 사방에 누란지위(累卵之危)의 위험이 용암처럼 끓고 있네. 설령 진짜로 우리를 비적으로 오인하여 과잉대처를 했다 할지라도 노씨네 가게를 불태운 저의는 무엇이란 말이오? 창주부 막료들의 죄를 묻고 아역들은 전부 혁직시켜 철저히 물갈이를 하도록!"

다른 말은 이의를 달 바 없이 옳은 말이었으나 아역들을 전부 물갈이한다는 것은 불가능한 일이었다. 숨죽이고 있던 관원들 사이에서 경미한 소동이 일어났다. 감히 입을 열어 말하는 자는 없었으나 서로 번갈아 보며 시선을 맞추고 몰래 옷자락을 당겨 소리 없이 의견을 주고받는 등 반응들이 심상치 않았다. 이를 감지한 류용이 목청을 가다듬었다.

"십오마마께오선 아직 어제의 충격에서 헤어나지 못하고 계시오! 낭낭건곤(朗朗乾坤)의 청평세계에서 일국의 용자봉손이 경각의 위험에 노출되어 몽진(蒙塵)하는 수모를 당하다니 이게 어디 가당키나 한 소리요? 이번 사건은 우리 대청(大淸)의 역사에 일찍이 없었던 희대의 사건일뿐더러 이십사사(二十四史) 난세의 할거 중에서도 극히 드문 일이지. 천만다행으로 하늘이 도와 그만

하고 말았으니 망정이지 사교(邪敎)에 편승한 불순세력들의 난동으로 대란이라도 일어났더라면 조정의 법통과 존엄은 물론 십오 마마의 명성과 체면은 어떤 오욕을 당할 뻔했소?"

류용은 옹염의 입장에서 이번 사태를 평가했고 은근슬쩍 '명성체면(名聲體面)'이라는 네 글자를 들춰냄으로써 옹염의 자존심을 건드리지 않으면서 그로 하여금 자신이 격분한 나머지 다소 과격한 발언을 했음을 깨닫게 했다. 천금의 황자가 야밤삼경에 불순한 무리들에게 쫓겨 36계 줄행랑을 놓았다는 사실이 궁중에 알려진다면 태감과 소인배들의 눈덩이를 굴리듯 부풀리는 입버릇으로 사건은 어떤 식으로든 와전되고 갖은 유언비어의 온상이 될 소지가 컸다! 여기까지 생각이 미친 옹염은 슬슬 마음이 불안해지기 시작했다. 차를 홀짝이며 잠시 침묵하고 있으니 류용의 말이 이어졌다.

"이만한 것도 천만다행이오! 마마께오서 위험에 직면하셨어도 대단히 침착하시고 현명한 판단과 정확한 지시로 우리가 악당들을 일망타진하는 데 결정적인 공로를 이룩하셨소. 돌이켜보면 명색이 형명(刑名) 출신의 흠차대신이라는 것이 제 역할을 못한 것 같아 대단히 부끄럽소! 자리한 여러분들은 저 마다 가슴에 손을 얹고 곰곰이 생각해 보기 바라오. 일방의 부모관들이라는 여러분들이 평소 자신의 부하들에 대한 교화와 감시에 조금만 신경을 기울였더라면 어찌 이 같은 사단이 초래될 수 있었겠소? 이 사건은 아직 다 끝난 건 아니오. 나와 화 대인이 공동으로 청죄(請罪) 상주문을 올릴 테니 여러분들은 저마다 양심껏 이번 사건과 관련하여 자신의 책임과 착오를 인정하는 자백서를 올리도록. 마마께오서 공정한 판정을 거쳐 최종적으로 각자의 책임을 물을 것이오."

말을 마친 그는 의견을 구하는 눈빛으로 옹염을 바라보았다.

"마마께오서 훈회를 내려주십시오!"

"내가 하고픈 말은 류 대인이 다 했으니 류 대인의 지시에 따르도록 하게."

옹염은 순간 언젠가 건륭이 무릎을 쓸어 내리며 길게 탄식을 내뱉으며 했던 말이 떠올랐다.

"그 무슨 '옥지윤음(玉旨綸音)'이고, 그 무슨 '성명재상(聖明在上) 신죄당주(臣罪當誅)'인가? 말 따로 행동 따로 천자를 기만하고 종묘사직을 우습게 아는 소인배들 같으니라고! 짐이 아무리 구중에서 조감하며 벼락을 치고 광풍에 폭우를 내린다 해도 저 아래는 전혀 반응이 없긴 매일반인 걸. 개중인(個中人)이 아니면 개중의 진실을 모른다고 했듯이 누가 진정 짐의 고초를 알겠는가?"

처음으로 심궁을 나와 세상의 풍랑을 경험하고 보니 옹염은 새삼 '아바마마'의 '고초'를 알 것 같았다. 아무리 일국의 군주라고는 하지만 고심초려(苦心焦慮)하여 훈회를 내리고 교시(教示)를 주어도 밑에선 겁 없이 제멋대로이니 뇌정(雷霆)의 분노를 터뜨리며 이를 간들 독불장군이 없는 바에야 마땅히 어찌할 도리가 없었던 것이다. 그렇다고 전부 물갈이를 하고 나면 구관이 명관이라는 탄식이 절로 나오니 이러지도 저러지도 못할 때가 많았을 것 같다! 무거운 마음에 마른침을 꿀꺽 삼키며 그는 말했다.

"일단은 농한기인 데다 각종 명목의 모임이 많은 연말연시에 치안을 강화하고 진압(鎭壓)과 안무(按撫)를 겸하여 사단을 미연에 방지해 줘야겠네. 설을 쇠고 나면 춘경(春耕)에 최선을 다하여 민심을 안정시키고 지주들이 소작농을 괴롭히고 소작농이 행패를 부려 소작세를 거부하는 현상이 발생하지 않도록 미리 조치하길 바라네. 나와 류 대인은 둘 다 흠차이긴 하나 차사가 유별하네. 그러나 둘 다 산동(山東)에 있으니 무슨 일이 있으면 즉각 보고하도록."

말을 마친 옹염은 곧 찻잔을 들었다 놓았다. 산회(散會)의 표시였다. 원숭이가 큰소리로 외쳤다.

"이만 산회!"

사람들이 분분히 일어나 작별을 고하고 물러갔다. 남은 두 흠차와 세 부하가 계단을 올라 이층 방으로 향했다.

"석암 대인……."

옹염이 네 사람에게 자리를 내주고 자신도 앉았다. 혜아가 받쳐 올린 찻잔을 받아들고 감개에 젖은 표정으로 그는 천천히 말을 이었다.

"난 아직 너무 경험이 부족하고 모사(謀事)에 약한 것 같습니다……. 과연 내 말대로 아역들을 전부 물갈이 시켰다면 돈도 많이 들어갈뿐더러 저들보다 낫다는 보장도 없고 차사에 서툴러 차질을 빚기 십상이었을 테죠."

허리를 곧추 펴고 대빈(大賓)을 마주한 듯 말없이 앉아 있는 전풍과 왕이열의 긴장된 모습을 보며 옹염이 빙그레 웃었다.

"전 어른은 제가 번저(藩邸)에 있을 때 그 대명을 익히 들어왔고 사부님도 남이 아니니 너무 격식을 차리느라 하지는 마세요. 너무 경계를 긋는 것도 좋은 일은 아니라 생각합니다. 심신을 편히 하여 하고 싶은 말씀들이 있으면 주저하지 말고 하세요."

이에 두 사람은 미소를 지으며 그리하겠노라고 대답했다.

류용이 옹염의 말을 받았다.

"전 마마의 말씀에 공감합니다. 아문의 밥을 먹는 자들은 대부분 자손 대대로 대물림 받아 내려온 자들입니다. 그 자들을 쓸어내면 그 가문의 또 다른 자손들이 입문하게 돼 있습니다. 체통 있고 격이 있는 가문들에서 누가 자손들을 아문으로 보내려 하겠습니까?"

이어 왕이열이 나섰다.

"관(官)은 호랑이이고, 이(吏)는 늑대입니다. 한 무리 배부른 늑대들을 내쫓고 나면 굶주린 늑대들이 밀려오기 마련입니다. 결국 조정에 기생하고 백성들의 골수를 빼먹는 짓을 서슴지 않을 것입니다."

그러자 전풍도 말했다.

"관(官)은 호랑이이고, 이(吏)는 그 앞잡이입니다. 전 비록 외관(外官)을 지내본 적은 없으나 서리(胥吏)들의 호가호위(狐假虎威)는 진시황(秦始皇) 이래로 날로 창궐해 왔다고 생각합니다."

"선제께서도 이치(吏治)야말로 우리가 진검승부를 걸어야 할 바이다, 라고 누누이 강조하셨네."

옹염은 이치를 호랑이에 늑대에 빗대어 말하는 신하들의 말에 오싹 소름이 돋았다. 그는 덧붙였다.

"당금 천자께서도 이관위정(以寬爲政)을 정책기조로 삼고 계시나, 이치에 대해선 종래로 고삐를 느슨히 하신 적이 없으십니다. 여러분들은 국태(國泰)의 사건을 철저히 수사하라는 지의를 받고 내려왔으니 언제쯤 제남(濟南)으로 내려갈 예정인지요?"

류용은 옹염의 말에 즉각 대답하지는 않았다. 생각에 잠긴 채 허리춤을 들춰 하포(荷包)에서 엽초를 꺼내어 곰방대에 재웠다. 그리고는 불을 붙여 힘껏 들이마시고는 천천히 짙은 연기를 토해 내며 입을 열었다.

"북경을 떠나오기에 앞서 전 화신, 전풍 두 사람과 여러 번 반복하여 상의해 보았습니다. 성지(聖旨)에는 국태의 사건에만 전적으로 매달리라고 하진 않았으나 국태는 워낙 수안(手眼)이 통천(通天)하는 인물인지라 누군가로부터 미리 첩보를 입수했을 가능성도 배제할 순 없습니다. 하기야 산동성 전체의 고은(庫銀) 적자가 2백만 냥에 육박하니 덮어 감춘다고 해도 천의무봉(天衣無縫)까지는 힘들 것이니 그는 서쪽 담을 허물어 동쪽 담을 쌓는 격으로 먼저 가능한대로 성부(省府)인 제남의 여러 부현(府縣)들의 국고부터 채워 넣느라 비지땀을 흘리고 있을 것입니다. 저희가 덕주에서 토목공사를 크게 일으켜 학궁(學宮)과 소록왕릉(蘇祿王陵)의 건축을 서두르고 의창(義倉)을 열어 이재민들에게 구제양곡을 내준 데는 뭔가 낌새를 눈치챈 국태가 보호색을 칠하는 걸 미연에 방지하기 위한 궁여지책이었습니다. 국태는 결코 호락호락 낙망(落網)할 자가 아닙니다. 우리가 확증을 확보하기 전에는 미동도 하지 않을 자입니다. 제가 이미 사람을 놓아 그 동태를 면밀히 주시하게끔 조치했습니다."

입가를 치켜올려 미소를 지으며 그는 덧붙였다.

"이제 소식이 왔습니다. 국태도 올해 설은 즐겁게 쇠긴 다 글렀다 하겠습니다."

덕주에서의 호화사치 토목공사가 국태의 이목을 가리기 위한 고육지책이었다니, 옹염은 이 소식을 접했을 때 류용에 대해 품었던 고까운 생각이 일시에 사라졌다. 왕이열과 전풍도 다소 의외라는 표정이었다. 그러나 화신은 류용이 미리 "사람을 놓았다"는 말에 가슴이 뜨끔했다. 그는 덕주에 도착하자마자 비밀리에 국태의 가인(家人)을 만나 "정월 15일 이후에 제남으로 갈 것이니, 일단 성부(省府)의 적자부터 막아놓아야 한다. 그렇지 못할 경우 첫 시작부터 꼬이면 나로서도 속수무책일 수가 있다"는 식의 언질을 주었었던 것이다. 그런데 부흠차인 자신과 격의 없이 지내고 비밀이 따로 없을 것 같던 류용이 암암리에 이같이 뒤통수를 치다니! 더욱 놀라운 것은 류용은 덕주에서 대흥토목을 추진하면서도 화신에게는 국태의 이목을 막기 위한 수단이라는 뜻을 비춘 적이 한번도 없었던 것이었다. 그렇다면 류용은 벌써 날 경계하고 의심한다는 얘긴가? 화신의 이러한 의문을 확인시켜주기라도 하듯 류용이 장화에 곰방대를 털며 말을 이었다.

"제가 황천패에게 서찰을 보내어 국태의 사건은 이미 미목(眉目)이 보이기 시작하니 황씨 일가더러 총출동하여 청방(靑幇)들과 함께 국태의 방산(房産, 부동산)과 전장(錢莊), 전당포 그리고 그 자들이 운영하는 점포들에 대해 엄밀히 감시하여 재산상황을 파악해 보내라고 했습니다. 사흘 전에 벌써 답신이 왔습니다. 마마, 그 목록을 보니 일개 순무치고는 재산이 실로 어마어마했습니다!"

"역시 석암 대인입니다! 덕주에서 죽치고 싶어하는 이유를 알겠습니다!"

옹염이 희색이 만면하여 왕이열에게 말했다.

"이제 보니 석암은 성동격서(聲東擊西)를 노렸군요! 화신, 화신! 무슨 생각에 그리 열중하고 있는가?"

"아, 예?"

화신이 화들짝 놀라며 놀란 기색이 가시지 않은 표정으로 어색하게 웃으며 대답했다.

"그게 그러니까…… 석암 대인께서 저까지 의심을 하시는 것 같아 좀 씁쓸하네요. 방금 말씀하신 부분들을 전 하나도 모르고 있었거든요."

이에 류용이 웃으며 말했다.

"무슨 당치도 않은 소릴 하오? 자네를 수행하는 무리들은 모두 이번원(理藩院)에서 임시로 데려온 자들이거늘, 국태의 친아우가 바로 이번원에 있지 않소! 자칫 이번원을 통해 국태에게 기밀이 새어나갈세라 조심했을 뿐이지 그런 건 아니었소. 우리 하는 일이란 기밀이 생명인데 그게 탄로가 나면 대나무 바구니에 물을 담듯 일장공(一場空)이 돼버리지 않겠소? 폐하께오선 이 사람이 올린 청안상주문(請安上奏文)에 '화신을 정면에 내세우고 경은 뒤에서 작전지시를 하라'는 주비를 달아보내셨소. 그런 사연을 내가 무슨 수로 자네에게 털어놓겠소!"

화신이 듣기에 이는 아무래도 억지스러운 논리였다. 미리 상주문을 자신에게 보여주지 않은 걸 문제삼고 싶어도 자신 또한 건륭에게 올리는 상주문을 류용에게 보여준 적이 없었기에 트집을 잡을 수도 없었다. 더욱이 북경을 떠나오면서 화신은 대사(大事)가 있을 때만 공동명의로 주장을 올리고 자질구레한 일은 기밀유지 차원에서 각자 주장을 올리는 게 좋겠다고 했었다. 그러니, 그야말로 돌 들어 자기 발등을 찍은 격이 되고 말았다! 속으로 류용의 교활한 이중성을 괘씸히 여겼으나 건륭을 운운하고 나서니 세상 없는 울분이라도 웃으며 삼키는 수밖에 없었다. 짐짓 대수롭지 않다는 듯 그가 말했다.

"그렇다고 원망 같은 건 해본 적이 없습니다. 단지 좀 의외라는 생각이 들었을 뿐이죠. 북경을 떠나올 때 석암 대인의 뜻에 전적으로 따르겠노라고 하지 않았습니까! 전 어디까지나 대인의 마전졸(馬前卒)입니다!"

화신은 마음에도 없는 말을 하면서 자신의 놀란 가슴을 진정시켰다. 국태에게서 검은 돈을 받았다고는 하지만 그 어떤 증거도 남겨놓지 않았으니 유사시 국태가 배신하더라도 두려울 건 없다고 생각했다. 도울 수 있으면 다행이고 그렇지 못해도 그건 국태의 팔자이고 그 자신이 감수해야 할 몫이라고 생각했다!

이같이 두서를 정리하고 나니 훨씬 마음이 편해진 화신이 말했다.

"사부님으로부터 마마께오서 염지(鹽地, 알칼리성 토양)를 다스리고자 한다고 들었습니다. 덕주에서 서남쪽으로 한단(邯鄲) 일대에 이르기까지 수천 리 길은 온통 염지입니다! 북으로 천진위 서쪽도 마찬가지온데, 염분만 빼내면 모두 경작이 가능한 토지입니다. 마마께서 염지를 다스리는데 뜻을 두셨다면 내친 김에 전체 염지로 확산시키는 것이 바람직할 것 같습니다. 호부와 조운총독 아문에 협조공문을 발송하여 전문가를 파견하여 실사케 하고 점진적으로 착수하면 큰 어려움도 없을 거라 생각합니다. 오랫동안 방치해둔 불모지를 옥토로 변신시키는 것은 곧 사직의 대사요, 만년의 업적일 것입니다!"

그는 마치 눈앞에 곤곤도랑(滾滾稻浪)을 마주하고 있는 듯 손짓까지 해가며 신이 나서 말했다.

"상상만 해도 가슴이 벅차 오르지 않습니까? 천리 염지가 양전(良田)으로 변모한다면 직예와 산동은 장구한 세월에 걸쳐 식량을 지원 받던 역사에 종지부를 찍게 될 뿐만 아니라 되레 북경에 보탬이 될 것입니다! 이는 실로 공덕이 무량한 일이 아닐 수 없습니다! 어젯밤에도 이 생각을 하니 너무 흥분되고 조바심이 나서 도무지 잠을 이룰 수가 없었습니다!"

금물결이 굽이치는 천리 옥토를 눈앞에 그려내는 화신의 희망찬 말에 왕이열과 전풍 두 서생은 덩달아 두 눈 가득 희열을 번득이고 있었다. 그러나 류용은 말로는 하늘의 별도 따온다는 데 앉아서 이러쿵저러쿵 논하는 것은 그림의 떡이나 다름없다고 생각하여 가타부타 말이 없었다.

"그런 생각을 했다는 것만으로도 자넨 역시 이 공덕이 무량한 차사와 인연이 있다고 하겠네."

옹염은 처음엔 역시 적잖이 감동을 느꼈으나 왕이열과 상의해 본 결과 손바닥만한 황화진의 염지를 다스리는 데만 해도 수없이 많은 인력과 재력을 필요로 하다는 걸 알게 되었는데 화신의 말대로 천리 염지를 다스린다는 것은 실로 얼토당토않은 일이라는 생각이 들었다. 설핏 생각하기에도 화신이 자신의 호감을 사기 위해 무책임하게 떠든 망발이라는 걸 알 수 있었다. '대이무당(大而無當) 화이부실(華而不實)'이라는 여덟 글자가 빠르게 뇌리를 스쳤다. 그는 담담하게 웃으며 말했다.

"자네의 생각을 글로 올리게. 이 차사를 자네에게 전권위임 하도록 폐하께 주청을 올릴 테니!"

화신은 또다시 가슴이 철렁해졌다. 오늘은 어찌 이리 하는 말마다 꼬이지? 저게 내 속을 훤히 꿰뚫어 보고 있는 걸까? 이번 차사를 마치고 올라가면 이변이 없는 한 무난히 군기대신에 입직할 수 있을 터인데, 그런 나를 흙탕물 속으로 내몰려 하다니! 사람은 하루에도 삼혼삼미(三昏三迷)한다더니 내가 그짝 난 걸까…….
더 이상 생각할 엄두를 못 내고 그는 어색하게 웃으며 말했다.

"그건 근보(靳輔, 강희제 때의 치수전문가)의 박력과 진황(陳潢)
의 재주가 없이는 불가능한 차사입니다. 소인은 말은 잘해도 정작
팔을 걷어붙이라면 자신이 없습니다."

그 말에 분위기는 이내 싸늘하게 굳어버렸다. 어색한 분위기를
느낀 왕이열이 웃으며 입을 열었다.

"아무래도 마마께오서 말씀하신 대로 황화진 일대부터 착수하
는 게 바람직할 것 같습니다. 일단 가시적인 성과를 보여줘야 조정
도 백성들도 적극 호응할 게 아닙니까. 점진적으로 실행해 나가는
것이 옳다고 생각합니다."

"난 곧 덕주로 갔다가 다시 연주부(兗州府)에 들를까 하오."

더 이상 논의해 보았자 별 볼일 없겠다고 생각한 옹염이 덧붙였
다.

"그곳은 공성(孔聖, 공자)의 고향인데 어찌하여 해마다 업주와
소작농간의 분쟁이 끊이지 않는지 모르겠네. 나의 흠차행원은 덕
주에 그대로 두고 있을 테니 여러분들은 각자의 차사에 매진하도
록. 난 간여하지 않을 테니 유사시에만 발문하여 자문을 구하도록
하세요."

잠시 멈추었다가 그는 다시 말을 이었다.

"비적들이 출몰하고 굶주린 백성들이 도처에 널려 있는 건 가무
승평(歌舞昇平)에 어울리지 않는 살벌한 풍경이오! 문묘와 학궁
을 손보는 건 나도 찬성이오. 허나 소록왕릉을 재건축하고 화원이
니 정자, 회관 심지어 기원(妓院)까지 수십 개나 문묘와 대치하여
세운다는 건 좀 이해하기 힘든 부분이오! '농부 한 사람이 경작을

하지 않으면 천하에 배 굶는 자가 생기고, 부녀자 한 사람이 베를 짜지 않으면 필히 헐벗는 자가 생긴다[一夫不耕, 天下必有饑者. 一婦不織, 天下必有寒者]'고 했소. 쓸데없이 수많은 인력을 혹사시키지 말고 무익한 공정들은 그만 중단시키는 게 좋겠소, 석암."

언성은 높지 않았으나 뜻은 분명하고 단호했다. 류용과 나머지 둘은 엉거주춤 일어나다가 그 말을 듣고는 다시 제자리에 앉았다. 류용이 말했다.

"이번 대흥토목은 화신, 전풍과 상의 하에 제가 동의하여 결정한 바였습니다. 마마께오서 부당하다고 생각하시면 전 필히 마마의 지시에 따르도록 하겠습니다. 다만 어떤 공정은 원자재도 구비됐고 건물도 중간쯤 일어섰는데, 갑자기 공정을 멈추라는 명을 내리면 낭비는 두 말 할 것 없고 일부 탐관오리들의 탐심을 부축하지는 않을까 염려됩니다. 잠시 명확한 명령은 내리지 않고 다른 방책을 강구해 보는 것이 어떨까 합니다. 저희들의 체면이 손상을 입는 건 작은 일입니다. 조정으로 하여금 줏대 없이 갈대처럼 흔들린다는 소릴 듣게 해서는 아니 될 것입니다."

"여러분들의 체면이 도마 위에 오르는 것도 작은 일은 아니지."
옹염이 덧붙였다.

"그럼 공사를 중단하라는 명령은 당분간 내리지 말고 인부들의 공전(工錢)을 반으로 뭉턱 깎는다든가 원자재의 품질을 문제삼아 걸고 넘어간다든가 하며 시일을 끌어보세요. 그럼 공정이 저절로 멈추게 돼 있습니다."

세 신하는 어린 주인의 '고단수'에 또 한번 혀를 내둘렀다. 대흥토목을 자신과 상의하여 결정한 건 사실이나 이런 자리에서 그 점을 꼬집는 동기가 불순하다고 생각한 화신은 내심 류용에 대해

괘씸한 생각이 들었다. 하지만 겉으로 내색하지는 않았다.

"마마, 그 방법이 좋은 것 같습니다! 안 그래도 소인은 공정개시에 앞서 석암 공에게 이는 조정의 중농억상(重農抑商)의 정책에 어긋나는 게 아니냐는 식의 우려를 보였었습니다. 마마께오서 그리 말씀하시니 전 전적으로 공감하고 찬성합니다. 공정 규모가 커질수록 인부들을 많이 부려야 하고, 그리되면 사단이 생길 우려가 클뿐더러 장정들이 전부 향리를 떠나오면 농사는 누가 짓겠습니까?"

옹염이 그제야 미소를 지으며 머리를 끄덕여 보였다. 그러자 옆에 있던 전풍이 입을 열었다.

"차사를 논함에 있어 나무만 보고 숲을 보지 못하는 우(愚)를 범할 순 없습니다. 공성(孔聖)이 사농공상(士農工商)이라 하여 상인을 끝자리에 놓긴 했으나 의(義)를 취리(取利)의 근본으로 삼는 상인들은 성현께서도 미사여구를 달지 않았습니다. 화 어른이 당초에 대흥토목(大興土木)을 거론하고 나섰을 때 전 쌍수를 들어 찬성했습니다. 그 마음은 화 어른이 생각을 달리한 지금에도 전 불변입니다. 그로 인해 농지(農地)가 황폐화 되고 수많은 재력과 인력을 소모하게 될 뿐더러 호화사치의 퇴폐풍조를 야기시킬까 봐 염려하시는 마마의 깊은 뜻을 헤아리지 못하는 건 아니오나 그건 일종의 기우라고 생각합니다!"

전풍의 말에 다른 네 명은 놀라움을 금치 못했다. 옹염이 류용의 자존심을 살려주면서 적당히 자극하여 국면을 돌려세우기로 했고, 화신이 내리막길에서 수레를 밀어주면서 거의 마무리돼 가던 사건이 난데없이 뛰쳐나온 흑마(黑馬)로 인해 좌초하고 말았다! 류용과 화신이 입을 반쯤 벌리고 멍하니 앉아 있었다. 차를 따르고 있던 혜아 역시 찻물이 넘쳐나는 줄도 몰랐다.

"아니!"

태어나서 가끔 건륭의 정훈(庭訓)을 들은 적은 있어도 누군가로부터 면전에서 제동이 걸려보기는 처음인지라 옹염은 흠칫 놀랐다. 얼굴엔 미소가 빠른 속도로 굳어지고 있었다. 아직 외신을 꾸지람해 본 경험이 없어 마땅히 어찌할 바를 몰랐으나 일침을 당한 자존심은 벌써 피를 보이고 있었다. 그는 차갑게 내뱉었다.

"나무만 보고 숲을 보지 못한다? 무슨 뜻인지 소상하게 말해보세요!"

"마마, 외람된 말에 심기를 다치셨다면 죄송합니다!"

전풍이 공수(拱手)를 하며 말을 이었다.

"관자(管子)는 〈치미편(侈靡篇)〉에서 이르기를, '넘치는 것을 빼앗아 부족함을 메우는 것이 백성들을 위하는 것이라면 바람직한 것이다[奪餘滿, 補不足, 以通政事, 以贍民常]'라고 했습니다. 덕주에 대흥토목을 한다고 해도 조정의 예산은 필요 없이 사방의 행상(行商)과 대부호들이 출혈하기로 했습니다. 그리고 민공들은 전부 향리의 빈민(貧民)들입니다. 가진 자의 부를 털어 빈민들로 하여금 일하게끔 하여 가족들을 봉양케 하는 것이 일석이조가 아니겠습니까?"

"관자를 운운하고 나오는데, 그럼 공자의 가르침은 떠오르는 바가 없는가?'

"성현께서는 온(溫), 양(良), 공(恭), 검(儉), 양(讓)을 오덕(五德)이라고 했습니다. 또한 가난한 것은 심상한 것이요, 검소함은 인간의 본성이다, 라고 하셨습니다."

전풍이 옹염을 똑바로 쳐다보며 조심스레 말을 이어나갔다.

"일인(一人), 일가(一家)에 있어 근검은 미덕일뿐더러 국정대계에도 마찬가지입니다. 그런 까닭으로 전 모든 것은 권의(權宜)와 변통(變通)이 필요하다고 생각합니다. 북송(北宋) 황우(皇祐) 2년에 절강성(浙江省) 일대에는 심상치 않은 기근이 들었지요. 그 당시 범중엄(範仲淹)은 항주(杭州)를 다스리고 있었는데, 기근의 난리통에도 불사(佛寺)와 관사(官舍)를 대거 건축하여 전대미문의 기근 중에도 유독 항주에만 굶어죽은 사람이 하나도 없었다고 합니다. 당시 일부 어사들이 '기근에 아랑곳하지 않고 희유(嬉遊)에 빠져 상재해민(傷財害民)한다'며 범중엄을 몰아세웠으나, 범중엄은 '가진 자의 부를 털어 빈자에게 혜택을 베푸는 것이 대체 뭐가 문제란 말인가' 하고 당당하게 되받아 쳤다고 합니다. 범 공은 일대의 충량(忠良)이고 명신(名臣)입니다. 그 분이 성현의 가르침을 몰라서 대흥토목을 했겠습니까?"

구체적인 사례까지 들어가며 당당한 논리를 펴는 전풍의 말에 옹염은 마땅히 반박할 엄두를 못 냈다. 이를 눈치챈 류용이 나섰다.

"됐소, 마마의 말씀에 토를 달지 않는 게 좋겠소. 관중(管仲)도 성현은 아니오. 범중엄 역시 완인(完人)은 못되잖소? 그 휼황지법(恤荒之法)이 남송(南宋)에 이르러서는 개나 소나 답습하는 방법이 되어 통치자들의 날로 더해 가는 부화방탕에 합리화가 되었고, 급기야는 망국을 초래했소. 성현께서 주창하시는 경권(經權) 중에서도 경(經)을 근본으로 하는 것이야말로 이국(理國)의 정도(正道)라 하겠소."

이쯤 하여 전풍은 적당히 물러났어야 했다. 그러나 그는 한치의 양보도 없이 받아 쳤다.

"관중은 성현께서 표창하신 인자(仁者)요. 범중엄은 천고현신(千古賢臣)의 본보기요. 근검과 사치는 국정운영에 있어 어느 쪽이 바람직하다 그렇지 않다 칼로 자르듯 논할 순 없다고 보오. 북송의 진종(眞宗) 연간엔 사치가 극성을 부렸어도 사해(四海)는 안연(晏然)했소. 그러나 신종(神宗) 때는 근검과 검소함을 치국(治國)의 근본으로 삼았어도 되레 비적들이 들끓어 난국을 초래했소! 그래서 〈여씨춘추(呂氏春秋)〉에서는 선왕(先王)이라 하여 무조건 추종하지 말고 근검과 사치를 때와 장소에 따라 적당히 병용하라고 가르침을 주고 있습니다. 한마디로 백성들을 항시 우위하여 그들이 필요로 하는 것이라면 수긍하고 들어주는 것이 정도라고 했습니다. 배부르고 등이 따스한 자는 반란을 하라고 등을 떠밀어도 뒷걸음치게 돼 있습니다."

출신이 빈한한 모친 위가씨의 슬하에서 자라며 오로지 '근검소박' 만이 살길이라고 뿌리깊은 가르침을 받아온 옹염이었다. 누구라도 '근검'에 토를 달면 기분이 나빠지는 옹염이었지만 더 이상 논쟁을 해보았자 전풍을 당해낼 자신이 없을 것 같았다. 그는 잠시 생각하더니 천천히 입을 열었다.

"의견 차이는 여전하나 오늘은 이만 합시다. 여러분들은 돌아가서 나름대로의 생각을 글로 적어 폐하께 상주하도록 하세요. 그럼 이만 물러들 가세요."

류용과 화신, 전풍이 물러간 자리에 옹염이 찻잔을 힘껏 내려놓으며 말했다.

"언위이변(言僞而辯)…… 누군가의 사주를 받은 건 아닌지 뒷조사를 시키세요!"

'언위이변(言僞而辯)'이란 공자가 소정묘(少正卯)를 주살할 때 그에게 내린 죄명이었다. 당치도 않은 이론을 그럴싸하게 포장해 낸다는 뜻이었다. 전풍을 표현하는 말이 이러하니 옆에 있던 왕이열은 흠칫 놀랐다. 왕이열은 화가 나서 잔뜩 부어있는 옹염에게로 다가갔다.

"그만 고정하십시오, 마마. 방금 전 속으로 전풍과 화신을 비교하고 있었습니다. 마마께서 보시기엔 어느 쪽이 더 나은 것 같습니까?"

"그거야 당연히 화신이죠!"

"어떤 면을 말씀하시는 겁니까?"

옹염은 말문이 막혔다. 잠시 생각해 보았으나 마땅히 '나은 점'이 떠오르지 않았다.

"제가 말씀드릴까요?"

왕이열이 웃으며 덧붙였다.

"대흥토목은 그들 셋이 함께 상의하여 결정이 난 사안입니다. 류용은 달리 깊은 뜻이 있을 것 같고, 화신은 시무(時務)를 알고 있으나 전풍은 그렇지가 못합니다."

"그게 무슨 뜻입니까?"

"전풍은 고집스러운 반면 화신은 절대 그렇지 않습니다. 그의 심사는 전풍에 비해 백배는 더 영리합니다. 믿어지지 않으시면 마마께오서 그들 셋을 다시 불러 그새 생각이 달라졌으니 제남에서도 덕주와 마찬가지로 대흥토목을 실시하라고 말씀해 보세요. 그럼 화신은 당장 무릎을 치며 찬성하고 나설 것입니다."

"음……."

"심역이험(心逆而險), 행벽이견(行僻而堅), 언위이변(言僞而辯), 논추이박(論醜而博), 순비이택(順非而澤)!"

왕이열은 옹염의 눈치를 살피며 말을 이어나갔다.

"공자가 소정묘에게 내린 다섯 가지 죄죠. 성현께선 이 다섯 가지 중 해당사항이 하나만 있어도 군자의 주살을 면키 어렵다고 했습니다. 전풍이 그중 '언위이변'에 해당된다고 하시니 그는 죽음을 각오해야 할 것입니다."

"……."

옹염은 아무 말도 없었다. 혜아가 세탁물을 개키고 있는 모습을 멍하니 바라보고만 있을 뿐이었다. 벌써 그의 심경변화를 감지한 왕이열은 힘껏 밀어붙였다.

"마마께오선 간과(諫果)를 씹어본 적이 있으십니까?"

왕이열이 덧붙여 말했다.

"감람(橄欖)이라고도 하죠. 〈본초(本草)〉에는 이 과일을 '그 맛이 쓰고 떫어 오래 씹어야 비로소 그 단맛을 느낄 수 있다'라고 했습니다. 성조(聖祖)께서는 곽수(郭琇)나 요제우(姚帝虞) 등 명신들이 군전에서 감히 용린(龍鱗)을 건드리면 노발충천하시면서도 그들의 품행을 문제삼거나 죄를 물은 적은 없었습니다. 선제 역시 손가감(孫嘉淦), 우명당(尤明堂) 등 직신(直臣)들이 '무례'를 범할 때마다 크게 노했어도 처벌할 때는 항시 '높이 쳐들었다 가볍게 내려놓는' 격이었습니다. 웬 줄 아십니까?"

왕이열은 곧바로 자문자답을 했다.

"고신(孤臣)은 흔치 않고 간신(諫臣)은 희유(稀有)하기 때문이죠! 전풍과는 전에는 왕래한 적이 없습니다. 이번에 서너 번 만났어도 잠깐 논의하고 금방 헤어진 정도입니다. 그의 논리가 정확한지 여부에 대해선 잘 모르겠사오나 솔직하고 직언을 좋아하는 진정한 대장부임에는 틀림이 없는 것 같습니다! 마마, 요즘

세상엔 이런 사람을 갈수록 찾아보기 힘듭니다……."

옹염은 끼어들지 않았다. 미간은 좁혀져 있었다. 마치 뭔가를 빨아먹듯 입술을 힘껏 오므리며 창 밖을 내다보던 그는 천천히 일어나 방안을 거닐었다. 그사이 옷가지들을 다 정리하고 난 혜아가 깔끔하게 세탁한 옷가지들을 보자기에 싸고 있었다. 말없이 다가간 옹염은 와룡대(臥龍帶)를 들어 뭔가를 생각하더니 다시 내려놓았다. 그리고는 자신이 즐겨 입는 담비가죽 외투를 빼내어 계단 입구에 서 있는 왕소오에게 주며 말했다.

"이걸 전풍에게 상으로 내리고 오게. 아니, 선물로 주고 오게. 날이 추운데 입성이 좀 부실해 보였네."

분부를 마친 그는 돌아서며 왕이열에게 말했다.

"사부님, 저의 생각이 짧았던 것 같습니다……."

그로부터 5일 후 옹염(顒琰)은 덕주(德州)에서 운하를 타고 연주부(兗州府)로 와서 공묘(孔廟)를 배알했다. 류용 일행은 능현(陵縣), 임읍(臨邑), 제양(濟陽) 등 육로를 거쳐 제남(濟南)으로 직행했다.

한편 북경에 설치한 '주재소'가 하루아침에 종적없이 자취를 감춘 사실에 산동순무(山東巡撫) 국태(國泰)는 적이 놀랐고 당황함을 감추지 못했다. 북경 여기저기에 박아둔 연락책들에게 물어보고 사람을 놓아 형부, 대리사, 순천부와 내무부에 알아보니 대답은 하나 같이 "막료들이 돈을 갖고 도망쳤다"는 것이었다.

그깟 은자 몇천 냥이 아까워서가 아니었다. 그들은 이제껏 경관(京官)들과의 연락선 역할을 해왔는지라 자신에 대해 모르는 바가 없는 이들이 순천부에라도 잡혀 들어가는 날엔 엄청난 파장을 몰고 올 거라는 두려움이 앞섰던 것이다. 자신에 대한 조정의 안목에 변함이 있는지 여부를 감지해내기 위해 궁여지책으로 그는 사흘이 멀다하게 재해복구니, 춘경 준비하며 일을 만들어 상주문을 올려보냈다.

그러나 돌아온 건륭의 어비를 보면 다행이 아직까지 '이상 없음'인 것 같았다. 한번은 "호남의 볍씨가 산동의 수토(水土)에 맞지 않는 것 같다"고 아뢰었더니 건륭은 "일에 있어서 크고 작음을 가리지 않는 순무의 참모습이 타의 본보기가 되기에 손색이 없다"며 칭찬까지 해주었다. 뒤가 캥겨 잠자리에서 벌떡벌떡 일어나 앉다가도 건륭의 어비(御批)를 꺼내보며 마음을 달래곤 하던 중 우민중(于敏中)이 군기대신(軍機大臣)으로 승진했다는 희소식이 날아들었다. 또한 화신(和珅)이 부흠차(副欽差)의 자격으로 산동성 시찰에 나섰다는 낭보도 있었다. 우민중이 군기대신이 되어 힘이 실리면 우이간(于易簡)은 염려할 거 없고, 자신의 수십만 냥을 꿀꺽한 화신이 흠차라는 데 뭐가 두려울 게 있단 말인가! 그는 하루가 다르게 당당해지기 시작했다.

그러나 정작 류용(劉鏞)이 제남으로 출발했다는 소식을 접하고 난 국태는 또다시 불안이 엄습해왔다. 정직하고 공정한 명신(名臣)이었고, 모두가 담호색변(談虎色變)하는 경외의 존재였던 류통훈(劉統勛)의 아들이다. 부전자전(父傳子傳)이라고, 그 명성이 아직 아비에 미치진 못하나 '싹수'가 두려운 존재인 바 남의 것은 물 한 사발도 받아 마시지 않는다는 류용이었으니 그럴 법도 했다. 시찰의 목적은 분명하여 '재해복구 현황을 파악한다'고 했으나 거기에 다른 숨은 뜻이 없으라는 법도 없었다. 공로를 세워 군기처로 입직하는 발판을 만들기 위해 내게 칼질을 하려는 건 아닐까? 생각할수록 고뇌는 더해만 갔다. 더욱 초조한 건 화신이 은자를 받아 챙기고서도 아무런 연락을 취해오지 않았던 것이다. 이 미꾸라지, 늑대, 여우 새끼가 대체 무슨 꿍꿍이를 꾸미는 걸까?

……휑뎅그렁한 순무아문의 공문결재처에서 국태는 떫다 못해 쓰기까지 한 농차를 연거푸 마셔버렸다. 매캐한 담배연기가 방안 가득하여 숨쉬기조차 힘겨웠고 생각을 거듭하다보니 동공이 고양이의 눈을 닮아 푸르스름해지기까지 했다. 그럼에도 뾰족한 수는 생겨나지 않았다. 가볍게 기침을 하며 그는 창 밖을 향해 물었다.

"우이간은 도착했어?"

"귀신이 따로 없네요. 지금 막 도착하는 중입니다!"

밖에 있던 친병이 미처 무어라 대답하기도 전에 우이간이 발을 걷고 들어섰다. 가까운 사이인지라 격식 같은 건 필요 없는 모양이었다. 담배연기를 방출하고자 그는 쪽창을 뒤로 제쳐놓고 자리로 돌아와 앉았다.

"중승, 밖은 난리도 아닙니다. 군정아문에서 총출동하여 제설(除雪) 작업을 하고, 채방(彩坊)을 만들고 향화(香花)에 예주(醴酒)까지 대령하여 흠차를 영접하느라 시끌벅적합니다! 순무께서 불러온 희자(戲子)들이 저 앞에서 목청을 가다듬느라 꽥꽥거리며 오리새끼 백 마리 풀어놓은 것보다 더 시끄러워요. 헌데 여긴 어찌 이리 조용하죠? 연기까지 자욱하여 선경에 들어선 줄 알았습니다!"

흰 얼굴에 보통 체구의 우이간은 생김새며 걸음걸이가 사촌인 우민중을 쏙 닮아 있었다. 공사가 다망해서인지 주색을 지나치게 탐해서인지 눈자위는 시커멓게 죽어 있었으나 기분만은 좋은 것 같았다. 그는 손짓발짓까지 곁들여가며 말을 이어나갔다.

"회경당(懷慶堂)의 연극은 재작년에 북경에서 기 중당이랑 같이 보곤 이번이 처음입니다. 오면서 슬쩍 들여다봤더니 연습이 한창인 것 같던데, 규천자(叫天子, 유명한 연극인)가 수하들의 자세를 바로잡아 주느라 진땀을 빼고 있었습니다. 이번에 그더러 류몽매(柳夢梅) 역을 맡게 하고 순무께서 두려낭(杜麗娘) 역을 맡고 제가 고판(鼓板)을 치면 훨씬 멋진 무대가 되지 않겠습니까?"

"다 도망가겠어."

국태가 무뚝뚝하게 한마디 던졌다. 긴 한숨을 내쉬며 고개를 드니 그제야 우이간은 그의 눈빛이 대단히 우울한 걸 보았다. 삽시간에 웃음기가 사라진 우이간이 물었다.

"중승 어른, 어째 심사가 무거워 보이십니다? 그새 무슨 일이라도 생긴 겁니까?"

국태가 다시 곰방대에 불을 붙여 입에 물더니 짜증스레 볼우물을 파며 뻑뻑 빨아댔다. 그리고는 굴뚝 같은 입으로 말했다.

"꼭 무슨 일이 생겨야만 초조한 건 아니지 않은가. 덕주에서 설을 쇠고 온다더니 설 전에 서둘러 오는 걸 보면 무슨 꿍꿍이가 있지 않을까?"

국태가 우려하는 바가 무엇인지를 알고 난 우이간이 한가닥 미소를 흘렸다.

"난 또 내정(內廷)에서 무슨 좋지 않은 소식이라도 있었다고! 뒤집어 생각하면 아무 것도 아닙니다. 어찌됐건 그가 산동에 온 목적은 휼황(恤荒)인데, 도착하자마자 덕주에 눌러앉아 주지육림에 빠져 있으면 어사들에게 한방 얻어맞을 게 아닙니까? 십오마마가 오기 전에는 덕주에서 설을 쉰다더니 십오마마가 오니 내려오는 걸 봐선 옹염에게 한바탕 혼난 게 틀림없습니다!"

국태가 잠시 멍한 표정을 짓더니 한숨을 내쉬었다.

"나도 그 생각을 안 해본 건 아니네. 헌데 류용이 워낙 호락호락
한 상대가 아니지 않은가. 앞을 보라 해놓고 뒤통수를 치는 수가
있다고. 우 중당 쪽에선 무슨 소식이 없었나?"

이에 우이간이 대답했다.

"그 옹고집이 내게 무슨 소식을 발설할 것 같습니까? 말이 안
통하는 인물이라니까요. 대학사(大學士)로 있을 때부터 우리가
무슨 청탁이라도 할세라 십리 밖에서부터 피해 다니고 사마광(司
馬光)의 〈거객방(拒客榜)〉인지 뭔지를 읽어보라며 얼마나 괴롭
혔는데요! 친척들 중 누가 입에 거미줄치게 생겼어도 쌀 한 톨
안 주는 사람인 걸요!"

그는 우민중에 대해 불평불만이 많았던 터라 국태가 이같이 물
어오자 속사포를 쏘아댔다.

"아무튼 관직이 높아질수록 인간미는 점점 없어지는 것 같습니
다. 손톱을 갈퀴처럼 세워 누굴 할퀴어버리지 못해 안달이라니
깐!"

"그래도 같은 조부를 섬기는 형제간이 아닌가! 팔이 분질러져
도 힘줄로 이어진다는 친정(親情)인데……."

국태가 길게 탄식을 말했다.

"손사의(孫士毅)가 광주(廣州)로 발령이 난 다음에 자네가 운
남순무 자리를 노렸는데, 그가 밀어주지 않았다 하여 불만인 거
지? 이보게, 아우! 팔푼이처럼 굴지마! 자네는 우민중의 말 한마
디에 순무 자리가 달렸다고 생각하나 보지? 어리석은 친구야, 그
당시 그는 군기대신도 아니었어. 설령 군기대신이라고 해도 위에

군주가 있고 아래에 이부가 있네! 염려 마시게, 이번 고비만 무사히 넘기면 난 관화(官靴)를 걸어놓고 향리로 돌아가 매화나 바라보며 살 거네. 그때 천거하는 글을 기똥차게 써줄 테니 순무 자리는 떼어 논 당상이라 생각하고 여유있게 기다리게!"

한바탕 불평불만 끝에 국태의 말을 들으니 기분이 한결 좋아진 우이간의 얼굴에 화색이 돌았다.

"솔직히 그가 군기에 입직할 때부터 전 승진하는 꿈을 접었습니다. 그가 앞으로 승승장구하여 재상의 반열에 오르더라도 전 박수를 치며 반색할 이유가 하나도 없습니다. 류용이 산동으로 내려오는 것도 미리 알려주지 않고, 십오마마가 뒤따라온 것에 대해서도 여태 함구하고 있는 자가 무슨 형제입니까! 내가 모른 척하고 문안인사를 올렸더니 그제야 답신을 보내어 '흠차가 출두했으니 무슨 과오가 있으면 미리 류 대인께 사실대로 아뢰어 용서를 구하라'는 둥 미친소리만 해대고 있더라고요."

이에 턱을 고인 채 생각에 잠겨 있던 국태가 물었다.

"다른 얘긴 없었나? 심심한데 들어보기나 하지."

우이간이 실소를 머금었다.

"심심한 소리 같은 걸 하는 사람이 아니라니까요! 지난번 편지에는 사적(史籍)을 읽어보라며 잔소리를 하더라고요. 옛날 초(楚)나라의 재상이었던 손숙오(孫叔敖)가 친군애민(親君愛民)하여 일생동안 종묘사직에 크게 기여했는 바 임종시 봉토(封土)를 하는데 옥토는 남한테 돌리고 자기는 가장 척박한 땅을 골라달라고 했답니다. 결국 나중에 전란이 일어나 옥토를 배분 받은 재상의 자손들은 큰 화를 당하여 몰락했으나 유독 손씨 가문의 자손들만 화를 면할 수 있었다는 겁니다. 여기까지는 심상한 도리를 설명하는가 보다 싶었는데, 끝 부분에 뭔가 심상찮은 한마디를 덧붙인 것 같았습니다. '오늘의 상국(相國)들은 이 도리를 깨닫는 자가 드물다'라고 하질 않겠습니까? 자기 자신이 엄연히 '상국'인데, 그럼 누굴 뜻하는 걸까요?"

국태는 순간 뇌리를 치는 바가 있었다. 전에 화신과 연락을 취하던 자가 돌아와 했던 말 중에 화신이 그에게 기윤(紀昀)이 양신현(陽信縣)에 사놓은 장원(莊園)에 대해 관심 있게 물었었다고 했다. 그렇다면 과연 화신과 우민중은 한편이 되어 기윤을 쓰러뜨리려 하고 있단 말인가? 아계(阿桂)는 북경에 없고, 푸헝은 임종을 앞두고 있는 마당에 둘이 손잡고 눈에 든 가시를 제거하려는 게 틀림없었다. 아하! 바로 이거였구나! 옹염이 제남으로 가는 걸 서두르지 않고, 류용이 덕주에 엎드려 있었던 건 사태를 관망하기 위함이었구나. 나 국태가 아닌 건청문 서쪽의 몇 칸짜리 방(군기처)에서 들려오는 소리에 귀를 기울이고 있었던 게로군! 이같이 생각이 미친 국태는 흥분하여 눈빛이 반짝거렸다. 호흡마저 가빠왔다. 그는 두 손을 합장하듯 맞붙이며 말했다.

"좋았어! 우리가 여태 노산(盧山)의 진면목을 보지 못한 건 안개가 너무 짙었기 때문일세!"

"그게 무슨 말입니까?"

우이간이 궁금해하며 물었다. 방금 전까지 된서리맞은 가지 같던 국태가 돌연 두 눈에 심지를 돋우며 좋아하는 이유를 알 길이 없었던 것이다.

"기윤이 우리 산동에서 땅을 샀어."

국태가 희색을 머금으며 덧붙였다.

"양신현에도 있고, 이진(利津)에도 있어! 내가 산 땅과 접하지 않았더라면 나도 몰랐겠지. 재물을 오물 보듯 한다던 기효남이 뒤로 빼놓은 게 꽤 많다고 하더군. 자네 형이 기효남을 빗대어 한 말이었어. 하하하하······!"

우이간이 그제야 말귀를 알아듣고는 두 손으로 무릎을 짚은 채 몸을 앞으로 숙이며 말했다.

"저의 처남이 그러는데 양회염정사(兩淮鹽政司)인 노견증(盧見曾)이 기윤의 사돈이잖습니까. 염정사로 있으면서 적자가 몇만 냥은 족히 된다더군요. 그래서 호부에서 조사 중이랍니다. 예부에서 들었는데요, 기윤의 고향집에서 기가(紀家)네와 다른 지주가 사소한 분쟁으로 몸싸움까지 벌어졌는데, 기가네가 힘 자랑을 하면서 상대를 감옥에 처넣고 온갖 굴욕을 다 주었다지 뭡니까? 결국 울화통이 치민 상대방의 지주는 대들보에 목을 매어버리고 말았다더군요! 폐하께오서 무마해주셨다고는 하는데 찍혀도 단단히 찍혔을 겁니다. 그런 걸 보면 기효남도 정인군자는 못 되는 것 같습니다!"

그 말에 국태는 희색이 만면했다.

"그러게 털어서 먼지 안 나는 사람은 없다고 하잖아. 날 찌르겠다고? 웃기지 말라고 그래! 십팔행성(十八行省)의 총독과 순무들 중에서 나만큼 청렴한 관원도 없을 거야!"

아랫입술을 하얗게 깨물고 있던 국태가 소름끼치는 웃음을 지어 보이며 내뱉듯 말했다.

"우리도 한몫 거들어!"

기윤이 건륭의 눈밖에 난 게 사실이라면 이참에 우민중과 화신, 이시요가 합세하여 아계와 푸헝의 부재로 양팔을 잃은 기윤을 구렁텅이로 밀어 넣는 마당에 일조하자는 국태의 발언은 영 터무니

없는 건 아니었다. 그는 기윤에 대한 사적인 감정보다는 그를 함정으로 밀어 넣어 군기처의 혼란을 야기한다면 어느 누구도 자그마한 산동성 순무의 통양(痛痒)에 관심을 둘 사람이 없다고 생각했던 것이다!

"그래도 우리가 선두로 나설 필요는 없습니다."

우이간이 눈에 힘을 주며 덧붙였다.

"우리 형도 지금은 앞장서려고 하지 않을 겁니다. 도찰원에 저의 몇몇 동년이 있습니다. 대리사엔 순무 어른의 벗들이 적지 않은 것으로 알고 있습니다. 하나둘씩 상주문을 올려 적당히 바람을 일으켰다가 돌풍을 일으켜 밀어붙이는 것이 바람직할 것 같습니다!"

그가 말하는 사이 줄곧 웃고 있던 국태는 연신 머리를 저었다.

"직접 기윤을 탄핵할 수는 없네. 기윤 자신이 직접 탐오횡령에 관여한 증거는 아직 없지 않은가. 그 정도 고관(高官)이면 일가친척들이 더 설치고 다니는 줄을 폐하께오서도 잘 아시기에 달리 처벌을 내리지 않으셨던 것 같네. 또한 폐하께오선 천하제일의 재자(才子)라 하여 그 재학을 대단히 아끼시는 편인지라 성총이 자네 형보다 앞선다고 볼 수 있네. 폐하께서 어떤 분이신가? 갑자기 떼지어 기윤을 탄핵하고 나서면 경계하지 않을 수가 없어. 폐하께서 심기를 다치시는 날엔 우린 뒷수습조차 어려워 질 것이네! 우리가 기윤의 치부라고 생각하는 일이삼(一二三)을 폐하께선 다 알고 계시네. 우리가 아무리 설쳐도 폐하께서 팔 벌려 보호해주면 조정의 문무들이 일제히 들고일어나도 소용이 없는 일이네!"

"그럼 어떡하죠?"

"노견…… 즘!"

국태가 음험하게 기윤의 사돈인 노견증의 이름을 부르며 웃었다. 힘껏 곰방대를 빨아들이는 홀쭉한 뺨이 그 깊이를 알 수 없는 성부(城府) 만큼이나 깊었다.

"정면돌파가 여의치 않으면 옆을 치는 거야. 노견증은 폐하께서 기윤의 체면을 보아 울며 겨자 먹기로 봐주고 있는 탐관이지. 도찰원과 호부에서도 마찬가지고! 노견증에게 칼을 대는 것이 상대적으로 용이할뿐더러 위험부담도 적다 하겠네. 입술이 없으면 이가 시리기 마련이네[脣亡齒寒]!"

"역시 순무 어른이십니다!"

우이간이 무릎을 탁 쳤다.

"오늘저녁 안으로 제가 서찰을 띄우겠습니다!"

국태가 머리를 끄덕였다.

"나도 등현(滕縣)의 지현(知縣)인 계춘(季春)에게 서찰을 띄우겠네. 노견증이 그곳에도 엄청난 가산을 마련해 놓은 걸로 알고 있거든. 그쪽으로 은닉한 재물들이 없는지 알아보라고 해야지! 계춘은 우 중당의 문생(門生)일 뿐더러 십오마마의 포의노(包衣奴)이네. 자네의 직권으로 계춘을 제녕(濟寧)으로 데려다 지부 자리에 앉히게. 그래야 노견증의 재산을 더욱 밀착 감시할 수 있을 게 아닌가. 자네나 나나 평소에 그와 왕래가 잦은 편이 아니었기에 이 일을 맡겨도 의심을 받지 않을 것이네."

우이간이 희색이 만면하여 입을 열었다.

"바람은 청평(青萍) 끝에서 일어 뿌리를 뽑을 기세로 커진다고 했습니다! 우리의 방책은 실로 천의무봉이라 하겠습니다. 다만, 제녕 지부의 자리는 순무 어른께서 이미 해국진(解國珍)에게 주기로 약조하신 걸로 알고 있는데, 그것은 어쩌죠?"

그러자 국태가 껄껄 웃음을 터트렸다.

"더운밥 먹고 별 걱정을 다 하네. 해국진에게는 더 좋은 차사를 주면 될 거 아닌가? 발 한번 구르면 기름이 뚝뚝 떨어진다는 전성(全省)의 전량(錢糧)을 맡기도록 하게!"

양도(糧道) 자리에는 자신의 처남을 앉히고자 생각하고 있었던 우이간은 그러나 더 이상 주저할 때가 아니라는 듯 호쾌하게 대답했다.

"그리하겠습니다!"

말을 마친 그는 곧 자리에서 일어났다.

"잠깐!"

국태가 손을 들어 도로 앉으라는 시늉을 했다.

"뭘 그리 서두르나? 여기서 저녁 먹고 흠차를 영접한 후에 가서 일을 보아도 늦진 않네."

우이간이 다시 자리에 앉으니 국태의 눈빛은 조금 우울해 보였다.

"우 공(于公), 방금 우린 남을 구렁텅이에 밀어 넣는 데는 한껏 신이 나 있었지만 정작 우리 자신은 그다지 당당하지 못하지 않은가. 누누이 말하지만 류용이 흑마(黑馬)이네. 절대 호락호락한 상대가 아니란 말일세. 아비보다 더하면 더했지 결코 엉성하지 않아. 허황된 꿈을 좇지 않고 백성들에게 점수를 따 만민의 이름으로 공명을 취하려는 인물이네. 문장으로 기운을 누르지 못하겠으니까 손에 굳은살이 박히도록 서예연습을 했다는 자가 아닌가. 지난번 산동에서 사람을 너무 많이 죽여 백성들이 그에 대한 평이 반반씩이었거든. 그러니 이번에는 그 신망을 만회하고자 배로 노력할게 뻔하네. 이재민들에 대한 진휼(賑恤)에 진력하면서 한편으론 우리에게 칼을 대려 할 것이야. 난 그 자가 우리더러 번고(藩庫)를 열라고 할까봐 전전긍긍이라네⋯⋯."

"염려하지 마십시오. 미처 말씀을 올리진 못했지만 제남, 제녕 두 곳의 고은(庫銀)을 다 메워 놓았다고 말씀 올리러 왔습니다."

우이간은 확신에 찬 표정이었다.

"우리가 곰팡이 낀 식량을 재해지역에 보내주었다는 이유로 두 광내(竇光鼐)가 우릴 탄핵하지 않았습니까? 류용이 지금 와 보면 창고마다 언제든지 북경에 운송할 수 있는 좋은 쌀이 가득 쌓여있는 걸 확인할 수 있을 겁니다! 예전의 그 곰팡이 낀 식량은 창고바닥을 쓸어낸 식량인데, 아랫것들이 착각하여 잘못 보낸 걸로 하여 우리가 죄를 청하고 나서면 큰일이야 있겠습니까?"

국태가 물었다.

"그건 그렇고 우리의 적자는 얼마쯤 되던가?"

"2백 17만 냥 정도입니다. 그중 70만 냥은 건륭 35년 이전부터 내려온 빚인지라 우리가 신경을 쓸 필요는 없습니다."

"2백 만 냥이 어느 집 개 이름도 아닌데, 무슨 수로 메웠단 얘긴가?"

"빌렸습니다."

"빌렸다고?"

우이간이 어쩔 수 없다는 듯 두 손을 펴 보였다.

"금똥을 싸고 금오줌을 누는 재주가 없는 바에야 빌리지 않고 무슨 수가 있겠습니까? 산서, 섬서 쪽에서 온 상인들과 현지 부자들, 그리고 녹영병들의 군비를 2푼 5리의 이자를 주기로 하고 빌려 왔습니다. 이자만 해도 한 달에 5만 냥입니다! 갖은 방법을 써서 류용을 빨리 쫓아내야 합니다. 재해복구에 쓰겠노라고 식량을 달라고 하면 필요한 만큼 얼른 내주어 심기를 다치지 않게 해야 합니다. 열 받아서 죽치고 눌러앉기라도 하는 날엔 우리는 이자에 눌려 숨도 못 쉴 것입니다!"

"이자가 얼마이든 일단 빌려다 놓았으니 다행이네!"

국태가 안도의 숨을 길게 내쉬었다. 그리고는 의자등받이에 길게 누워 기지개를 켜며 수심이 사라진 표정으로 덧붙였다.

"그래, 미운 놈 떡 하나 더 주랬다고, 이참에 류용을 확실하게 밀어버리자고. 여기서 공로를 세워 북경에 돌아가 군기처에 입직하면 더 바빠질 테니, 우리의 꼬투리를 물고 늘어질 여유가 없겠지. 올해도 수확량은 괜찮을 것 같네. 추수철에 십성(十成)의 풍작을 거짓으로 흉작이라고 보고 올리고 구제양곡을 타내면, 그 구제양곡을 팔아 얼마간의 적자는 막을 수 있을 테지. 그렇게 몇 년만 지나면 2백만 냥 갚는 건 일도 아니야."

20. 흠차대신의 출두

국태와 우이간의 공수(攻守)를 적당히 고려한 밀의(密議)는 나름대로 완벽했다. 그러나 류용은 그들에 대해 만반의 준비를 갖추고 있는 만큼 그리 복잡하지 않았다. 그날 저녁 그들은 류용으로부터 제양현(濟陽縣)에서 먼저 급한 사건을 처리한 연후에 "언제 제남(濟南)에 도착할지는 추후에 연락을 취하겠으니 그리 알라"는 식의 소식을 접했다. 또한 "본 흠차는 산동에 온 지 수일이 되도록 현실에 입각하여 차사에 임하는 자세로 일관하고 있으니 흠차의 입성(入城)에 요란한 영접행사 따윈 일절 면해주길 바람"이라고 강조하고 있었다.

연 며칠 동안 국태는 류용의 문생들을 동원시켜 제양을 방문하게 했다. 돌아온 사람들은 한결같이 '사부께선 재해복구에 전념'하고 있더라고 입을 모았다. 또한 가는 이들마다 반겨 맞아 주었고 짬을 내어 조운(漕運)과 개황(開荒)에 대해 신나게 논의했노라며 문생들은 이번 행이 생각했던 것처럼 무겁지는 않았다고 했다. 보아하니 흠차의 행지(行止)는 '원소절 이후'에야 정해질 것 같다고 했다. 그밖에 화신과 전풍은 이미 북경으로 돌아갔고, 병부와의 상의 하에 고북구 대영의 월동피복과 군화는 산동에서 소호(小戶)의 여인들에게 맡겨 월동 영생(營生)에 보탬이 되게 한다는 소식도 전해왔다. 국태는 오로지 류용이 번고(藩庫)를 수사할 거라는 얘기가 없다는 것에 크게 안도할 뿐 다른 내용엔 관심조차 없었다. 송조일(送灶日)도 가깝고 기분도 모처럼 홀가분하던 차에 그는 우이간을 불러 함께 집으로 극단을 부르기로 했다.

청나라 때의 송조일은 음력 12월 24일(지금은 12월 23일임)이었다. 제남(濟南)과 경사(京師)의 풍속은 대동소이했다. 그 즈음은 집집마다 연화(年貨)라 불리는 설 소비품을 거의 장만한 뒤였다. 연고(年糕)라는 찰떡을 쳐내고 용이 승천하는 모양을 딴 만두도 쪄냈다. 방이며 마당 모두 대청소를 하여 정갈하게 했고, 침이나 실 등 기휘물품(忌諱物品)을 감추고 가위나 칼로 재단하는 걸 삼갔다. 아무리 궁색한 살림살이라도 부처님을 비롯한 신들에게 공양을 올리고, 조상(祖上)과 백신(百神)에게 제를 지내 액운을 몰아내고 만복이 깃들기를 기원하는 조촐한 격식은 빠짐없이 갖추었다.

그날 오후 우이간은 수레를 타고 국태의 집으로 향했다. 때마침 출공(出供)하는 때인지라 집집마다 남녀노소들은 전부 길가로 몰려나와 각양각색의 폭죽을 터뜨리며 일년간의 태평무사를 기원했다. 교부(轎夫)들은 인파를 피해 가다 서다를 반복하며 2, 3리 길을 반시간도 넘게 달려서야 도착할 수 있었다. 창 밖을 내다보니 멀리 국태의 집앞 골목에는 고급스런 팔인교, 사인교에서부터 두 사람이 드는 견여(肩輿)까지 온갖 모양의 수레들이 즐비하게 늘어서 있었다. 제남성 소속의 주현관들은 전부 달려온 것 같았다. 발을 굴러 수레를 멈추라 신호를 보내니 벌써 가인이 달려나와 마중했다. 흰 입김을 토해내며 가인은 아뢰었다.

"저희 어르신께오서 목이 반 뼘은 길어지셨을 겁니다. 어서 안으로 드시죠!"

가인의 농담에 우이간이 미소를 지으며 머리를 끄덕였다. 가인을 따라 대문을 들어서니 과연 마당이며 회랑에는 온통 관원들로 북새통을 이루고 있었다. 삼삼오오 떼지어 큰소리로 담소를 즐기는 이들이 있는가 하면 무슨 못다 한 비밀 얘기가 그리도 많은지 귓불을 깨물고 서 있는 이들도 더러 있었다. 만나서 반갑다며 끼리끼리 인사하며 최근의 안부를 묻는 소리가 떠들썩했다. 우이간의 눈에 언뜻 정청 한 쪽에서 제남 도대인 마건방(麻建邦)과 이야기를 나누고 있는 국태가 보였다. 그 옆엔 연주부의 주수성(朱修性)과 제남부의 양소정(楊嘯亭)이 공손히 서 있었다. 거침없이 다가가 그는 허허 웃으며 인사를 했다.

"제가 제일 늦었네요! 아직 연극을 시작하진 않았네요?"

이같이 말하며 주위를 두리번거리던 그는 물었다.

"갈효화(葛孝化)는 안 왔습니까?"

"오늘저녁 자네들은 연극 볼 새가 없겠네."

국태가 우이간에게 머리를 끄덕여 알은체를 하고는 마건방과 양소정에게 하던 말을 이었다.

"아직 고향에 돌아가지 못한 걸인들이 얼마나 있는지 숫자를 파악하고 쌀과 밀가루, 그리고 고기를 가져다 조금씩 나눠주도록 하게. 걸인들 중 사내들은 두 조로 나누어 하나는 춘절(구정) 기간

의 화재를 비롯한 동네 치안에 협조케 하고, 다른 한 조는 화재발
생시 구조작업에 나서도록 하게. 일당은 당직아역들과 똑같이 내
어 주게. 오늘 못 본 연극은 춘절 후에 자네들만 불러 제대로 보여
주겠네."

이같이 말하고 난 국태는 그제야 우이간을 향해 고개를 돌렸다.

"갈효화는 열이 나고 머리가 아프다며 못 와서 죄송하다며 가인
을 보내왔네."

다가와 문안인사를 올리는 문무관원들에게 수 인사를 건네며
이번에는 주수성에게 말했다.

"십오마마께선 나도 아직 접견하지 않으셨는데, 자네를 만나주
지 않는 게 뭐가 그리 불만인가? 연주부는 공성(孔聖)의 고거(故
居)가 있는 곳이니 문명의 물화(物化)를 만끽하고 오겠다는 데
자네가 어찌 그다지도 조급해 하는가. 연주부는 공부(孔府)가 있
는 곳으로 유명할뿐 아니라 지주와 소작농들간의 분쟁이 빈번하
기로 악명 높은 곳이기도 하네. 근래는 한 술 더 떠 사교(邪敎)들
까지 창궐하여 집집마다 '홍양노조(紅陽老祖)'니 뭐니 하는 잡귀
에 치성을 들여 성현의 패위(牌位)랑 나란히 놓고 공봉(供奉)한
다고 하네. 이게 어디 말이나 될법한 소린가? 내일이라도 당장
돌아가 치안에 전력을 쏟도록 하게!"

마건방, 양소정, 주수성 셋은 연신 대답하고는 공손히 물러갔다.

그러나 우이간은 갈효화가 병을 핑계로 이 자리에 나오지 않은
것이 아쉬웠다.

"추아(醜兒, 연극에서의 어릿광대 역할) 역엔 갈효화가 최곤데!
그놈의 '병'은 참 묘하게도 때와 장소를 잘 가려 걸리네요. 지난번
지주와 소작농들간의 분규가 비화되고 있어 탄압이 불가피한 현

장에 투입시키려고 했더니 관절염이 심해 움직일 수가 없다며 엄살을 부리더니, 작년에 형부에서 태안지부(泰安知府)의 수뢰사건을 수사하면서 협조를 청했을 때도 학질이 재발했다며 빌빌거리지 않았습니까? 이번에도 민감한 사안을 피해가고자 핑계를 댄 게 분명해요. 와서 연극이나 하라면 좋아라 눈썹 휘날리며 달려올걸요!"

국태가 가볍게 콧방귀를 뀌며 말했다.

"내버려 둬! 원래 그렇고 그런 자니까. 십오마마만 귀경하면 곧 '병상'을 차고 일어날 테니까……."

이같이 말하며 국태는 주변으로 은근슬쩍 몰려드는 관원들을 쓸어보았다. 머리를 끄덕여 제남의 성문령(城門領)을 가까이 불렀다.

"이리 와 보게, 악영현(岳英賢)! 오늘 나랑 우 대인이 둘 다 배역을 맡아 연기를 할 예정이거든? 듣자니 자네가 양소정의 집에서 추아 역할을 기똥차게 소화해냈다며? 좀 있다, 알았지?"

평소에 국태의 얼굴을 가까이에서 보는 것이 소원이었던 악영현은 자신의 이름까지 불러주며 같이 무대에 서줄 것을 분부하는 국태의 말에 그저 황감하여 어찌할 바를 몰라했다. 몸이 솜털같이 가벼워지며 당장 지붕 위로 훨훨 날아오를 것만 같았다. 흐드러진 국화 같은 웃음꽃을 피우며 그는 대답했다.

"중승 대인과 함께 무대에 설 수 있다니 실로 일신의 광영입니다! 아무 배역이나 맡겨만 주십시오, 열심히 하여 즐겁게 해드리겠습니다. 늘 추아 역을 하고 싶어서 근질거렸어도 갈 대인의 눈치가 보여 감히 선보일 수가 없었습니다."

"그래, 알았네!"

국태가 웃으며 덧붙였다.

"어서 분장하러 가지. 내복(來福)아, 마당에 있는 대인들더러 중원(中院)으로 가서 기다리시라고 하거라. 규천자더러 연극개시 준비를 서두르라고 하고! 주자(廚子)들에겐 야식과 찻물을 충분히 대령하라고 전하거라!"

분부를 마친 국태는 흥이 도도하여 안으로 들어갔다. 악영현과 우이간도 뒤따라 들어갔다.

층층이 마당이 세 개 딸린 사합원(四合院)이었다. '중원'이라 함은 곧 이문(二門)에 있는 안마당이었다. 국태가 워낙에 연극광인지라 건물을 지을 때부터 특별히 고려하여 비가 오거나 눈이 와도 무방하게끔 대청마루의 처마를 차양처럼 넓게 만들어 무대를 설치할 자리를 비워두었다. 남녀가 따로 앉게끔 빗장으로 가려준 자리에 저마다 앞에 자그마한 탁자를 두고 사람들은 벌써 빽빽이 앉아 있었다. 탁자 위에는 찻잔과 찻물, 그리고 과일과 다과 등이 가득했다.

무대 위에는 규천자(叫天子), 백옥란(白玉蘭) 등 당대의 유명한 연극배우들이 벌써 머리에 기름을 바르고 얼굴 분장을 마친 채 제자들의 분장을 거들고 있었다. 열 여섯 개의 팔뚝만큼 굵은 촛불이 무대 안팎을 대낮같이 비추고 있었다. 고악을 담당한 사람들은 악기를 고정시킨다, 줄을 퉁겨 음감을 시험한다 하며 바삐 서둘렀다. 밤의 장막은 드리우기 시작했고 빗장 너머로 여인들이 오가는 그림자가 보였다. 관원들도 저마다 자리에 앉았다. 우이간은 고판(鼓板, 박자를 맞추기 위해 치는 나무판)을 치기로 했으니 분장을 할 필요는 없었다. 국태가 말했다.

"악영현 저 친구는 아직 분장을 못해 쩔쩔매는 것 같은데, 자네가 가서 좀 거들어주게. 난 아무래도 눈썹이 너무 짙은 것 같으니 뒤에 가서 좀 지워달라고 해야겠네."

국태는 이같이 말하며 무대 뒤편으로 들어갔다. 일시에 사람들은 모두 자리에 앉았다. 우이간이 웃으며 무대 아래를 향해 읍을 하며 말했다.

"대중들 앞에 나서긴 미안하게 생긴 얼굴이지만 잘 좀 봐주쇼!"

여기저기서 키득거리는 소리가 들리고, 이어 열심히 목청을 가다듬으며 규천자가 무대 저편에서 나왔다. 장내의 작은 소란은 뚝 그쳤고 우이간의 고판에 맞춰 그는 노래를 부르기 시작했다.

두보황(杜寶黃)이 여낭(麗娘)이라는 처녀를 낳았는데, 애지중지하여 금지옥엽으로 잘 키운 여낭은 봄나들이를 유난히 즐겼으니, 어느날 꿈에 버드나무 밑에서 미남 서생을 만나 사랑을 했다네. 길몽에서 깬 아쉬움에 베갯잇을 적시다 날이 밝기 바쁘게 아침이슬 맞으며 그 자리에 나가보니, 과연 꿈에 본 서생은 거기에 있었고 둘은 첫눈에 반하여 혼약을 맺었지. 서생은 과거를 보러 가고 그사이 고향엔 비적들의 난이 일어났다네. 처녀가 비적들에게 끌려가 갖은 고초를 당하고 있을 때 서생이 장원에 합격했다는 희소식이 날아들었으니, 처녀는 대희(大喜)의 충격에 그만 기절하고 말았다지……

이는 〈모란정 환혼기(牡丹亭還魂記)〉라는 연극의 앞부분이었다. 일명 모자희(帽子戲)라고 하여 연극 앞 뒤 부분의 내용을 요약하여 말하는 것이었으나 실은 굳이 이 부분은 노래할 필요가 없었다. 국태 등의 분장이 길어지니 규천자가 임시로 관객들의 따분함을 덜어주기 위해 잠시 재롱을 떨었던 것이다. 생김새가 워낙 반남

반녀(半男半女)인지라 연극에서의 세 배역인 정(淨), 추(醜), 단(旦) 모두에 어울려 보이는 규천자였다. 당대의 명창답게 때론 요조숙녀의 연꽃걸음으로, 때론 열혈남아의 호기로움으로 첫 시작부터 관객들을 매료시켰다. 장내는 벌써부터 기대에 찬 박수갈채가 터져 나왔다.

바로 그 찰나에 국태가 후원(後院)에서 나오는 모습을 본 그는 잉어의 힘찬 솟구침을 하며 무대의 이쪽 끝에서 저편으로 순식간에 공중회전을 하여 날아갔다. 실로 눈 깜짝할 사이였건만 무슨 수법을 썼는지 콧수염은 어디론가 종적을 감추고 머리엔 망건(網巾)이 둘러져 있었다. 두 개의 빗자루 같은 눈썹 아래엔 세모눈이 반들거렸고, 광대뼈 위에는 잠두(蠶豆) 크기의 가짜 점을 가져다 붙였다. 누가 봐도 방금 전의 요조숙녀에서 순식간에 못 생긴 추파(醜婆)로 변모해 있었다. 사람들은 찰나의 변신에 놀라면서도 "와!" 하고 우레와 같은 갈채를 보냈다. 노단(老旦, 연극 배역 중의 하나)은 관객들의 호응에 신이 나서 독백을 섞어가며 노래를 했다.

"미옥(美玉) 같은 용색(容色)이 화사하여 선녀이런가, 파란 치마가 한들한들 구룡의 폭포이런가. 눈부신 화잠팔보(花簪八寶)에 뭇 사내들 혼절을 하는데, 과연 그녀는 인간세상으로 내려온 수라천녀(修羅天女)였으니. 수화폐월(羞花閉月, 여인의 자색이 너무 아름다워 꽃도 달도 그 앞에선 숨어버린다는 뜻)에 기죽은 이 못 생긴 아낙은 숨을 곳조차 없네."

한창 열을 올리던 규천자가 갑자기 등뒤를 가리키며 말했다.
"……중승께서 이원(梨園, 극장)을 찾아 주셨네요?"

관객들이 박수갈채를 보내며 잠시 기다리고 있으니 과연 무대 동쪽에서 한껏 치장한 국태가 모습을 드러냈다. 허리가 잘록한

긴치마에 청사(靑絲)를 허리까지 드리우고 앞머리와 옆머리에는 온통 꽃으로 장식한 그는 일명 합환화(合歡靴)라고 하여 규수들만 신는 자잘한 꽃무늬 신발까지 받쳐 신고 있었다. 연극무대에서 늘 선보여온 두려낭(杜麗娘)의 모습이 그대로 살아나는 것 같았다. 설마 일개 성의 순무가 저런 모습을 보여주리라고는 생각지도 않았던 관객들이 멍하니 넋을 놓고 있으니 두려낭은 치맛자락을 두 손으로 살짝 잡고 갖은 애교를 떨며 관객을 향해 웃어 보였다. 그리고는 무대중앙으로 사뿐사뿐 걸어나와 수줍고 가녀린 규수의 목소리를 흉내냈다.

"아이 부끄러워라. 낼모레 시집갈 텐데 얼굴이 다 팔려서 어떻게 해……."

육중한 허리를 가볍게 비틀어대며 수줍은 체하는 그 모습에 사람들은 배꼽을 잡았다. 허리는 잘록했으나 배가 불룩하여 간혹 짓궂은 이들은 "저러다 꽃가마 타는 날 애 낳는 거 아니냐"며 농을 해댔다. 국태가 자기도 우스운지 애써 웃음을 참으며 자세를 갖추어 살포시 고개를 숙인 채 두 손을 맞잡은 채 몸을 낮춰 예를 갖추었다. 그리고는 우이간을 향해 머리를 끄덕였다.

우이간이 고판을 두드려 박자를 맞추라는 뜻을 알아듣고는 백옥란에게 재촉했다.

"넌 시녀 역인데, 어서 들어가지 않고 뭘 해?"

이어 고판이 신호음을 보내자 삽시간에 무대 위에는 생황사현(笙篁絲弦)이 일제히 미묘한 음의 조화를 내며 울려 퍼지기 시작했다. 국태가 요조숙녀의 청순가련한 모습을 흉내내며 음률에 맞춰 가느다란 음성을 뽑았다.

가랑가랑 빗소리 자장가 삼아 겨우 그댈 만날 몽중(夢中)의 장소로
왔거늘 고당(高堂, 자신의 어머니)이 사창(紗窓)을 두드리며 잠을 깨
우니 이를 어쩌나. 그댈 만나러 가는 길이 이다지도 힘겹고 외로워서
야! 훤한 창문을 열어 젖히니 이마에 냉한(冷汗)이 차갑네요…….

　그러자 시녀 역을 맡은 백옥란이 급히 말을 받았다.
　"소저(小姐), 아직 이른 새벽이옵나이다. 이불에 향을 쏘여 다
시 잠을 청해보시지요!"
　이에 국태가 귀찮다는 듯 긴소매를 흔들며 사래를 쳤다.

　　춘심(春心)은 워낙에 곤한 것이니, 됐느니라. 꿈속에서 님도 못 만
났거늘 잠자리가 향기로워선 무얼 하겠느냐…….

　잔잔히 무대를 감도는 여음이 제법 아름다운 음색이어서 무대
아래선 또다시 취우(驟雨)와도 같은 박수갈채가 터져 나왔다. 백
옥란이 국태를 부축하여 무대 뒤편으로 빠져 나오자 규천자가 기
다리고 있다가 반겨 맞아주었다.
　"제발 그만하시죠. 이러다 저희들 밥줄 끊기겠습니다."
　헤헤거리며 좋아하는 국태를 보니 규천자의 아부가 싫지는 않
은 눈치였다. 국태가 이번에는 늙은 비구니 역을 맡은 악영현의
등을 떠밀었다.
　"자네가 나가 한바탕 웃겨주고 오게."
　악영현은 평소에 그림자만이라도 한번 봤으면 여한이 없을 것
같던 대 중승의 손이 등에 닿는 느낌이 너무 황홀하여 어찌할 바를
몰라하며 무대로 나왔다. 잘 가다듬어 두었던 목청을 다시 확인하

고 그는 사구(四句)로 된 당시(唐詩)부터 읊어나가기 시작했다.

바람찬 자부(紫府)에 공허한 노래 구슬픈데,
산 같은 죽석(竹石)을 마주하니 잠들 줄 모르네.
인심(人心)이 돌보다 못한 것에 길게 개탄하니,
어둠 깊은 정원에 밤이슬이 차네.

이어 그는 독백을 했다.

빈도는 자양궁(紫陽宮)의 석선고(石仙姑)입니다. 속가(俗家)의
성(姓)은 석씨가 아니었으나 석녀(石女)로 태어나 버림을 받았으니
석고(石姑)라는 호를 가지게 되었습니다.

악영현이 처량한 표정을 지어 입을 비죽거려 울먹이는 시늉을
하며 계속 이어나갔다.

백가지 성(姓) 중에 나의 성이 있고 천자문 가운데 내가 아는 글자
가 있는데, 어찌하여 난 인간의 연화(煙火)를 먹는 속가로 돌아가지
못하고 여기 누관(樓觀)에 몸을 담고 있는 걸까……

악영현이 괴로운 듯이 몸을 뒤틀며 고통스러운 표정을 지었다.
그리고는 치맛자락을 움켜잡고 한 발 앞으로 나서며 자신의 처절
한 과거를 하소연하자 이내 장내는 숙연해졌다. 그런 와중에 백옥
란이 몰래 다가와 국태의 귓전에 엎드렸다. 그리고는 나직이 아뢰
었다.

"내복이 밖에서 중승 어른을 기다리고 있습니다! 긴히 아뢸 말씀이 있다고 합니다. 류 대인인가 하는 누군가가 왔다며 안색이 대단히 초조해 보였습니다……."

말이 끝나기도 전에 국태의 얼굴에서는 금세 웃음이 사라지고 말았다. 두려냥 분장을 하고 있던 그는 옷차림이나 행색이 우스꽝스러운 것도 잊어버리고 그대로 내달리듯 뛰쳐나갔다.

우이간은 순간 가슴이 철렁했다. 머리가 한없이 팽창하며 눈앞의 사물이 희미해지면서 아무 것도 보이지 않았다. 무대 위의 이상한 움직임에 대해 눈치 빠른 관원들은 즉각 뭔가 낌새를 알아챘다. 관객석에선 소동이 일기 시작했다. 서로 고개를 맞대고 수군거리는 소리가 들리는가 하면 목을 길게 빼들고 두리번거리며 눈치를 살피는 이들도 있었다. 개중에 어떤 이들은 아예 측간을 간다며 슬그머니 자리에서 빠져나가기도 했다. 무대 아래에선 삽시간에 때아닌 큰 소동이 일었다. 관원들과 가족들이 전부 일어섰고 당황하고 공포에 질린 모습들이 벌집을 쑤셔 놓은 것처럼 우글거리며 한데 엉켜 붙었다…….

한창 난장판이 되어 아수라장이 따로 없는 와중에 동쪽 벽 쪽에서 5품 정자를 단 관원이 모습을 드러냈다.

'흠차대신 류(欽差大臣 劉)'라는 글씨가 새겨진 등롱을 받쳐든 두 줄의 아역들이 그를 에워싸고 장내에 나타났다. 그 명령을 받은 관원은 무대 위로 올라가 큰소리로 외쳤다.

"국태는 지의를 받거라. 나머지 문무 관원들은 모두 뒤로 물러나 무릎을 꿇어라!"

마당 이곳저곳으로 무질서하게 흩어진 사람들은 어디로 가야 '뒤로 물러나는' 것인지 몰라 무작정 뒷걸음질을 쳤다. 그 바람에

서로의 발등을 밟고 엉덩방아로 뒷사람을 깔아뭉개는 등 날카로운 욕설과 고함, 비명소리에 장내는 아비규환의 현장이 따로 없었다. 류용을 수행한 몇몇 아역들이 다짜고짜 달려들어 채찍을 휘두르며 무섭게 질서를 잡아나갔다.

"뒤로 썩 물러가! 어서! 거기 떡 버티고 서 있으면 어떡해? 당신 말이야, 당신! 두리번거리긴? 약을 잘못 처먹고 나왔나, 쥐약 먹은 놈처럼 어리벙벙해 가지고!"

채찍을 휘둘러 댔으나 때리진 않았다. 자리에 있던 문무 관료들은 아무리 말단이라도 현령 정도는 되었으나 인정사정 없는 아역들의 거친 언동에는 꼼짝못하고 당하는 수밖에 없었다. 이 빠진 그릇 들고 죽 끓이는 천막 앞에 모여든 거지들처럼 밀어내는 대로, 몰아붙이는 대로 저마다 기계적으로 움직였다. 이어 또 두 줄로 등롱을 받쳐든 친병(親兵)들이 나타났다. 저마다 장검을 비껴들고 보무도 당당하게 들어서고 있었다. 등롱에 비친 뻘건 얼굴들이 험상궂었다. 전령당관(傳令堂官)이 다시 큰소리로 외쳤다.

"떠들지 말고 그 자리에서 꼼짝 마라! 함부로 떠드는 자는 즉각 체포하여 엄벌에 처할 것이야!"

공포스런 분위기가 한껏 고조된 가운데 어둠 속에서 누군가가 버티지 못하고 "쿵!" 하고 통나무 넘어지듯 기절해 쓰러지고 말았다. 대청 동쪽 담벼락 아래에 주춤하고 선 국태는 벌써 넋이 나간지 오래 됐다. 등롱을 받쳐 든 기세가 등등한 의장대들이 눈앞에 언뜻언뜻 스쳤지만 그는 마치 악몽을 꾸고 있는 듯 그 자리에서 위태롭게 흔들거리며 넋을 놓고 있었다.

이윽고 류용과 화신, 전풍이 순서대로 장내에 모습을 드러냈다. 만면에 지분(脂粉)을 뒤집어쓰고 있고, 알록달록한 배우 복장을

하고 담벼락 아래에서 후들후들 떨고 있는 국태를 한낱 희자(戱
子)로 치부한 류용은 못 알아보고 그대로 스쳐지나갔다. 그러나
화신은 그를 알아보았다. 빠른 걸음으로 다가가 그는 류용에게
귀엣말을 했다.

"저 화상이 국태입니다."

걸음을 멈추지 않은 채 뒤를 힐끗 돌아보던 류용이 수행원에게
지시했다.

"가서 국태 어른더러 옷을 갈아입고 명령을 기다리라고 하거
라."

분부를 마친 그는 곧 두 번째 마당으로 들어갔다. 벌써 몇몇
친병들이 무대 위의 희자들을 무대 밑으로 떠밀어 내리고 악기며
무대의상을 넣어 다니던 상자들을 아래로 내던지며 거칠게 굴고
있었다. 그 모습에 류용이 미간을 찌푸렸다.

"그게 뭐 하는 짓인가? 절대 사람을 때려선 안 돼! 무대는 자기
네 스스로 정리하게끔 내버려두게!"

그러자 화신이 대경실색한 관원들을 향해 말했다.

"우리는 지의를 받고 차사를 수행하러 왔소. 여러분들과는 무관
하니 겁먹을 것 없소. 당황하지 말고 조용히 흠차대인의 지령에
따르도록 하시오."

화신의 이 같은 말에 그제야 장내는 조금씩 안정을 찾아갔다.

그사이 뜰에는 관원들을 뒤로 물리친 가운데 공터가 생겨났다.
잠시 후 어느새 공작보복(孔雀補服)으로 갈아입고 급한 김에 관
모(官帽)의 보석정자와 붉은 술이 한데 엉켜 붙은 것도 정리하지
못한 채 국태가 종종걸음으로 달려나왔다. 어찌나 급했던지 마지
막 계단 두 개를 한꺼번에 내딛는 통에 하마터면 보기 좋게 곤두박

질을 칠 뻔했다. 비틀대며 저만치 나가 휘청거리다 겨우 진정한 그는 옷만 갈아입었을 뿐 분장한 얼굴은 그대로 마구 문질러 세상에서 가장 못 생긴 '두려낭'이 되어 있었다. 평소 같았으면 크게 웃어버렸을 사람들이지만 분위기가 워낙 심상찮으니 웃음이 나오질 않았다. 남쪽을 향해 엄숙하게 돌아서 있는 세 사람 역시 그런 흠을 잡을 때가 아니었는지라 잠자코 있었다.

마당에는 등불이 대낮처럼 밝았고, 칼과 창이 죽 늘어서서 분위기가 더없이 삼엄했다. 사람들은 말하지 않아도 모두 국태에게 뭔가 심상찮은 일이 있다는 걸 알고 있었다. 국태가 서슬 푸른 분위기에 눌려 무릎을 꿇었다. 류용은 속으로 한숨을 내쉬며 천천히 입을 열었다.

"지의(旨意)이다! 류용은 오늘 이 시각 국태의 가산(家産)을 낱낱이 수색하라! 국태는 이에 적극 협조하라!"

"예……."

국태가 비 맞은 자루처럼 웅크린 몸을 드르르 떨며 대답했다.

"지의를 받들겠사옵니다……."

관원들도 저마다 무릎을 꿇었다. 류용의 첫마디가 떨어지자 마치 머리 위에서 천둥의 굉음이 터지듯 사람들은 모두 몸을 더욱 낮추고 고개를 땅에 박았다. 커다란 마당에 몇백 명이 숨죽이고 있으니 마치 황묘(荒廟)를 방불케 하는 죽은 듯한 정적이 감돌았다. 류용이 여전히 높지도 낮지도 않은 어조로 불렀다.

"곽결청(霍潔淸)!"

"예!"

전령(傳令)을 맡았던 5품 당관이 한발 앞으로 나섰다. 사람들은 그제야 그가 흠차행원의 당관이라는 걸 알 수 있었다. 엉거주춤 자세를 취하고 선 당관에게 류용이 물었다.

"어째서 우이간은 안 보이는가?"

당관이 미처 무어라 대답하기도 전에 관원들 틈에서 누군가가 큰소리로 아뢰었다.

"여기 무릎 꿇어 있습니다."

목소리가 귀에 익어 관원들이 돌아보니 놀랍게도 아파서 못 나온다던 산동 안찰사인 갈효화가 언제 왔는지 틈서리에 끼여 있었다. 이어 곽결청이 큰소리로 외쳤다.

"우이간은 앞으로 나와 흠차대인을 알현하거라!"

연거푸 두 번을 불러서야 갈효화와 가까운 자리에 있던 우이간이 금방이라도 쓰러질 것처럼 덜덜 떨며 일어났다. 걸음을 내딛는 두 다리는 마치 솜 무더기 위를 걷는 것처럼 높이 디뎠다 낮아졌다 하며 위태롭게 보였다. 등불 아래 드러난 얼굴은 하얗게 조각한 석고 같았고, 관복 대신 편안한 회색 비단 두루마기를 입고 있는 그는 그 자리에 털썩 무릎을 꿇었다.

"자네의 정자를 떼어내고 재산목록을 수사할 것을 주청 올렸네."

류용이 굳은 얼굴로 차갑게 내뱉었다.

"어찌 알고 관복을 안 입은 걸 보니 선견지명은 있는 사람이로군. 잠시 물러나 있게!"

수백 명의 문무관원들이 지켜보는 가운데 순무와 안찰사를 끌어내고도 아직 그 죄명을 선포하지 않는 것에 관원들은 저마다 긴장하고 궁금해했다. 류용의 형형한 눈빛이 스쳐 지나가는 곳마다 관원들은 자신들이 불려 나가기라도 할세라 황급히 고개를 떨구어 앞사람의 등뒤에 숨어버렸다. 그러나 류용은 더 이상 사람을 불러내지 않고 화신이 노란 함에서 꺼내주는 종이를 받아 펴 보이며 말했다.

"지금부터 성유(聖諭)를 선포하겠다. 모두들 귀를 씻고 경청하라."

이어 그는 읽어 내려가기 시작했다.

봉천승운황제조왈(奉天承運皇帝詔曰):

산동순무 국태는 원래 만주족의 일개 무명소리(無名小吏)에 불과했다. 어찌어찌 운 좋게 내무부의 차사를 맡게 되고, 천박한 재주와 작은 공로로 짐의 성은을 입어 불차(不次)의 초고속 승진으로 젊은 나이에 일방의 봉강대리(封疆大吏)가 되었다. 호호탕탕한 성은이 불변하고 조정의 은혜가 하늘같거늘 인간이라면 마땅히 오로지 신하된 충직함으로 근로왕사(勤勞王事)하여 국은의 만분의 일이라도 갚으려는 자세를 보였어야 했다. 그러나 국태는 정무는 뒷전인 채 손공비사(損公肥私)하는 데만 혈안이 되어 갖은 비리를 저질렀으니 성은을 저버린 건 차치하더라도 감히 짐에게 불명(不明)의 허물을 주었으니 실로 그 죄는 용서받을 수 없을 것이다!

일전에 어사 전풍, 강남학정 두광내 등이 탄핵한 바에 의하면 이 자는 탐욕과 방종이 극에 달하여 국법을 무시하고 사리사욕을 채우는 데만 혈안이 되어 있으며 안찰사인 우이간 역시 한 통속이 되어 상하 밀모하에 해민기군(害民欺君)을 일삼았다고 했다. 저들이 담대하여 죽음이 두렵지 않다는데 짐이 어찌 삼척의 서슬을 주저하겠는가! 류용과 화신 두 흠차가 밀주한 바로는 산동의 여러 주현들은 이미 양고(糧庫)가 바닥이 났고, 적자를 메워 흠차를 눈속임하기 위해 민간에서 은자를 꾸어 임시 방편으로 삼았다고 하나 짐은 처음엔 믿지 않았다. 아니, 도저히 믿을 수가 없었다. 허나, 민간에서 돈을 빌린 확증이 엄연하니 뉘라서 이를 거짓이라고 할 수 있겠는가? 6백리 긴급으로 즉시 지의를 내리는 바 류용과 화신은 즉각 국태, 우이간의 재산을 압류수색하고, 우이간의 정자(頂子)와 계급을 박탈하라. 모든 수사가 마무리되고 죄행 일체가 백일하에 드러난 연후에 만천하에 이를 공개하고 엄벌에 처할 것이다.

관원들은 그제야 느닷없이 흠차들이 들이닥친 자초지종을 알게 되었다. 한편 사시나무 떨 듯 하는 국태의 옆자리에 무릎을 꿇고 있던 우이간은 국태를 힐끗 쳐다보며 속으로 코웃음을 쳤다.

'오늘 보니 이거 순 허깨비였구나. 잘난 척은 혼자 다 하더니.'

그러나 국태는 화신을 훔쳐보고 있었다. 화신은 한 점 흐트러짐 없는 표정으로 전방을 응시하고 있으며 시선 한 번 주지 않으니 그 속내를 알 길이 없었다. 사람들은 간담이 서늘하여 건륭의 지의에 귀를 기울였다. '그 상사에 그 부하'라는 죄명이 어찌 내려질지 전전긍긍하여 듣고 있노라니 지의는 이같이 말하고 있었다.

부하 관원들이 뇌물을 상납한 데는 부당한 수법으로 일신의 영달을 꿈꾸는 자의 졸렬함도 한몫 했겠으나 국태 등의 끝없는 탐욕의 희생양이 되었을 가능성도 배제할 순 없다. 고로 부정에 연루된 자들은 지금이라도 강요된 뇌물상납의 실태를 추적하는 데 발벗고 나서주거나 자신들의 죄를 숨김없이 자백한다면 짐은 그 죄를 반감해 줄 것을 약속한다. 일전에 감숙성(甘肅省)에 왕단망(王亶望)과 러얼진 사건으로 말미암아 수많은 관원들이 엄벌을 당하여 지엄한 법의 심판을 받았는 바 이번에 다시 그 전철을 밟은 산동의 관원들에게 짐은 또다시 감숙의 대옥(大獄)을 부흥(復興)할 순 없는 바 류용 등은 철저한 수사를 거쳐 확증을 확보한 후에 짐에게 주하도록 하라. 이상!

수백 자에 달하는 유고(諭告)를 다 읽고 나니 장내는 숨막혀 죽을 듯한 침묵이 감돌았다. 산동에서 태어나 북경에서 자란 류용이 산동말과 북경말을 섞어가며 또박또박 힘주어 읽으니 사람들은 지의를 충분히 알아듣고도 남았다. 뜻인즉, 국태와 우이간의 죄는 엄히 묻되 나머지 관원들은 자신들의 죄를 이실직고하기만 하면 크게 용서받을 수 있다는 것이었다. 또한 감숙성에서처럼 범죄에 연루된 모든 관원들을 일망에 타진하지는 않을 거라는 뜻을 분명히 하고 있었다. 내심 크게 안도하며 어찌 대처해야 할지를 몰라 서로 두리번거리며 눈치를 보고 있을 때 화신이 눈을 번득이며 일갈했다.

"다들 사은을 표하지 않고 뭘 하는가! 다른 건 가르쳐 주지 않아도 잘하면서 이런 건 꼭 알려줘야겠어?"

"성은이 망극하옵나이다……."

사람들이 그제야 일치하지 않은 소리로 저마다 사은을 표했다. 쿵쿵 머리 조아리는 소리가 계단을 뛰어 오르는 발소리 같았다.

"희자들에게는 은자를 상으로 내려 돌려보내도록. 연극구경 나왔던 관원들도 각자 집으로 돌아가 명을 기다리게."

전풍이 한 발 앞으로 나아가 곽결청을 향해 분부했다.

"연극구경 왔던 사람들이 귀가 할 때는 까다롭게 굴지 말고 통행시켜주게! 수색에 앞서 집에 있는 친척들과 청객(淸客), 막료(幕僚)들은 국 대인에게 물어 잘 안치시키도록."

이같이 말하며 그는 국태에게 물었다.

"국 대인, 달리 불만은 없죠?"

이에 국태가 머리를 조아리고는 원한이 서린 눈빛으로 전풍을 몰래 쓸어보며 대답했다.

"이 안에 있는 것은 모두 범관(犯官)의 재산입니다. 범관에겐 5년 전 남정네를 먼저 보내고 집에 와 있는 여동생이 있습니다. 젊은 나이에 청상이 된 여동생을 가엾이 여겨 범관이 뒤뜰 화원에 암자를 지어 수행하게 하였습니다. 다른 건 압수해도 그곳만은 남겨주셨으면 합니다. 정 안 된다면 어쩔 수 없지만……."

기인(旗人)들의 여인 중에도 아직도 먼저 간 남정을 위해 수절하여 수행하는 여인이 있다니! 전풍은 저도 모르게 숙연한 감정이 들어 차갑고 꼿꼿하던 눈빛이 한결 부드러워졌다.

"그럼 그 암자는 국 대인 여동생의 사유재산으로 치부하여 수색하지 않겠소. 곽결청, 시작하게! 모든 아녀자들은 방 한 칸을 비워 잘 안치하되 어떤 이유에서든 몸수색은 절대 아니 되네! 수색하는 도중에 재물을 훔치거나 가인들을 괴롭히는 자에 대해선 엄벌에 처할 것임을 분명히 해두게!"

곽결청이 연신 대답하고는 일찌감치 열을 지어 명을 대기하고 있는 친병들에게로 달려가 방금 명 받은 바를 전달했다. 그리고는 힘껏 팔을 내저어 행동개시를 명했다. 저마다 등롱을 받쳐든 친병들이 이 방 저 방, 이 구석 저 구석, 사방으로 쳐들어갔다. 아녀자들의 비명과 울음소리가 여기저기서 터져 나왔다. 소란스런 틈을 타 화신은 자신의 종복인 류전(劉全)을 한 쪽으로 끌고 가 귀엣말을 했다.

"빨리 들어가서 장방(賬房, 금고며 장부책을 보관하고 가계를 책임지는 곳)을 선점해. 다른 건 제쳐두고 장부책과 지출명세서 같은

걸 찾아 닥치는 대로 태워버려. 들킬 것 같으면 태우지 말고 가져
다 날 줘. 명심해, 여러 사람 목숨이 달린 문제니 목숨 내걸고 들춰
내야 해!"

단단히 일러주고 '소피' 보러 갔다온 화신은 관원들이 전부 물러
간 자리에 홀로 청승을 떨며 무릎을 꿇고 있는 국태를 힐끗 쳐다보
았다. 그리고는 류용에게 말했다.

"우이간이 집에 돌아가 가인들을 만나보고 싶다며 윤허해 주십
사 청을 해 왔습니다. 집을 수색할 때 주인이 자리에 있는 것도
나쁠 건 없지 않겠습니까?"

"가보라고 하오."

류용이 덧붙였다.

"다른 사단을 일으키지 못하게 사람을 붙여보내도록 하오."

화신은 아무도 눈치채지 못하게 국태를 슬쩍 쳐다보았다. 그리
고 웃으며 말했다.

"사건이 아직 완결되지도 않았는데, 설마 자진(自盡, 자살)이야
하겠습니까! 염려놓으세요, 제가 사람을 단단히 붙이겠습니다. 중
죄를 지은 자일수록 삶에 대한 애착이 더 크다고 합디다!"

이같이 말하고 난 화신은 곧 자리를 떴다. 전풍도 내원으로 들어
가 혼란을 틈타 새로운 범죄를 저지르는 자들이 있는지 여부를
감시해야겠다며 떠나갔다.

류용은 생각에 잠긴 듯 멍하니 땅바닥만 뚫어지게 바라보고 있
는 국태를 보며 한숨을 내쉬었다.

"국태 형, 그만 일어나 세수나 하고 오세요. 꼴이 말이 아니네."

'국태 형'이란 한마디에 국태는 가슴이 뭉클해졌다. 순간 울컥하
며 두 줄기 눈물이 흘러내렸다. 소매로 힘껏 문질러 닦으며 일어나

려고 했으나 번번이 그 자리에 다시 주저앉고 말았다. 장시간 꿇어 있어 무릎이 아프고 다리가 저렸던 것이다. 그 모습을 지켜보는 류용도 마음이 편치는 않았다.

잠시 후 화신과 류전이 앞서거니뒤서거니 하며 나타났다. 이를 본 류용이 물었다.

"내원에 들어갔었소? 안에 상황은 어떠하오?"

"별일은 없습니다."

화신이 한결 홀가분해진 듯 웃으며 대답했다.

"가인들도 잘 안치했고, 찻물에 다과를 내어주게 했습니다. 곽 결청이 부하들과 손발이 착착 맞는 것 같습니다."

이같이 말하며 그는 류용에게 물었다.

"헌데 류 대인께선 어찌 좀 우울해 보이십니다. 무슨 안 좋은 일이라도 있는 겁니까?"

류용이 머리를 끄덕였다. 그리고는 걸어가며 얘기하자는 듯 손 짓을 했다.

"바람이 찬데 여기 이러고 있지 말고 정청(正廳)에 나가 얘기하 지. 마음이 무거워서 그러오……. 어떤 일은 나도 감을 잡을 수가 없소. 국태는 사천총독(四川總督)인 문수(文綬)의 아들이오. 그 부친과 선부(先父)께서 사이가 각별하시어 난 어릴 적부터 국태 를 알고 있었소……."

뭔가를 찾듯이 고개 들어 하늘을 보며 그는 깊은 한숨을 토해냈 다. 그리고는 다시 천천히 말을 이어나갔다.

"그 부친이 착오를 범하여 멀리 이리(伊犁) 지역으로 변방 복무 를 갔을 때 국태는 자신이 아비를 대신하여 속죄할 때까지 군복무 를 하겠노라고 상소를 했었지. 아비를 위하는 효심이 극진하여 난 그를 내심 존경했었소. 충신은 효자에서 나온다고 하더니, 그런 국태가 어찌 오늘날 이 모양이 되었는지 모르겠소. 왕단망, 러얼진의 사건이 얼마나 큰 파란을 몰고 왔소, 십수 명의 목을 치고 백 명도 넘게 파면시켜가며 만천하를 떠들썩하게 만들었지. 그밖에도 고항과 어얼싼, 전도……. 불행을 자초한 자들이 얼마나 많은데 바보도 아닌 국태가 어찌 똑같이 그 전철을 밟는단 말이오? 실로 불가사의한 일이 아닐 수 없소……."

화신은 곰곰이 그 말을 들으면서 류용이 자신에게 경종을 울려주고 있다는 사실은 추호도 몰랐다. 국태에 대한 여정(餘情)이 남아 괴로워하는 그를 보며 화신이 막 입을 열려 할 때 류용이 다시 탄식을 내뱉었다.

"그뿐만이 아니오. 평소에 꽤 괜찮다고 생각해왔던 사람들이 하루아침에 국충민적(國蟲民賊)으로 전락해 가는데, 난들 무슨 방법이 있겠소? 쳐버리고 파버리는 수밖에!"

'적당히 변통(變通)하여 처리'할 수도 있지 않느냐는 식으로 말하려던 화신은 류용의 마지막 한마디에 겁을 집어먹고 말았다. 말없이 류용을 따라 정청으로 와 화롯불 옆에 자리해 앉으니 국태가 휘청거리며 들어서고 있었다.

"서지(瑞芝)!"

국태에게 자리를 내주고 난 화신이 그의 호를 불렀다.

"공은 공이고 사는 사이니, 엄연한 죄증(罪證) 앞에서 나도 달리 도와줄 방법이 없소. 달리 폐하께 아뢸 말이 있으면 솔직히 털어놓으시오. 폐하께서 직접 그대의 상주문을 받아보시지는 않을 테지만 나랑 류 대인이 원문 그대로 전해드릴 순 있을 테니까."

완전히 악몽에서 깨어나 정상을 회복한 국태가 매서운 눈빛으로 화신을 쏘아보았다.

"적자는 조사해 낸 바대로 그 정도입니다. 모두 사실입니다. 더이상 할말이 없습니다. 우리 부찰씨(富察氏) 일가는 조상 대대로 국은(國恩)을 입으며 부족함 없이 광영을 누리며 살아왔습니다. 저 역시 어려서부터 폐하의 성은을 입어 봉강대리에까지 제수되었으나 아직 촌척의 공로도 세우지 못했을 뿐더러 소인배들의 작당에 놀아나 고은(庫銀)이 간 데 없이 유실돼버리는 국면을 초래하게 되었으니 실로 그 죄는 하늘에 사무치고 더 이상 폐하를 알현할 면목이 없습니다. 감히 폐하의 선처를 호소할 양심조차 없사오니 폐하께서 이놈의 죄를 엄히 물으시어 백관들의 본보기로 삼는 계기라도 되었으면 하는 바람뿐입니다. 저의 폐부지언(肺腑之言)을 두 분 흠차께서 부디 폐하께 전해주셨으면 감사하겠습니다."

화신은 국태의 피를 뿜는 눈빛이 오형(五刑)을 당하는 것보다 더 감내하기 힘들었다. 그는 혼신의 힘을 다해 얼굴에 겁먹은 기색을 보이지 않으려고 애썼다. 이럴 때 말 한마디 잘못하면 엄청난 곤경을 치르게 될 것이니 아예 입을 봉하고 있는 것이 상책일 것 같았다. 국태의 얼굴을 적당히 외면한 채 그는 부흠차의 신분으로 가끔씩 머리를 끄덕여 가며 귀담아 듣는 척했다.

"또 하나, 국태 형에게 해둬야 할 말이 있소."

그때 두 사람의 그런 속내를 알 길이 없는 류용이 침묵을 깼다.

"재산을 수사하는 것도 나 혼자서 하는 일이 아니오. 형부는 폐하의 지의를 직접 받는 곳인지라 벌써 사람을 놓아 정탐에 들어갔소. 국 순무가 수뢰혐의를 인정하든 안 하든 아무튼 자신은 엄청난 부를 축재하고 있으면서 국고는 오간 데 없이 텅텅 비어버렸다면 이는 곧 성(省)의 살림살이를 책임진 중승의 죄를 물을 수밖에 없는 바이오. 혹시 은닉했거나 명의를 이전시킨 재산이 있으면 지금이라도 고백하길 바라오. 그렇지 않고 우리가 수사를 거쳐 색출해 내는 날엔 재산 몰수는 물론 본인과 일문구족(一門九族) 모두 연루되어 엄청난 화를 자초하게 될 것이오. 그때 가선 후회해도 아무 소용이 없을 거요."

국태가 의자에 앉은 채로 몸을 숙여 보이며 대답했다.

"조상들로부터 물려받은 재산이 적지 않고 폐하께서 하사하신 것도 있는 데다 벗들이 조금씩 선물한 것도 있어 몇십 년 동안 모은 재산이 적지는 않을 겁니다. 류 공께서 그리 말씀하시니 벌써 폐하와 종묘사직 그리고 조상들의 체통에 금이 가게 한 사실 때문에 가슴이 아픈데 제가 어찌 감히 더 이상의 죄를 자초할 수가 있겠습니까? 폐하께 아뢰어 주십시오. 색출해 낸 재산이 얼마이든 전 모두 국고에 납입하여 이 몸의 죄를 만분의 일이라도 갚고 싶다는 뜻을 전해주십시오."

이에 류용이 물었다.

"벗들에게서 선물로 받았다는 건 뭡니까?"

그러자 국태가 대답했다.

"남의 집 관혼상제 때 부지런히 쫓아다녔더니 제가 그런 경우를 당하니 다들 공사가 아무리 다망해도 와줍디다. 그렇게 받은 축의금이니 부의금 따위를 말하는 겁니다. 세상에는 별의별 몰염치하고 졸렬한 인간 말종들도 있는가 하면 의로운 벗들도 참 많습디다."

이같이 말하며 그는 화신에게 시선을 던졌다.

또 한 대 얻어맞은 화신은 이대로 화제를 끌고 가는 것이 대단히 부담스러운지라 한가닥 미소를 흘렸다.

"아마 자시(子時)가 다 됐죠? 우이간에 대한 조사가 어느 정도 진척이 되었는지 가봐야겠어요."

그러자 류용이 시계를 꺼내 쳐다보며 일어섰다.

"이번엔 내가 가볼 테니 화 대인은 여기 남아 국 순무랑 얘기나 좀 나누시오. 오늘밤 묵을 장소도 마련해주고."

화신은 단둘이 마주앉길 바라기도 했지만 정작 맞닥뜨리니 두렵기도 했다. 가슴이 철렁한 그는 류용을 문밖까지 배웅한 다음 어둠 속에서 찬 공기를 힘껏 들이마셨다. 그리고 나자 겨우 조금 진정이 되어 방안으로 돌아왔다.

잠시 어색한 기운이 흘렀다. 국태가 먼저 단도직입적으로 입을 열었다.

"내가 보낸 물건은 잘 받았겠지?"

국태의 입가에 싸늘한 미소가 번졌다. 얼음장 같은 눈빛엔 고드름 같은 예리함이 서려 있었다. 그는 눈빛으로 화신의 대답을 촉구했다. 화신으로선 천번이고 만번이고 속으로 생각을 거듭했던 일이었다.

"받았다고 할 수도 있고, 그림자도 구경하지 못했다고 할 수도 있지."

화신은 대수롭지 않다는 듯한 표정이었다.

"그게 무슨 뜻이오?"

"사람을 너무 늦게 보냈소."

화신이 잔혹한 미소를 지으며 덧붙였다.

"난 군기처에서 국 중승을 노리고 있다는 사실을 일찍부터 알고 있었소. 그러니 그쪽에서 금산(金山)을 통째로 들어 보낸들 내가 감히 받을 수 있겠소? 설령 그쪽에서 뒤끝이 깨끗한 상태에서 순수한 우정으로 보내주었다고 할지라도 난 안 받을 거요. 왜냐고? 난 군기처로 입직할 사람이고 공명을 은자로 바꾸는 일은 적어도 당분간은 자제해야 하기 때문이지. 난 숭문문 세관에 몇 해 동안 몸담고 있으면서 봉록을 모아둔 것만 해도 넉넉하진 못해도 누구한테 아쉬운 소리 안 할 정도로는 충분하오. 난 금은을 분토(糞土)보듯 하는 성현은 아니오. 그러나 머리통 갖고 장난치는 일은 안 하지."

되레 적반하장으로 당당하게 치고 나오는 화신을 보며 국태는 순간 억장이 막혀버렸다. 한참 입을 벌리고 멍하니 있던 그가 다시 물었다.

"그럼…… 은자는 대체 어디로 간 거요?"

"그걸 왜 나한테 묻소?"

화신이 냉소를 터트렸다.

"난 국 순무가 보낸 사람을 만난 적이 없소. 우리 마름이 접견했다는데, 내가 세 가지를 전해주라고 했소. 첫째, 국태의 일은 폐하께서 진노하시는 중대사안인 만큼 아무도 접근할 수 없다. 둘째, 국태더러 친히 내게 다녀가라고 하는 수는 있다. 내가 의죄은자(議罪銀子)를 수납하는 차사를 맡고 있으니 '출혈'한 정성을 봐서 폐하께 선처를 대신 청들어 주는 수도 있다고 말이오. 그랬더니 그 사람은 은자를 싸들고 가버렸다고 하더군."

국태는 머리 속이 검불처럼 엉켜버리고 말았다. 아직 그 가인이 돌아오지 않고 있으니 전후 사연을 물어볼 수도 없고 아무튼 충격이 아닐 수 없었다. 돈을 주고 받은 양측 모두 아무런 증거가 없으니 무작정 화신을 물고 늘어질 수도 없었다. 화신이 쏘아붙였다.

"왜? 날 모함이라도 하겠다는 거요?"

이에 아직 방책이 서지 않은 국태가 급히 입을 열었다.

"무슨 말씀을 그리 하십니까? 제가 무슨 근거로요. 은자를 못 받으셨다니까 그건 가인에게 물으면 자초지종을 알겠습니다만 애당초 은자를 보낸 것도 앞으로 좋은 벗으로 사귀어 보자는 뜻이었을 뿐 청탁 같은 건 절대 아니었습니다……."

"그런 과분한 선물을 안 받아도 말만으로도 고맙소."

국태가 의외로 순순히 꼬리를 내리는 데에 화신은 내심 놀라면서도 적이 안도했다. 그는 홀가분한 미소를 지었다.

"이렇게 알고 지내게 된 것도 연분인데, 내가 그깟 은자 몇 냥에 목을 매는 사람은 아니니 힘닿는 데까지 열심히 돕겠소. 벗이 이래서 좋은 거 아니오? 아니면 성현께서 어찌 붕우(朋友)를 오륜(五倫)에 포함시키셨겠소."

국태는 머리를 숙였다. 대체 이런 적반하장을 당해야만 하는 이유를 알 수 없었고, 자신이 지금 이 앞에서 쩔쩔매야만 하는 처지가 분하고 서글펐다. 만주족의 귀공자로 태어나 어려서부터 평보청운(平步靑雲)의 나날을 보내온 그는 필경 이 바닥에서 '놀기'엔 연마가 부족했다. 온실에서 자란 화초가 취우(驟雨)에 처참하게 뿌리가 뽑히는 격이었다. 솔직히 애당초 그는 교활하고 간사한 화신의 상대가 못 되었다. 화신이 용수철 같은 세 치 혓바닥으로 자신의 껍질을 발라내는 동안에도 그는 아픈 비명은커녕 즐거운 내색까지 지어 보여야 했으니 할말은 다한 셈이었다. 한참 두 손으로 머리를 감싸쥐고 있던 국태가 고개를 들어 코 꿰여 끌려가는 황소의 구슬픈 눈망울을 방불케 하는 눈빛으로 화신을 바라보며 말했다.

"주인이 곤경에 처하면 개들마저 외면한다는 염량한 세태에 화 대인은 되레 벗으로 간주해 주시겠다니 실로 그 은혜를 어찌 갚을는지 모르겠습니다. 언제라도 제가 기적같이 다시 동산재기(東山再起)하는 날에는 필히 열배, 백배로 그 은혜를 갚으며 살겠습니다!"

"이보게, 서지! 자네도 참 딱하구려. 어찌 명민한 사람이 그런 불민한 짓을 하고야 말았소?"

화신이 마치 노파가 넋두리를 하듯 말했다.

"십팔행성(十八行省)의 총독과 순무들도 자네 정도는 다 쌓아두고 사오. 그리고 어느 성에는 적자가 없소? 다들 멀쩡한데 어찌 유독 자네만 낙망하여 이리 곤욕을 치르고 있단 말이오!"

형언할 바 없는 복잡한 눈빛으로 화신을 바라보며 마른침을 꿀꺽 삼키는 국태의 목젖이 맥없이 중턱에 걸려버렸다.

〈제 ⑮권에서 계속〉